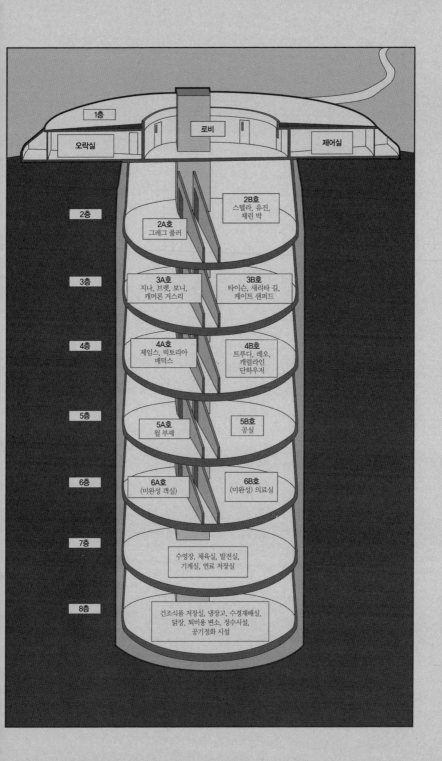

언더 그라운드

UNDER GROUND by S. L. Grey

언더그라운드

S. L. 그레이 지음

배지은 옮김

검은숲

눈을 떴지만 아무것도 보이지 않았다. 새리타는 일어나 앉아 베개 주위를 더듬었다. 스트로브는 있는데, 심바는 없었다. 소리를 내면 아빠가 깰 텐데, 아빠를 깨우고 싶지는 않다. 하지만 심바를 찾아야 했다.

이불을 들춰봐도 심바는 없었다. 새리타는 울기 시작했다. 그렇지만 조용히, 소리 내지 않고. 혼자서 해결해야 해. 다 큰 아이처럼 생각해야 해. 이런 일 때문에 아빠를 깨우면 아빠가 화를 낼 거야.

어쩌면 케이티가 도와줄지도 몰라. 새리타는 시계를 보았다. 오전 3시 17분. 너무 이르다. 케이티는 맨 앞자리 숫자가 6이 되기 전까지는 깨우지 말라고 했다. 하지만 비상상황일 때는 당연히 깨워도 된다.

지금은 비상상황일까?

아빠라면 그렇게 생각하지 않으실 거야. 아빠는 항상 그러시잖아. 잘 찾아봐. 어디서 나오겠지.

다 큰 아이처럼 생각해야 돼. 케이티는 물건을 찾을 때 마지막으로 어디서 봤는지를 생각해보라고 항상 말했다. 스트로브를 마지막으로 본 게 어디였지? 책 읽을 때, 목욕했을 때, TV 볼 때, 저녁 먹을 때는 아니고, 그보다 전이었다. 케이티랑 아래층 수영장에 내려갔을 때. 수영장의 플라스틱 야자나무 아래 심바랑 스트로브를 눕혀놓았다. 거기에 가봐야겠어. 거기 가서 직접 심바를 찾아와야겠어. 그럼 케이티랑 아빠가 날 대견해하시겠지.

새리타는 침대 옆 테이블 위에 놓인 서랍을 열어보았다. 사진첩을 놓아두는 곳이다. 사진첩에는 엄마와 찍은 사진이 있다. 사진은 여전히 그 안에 있었다. 새리타는 침대에 빠져나와 케이티의 방을 들여다보았다. 부엌에 불이 켜져 있어 방 안이 보였다. 케이티가 얇은 시트 한 장을 몸에 감고 잠들어 있다. 아빠 방 안에는 아무도 없었다. 서둘러야겠어. 아빠를 화나게 하고 싶지 않아. 이 집은 카펫이 두툼하고 바닥이 단단해서 살금살금 걸을 수 있다. 우리 집 마루는 삐걱거리고 조금만 걸어도 쿵쾅거렸는데.

새리타는 객실의 현관문을 나가 조용히 문을 닫았다. 다 큰 아이처럼 해내야지. 아빠랑 케이티가 날 대견해하게. 복도에 마술처럼 불이 켜졌다. 맨발로 부드러운 카펫의 감촉을 느끼며, 새리타는 복도에 아른거리는 빨강과 검정 무늬를 바라보며 걸었다.

엘리베이터가 있어야 할 자리는 나무판자로 막아놓았고, 벽 한쪽에는 노란색 테이프가 대롱대롱 붙어 있었다. 새리타는 계단실의 문을 밀어 비상계단으로 내려갔다. 뒤에서 문이 쾅 닫히는 바람에 놀라서 팔짝 뛰었다. 아이는 벽을 더듬어 스위치를 켰다. 복도의 부드러운 카펫과는 달리 돌바닥이 발밑에서 차갑고 깔끄럽게 느껴졌다. 새리타는 잠옷을 더럽히지 않으려고 금속 난간에 팔이 닿지 않게 조심했다. 이 안에서는 숨소리도 더 크게 들리고 발소리도 왕왕 울렸다.

"와아!"

새리타는 계단실 안에 울리는 우스꽝스러운 메아리를 들어보려고 너무 크지 않은 소리로 외쳤다. 아이는 아래로 아래로 내려갔다. 마치 아이를 지켜줘야 한다는 의무감을 느낀 듯 마술 같은 빛이 아이 뒤를 졸졸 따랐다.

수영장에 다 왔다는 생각이 들어 계단실을 나가 주위를 둘러보았다. 아까랑은 전혀 다른 모습이었다. 수영장 주위는 환했지만, 어둑한 주황색 불빛에 비친 복도는 캄캄했다. 비닐로 가려진 출입문 너머로 불빛이 깜빡였다. 아이는 비닐을 들추고 안을 들여다보았다. 어쩌면 심바가 댄스파티를 열었는지도 몰라. 심바도 이젠 자러 가야 해. 안 그러면 내일 피곤할 거야. 새리타는 비닐을 들추고 발끝으로 살금살금 걸어 들어갔다.

갑자기 무서운 이야기가 생각났다. 괴물이 쥐를 보고 겁을 먹은 이야기. 어두운 방에서 작은 동물의 번쩍이는 눈이 보였는데 실은 아무것도 아닌 그냥 새끼 고양이였다는 이야기.

하지만 새리타는 그런 무서운 이야기를 생각하기 싫었다. 자러 가야 하는 건 심바가 아니라 나인 것 같아. 내일 아침에 케이티랑 다시 올까. 그러나 심바 없이 혼자서 계단을 올라 방으로 돌아가는 건 더 무서웠다. 얼른 심바를 찾아서 돌아가는 게 나을 것 같다.

엄마가 항상 나를 지켜보고 있다고 케이티가 그랬어.

새리타는 불빛을 따라 반짝이는 금속 벽장을 지나 냉랭한 방안으로 걸어 들어갔다. 마음을 굳게 먹고 모퉁이를 돌아 화장실로 향했다. 깜박거리는 불빛은 바닥에 떨어진 손전등의 불빛이었다. 손전등 불이 꺼지자 달아나고 싶었지만 어디로 달아나야 할지 몰랐다. 새리타는 어쩔 줄 몰라 하며 문 앞에 서 있었다.

손전등이 다시 켜지자, 욕조 옆에 무언가 구겨져 있는 것이 보였다. 옷과 장화가 한데 뭉쳐져 있는 것 같았다. 새리타는 두 걸음 앞으로 나섰다. 아니, 사람이 웅크려 자는 것 같았다. 아이가 다가가자 손전등 불빛이 다시 깜박거렸고, 깜박이는 불빛 아래 빨간색 체크무늬 재킷을 입은 아저씨가 보였다. 아저씨를 보니 한결 마음이 놓였다. 어쩌면 이 아저씨가 심바를 찾는 걸 도와줄지도 모른다.

그런데 이 아저씨는 왜 화장실에서 자고 있지?

"안녕하세요?"

아저씨는 대답하지 않았다. 움직이지도 않았다.

"아저씨? ……자요?"

그래도 대답이 없다. 새리타는 아저씨가 누워 있는 곳으로 한두 걸음 더 다가가보았다. 남자의 머리 주위에는 검은색 물이 쏟아져 엉망진창이 되어 있었다. 페인트나 케첩 같았다. 뭔지는 몰라도 냄새가 났다. 오줌처럼. 날고기처럼.

"아저씨?"

새리타는 어찌해야 할지 몰랐다. 발가락이 미끈거린다. 새리타는 아래를 내려다보았다. 끈적거리는 액체가 발까지 닿아 있었다.

손전등이 꺼졌다. 아이는 어둠 속에 남겨졌다.

새리타는 비명을 질렀다. 그 소리에 단단했던 공기가 흩어졌다.

1
지나

아침 내내 방 안을 청소하고 소독약으로 닦고 진공청소기로 카펫과 소파 커버와 쓸모없이 매달려 있는 커튼을 청소했다. 이곳에는 창문도 없고 자연광도 없다. 커튼 뒤에는 움직이는 사진을 띄운 스크린이 있을 뿐이다. 어느 스크린에는 숲 속 풍경이, 눈 덮인 산이 보이고, 그 바로 옆 스크린에는 열대 섬의 해변 그림이 떠 있다. 그걸 보고 있으면 토 나올 것 같다.

그리고 도처에 벽장이 있다.

두툼하고 빳빳한 시트와 빌트인 벽장. 이 객실은 정말 호화롭다. 꿈에 그리던 휴가를 보내는 것처럼 행복해져야 할 텐데. 하지만 이곳이 벌써 싫어졌다. 집에 돌아가고 싶다. 아빠가 이곳을 사지 않았으면 좋았을 텐데.

마을을 떠나 하버 씨 농장의 트레일러로 이사를 가자 엄마는 완전히 변해버렸다. 왜 우리가 이사를 가야 했는지 나는 정말로 이해할 수가 없었다. 브렛이 학교에서 또 정학을 맞은 것과 관계가 있다는 정도만 어렴풋이 안다. 아빠는 엄마가 상속받은 재산으로 우리 가족이 살 집 대신 이곳을 사는 데 쏟아부었고, 그걸 안 엄마는 미친 듯이 화를 냈다.

"세상의 종말이 와야 살 수 있는 집이 도대체 무슨 의미가 있어? 지금은 어쩌고? 지금 당장은 어쩌라고?"

엄마가 울면서 말했던 게 기억난다.

엄마는 아빠에게 한 번도 목소리를 높인 적이 없었고, 아빠도 고분고분 받아들이지 않았다. 그러나 엄마도 아빠와 마찬가지로 삶이 예전 같지 않으리라는 것을 알았고, 그 이후로는 모든 불평불만을 기도로 감췄다.

'성소'에 도착했을 때 엄마는 굉장히 지친 것 같았다. 그래서 청소는 내가 할 테니 엄마는 쉬시라고 말씀드렸다.

"정말이니, 애야?"

엄마는 침대에 누워 이불을 덮으며 물었다.

"밖에서 아빠랑 함께 있어도 괜찮겠어?"

나는 괜찮다고 했다.

"무서우면 엄마한테 오렴. 알았지?"

"알았어요."

설거지를 끝냈다. 접시 세트, 유리컵, 머그컵, 두툼한 냄비들, 반짝이는 포크와 나이프. 전부 새것이다. 그릇들을 올리기 전에 찬장 안도 닦았다.

"문손잡이도 잊지 말아라, 지나."

아빠가 말했다.

"선실처럼 아주 말끔히 정리해야 해. 벌레들과 함께 살고 싶진 않겠지?"

이 말이 우리 모두 함께 웃을 수 있는 농담인 것처럼, 아빠는 나에게 말한다. 아빠는 나를 어린애처럼 대하지만 나는 아빠의 말뜻을 이해한다. 이곳에서 우리는 한 팀이 되어야 한다. 저 위에 있었을 때보다 더 단결해야 한다.

"물론이죠, 아빠."

그러나 아빠와 브렛은 나를 조금도 도와주지 않는다. 부엌 카운터에 앉아 커피와 샌드위치를 들며 정치와 축구 얘기를 할 뿐이다.

"시즌 시작에 맞춰서 돌아갈 수 있을까요, 아빠?"

브렛이 무릎을 깐닥거리며 물었다. 브렛 앞에는 M1911 권총이 놓여 있다. 풀러 씨가 우리에게 총기류를 모두 제출하라고 요청했을 때부터 계속 안절부절못하고 있다. 아빠는 일단 짐 정리를 끝낸 후 풀러 씨 지시에 따라 총을 금고에 보관하겠다고 했지만, 브렛이 순순히 동의할 것 같지는 않다. 나는 잠시 브렛을 바라보았다. 브렛이 나를 쳐다보도록. 지난 2년간 나는 브렛이 쌍둥이 누이인 나를 기억해주길 바라며 그렇게 쳐다보았었다. 그 애가 얼마나 변했는지, 2년 전 무슨 일이 있었는지와는 상관없이 늘 그렇게. 우리는 항상 함께였고, 서로의 마음속에서 말하곤 했다. 그렇지만 브렛은 고개를 돌리지 않는다.

"이미 임상시험에 들어갔으니까요. 하지만 어쩌면……."

아빠는 브렛을 바라보며 눈살을 찌푸린다. 그러고는 여러 차례 호흡을 가다듬은 후 다시 입을 열었다.

"시즌이 열릴지조차 모르겠다. 다시 돌아가더라도 예전과 같지는 않을 거야……. 이건 단순한 독감이 아냐. 많은 게 변할 거다. 앞으로 2, 3주 안에 사회질서가 무너지는 걸 보게 될 거다. 약탈, 폭동, 파괴. 곧 계엄령이 내리겠지. 사망자 수도 급증할 거고 그로 인해 사회의 기본 기능에도 영향을 미칠 거다. 이곳 생활을 끝내고 다시 저 위로 올라가게 되면 그곳에서도 새로운 인생을 살아나가야 할 거야."

친구들과 정치 얘기를 할 때처럼, 아빠의 목소리가 점점 낮아지고 커졌다.

"하지만 모든 게 끝나기를 기다려야지. 그리고 더 강해져서 새로운 질서 안에서 우리 자리를 찾아야 한다."

브렛도 함께 고개를 끄덕였다.

"상황이 나아질 때까지는 계속 악화될 거다. 하지만 아무튼 언젠가는 좋아질 거야."

"이건 다 중국 놈들 잘못이에요. 그 자식들 그런 꼴을 당해도 싸다고요."

"그래. 하지만 너도 바이러스가 미국까지 얼마나 빠르게 퍼졌는지 봤잖니. 이건 무력에 의한 적대적인 위협이야. 그 위협이 곧 우리를 덮칠 거다. 저쪽보다 훨씬 더 나쁘겠지. 우리를 겨냥한 공격이니까."

"하지만 아빠, 그럼 어째서 중국 국민들이 그렇게 죽어가는 걸까요?"

나는 최대한 공손한 말투로 끼어들었다. 시비를 거는 게 아니라는 걸 보여주기 위해서다.

아빠는 어깨를 으쓱했다.

"그냥 실수 아닐까? 약병을 떨어뜨렸거나 그런 식으로?"

"분명히 자국민한테 실험을 했을 거예요. 중국 놈들이라면 그런 짓을 하고도 남아요, 아버지."

무슨 국제 정세 전문가 같은 말투다. 요즘 브렛은 아빠를 '아버지'라고 부른다. 그리고 사격장에서 만난 친구처럼 대등하게 토론을 한다.

아빠는 브렛의 말이 끝날 때까지 기다렸다.

"그래도 아무튼 치료약이 개발될 때까지 몇 달은 걸릴 거야. 우린 그걸 기다리는 거다. 이곳이 아무 의미도 없는 건 아니야."

아빠는 손을 들어 객실 내부를 가리켰다.

나는 아빠에게 왜 말들을 쏘아 죽였어야 했는지 묻고 싶었지만 묻지 않았다. 분명 나한테 소리를 지르실 테니까. 아무튼 아빠가 뭐라고 할지는 알고 있다. 지나, 넌 말들이 굶어 죽기를 바라는 거냐, 아니면 우리가 없는 동안 사람들한테 잡아먹히길 바라는 거냐? 네 양심 때문에 그런 일이 일어나길 바라는 거야?

스토브 위 선반에 깨끗이 닦은 접시들을 올리려고 낮은 사다리 위에 올라섰다. 사다리를 오르면서 찬장 문에 살짝 기댔는데, 정말 살짝, 그냥 건드렸을 뿐인데, 위쪽 경첩이 빠지면서 문이 내 머리 위로 떨어졌다. 내가 재빨리 문을 피했고, 그러면서 들고 있던 맨 위 접시가 미끄러지더니 대리석 카운터에 떨어져 산산조각이 났다. 그래도 사다리에서 떨어지기 전에 나머지 접시들은 겨우 선반에 올릴 수 있었다. 나는 잽싸게 내려와서 아빠가 소리를 지르기 전에 깨진 접시 조각을 주웠다.

"조심 좀 해라!"

아빠가 소리를 지르며 달려와서 찬장 문을 살펴본다.

"이 꼴이 뭐냐?"

"죄송해요."

나는 몸을 웅크렸다. 아빠는 그냥 접시 깨지는 소리에 놀랐을 뿐이다. 아빠의 분노는 타올랐을 때만큼이나 금방 잦아들 것이다. 그렇지만 그때까지는 아빠와 거리를 좀 둬야 한다.

엄마가 방에서 나와 브렛과 아빠를 흘깃 보고는 부리나케 나에게 다가온다.

"무슨 짓을 한 거야?"

나는 아무 말도 하지 않았다. 도와줘서 고마워요, 엄마. 바닥에 쪼그려 앉은 채로 브렛을 쳐다봤다. 브렛은 키 큰 스툴에 그냥 가만히 앉아 있다. 예전 같았으면 나를 도와줬을 텐데. 지금 브렛은 그냥 먼 곳만 쳐다보고 있다.

아빠와 브렛은 풀러 씨와 함께 주위를 둘러보러 나갔다. 아빠는 우리가 이곳에 처음으로 도착한 가족이라는 것을 무척 자랑스럽게 여기는 것 같다. 아빠는 준비만으로도 전투에서 반은 이긴 거라고 말씀하신다. 엄마는 방에서 아직도 낮잠을 자고 있다. 점심은 다 차려놓았고 정리는 전부 끝냈다. 아빠가 드라이버로 찬장 문을 고쳐주셨다. 선반 위 칸을 닦다가 본 쥐똥에 대해서는 아빠에게 말하고 싶지 않았다. 아빠는 아무튼 나를 나무랄 방법을 찾아냈을 것이다.

아직도 말들이 잊히지 않는다. 레기의 커다란 눈망울과 초코칩 아이스크림 같았던 드와이트의 줄무늬 진 옆구리. 생각을 떨치기 위해 부엌 카운터 위에 놓인 환영 팸플릿을 다시 들췄다. '성소에 오신 것을 환영합니다! 호화로운 생존 콘도에서 진정한 마음의 평화를 누리세요!' 어제 도착했을 때, 풀러 씨는 어떻게 자급자족이 가능한지 계속 설명했다. 아래층에서는 조명을 이용해 채소를 기르고, 지하실에서는 화장실의 인분을 퇴비로 만들어 작물에 공급한다고 했다. 좀 더러운 얘기 같지만, 집에서도 소똥을 이용해 농사를 지었으니까……. 아래층에는 닭장도 있다. 풀러 씨는 내가 닭들을 돌보는 일을 할 수도 있다고 말했다. 아직 물어보지는 않았는데, 아빠가 허락해줄지는 모르겠다. 그런 일이라면 밖에 나갈 좋은 구실이 될 텐데. 브렛은 남자아이라서 아무 때나 가고 싶은 데 갈 수 있고 나는 허락을 받아야 한다는 건 너무 불공평하다. 브렛은 나중에 수영장을 구경시켜주겠다고 약속했지만, 왜 나는 그렇게 오래 기다려야 하냐고? 엄마가 잠에서 깨면 잠깐 동안은 엄마 혼자 있어도 괜찮지 않을까.

더 겁이 나기 전에, 현관문을 빼꼼히 열어보았다. 여기 문은 트레일러 문처럼 삐걱거리지 않는다. 나는 완전히 캄캄한 복도로 한 발 내딛어보았다. 지금이 점심시간이라니 믿을 수가 없다. 성소 안은 언제나 밤이다. 문을 닫는 내 움직임을 동작센서가 감지하자 복도에 불이 켜졌다.

문밖의 지문 감지장치에 엄지손가락을 올려 테스트를 해봤다. 문에서 딸깍 소리가 났고, 문을 밀자 열렸다. 적어도 원할 때는 언제든 돌아갈 수 있다는 걸 알게 됐다.

슥슥 스치는 소리가 나서 잠깐 멈췄다.

"누구세요?"

나는 숨을 참았다. 에어컨 소리 말고는 아무 소리도 들리지 않는다. 바깥 복도는 객실 안보다 더 추웠다. 팔에 소름이 인다. 스웨터를 가져올걸.

우리 객실은 지하 3층에 있고, 수영장과 체육관은 지하 7층에 있다. 엘리베이터는 판자로 막혀 있다. 나는 발끝으로 걸어 계단실로 갔다. 계단실 문을 열고 층계참에 들어서자 불이 켜졌다. 콘크리트 바닥을 걸어 내려가려니 발이 시리다. 아래층 복도도 우리 층과 똑같이 생겼다. 나는 서둘러 6층으로 갔다. 거기엔 다른 객실과 의료 시설이 들어설 예정인데 풀러 씨 말로는 아직 공사가 안 끝났다고 했다. 나는 동작센서가 아래층의 어둠을 씻어갈 때까지 잠시 기다렸다.

6층 문을 열고 복도를 들여다봤다. 천장은 반쯤 페인트칠이 되어 있고 문들은 두꺼운 비닐로 가려졌다. 갑자기 들려온 댕그랑거리는 소리에 깜짝 놀라 다시 계단실로 들어왔다. 문이 끼익 소리를 내며 닫힌다. 비닐 뒤쪽에서 들리는 것 같았는데. 하지만 그럴 리가 없다. 풀러 씨는 여기에 우리밖에 없다고 말했었다.

2
재이

이제 좀 죽어라, 이년아.

재이는 기둥 뒤에 숨어 그림자 안으로 녹아들었다. 마법사가 마침내 방어 기술을 위한 쿨다운 타임을 끝내고 나왔다. 그에게는 이게 유일한 기회가 될 것이다. 그는 급소 가격을 날릴 준비를 했지만 곧 게임 화면은 로그인 페이지로 바뀌었고 '서버와의 연결이 끊어졌습니다' 메시지만 멍하니 바라보는 신세가 되었다.

"에이, 씨발!"

"재이!"

엄마가 부엌 카운터 뒤에서 노려본다.

"엄마가 그런 나쁜 말을 어떻게 생각하는지 알지?"

평소에 엄마는 이런 식으로 그의 문제에 끼어들지 않는다.

"미안해요, 엄마. 근데 여기 와이파이가 심각하게 약해요. 여기 인터넷 커버리지가 괜찮을 줄 알았다고요."

재이의 방에서는 아예 신호가 안 잡혀서 어쩔 수 없이 카운터에서 게임을 해야 했다. 부모님 코앞에서.

엄마가 한숨을 쉰다.

"그렇다고 욕을 해도 되는 건 아니야. 그렇게 게임만 붙들고 있다가는 눈 버리겠다. 여기 도착한 이후로 계속 그것만 했잖아."

"제 눈은 괜찮아요, 엄마. 양쪽 다 2.0인걸요."

"그레그가 그러는데 여기 네 또래 애들도 두 명 더 와 있다더라. 나가서 만나보는 게 어때?"

"걔네가 등신들이면 어쩌게요?"

"재이!"

보냉가방을 푸는 엄마를 돕던 아빠가 재이에게 윙크를 보냈다.

"다 봤어, 유진."

엄마가 혀를 차며 말했다. 그래도 엄마는 미소를 짓고 있다.

아빠가 엄마의 손을 잡고 키스를 했다. 늘 그렇듯 애정이 넘친다. 재이는 부모님의 끈질긴 애정 과시에 익숙했다. 그러나 6학년 때, 아빠가 한 달에 한 번 이상은 집 밖에 나가던 그 시절, 웬 노인네가 부모님을 보고 키들거리며 더러운 말을 하는 걸 들은 적이 있었다.

"저기 뚱땡이랑 재키 챈이랑 화끈한 시간을 보내고 있네."

그 일만 생각하면 재이는 아직도 얼굴이 화끈거렸다.

다시 게임에 접속되자, 배 속이 조여드는 느낌이 들었다. 스크러피가 들어와 있었다. 마침내. 스크러피에게 스카이프나 바이버로 채팅하자고 제안하기 위해 지금까지 용기를 끌어모아왔지만, 아직 뛰어내릴 만큼의 용기는 없었다. 그는 메시지 창에 문자를 쳤다.

어디 있었어, 스크러피? 어젯밤 내 메시지 봤어?

안녕, 재이. 자고 있었지. 괜찮아?

괜찮아란 말을 정의해봐.

미국에도 퍼졌다던데. 네 걱정 하고 있었어.

재이는 몸이 따뜻해지는 것을 느꼈다.

고마워. 곧 동부까지 퍼질 거라고 하더라.
아시아에 시체 운반 주머니 화면 봤어? 완전 멘붕이야. : (
봤어.

이건 완전히 사실은 아니다. 어젯밤엔 CNN 화면을 힐긋 봤
을 뿐이고, 레딧*은 일부러 피하고 있었다. 뉴스는 보고 싶지 않
았다. 한국에 친척들이 있어서 그런 건 아니다. 아빠의 부모님
은 가족을 데리고 캐나다로 이민을 오셨고, 아빠와 엄마가 결혼
하고 난 후 몇 년 전에 돌아가셨다. 하지만 그곳 사람들이 그렇
게 죽어나간다고 생각하면 여전히 속이 편치 않았다.

그래서…… 거기 벙커는 어때?
괜찮아.
초짜처럼 왜 그래! 더 말해봐!
고급 아파트를 지하에 파묻은 거라고 생각하면 돼. 정말로 그런 거니까.
더 자세히.
알았어……. 밖에서는 아무것도 안 보여. 그냥 해치 입구만 있는데 꼭 금
고 문처럼 생겼어(시시해). 그리고 풍력발전용 터빈이 있고, 창문 대신 LED
화면이 있어(시시해). 잠수함 문짝 같은 문이랑(완전 시시해), 생체 인식 잠
금장치랑(이건 근사하고), 고급스러운 장식처럼 꾸며놨지. 아, 그래. 여기 오
락실도 있고, 체육실이랑 수영장도 있는데, 아직 가보진 않았어. 제어실은
너한테도 보여주고 싶어. 벽에 CCTV 화면이 가득하거든. 진짜 편집광적인

* 미국의 온라인 커뮤니티.

보안 장치야. 누가 여길 부수고 들어온다고 그러는지. 문명으로부터 몇 킬로미터나 떨어져 있는 곳이거든. 여긴 메인 주 한복판이야. 숲하고 들판밖에 없어. 무슨 중간계나 그런 데 와 있는 것 같아. ㅋㅋ.

재이는 망설이다가 'ㅋㅋ'를 지웠다. 그가 아는 다른 수많은 게이머들처럼, 스크러피도 문법과 맞춤법에 진지했고 문자 표현이나 철자가 틀리는 것을 싫어했다.

깊이가 얼마나 돼?

15미터. 아마 그 정도 될 거야.

사진 보내줄 수 있어?

그럼. 계속 지켜봐.

거기 얼마나 있을 거야?

모르겠어. 부모님이 완전 겁을 먹어서. 그래도 엄마 아빠는 지금 여기로 휴가를 온 척하고 있어.

다른 사람들도 만나봤어?

지금은 딱 한 가족만 들어와 있어. 그레그(여기 운영자야) 말이 다른 가족들도 오고 있대. 뭐 그러거나 말거나. 다들 생존에 목숨 건 편집광들이겠지.

생존에 목숨을 건 '부자'들이지.

아빠처럼. 재이는 속으로 생각했다. 그러고는 아빠를 배신한 것이 부끄러워 얼굴을 붉혔다. 아빠가 쭈뼛거리며 메인 주의 호화로운 생존 콘도에 150만 달러나 되는 돈을 쏟아붓자고 엄마에게 제안하는 걸 엿들었을 때, 재이는 아빠가 농담하는 줄 알았다. 물론 '거스를 수 없는 서구 사회의 붕괴'에 대한 아빠의 근심은 지난 몇 년간 계속 심해지고 있었다. 그러나 재이는 그

것이 그냥 또 하나의 기벽이거나 걱정 정도라고 생각해왔었다. 꼭 그래야 하는 경우가 아니면 아파트 밖으로 거의 안 나가는 것처럼. 아니면 작년에 남는 방 뒤쪽에 패닉룸을 설치하거나, 엄마와 재이가 농담처럼 '홀로코스트 헛간'이라고 부르는 저장실에 통조림을 잔뜩 채워놓는 그런 거. 그러나 엄마는 웃지 않으셨다. 엄마는 아빠에게 이래라저래라 하지 않으셨다. 요즘 재이는 부모님의 관계가 완벽하지는 않다는 결론을 내리게 되었다. 엄마는 아빠의 생존 장비 세트를 내버려두었고, 아빠는 엄마가 사라 리의 체리 치즈케이크를 먹는 버릇을 내버려두었다. 그게 엄마의 건강에 어떤 영향을 미치는지 알면서도. 재이는 화제를 바꿨다.

그쪽은 어때, 스크러피?

또 와이파이가 반응이 없다. 스크러피의 답이 뜰 때까지 거의 20초나 걸린다.

영국엔 아직 발병 사례가 없어. 하지만 곧 자기 자신이나 주위 사람이 아프면 뭐뭐를 하라고 광고가 나오겠지. 무서워. 학교도 한동안 휴교할 것 같고. 그럼 만세지만.

페이스북에서 스크러피의 학교 사진을 본 적이 있다. 런던 외곽에 있는 고급 여학교다. 병신 같은 줄은 알지만, 그는 고등학교를 졸업하면 스크러피를 찾아가겠다는 꿈이 있다. 물론 그 전에 살을 몇 킬로그램 정도 빼야겠지만. 재이의 프로필 사진은 작년에 찍은 것으로, 턱이 늘어지기 전이다. 그러나 그는 열라

멋진 오토바이를 타고 스크러피의 학교 정문으로 들어가서 그녀를 태우고 나오는 환상을 가지고 있다. 같이 유럽을 여행할 수도 있겠지. 파리를 돌아다닐 수도 있을 거다. 그럼 멋질 텐데.

잠깐. 나 가야 돼.

대답도 하기 전에 스크러피가 접속을 끊었다. 그는 드롭박스 일기장을 열어서 어제 입력한 내용을 살펴봤다. 어제 한 생각과 행동을 되돌아보는 것은 항상 조금 불안하다. 간혹 글을 쓸 때 트랜스 상태에 빠지는 경우도 있었다. 심지어는 자기가 무슨 말을 썼는지 기억하지 못할 때도 있다. 어제는 간단하게만 적어놓았다. 기본적으로 스크러피의 아레나에서의 평점에 대해 두 문단 정도를 썼을 뿐, 현실 세상에서 일어나는 일은 아무것도 쓰지 않았다. 현실 세상 얘기는 나중에 써야지. 지금은 그런 걸 쓸 기분이 아니다. 게다가, 아직 끝났는지도 확실치 않다. 물론 TV는 보고 있고, 서울과 도쿄에서 일어나는 일들이 이곳에서도 일어날지 모른다고 생각하면 겁이 더럭 났다. 하지만 저 바깥은, 적어도 이곳으로 차를 타고 오는 동안에는, 그냥 평범한 가을날이었다. 거리에 시체도 없고. 이 일이 얼마나 심각해질지 누가 안담? 이렇게 멀리까지 퍼지지 않을지도 모른다. 스크러피는 아직도 온라인으로 돌아오지 않았고 어차피 연결이 또 끊어질 테니 다시 게임을 하고 싶지도 않았다. 에이 씨발. 오락실에 가서 거기 신호는 좀 나은지 봐야겠다.

재이는 레노보 노트북을 배낭에 밀어 넣었다.

"좋아요, 엄마, 아빠. 두 분이 이겼어요. 저 나가요."

엄마가 무성의한 미소를 보냈다. 엄마의 얼굴이 얼룩덜룩하

고 땀이 배어 있었다. 보스턴에서부터의 장거리 운전 탓에 기진
맥진한 것이다. 의학계에 몸담은 사람치고 엄마는 본인의 건강
에 꽤 느슨한 편이었다. 엄마는 지금으로써는 완전해 보이지 않
았고, 올해 안에 10킬로그램 정도는 더 살을 빼야 했다.

"길 잃어버리지 마라. 여긴 넓으니까."

재이가 문 쪽으로 향하자 아빠가 말했다. 그는 아빠가 성소에
대한 실망을 숨기고 있다는 걸 눈치챘다. 여기는 인터넷 홈페이
지에 올라온 번드레한 사진과는 조금도 비슷하지 않았다.

복도에 발을 내딛자마자 동작 센서가 작동하면서 불이 켜졌
다. 전기가 나가면 순수하고 완전한 암흑에 갇히게 된다는 생각
을 하면 무서웠다. 재이는 아이폰을 꺼내서 옛날 아젤리아 뱅크
스의 앨범 〈212〉를 뒤져 재생하고 가사를 흥얼거리면서 터벅거
리며 계단실로 걸어갔다. 계단실 안에서 페인트와 콘크리트 냄
새가 났다. 재이는 늘 그 냄새가 오줌 냄새 같다고 생각했다.

재이는 조심스럽게 오락실에 들어섰다. 안이 비어 있는 것을
보니 안도의 한숨이 절로 나왔다. 이 방은 중급 호텔의 공용 구
역을 연상시켰다. 맞물린 소파들이 가운데 자리를 잡고, 긴 바
에는 조명이 켜져 있다. 한쪽 벽에는 폭포의 이미지가 비친다.
브로슈어 문구에 따르면 이런 높은 천장과 가짜 LED 창문과 세
심하게 조절되는 인공조명과 이런 유의 영상들이 밀실공포증을
덜어줄 거라고 했다. 그러나 물 떨어지는 화면을 보고 있으면
소변이 마려워질 뿐이었다.

TV가 있는 곳으로 향했다. 레노보의 배터리가 거의 다 닳아
서 공습을 하려면 배터리를 충전해야 했다. 누군가 TV를 켜놓
고 나갔다. 소리는 꺼져 있었지만 폭스 뉴스의 하단 자막이 요
란하게 흘러간다. 'LA, 샌프란시스코, 시애틀에서 아오바 바이

러스 발병 사례 확인. WHO 아오바 바이러스로 인한 공공보건 비상상황 발령. "통제 불능" 가능성 대두. 일반인은 외출을 삼가기 바람.' TV 화면이 계속 바뀐다. 흰 방호복을 입고 방독면을 쓴 사람들이 비행기에 오르고 있다. 자동차에서 끌려 나오는 아이가 울부짖는다.

뒤에서 목소리가 들리자 재이는 펄쩍 뛰었다. 그레그가 제어실 문에서 나오며 위성전화기에 대고 소리를 지르고 있었다.

"그 부품들은 지난주까지 된다고 했잖아. 난 그 말만 믿고……."

그레그는 재이를 보고 목소리를 낮췄다.

"나중에 다시 전화할게."

그레그가 미소를 지어 보였지만 재이는 속지 않았다. 뭔가 중요한 대화를 하던 중인 모양이다.

"안녕, 재이. 짐 정리는 잘 돼가니?"

"네."

그레그는 화면을 힐긋 보았다.

"상황이 정말 안 좋아질 것 같구나."

재이는 어깨를 으쓱했다. 그래. 아빠까지 포함해서 종말을 대비하던 모든 편집광 미치광이들이 옳다는 것이 입증된 거다. 그들이 대비해왔던 초대형 사건이 마침내 일어났으니까.

"넌 안전한 곳에 온 거다, 재이. 여기에서는 아무것도 걱정할 게 없어."

무성의한 말투가 그레그의 목소리에 깃들어 있었다. 그 자신도 자기가 하는 말을 믿지 않는 것 같았다.

"거스리 씨네 아이들은 만나봤니?"

"아뇨."

"또래 친구들과 함께 지내면 좋지. 착한 아이들이더라. 너도 마음에 들 거야."

"근사하네요."

잠시 어색한 침묵이 흘렀다. 재이는 다음에 나올 '10대와 소통하려 노력하는 어른의 한마디'에 대비했다.

그레그가 전화기를 들여다보며 말했다.

"수영장엔 가봤니?"

"아뇨."

"한번 가보렴."

"네."

솔직히 계단으로 지하 8층까지 내려가거나 할 기분은 아니었다. 처음 도착해서 그레그가 콘도 내부를 안내해줬을 때 엘리베이터가 아직 작동하지 않는다는 얘기를 들었던 것이다. 그러나 그레그의 속뜻은 충분히 눈치챌 수 있었다. 재이가 계단실 쪽으로 향하자 그레그는 재이에게 엄지손가락을 들어 보여주었다.

아래로 내려갈수록 공기는 더 차가워졌다. 지진이 나서 이 콘크리트가 전부 그의 머리 위로 우수수 쏟아지면 무슨 일이 일어날까 하는 생각이 자꾸 떠올랐다. 재이는 생각을 떨치려 애썼다.

그는 잠시 걸음을 멈추고 비닐 장막으로 가려진 출입문 사진을 찍어 그 밑에 메시지를 적었다.

이거봐, 스크러피. 나 진짜 피난시설에 와 있어.

젠장. 신호가 없다. 나중에 보내야겠네.

잠시 동안 이 콘크리트 상자 안에 혼자 있으려니 진짜 공포가 그를 덮쳤다. 재이는 걸음을 재촉했다. 7층까지 오니 숨이 약간 가빠졌다. 그는 어깨로 문을 밀어 열고 확 트인 공간으로 들어섰다. 가운데에 수영장이 있고, 그 주위로는 잡다한 운동기구들이 있었다. 남자애와 여자애가 구석의 작은 농구 코트에 있었다. 여자애는 검은 머리가 길었고 남자애의 체격은 다부졌다. 문 닫히는 소리가 나자 둘은 대화를 멈췄다. 재이는 배 속이 마구 뒤틀리는 것을 느꼈다. 사교 활동에 영 서툰 편은 아니었지만, 새로운 사람을 만나는 것은 항상 긴장되는 일이었다. 이런 기질은 틀림없이 아빠에게서 물려받은 것이리라.

"안녕."

여자애가 말했다. 귀엽다. 날씬한 체격에, 재이보다 키가 5, 6센티미터 정도 작을 것 같다. 옷차림은 엄청 촌스러워서 재이의 학교 친구들이 봤다면 죽이려고 덤벼들었을 것이다. 그래도 저 미키마우스 티셔츠와 엄마 것 같은 청바지를 무리 없이 소화하고 있다는 생각은 든다. 남자애는 사정이 좀 다르다. 약간 나이 들어 보이고, 머리도 짧게 깎았고, 코는 들창코에 몸 전체에 근육이 첩첩이 쌓여 있었다.

"안녕."

재이가 말했다.

남자애는 무표정한 얼굴로 재이를 위아래로 훑어보고는 바구니에서 농구공을 꺼냈다.

여자애가 손을 청바지에 문질렀다.

"지금 도착했어?"

"두 시간쯤 전에."

"난 지나 거스리야. 여기는 오빠 브렛이고."

브렛. 꼭 브렛처럼 생겨먹었다. 아니면 마초처럼.

"난 재린이야. 그냥 재이라고 불러."

여자애가 고개를 끄덕이며 신발로 바닥을 긁는다. 재이는 속으로 뭔가 말할 거리를 찾았다.

"너넨 여기 언제 왔어?"

"어제."

"멋지네. 여기 어떤 것 같아?"

지나는 머리카락을 만지작거리며 어깨를 으쓱했다.

"괜찮아."

"그래. 너 여기가 정말 멋있다고 계속 재잘거렸잖아. 꼭 하워드 존슨* 같다고."

브렛이 말했다.

"안 그랬어!" 지나가 말했다. "여긴 그냥…… 새것이라고 했지."

"내가 가본 호텔들은 대부분 창문이 있었지. 옥상도."

이 말을 꺼내놓고 재이는 자신이 얼간이처럼 보이지 않길 바랐다.

브렛이 코웃음을 쳤다.

"넌 어디서 왔냐, 재재?"

"밴쿠버. 작년에 보스턴으로 이사 왔어."

브렛은 농구공을 팅기기 시작했다.

"아니. 원래 어디에서 왔느냐고."

이 친구가 지금 놀리는 건지 아니면 정말로 순수한 뜻으로 묻는 건지 알 수가 없다.

"말했잖아. 캐나다라고."

* 미국의 저렴한 숙소 체인.

26

"너 중국인이냐?"

재이는 순간 멍해졌다. 이런 젠장. 이런 놈이 실제로 존재하는 거야? 그는 지금까지 한 번도 강도 높은 인종차별은 경험해보지 못했다. 월드 오브 워크래프트 게시판에서는 이런 식으로 시비를 거는 놈들이 있었는데, 그런 것쯤은 얼마든지 처리할 수 있었다.

"아빠 고향이 한국이야."

브렛이 공을 골대로 쐈다. 공이 멀리 빗나가서 재이는 속으로 미소를 지었다.

"거기 사람들이 많이 죽어나가던데."

"알아."

얼른 가야겠다.

"만나서 반가웠어. 난 이제 돌아가서……."

"아, 그렇게 몸 사리지 마, 재재." 브렛이 히죽 웃는다. "좀 더 있다 가. 우리랑 자유투 놀이나 하자."

브렛은 또 슛을 날렸지만 또 빗나갔다.

"아니 됐어. 고맙지만."

"왜, 질까봐 겁나냐?"

뒤에서 문 열리는 소리가 났다. 고개를 돌려보니 웬 아저씨가 방으로 들어오고 있다.

"지나, 이제 갈 시간……."

아저씨는 재이를 보자 갑자기 말을 멈춘다. 거스리 씨겠지. 브렛과 똑같은 강렬한 파란 눈에 '나한테 수작 부리지 마' 하는 자세도 똑같다. 카고팬츠 차림에 뒷주머니에 스위스 군용 칼을 꽂은 것이 자기가 무슨 텍사스 레인저라도 되는 줄 아나보다.

지나가 자기 청바지를 만지작거린다.

"아빠. 얘는 재이예요. 얘네 가족은 오늘 도착했대요."

"그렇구나."

"만나서 반갑습니다."

재이가 말했다.

거스리 씨의 눈에서 레이저가 나온다.

"너네 객실은 몇 호지?"

"2B요."

"침실이 세 개 있는?"

"그럴 걸요."

재이는 고개를 떨구지 않기 위해 억지로 힘을 주었다.

마침내 거스리 씨가 지나에게로 시선을 돌렸다.

"지나, 방으로 돌아가라."

"하지만 아빠, 아까는……."

"지금 가. 당장."

지나는 재이에게 수줍게 눈빛을 던지고는 얼굴을 붉혔다. 진짜로. 뺨에 분홍빛 혈색이 감돈다. 거스리 씨는 재이에게 고갯짓으로 퉁명스럽게 인사를 하고는 지나를 따라 밖으로 나갔다.

재이는 정말이지 저 사이코 소년과 단둘이 남는 것만은 피하고 싶었다. 그러나 지금 바로 자리를 피한다면 완전 겁쟁이처럼 보일 것이다. 얼마나 오래일지는 몰라도 아무튼 이곳에 온 이상 저 녀석과 한동안 같이 지내야 한다. 그러려면 어느 정도는 브렛과 우호적인 관계를 쌓아야 한다. 어쩌면 저 사이코 기질은 단순히 멍청이의 유머 같은 것인지도 모른다.

"그래서, 브렛. 너는 어디에서……."

"받아!"

브렛이 갑자기 재이의 머리를 향해 전력으로 공을 던졌다. 재이는 웅크리려 했지만 그 전에 코에 정통으로 공이 날아들었다. 재이는 잽싸게 발을 움직여 노트북 케이스가 바닥에 떨어지는 것을 막았다. 고통이 피어올랐고, 그는 코피를 훌쩍 들이마셨다.

"왜 이런 짓을 한 거야?"

브렛은 순진무구한 표정으로 말했다.

"왜, 받으라고 그랬잖아."

이 녀석을 육체적으로 압도할 방법은 없다. 브렛은 적어도 20킬로그램은 더 나갈 것 같다. 재이는 처음으로 닌주쓰* 코스를 중도 포기한 것을 후회했다. (게임 중독만으로도 이미 충분한데, 여기에서 더 나아가 전형적인 아시아 소년의 클리셰가 되고 싶지 않았던 것이다.)

"아무튼." 재이가 웅얼거렸다. 코피가 윗입술로 줄줄 흘렀다. 고개를 숙이고, 그는 조용히 문을 향해 걸어갔다. 브렛의 웃음소리가 뒤따라 울렸다.

이건 시작에 불과하다. 재이는 분명히 알 수 있었다.

* 일본의 고유 무예.

3
케이트

공항 진입로에 꼬리를 물고 늘어선 자동차들을 보니 뭔가 잘 못된 모양이었다. 타이슨은 내내 손가락으로 운전대를 두드리 며 한숨을 쉬었다. 자기가 화난 걸 내가 모를까봐 그러는 모양 이다. 이게 전부 다 내 잘못이라는 듯.

택시를 타고 가겠다고 했지만, 새리타가 내가 가는 모습을 보 러 공항에 따라오겠다고 애원했다. 그래서 지금 나는 한층 더 치솟은 그의 짜증의 대상이 되었다.

자동차들은 눈곱만큼씩 앞으로 나아갔고, 성질이 난 타이슨 이 바로 앞 캐딜락을 아슬아슬하게 비껴갔다. 금발로 머리를 염 색한 앞차 운전자가 백미러로 타이슨을 흘긋 노려보았다.

마침내 공항 여객터미널에 들어섰다. 전광판에는 '모든 항공 편 지연'이라는 글자가 깜박이고 있었다.

"모든 항공편?" 내가 말했다. "하지만 오늘 아침에 확인했어 요. JFK 공항 연결편은 아직 있다고요. 서해안에서 오는 비행기 들만 취소됐다고 했어요."

"이런 젠장!"

타이슨이 내뱉듯 말했다.

새리타가 놀라 고개를 들었다. 나는 아이의 팔을 어루만져주 었다. 그렇게 하면 아빠의 나쁜 힘을 가라앉힐 수 있는 것처럼. 그러나 솔직히 나도 속에서 욕지기가 치민다. 집에 가고 싶다.

"이런 씨……."

타이슨이 입을 다문다. 그는 크게 숨을 들이마셨지만 그렇게 해도 얼굴색은 변하지 않았다. 게다가 설상가상으로 차를 돌리기엔 너무 늦었다. 일방통행로에 갇힌 신세가 되어 여객터미널 건물을 지나 반대쪽으로 빠져나가는 수밖에 없다. 여객터미널 앞에 다다르자 중앙홀에 모여든 사람들이 보였다. 꼭 머릿속에서 욱신거리는 붉은색 편두통 덩어리 같다. 나는 창문을 내리고 승하차장 주위를 어슬렁거리는 안전요원을 불렀다.

"잠깐만요. 여기요!"

고개를 돌린 안전요원이 뒷좌석에 앉은 나를 발견하고 턱을 치켜들었다.

"저거 진짜예요? 정말 모든 항공편이 이륙 금지예요? 전 JFK 공항에서 비행기를 갈아타야 하는데요. 정시 운항한다고 그랬는데."

내가 말한다. 이성적으로 설명하면 이 남자가 상황을 바꿔줄 수 있는 것처럼. 요즘은 늘 이런 식이다. 별것도 아닌 위협에도 이착륙을 금지시켜버린다. 난 당연히 통과시켜주겠지. 나는 그냥 집에 가고 싶을 뿐이다. 다른 누군가의 골칫거리가 되고 싶지 않다.

안전요원은 북새통인 터미널 입구 쪽으로 고개를 돌렸다.

"모든 항공편이 이착륙 금지예요."

그는 번잡한 구간에 끼어 있는 차량과 사람들을 보고 경계태세를 갖췄다.

나는 백미러로 타이슨과 시선을 맞추려고 애썼지만, 그는 전화기만 들여다보고 있다. 앞차가 천천히 움직이자 타이슨은 앞도 제대로 보지 않고 그 뒤에 바짝 붙었다.

"케이티, 그럼 안 가는 거예요?"

새리타가 물었다.

"오늘은 못 가겠네."

나는 아이에게 미소를 지으려 했지만 가슴속에서는 바위가 가라앉는 것 같다. 점점 커져가는 두려움을 떨치려고 거지같은 전화기의 브라우저로 항공사의 전화번호를 검색하는 데 집중했다. 그러는 동안 타이슨은 이를 악물고 화물차 뒤를 따라 우편 수송로로 접어들고 있었다. 마침내 항공사에 전화 연결이 되었지만, 자동응답기의 컴퓨터 음성 메시지가 단조로운 목소리로 "메시지를 남겨주세요. 곧 연락드리겠습니다"라고 말할 뿐이었다. 신호음은 영영 울리지 않았다.

타이슨은 씩씩대며 혼잣말을 웅얼거리면서, 추월금지선에서 추월을 하더니 북쪽을 향해 달리다 95번 도로로 진입했다. 나는 간신히 항공사 홈페이지에 접속했고, JFK 공항에서 요하네스버그로 가는 항공편 역시 지연됐다는 사실을 확인했다. '무기한 지연.' 물밀 듯 밀려오는 공포를 그냥 내버려두자 온몸의 살갗이 뜨거워졌다. 믿을 수가 없다. 비행기도 놓쳤고 치명적인 바이러스까지 밀려오고 있다니. 사람들은 항상 아프리카를 범죄와 폭력과 질병으로 가득 찬 곳이라고 말한다. 하지만 지금 이 순간 집보다 더 안전한 곳은 없었다. 그리고 갑자기 우리 집이 끔찍이도 멀리 있는 것처럼 느껴졌다.

친구들이 비웃으며 말할 때 걔들 말을 들을걸.

"가정부? 너 지금 제정신이니? 그건 아니야, 케이트."

걔들 말을 들었어야 했다. 그래도 나 자신도 놀랄 만큼 이 일은 나에게 잘 맞았다. 그러나 예정된 6개월이 끝났고 이제는 내 원래 삶으로 복귀할 시간이다. 타이슨은 다루기가 힘들었다. 그는 퉁명스럽고, 일중독에, 딸이 아빠를 필요로 할 때도 전혀 같이 있어주지 않고, 심지어는 아내를 애도해야 할 때도 시간을 할애하지 않는 남자다. 그러나 새리타와는 정말로 끈끈한 유대감이 생겼다. 집으로 돌아가는 게 아이를 버리고 가는 것 같아서 죄책감이 든다. 그러나 타이슨이 곧 새리타를 위해 나보다 더 제대로 자격을 갖춘 보모를 구해줄 것이다.

"우리 닌자 퀸 놀이를 해요."

"그래, 그러자."

타이슨이 195번 분기점을 지날 때 나는 고개를 들었다.

"출구를 지나쳤어요."

곧장 그의 사무실로 가는 모양이다. 사무실에서 새리타와 놀아주다가 직접 집으로 데리고 가라는 건가보다. 이게 그 대가인가? 지난주에 일을 그만두겠다고 통지한 이후 우리는 거의 말을 하지 않았고, 지금까지 난 그의 소극적인 공격을 받아내야만 했다. 새 보모를 찾아야 하는 것 때문에 화가 나 있으리라는 건 알고 있었지만, 나에게도 처리해야 할 문제가 있다.

"지금 집에 가는 거 맞죠?"

그러나 대답으로 야유만 돌아왔을 뿐이다.

"제발 좀, 케이트."

던킨 도넛 센터를 지나고 있다. 전에 새리타와 여기서 디즈니 아이스쇼를 본 적이 있다. 물론 도넛도 먹었고. 아무튼 그렇다면 지금 시내로 가는 길이 아니라는 뜻이다.

"지금 뭐 하는 거예요, 타이슨? 이봐요. 집으로 가야죠."

그러나 그는 포니테일로 머리를 묶은 남자가 모는 픽업트럭의 뒤를 쫓아 추월차선으로 계속 직진하고 있다.

"타이슨. 제발 차 돌려요. 이건 말이 안 돼요."

나는 손을 뻗어 타이슨의 팔을 잡았다.

"이러지 말아요."

타이슨이 팔을 낚아챘다.

새리타가 눈을 크게 뜨고 울기 시작했다. 나는 아이의 손을 잡았다. 아이를 안심시키는 미소를 짓기 위해 무진 애를 써야 했다.

"아빠가 지금 어디로 가는지 알려주면 정말 좋겠다. 그렇지?"

"네."

새리타가 훌쩍이며 말한다.

"아빠, 우리 지금 어디 가요?"

"우리는, 음, 그러니까, 할아버지 할머니 집에 간다. 됐지?"

"뭐라고요? 그걸 지금 결정한 거예요?"

그는 한숨을 쉬었다.

"그래요. 이봐요, 항공편은 이유가 있어서 취소된 거요. 도시를 벗어나는 게 더 안전해요."

"상황이 그렇게 심각하다고 생각해요? 사람들이 과잉반응하는 것 같진 않아요?"

"뉴스 안 봤어요, 케이트?"

어젯밤엔 짐을 싸느라 뉴스를 못 봤다. 하지만 어제 아침에 〈굿모닝 아메리카〉의 한 꼭지를 봤는데, 거기에서는 아시아의 상황만 나왔을 뿐이었다. 그러더니 태평양을 건너는 항공편들이 전부 취소되었다. 하지만 나는 이런 것들이 그저 예방조치라고 생각했다. 직접적인 위협이 있을 거라고는 생각지 않았다.

"하지만, 그럼 비행기를 어떻게 타요?"

"직접 봤잖아요. 모든 항공편이 취소됐다니까."

"곧 운항이 재개될 거예요."

"그럼 다시 데려다주죠."

그는 또 한숨을 쉬었다.

"이봐요. 이게 즉흥적인 결정인 건 나도 알아요. 하지만 내 생각엔 정말로 이게 최선이에요."

그는 목소리를 낮췄고 나도 화가 약간 누그러져 뒤로 물러나 앉았다.

"새리타의 옷은 어쩌고요?"

"그건 걱정 말아요."

몇 킬로미터를 지나자 간신히 교통체증이 풀렸다. 애틀버로와 맨체스터 연못을 지나자 타이슨은 조금 편안해진 것 같았다. 길에는 차가 한결 줄었고 타이슨은 렉서스의 크루즈 기능을 켰다. 이렇게 밖으로 나온 게 지난달 새리타의 네 번째 생일 때였는데, 그 여름날이 오래전 일처럼 느껴진다. 나뭇잎 색깔이 바뀌어가고 연못에는 음울한 회색빛 하늘이 비쳤다.

새리타에게 팔을 두르고 뒤로 물러나 앉아, 낯선 풍경이 다가오는 것을 바라보며 집 생각을 했다. 언제나 우리 집은 전화 한 통화나 비행기를 한 번 타면 닿을 수 있는 거리에 있었지만, 지금은, 이 거대한 땅을 차로 달리고 있는 지금은, 훨씬 더 멀리 있는 것처럼 느껴지기 시작했다. 나는 이기적인 아이인 것 같다. 아버지가 돌아가시자마자 곧바로 엄마와 메건을 두고 떠나다니. 하지만 나도 휴식이 필요했고 엄마는 그 점에 대해서는 매우 관대했다.

"넌 할 수 있는 일은 다 했어, 아가. 나와 네 아빠를 위해 여기 있어주었잖니. 가거라. 너는 쉴 자격이 충분해."

내 계획은 입주 도우미 일을 하며 여름을 보내고 집에 돌아가

내년에 대학에 복학하는 것이었다. 일탈을 이렇게 오래 즐기거나, 새리타에게 이렇게 푹 빠지는 건 계획에 없는 일이었다.

새리타가 마침내 카시트에서 잠이 들었다. 아이의 머리가 불편한 각도로 꺾여 있다. 타이슨은 GPS를 쳐다보고는 왼쪽으로 방향을 틀어 거의 보이지도 않는, 숲 속으로 난 길로 접어들었다.

뉴햄프셔의 어느 작은 마을에서 휘발유도 채우고 화장실도 가기 위해 잠시 멈췄을 때, 타이슨은 주유소 옆 상점에서 어린이용 티셔츠와 바지 세트 세 팩을 집어 들고 과자를 한 아름이나 챙겼다. 불길한 기분이 여전히 가시질 않았다. 사람이 사는 흔적을 보고 나서도 수십 킬로미터나 더 왔다. 새리타의 할머니가 정말로 이런 곳에서 산단 말인가? 새리타의 앨범에서 할머니의 사진을 두어 장 본 적이 있는데, 타이슨과 라니의 결혼식장 같은 곳에서 찍힌 사진 속 할머니는 말쑥한 복장에 눈빛이 슬퍼 보이는 도시 여성이었다. 그런 분이 이런 곳에서 어떻게 살아가는지 머릿속에서 그림이 그려지지 않는다. 이곳은 시골에서도 한참을 더 벗어난 곳이었다. 만일 항공사에서 항공편들이 모두 정상운행된다고 전화로 알려주면, 그리고 내가 탈 비행기의 스케줄이 다시 잡힌다면, 어떻게 제시간에 공항에 갈 수 있을까?

"아직 멀었어요, 타이슨?"

툴툴대는 소리는 '아니'일 수도 있고 '네'일 수도 있다. 그는 몸을 앞으로 숙이고 손가락으로 운전대를 톡톡 두드렸다.

"타이슨? 도대체 여기가 어디예요?"

대답이 없다.

"이봐요? 타이슨?"

"거의 다 왔어요."

그는 무심한 목소리로 대답했다.

그걸 물어본 게 아니잖아.

묵직한 쇠사슬이 감긴 울타리가 시야에 들어오자 타이슨은 속도를 늦췄다. 칼날이 붙은 철사가 휘감긴 울타리였고, 철사 틈새로 공터 한복판에 콘크리트 건물이 눈에 띄었다. 도로에는 가축들이 지나다니지 못하도록 구덩이에 쇠막대기 판을 깔아놓았고, 검은색 금속 문 두 개가 길을 가로질러 닫혀 있었다. 울타리 꼭대기에 설치된 감시 카메라 중 하나가 천천히 우리 쪽으로 고개를 돌렸다. 구역질 나는 냉기가 배 속을 훑는다.

갑작스러운 정적에 불안했는지 새리타가 뒤척거린다.

"여긴 어디예요, 타이슨?"

목에 뭐가 걸린 것 같은 목소리가 나온다. 이 정도 규모의 보안 시스템을 보니 어쩐지 기괴한 정신병원처럼 보인다. 아니면 혹시…… 혹시 저 사람 말과 달리 라니는 죽은 게 아니라 여기에 갇혀 있는 게 아닐까. 그게 아니라면, 이건 더 나쁜데, 이곳은 보육원일지도 모른다. 그래서 새리타를 여기에 버리러 온 거다.

그만 좀 하자! 내가 점점 이상해지는 것 같다. 무언가 타당한 설명이 있겠지.

"타이슨?"

나는 가방을 뒤져 전화기를 꺼냈다. 신호가 안 잡힌다. 젠장.

"타이슨. 저 엄마한테 전화해야 해요. 제가 탈 비행기가 취소됐다는 메시지를 엄마가 받으셨는지 확인해야 한다고요."

"저 안에 들어가면 전화할 수 있어요."

"저 안이 어딘데요? 아까는 새리타의 할아버지 할머니 집으로 가는 거라고 했잖아요."

답이 없다. 그의 목덜미가 땀으로 번들거린다.

거대한 문이 서서히 안쪽으로 열렸고 차는 울타리 안으로 들어섰다. 이럴 줄 알았으면 공항에서 여행 가방을 들고 차에서 뛰어내릴 기회를 노려보는 건데.

콘크리트 구조물 뒤에 회색 픽업트럭 두 대와 매끈한 검은색 세단이 주차되어 있다. 타이슨은 그 옆에 차를 세웠다. 타이슨이 차 문을 열자 그윽한 소나무 향과 신선한 공기가 쏟아지듯 밀려들어왔다. 지난 네 시간 동안 필터로 거른 공기만 마시다가 깨끗한 공기를 마시니 큰 위안이 된다.

콘크리트 구조물에는 해치 문이 열려 있었다. 거인이 쓰는 금고 문이 생각났다. 햇빛이 금속 표면에 반사되어 부서진다. 덩치 크고 배가 불룩한 금발 남자가 농부들이 입는 셔츠 차림으로 문에서 나와 우리에게 다가온다.

"어이, 타이슨. 다시 만나서 반가워요."

그는 타이슨과 악수를 하고 나를 보며 미소 지었다.

"이분은 길 부인이시겠군요."

"아니, 아니에요. 이쪽은 케이트 샌퍼드라고, 내 딸을 돌봐주는 보모요. 딸아이는 새리타라고 하는데, 뒷좌석에 있어요."

타이슨의 시선이 먼 곳을 향했다.

"라니는, 음, 지난 5월에 세상을 떴어요."

"저런, 미안합니다."

남자가 타이슨의 어깨에 손을 올리며 말했다.

"힘든 시간을 보냈겠군요."

영원히 깰 수 없는 악몽을 꾸는 것 같은 기분이다. 아니면 디스커버리 채널의 다큐멘터리에 갇힌 것 같은 더 끔찍한 기분이 든다. 그러나 저 덩치 큰 남자가 내가 일을 시작한 이래로 죽도록 묻고 싶었던 질문을 타이슨에게 던져줄 거라는 희망을 버릴 수가 없다. '라니에게 진짜로 무슨 일이 일어났는데요?'

"다른 사람들도 도착했나보군요."

타이슨이 고개를 끄덕이며 애써 농담하는 것처럼 말했다. 그는 대화 주제를 바꾸는 데는 전문가다.

"넵. 뚜렷하고 현실적인 위험이 닥쳤으니까요. 그래서 우리가 여기 모인 거죠."

그는 세일즈맨처럼 미소를 지었지만 눈빛에는 확신이 없어 보인다. 그는 차 뒷문 옆에 서 있던 내게로 다가왔다.

"만나서 반가워요, 케이트. 그레그 풀러입니다."

그가 손을 내밀었지만 나는 무시했다. 분노가 공포를 눌렀다.

"마지막으로 묻겠어요. 씨발, 여기가 도대체 어디냐고요?"

타이슨이 내 욕설에 움찔한다. 좋아.

새리타가 잠에서 깨서 멍한 얼굴로 낯선 주변을 둘러보았다.

"케이티? 할머니 집은 아직 멀었어요?"

그레그는 나와 타이슨을 번갈아 보다가 말했다.

"여기는 뉴잉글랜드의 최첨단 재난 방지 안전시설이에요, 케이트." 그러고는 팔을 넓게 벌렸다. "성소에 오신 것을 환영합니다."

뭐가 어째? 나는 타이슨에게 벌컥 화를 낸다. 심장이 쿵쾅거린다. "지금 우리를 이런…… 이런…… 피난시설에 데려온 거예요?"

타이슨은 두 손을 들었다.

"케이트, 지금 무슨 일이 벌어지는지 공항에서 당신도 봤잖아요."

"내 동의도 없이 이런 곳에 날 데려올 권리는 없어요!"

"케이트, 제발. 원래는 계획에 없었던 일이오. 하지만 비행기가 안 뜨잖아요. 달리 무슨 선택이 있었겠어요? 새리타는 당신이 필요해요. 나도 당신이 필요하고. 알겠죠?"

"아뇨. 하나도 모르겠어요."

나는 욕설을 꿀꺽 삼킨다. 하지만 솔직히 말하자면 새리타를 이곳에 이 남자와 단둘이 남겨둘 수는 없다고 생각한다.

"여기 얼마나 오래 있을 거예요?"

그레그가 불쑥 끼어들었다.

"지금으로써는 이곳이 다른 어디보다도 가장 안전하다고 보증합니다. 바이러스가 빠르게 확산되고 있어요. 뉴스에서도 계속 나오고 있고요."

타이슨이 차의 라디오를 꺼놓고 와서, 이 얘기가 진짜인지 알 수가 없다.

"정말로 그렇게 나빠요?"

"넵." 그레그의 목소리는 유쾌하게까지 들렸다. "여러 조짐으로 보아 아시아에서처럼 바이러스가 퍼질 것 같은데, 그렇다면 이곳 말고 다른 데 가고 싶다는 생각이 싹 가실 겁니다."

"케이티?" 새리타가 칭얼거린다. "케이티, 스트로브를 떨어뜨렸어요."

나는 아이에게 다가갔다.

"비행기가 다시 뜨면 첫 번째 비행기를 타게 될 거요. 약속해요."

타이슨이 말했다. 진심인지 아닌지는 모르겠다. 사실 나에게는 선택권도 없었다. 차를 몰고 떠난다고 해도 달리 갈 곳이 없으니까. 그리고 만일 바이러스가 동부까지 퍼지고 있다면, 여기가 안전할 것 같기도 했다.

뭔가 쿵쾅거리고 긁히는 소리가 나서 해치 쪽으로 고개를 돌렸다. 험상궂게 생긴 소년이 튀어나온다. 그 뒤로 소년의 성인 버전 같은 남자가 뒤따랐다. 둘 다 볼이 발그레하고 살집이 있고 눈이 작다. 꼭 럭비팀의 포워드들 같다.

거스리 씨 부자라고 그레그가 소개했지만, 타이슨과 캠 거스리는 이미 서로 아는 사이인 것 같았다.

"브렛, 저기 여자분을 도와드려라."

캠 거스리가 말했다.

"네, 아빠."

소년이 느릿느릿 말했다. 나를 뻔뻔하게 아래위로 훑어보는 아이의 시선에 나는 잠시 숨이 멎었다. 그 아이의 열기와 퀴퀴한 땀 냄새가 느껴진다. 그 노골적인 눈빛은 야생동물을 연상시켰다. 예의를 차리려는 노력 같은 건 없었다. 갑자기 그의 시선을 의식하면서 얼굴이 화끈거렸다. 오늘 아침엔 공항에 가느라 옷을 잘 차려입고 있었다는 생각이 떠오른 것에 스스로 당혹감을 느꼈고, 그래서 스스로에게 몹시 화가 났다. 이 상황을 잘 견뎌내야 한다.

"도와드릴까요?"

새리타에게 돌아가는 나를 소년은 집요하게 쳐다본다. 자기에게 당연히 그럴 권리가 있는 것처럼 굴고 있다.

"아니, 괜찮아."

나는 티셔츠를 바지의 허리 고무줄 위로 끌어 내렸다.

타이슨이 트렁크에서 내 대형 손가방을 꺼냈다. 나는 무거운 새리타를 오른쪽 허리에 얹고, 배낭을 어깨에 메고 여행가방을 끌면서 해치 안의 좁은 공간으로 들어갔다.

"지금 이 상황이 마음에 들지 않아요, 타이슨."

"나중에 얘기해요."

나는 새리타와 내 짐을 들고 해치와 육중한 금속 문 사이의 전실로 들어갔다. 금속 문은 밝은 초록색으로 칠해져 있었다. 여기가 에어록이라는 건 알 것 같다. 길이가 몇 미터밖에 되지 않아 소년이 내 바로 뒤에 바짝 서서 기괴한 소리로 웃고 있다. 하하하. 음산하고 낮은, 아둔한 웃음소리 때문인지, 아니면 그레그가 초록색 문을 열자 흘러나오는 차가운 공기 때문인지, 목덜미의 털이 바짝 곤두선다. 사람들이 모두 들어서자 그레그는 큰 소리가 나도록 문을 닫았고, 기압차 때문에 귀가 멍해졌다. 이 에어록 시설이 차단해야 하는 것들을 상상하지 않으려고 억지로 노력했다.

우리는 줄을 지어 가파른 금속 계단을 내려갔다. 계단 바닥에 비상 조명이 반짝거렸다. 뭔가 실용적인 벙커 같은 공간을 예상했는데, 아주 안락하고 고급스럽고 천장이 높은 라운지가 등장했다. 묘하게 비꼬는 듯한 휴양지 클럽 같은 분위기다.

나는 가방을 내려놓고 새리타를 소파에 앉혔다.

"여기에서 총기류를 소지하고 있는지 점검해야 합니다. 총기류는 모두 금고에 보관하고 있어요."

그레그가 말했다.

총기류?

"그런 건 없……."

그러나 내가 채 말을 끝맺기도 전에, 타이슨이 서류가방에 손을 넣더니 총을 꺼냈다. 그는 그걸 만지작거리다가 손잡이 쪽을 그레그 풀러에게 내밀며 말했다.

"좋은 생각인 것 같군요."

캠 거스리가 못마땅한 듯 툴툴거렸다.

"내 생각은 달라요. 별로 만족스럽지도 않고. 하지만 지금으로썬 그게 규칙이니까."

그레그가 웃었다. 그동안 거스리 집안 남자들과 계속 주고받던 농담인 모양이다.

"캠, 이 아래엔 우리밖에 없다는 걸 알잖아요. 만일 외부에 어떤 위협이든 발생하면, 그땐 적시에 무기를 사용할 수 있습니다."

나는 타이슨을 노려보았다.

"여기까지 오는 내내 총을 가지고 있었던 건가요……."

"서둘러라, 브렛. 이분들이 어서 짐 정리를 하게."

캠 거스리가 불쑥 끼어들었다. 여자의 잔소리로부터 타이슨을 구해주려는, 남자들끼리의 연대겠지.

브렛의 시선이 내 가슴 위에 머물고 있다. 그러나 지레 겁을 먹고 싶지는 않다.

"저기 폭포 좀 봐요, 케이티." 새리타가 말했다. "스트로브랑 심바랑 가서 봐도 돼요?"

"그럼, 아가. 하지만 저기까지만이야. 더 멀리는 가지 마. 알았지? 내가 보이는 곳에 있어야 해."

새리타가 가짜 폭포를 구경하러 가고 거스리 부자가 우리 짐을 계단실 문 앞까지 날랐다. 나는 새리타가 긴장하지 않도록, 목소리를 낮춰 타이슨에게 말했다.

"어떻게 이런 곳에 어린 딸을 데려올 수 있어요, 타이슨? 도대체 무슨 생각을 하는 거예요?"

"난 이 안전조치에 어마어마한 돈을 쏟아부었어요. 지금 여기 있는 걸 당신은 행운으로 여겨야 해요……."

아마 그는 이 말을 덧붙이고 싶었을 것이다. '라니 대신
에…….' 그러나 그는 마지막 말을 삼켰다.

행운이라고?

"난 집에 가야 해요."

누구에게랄 것도 없이 한 말이었지만, 나는 가짜 빛을 보며
황홀해하는 새리타를 바라보았다.

4
제임스

"더 빨리 갈 수 없어?"

비키가 말했다. 벌써 스무 번은 말했을 것이다.

숨을 깊이 들이마시고, 꾹 참는다. 하지만 젠장, 도대체 몇 번을 더 참아야 해?

"지금은 모험하고 싶은 기분 아니라는 거 알잖아."

이런 지형에서 달리도록 제작된 차였지만, 어림도 없는 일이었다. SUV가 견인력을 잃을 가능성이 없다는 걸 머리로는 알았지만, 스노체인 없이 빙판길 위를 운전하는 느낌은 여전했다. 뒷바퀴는 헐거운 자갈길만 닿아도 헛도는 것 같았다. 핸들을 잡은 손가락이 아프고 엉덩이는 감각이 없었다.

제임스와 비키가 출근 준비를 하고 있는데 '세계 종말에 대비하는 보스턴 사람들의 모임'의 한 친구가 시 전역에 봉쇄 조치가 있을 예정이라는 소식을 전화로 알려주었다. 비키는 지금 바로 떠나야 한다고 고집을 부렸다. 그는 운전을 싫어해서 리무진 회사의 기사 서비스를 받고 있었다. 하지만 일반인 운전기사를 아무나 데려다가 그들의 목적지를 공개할 수는 없는 노릇이었다. 게다가 재난 대비용 생존용품 가방도 이미 아파트 지하 주차장에 세워둔 SUV에 실어놓은 상태였다. 신경이 곤두섰지만, 마음을 추스르기 위해 담배 한 개비조차 피울 수가 없었다. 그가 다시 담배를 피우기 시작했다는 사실을 알면 비키가 노발대

발할 것이기 때문이다. 셔츠가 겨드랑이에서 달라붙는다. 가슴이 조여온다. 차 안은 시추의 오줌 냄새로 가득하다. 신선한 공기를 마시지 않으면 폴 스미스 재킷 앞자락에 와락 토할 것 같다. 앞에 펼쳐진 도로에서 시선을 떼지 않은 채 그는 창문 스위치를 더듬어 찾았다.

"지금 뭐 해?"

비키가 매섭게 물었다.

"숨을 못 쉬겠어."

"바깥 공기에 뭐가 있을 줄 알고? 미생물이나 병균 같은 게……."

"편집증이 또 도졌군. 보스턴에선 아직 발병 사례가 없어. 게다가 그 병은 그런 식으로 걸리지도 않아."

"어떻게 알아? 어떻게 그렇게 잘 알아, 제임스?"

비키의 영국식 악센트가 도드라졌다. 화가 날 때나, 성적으로 흥분했을 때나, 아니면 이건 최근에 제임스가 발견한 것인데, 몹시 겁을 먹었을 때만 튀어나오는 악센트다.

"이 빌어먹을 라디오만 듣게 해준다면 알겠지. 안 그래?"

"목소리 좀 낮춰. 클로뎃이 놀라겠어."

젠장. 개의 혀가 입 밖으로 늘어져 있다. 텅 빈 단추처럼 생긴 눈이 잘 다듬어놓은 머리털 틈으로 간신히 보인다. 성소의 규약집에 분명 '애완동물 반입 금지' 조항이 있는 걸 봤는데. 아, 그래. 혹시 예상했던 것보다 성소에 더 오래 머물게 된다면 이 빌어먹을 개새끼의 사료를 먹을 수도 있겠지(아주 비싼 거니까). 정말 최악의 시나리오가 펼쳐진다면 개를 잡아먹을 수도 있고. 이 시추를 어떻게 요리해줄까, 자기? 푹 삶을까 아니면 살짝 구울까? 그는 코웃음을 쳤다.

"뭐가 그렇게 재밌어, 제임스?"

"아냐, 아무것도."

"지금은 운전에 집중해야 해."

제임스는 화가 나서 가속 페달을 꾹 밟았다. SUV가 껑충 뛰며 앞으로 총알같이 질주했다.

비키가 대시보드를 잡는 바람에 개가 비키의 무릎에서 떨어질 뻔했다. 제임스는 순간적으로나마 승리감을 느꼈다.

"속도 좀 늦춰!"

"더 빨리 가라고 한 줄 알았는데?"

"이런 식이 아니라……."

갑자기 퍽, 소리가 나더니 차가 오른쪽으로 쏠렸고, 바퀴 자국이 깊이 팬 더러운 길 옆 관목 가지에 차 옆구리가 긁혔다. 제임스는 급히 브레이크를 밟았고, 소름 끼치는 몇 초가 지난 후 ABS가 작동되면서 핸들이 손안에서 젤리처럼 느껴졌다. 그는 브레이크에서 발을 떼었고, 차는 기우뚱거리며 길가로 향했다.

그는 계기판을 내리치며 외쳤다.

"젠장!"

"뭐였어? 뭘 친 거야?"

"타이어가 펑크 난 것 같은데."

손이 떨렸다. 맙소사.

비키는 개를 무릎에서 내려놓지도 벨트를 풀지도 않은 채 그대로 가만히 앉아 있었다.

"타이어 가는 법은 알아?"

내가 그걸 알던가? 타이어를 가지고 뭘 해본 건 꽤 한참 전인데. 핸드브레이크를 풀었던가 걸었던가? 기억이 안 난다.

"검색 좀 해봐."

"지금 나더러 타이어 가는 법을 인터넷에서 찾아보란 말이야?"

"귀먹었어?"

"그렇게 화낼 필요 없잖아, 제임스."

필요가 있어, 이 씨발년아. 강한 여자가 되어야지. 회의실에서는 불도그잖아. 여러 가지 의미에서 회사의 사장이고.

그녀는 씩씩거리며 가방을 뒤져 전화기를 꺼냈다.

"와이파이 신호가 없는데."

아, 그러세요? 이런 허허벌판에 와이파이가 없어요? 그것참 놀랍네.

"데이터를 써."

"신호가 아예 안 잡혀."

제기랄.

그는 밖으로 나와 차 문을 쾅 닫았다. 스페어타이어가 온전하기만 기도할 뿐이었다. 왜 떠나기 전에 확인할 생각을 못 했을까? 왼쪽 앞 타이어가 찢어져 있었다. 고무 사이에 가느다란 금속 철사가 반짝거리며 박혀 있었다. 이 상태로는 운전을 할 방법이 없다. 펑크가 나도 주행할 수 있는 안전 타이어를 끼웠어야 했는데. 이번 일만 모두 끝나면 이 차를 판 딜러한테 소송을 걸어야겠다.

그는 간신히 트렁크를 열었다. 에비앙 12개들이 팩이 그의 발에서 불과 몇 센티미터 앞에 떨어지는 바람에 뒤로 펄쩍 뛰어 피했다. 스페어타이어 함 위로 비키가 쌓아올린 이 잡동사니들을 옮기려면 몇 년은 걸릴 것 같았다.

"좀 도와줄래?"

대답이 없다.

그는 클로뎃의 고급 개 사료 상자를 길가로 던지고 또 던졌다. ('버펄로의 간과 캐비어' 따위로 만든 것이다.) 그다음엔 비키의 여성용품과 생존용품 가방이 나왔다. 그다음엔, 맙소사, 이 여자가 도대체 뭘 이렇게 쑤셔 넣은 거야? 1.5리터짜리 샴페인 한 병, 헤어드라이어 두 개, 스톨리 보드카 케이스, 그리고 말린 토마토 한 병. 말린 토마토! 이런 썩을! 그러니까 나머지 인류의 내장이 전부 토마토 수프로 변해가는 동안에도 전채요리는 놓칠 수 없다 이거지.

　마지막으로 스페어타이어 함의 덮개를 열기에 충분한 공간이 나올 때쯤에는 진짜 땀이 났다. 신이시여 감사합니다…… . 스페어타이어는 괜찮아 보였다. 그는 스패너를 꺼냈다. 그런데 빌어먹을 잭은 어디 있담?

　"왜 이렇게 오래 걸려?"

　비키가 빌어먹을 개를 끌어안고 그에게 다가왔다. 펜슬 스커트에 루부탱 하이힐. 그녀의 근무복이다. 그녀는 적당한 옷으로 갈아입을 시간도 허용하지 않았던 것이다.

　"짐을 꼭 이렇게 온 사방에 던져놔야만 했어? 먼지 묻겠네."

　"잭을 못 찾겠어."

　"뭘 못 찾아?"

　"잭 말이야. 저기 저 안에서 좀 찾아볼래?"

　그녀는 한숨을 쉬고 선글라스를 머리 위로 올려 썼다. 그렇게 하니 한낮의 태양이 입가의 주름을 하나하나 강조하면서 얼굴이 제 나이대로 보였다. (아무튼 보톡스의 능력은 대단하다.)

　"클로뎃은 어쩌고?"

　"그 빌어먹을 개는 차 안에 놔둬."

　비키가 돌아섰다.

"어디 가?"

"차에서 기다리게."

"뭘 기다려?"

"누가 지나가겠지."

그는 코웃음을 쳤다.

"누가 이 길로 지나갈지 어떨지 어떻게 알아? 우리는 문자 그대로 허허벌판의 한복판에 있는 거야."

GPS를 보면 성소는 여기에서 적어도 25킬로미터는 더 가야 한다. 왜 위성전화기를 살 생각을 못 했을까?

"성소로 가는 길은 이 길 하나야. 지금 거기 가는 사람이 우리뿐일 리 없어."

"정말? 그렇게 확실해? 응?"

"제임스, 그런 부정적인 태도는 전혀 도움이 되지 않아."

비키는 독선적인 태도를 뿜내며 차의 뒷좌석으로 걸어갔고, 제임스는 그 뒷모습을 노려보았다. 비키는 항상 그에게 이성을 잃는다고 비난하곤 하지만, 정작 자기가 여행 내내 화를 내고 있는 건 편리하게도 까맣게 잊어버린 모양이다. 그는 멘솔 담배한 갑과 새 글록 18 권총을 숨겨둔 생존용품 가방을 힐긋 쳐다봤다. 지난달에 충동적으로 총을 샀지만 아직 비키에게는 말하지 않았다. 그건 그의 것이다. 그의 작은 비밀 중 하나다.

그래도 비키가 아니었으면 애초에 성소를 사지도 않았으리라는 건 인정해야 한다. 그 '호화로운 생존용 콘도'에 돈을 쏟아붓지 않았다면 지금쯤 뭘 하고 있었을지는 신만이 아실 것이다. 아마 아파트에 바리케이드나 치고 있었겠지. 수술용 마스크를 대량 구매하고, 사람들의 접촉을 피하고, 10분마다 바이탈 사인을 체크하고.

종말 대비에 탐닉한 것은 비키가 먼저였다. 처음엔 농담이나 게임처럼 시작되었다. 디스커버리 채널에서 세상의 종말에 대비하는 사람들에 관한 다큐멘터리를 본 비키는 세계 종말 시나리오를 인터넷에서 검색하기 시작했다. 제임스, 죽는 방법이 이렇게나 많은 거 알아? 강도나 자동차 사고나 암 같은 게 아니라, 그런 '빅 이벤트'가 어느 날 갑자기 일어난다면? 미처 깨닫기도 전에 태양의 화염에 튀겨질 수도 있고, 경제 붕괴의 여파로 콩 통조림 한 개를 두고 생존을 건 싸움을 할 수도 있다. 그녀는 인터넷 토론 그룹에 가입해서는 밤에 잠들기 전에 기상천외한 이론들을 그에게 읽어줬고, 둘은 깔깔대며 웃었다. 종말 대비가 정확히 언제부터 진지해졌는지 기억나지 않는다. 아마도 비키가 사격을 배워두는 게 좋겠다고 제안했을 때부터일 것이다. 사격 연습을 시작한 지 얼마 되지도 않아 윈스턴 사격장 여행이 일주일 중 가장 즐거운 행사로 자리 잡았을 때는 둘 다 놀랐다. 유리와 크롬으로 뒤덮인 티끌 한 점 없는 회의실에서 스톡옵션에 대해 떠들며 한 주를 보내고 난 뒤, 범죄자 사진을 과녁에 걸어놓고 총을 쏘는 것은 뭔가 카타르시스가 있었다(그리고 섹슈얼하기도 하다. 그걸 잊지 말자).

보스턴 종말 대비 모임에서 어느 주말에 처음 열렸던 '원초적 생존 기술 훈련'은 그들에겐 계시였다. 별빛 아래에서 잠들고 불 피우는 법을 배우면서 탈진 상태였던 그들의 성생활에도 다시금 불이 당겨졌다. 가끔씩 비키가 랄프 로렌의 카고팬츠와 반다나를 주말 전투복장으로 차려입은 모습만 상상해도 그는 곧바로 단단해졌다. 이런 생존 대비 훈련은 둘만의 비밀이었다. 집 안에 조지아 오키프의 그림과 아르헨티나 와인 컬렉션과 재스퍼 콘랜이 디자인한 가구를 들여놓고 사는 매덕스 앤 매덕스의 제임스와 빅토리아 매덕스 부부가, 들판을 돌아다니며 토끼 가죽을 벗기다가 야외 취침을 할 줄 그 누가 상상이나 하겠는가?

한동안은 좋았다. 그러나 모든 것이 다시 좆같아졌다. 비키는 다시금 예전 모습으로 되돌아가서 시도 때도 없이 그를 비난하고 사사건건 그에게 죄책감을 심어주었다.

우르릉대는 엔진 소리에 그는 퍼뜩 정신을 차렸다.

"제임스!" 비키가 외친다. "차야! 저 차를 세워야 해!"

그녀는 차에서 뛰어나와 제임스 옆에 섰다.

초록색 픽업트럭이 커브를 돌아 속도를 늦추고 SUV 옆에 섰다. 운전석의 창문이 내려가고, 농기계 제조회사의 브랜드가 새겨진 모자에 미러 선글라스를 쓴 30대쯤 되어 보이는 남자의 얼굴이 나타났다.

"감사합니다. 타이어가 펑크 났어요. 잭을 찾을 수가 없네요."

제임스의 말에 남자는 고개를 끄덕이고, 픽업트럭을 SUV 앞에 세웠다.

"정말 감사드려요." 비키가 웅얼거렸다.

남자가 차에서 내리더니 트럭의 짐칸에서 잭을 꺼내 들고는 어슬렁거리며 둘에게 다가와 손을 내밀었다.

"윌 부셰라고 합니다."

제임스는 정말이지 낯선 사람과 악수하는 것만은 피하고 싶었다. 그러나 그는 편집증을 간신히 가라앉혔다.

"제임스 매덕스입니다. 이쪽은 제 아내 빅토리아고요."

"만나서 반가워요."

윌의 악수는 간결하고 견고했다. 제임스보다 10센티미터 정도 작았지만 오히려 키가 더 큰 것 같은 인상이었다. 못생긴 편은 아니었고, 다부진 체격에 수염이 까칠하게 자라 있었다. 낡은 청바지를 입고 작업화를 신고 있다. 남자의 모공에서 희미한 술 냄새가 퍼지는 것 같았다. 말투에는 순수한 뉴잉글랜드 시골뜨기의 억양이 배어 있었다. 겉으로만 봐서는 성소 같은 곳을 살 수 있을 만한 사람 같지 않다. 그러나 겉모습은 속기 쉽다. 그가 관리하는 부유한 고객들 중에서도 자선단체의 중고 가게에서만 물건을 사는 사람들이 있었다.

"두 분 지금 그레그의 방으로 가는 중입니까?"

월이 물었다.

"성소의 객실을 사셨어요, 월?"

늘 그렇듯 비키는 제임스의 생각을 읽은 모양이다.

"아뇨. 한동안 거기서 일했어요. 프로젝트 매니저로."

"지금 거기 가시는 길인 것 같은데요."

"네. 그레그가 며칠만 와서 도와달라고 해서요."

"그럼 성소의 비밀은 모두 알고 있겠군요."

제임스가 비키를 흘겨본다. 이 여자가 지금 이 남자한테 추근대는 건가?

"조금은요."

"차를 세워주셔서 고마워요. 정말 친절한 분이신가봐요."

"누구라도 그랬을걸요."

"꼭 그렇진 않죠."

제임스는 '한가한 소리 집어치워! 지금 바이러스가 몰려오고 있다고!'라고 소리 지르고 싶은 걸 간신히 참았다. 그런데 월은 서둘러 성소로 가는 것 같아 보이지는 않는다. 그러니 조금쯤은 긴장을 풀어도 좋을 것 같다. 아까 전에 그레그에게 지금 가는 중이라고 문자를 보냈고, 그레그는 언제 문을 닫겠다는 얘기 같은 건 하지 않았다. 그리고 사실 문이 닫혔다고 해도 그레그가 두 사람을 들여보내지 않을 리가 없다. 성소를 사기 위해 두 사람이 2년 동안 모은 돈을 쏟아부었는데. 그 정도 돈이면 프랑스 프로방스에서 대저택을 살 수 있다.

"자, 얼른 해결하죠. 핸드브레이크는 채웠나요?"

윌의 말에 제임스는 멋쩍어졌다.

"그게……."

윌은 SUV 조수석 문 안으로 몸을 뻗어 핸드브레이크를 채우고 곧바로 터진 타이어로 향했다.

"제가 할게요."

제임스가 말했다. 양복을 차려입은 자신이 나약하고 무능력하게 느껴졌다.

"괜찮아요."

윌은 능숙하고 부드러운 손길로 휠 캡을 벗기고 나사를 풀었다. 팔뚝에서 밧줄처럼 울퉁불퉁한 근육이 부풀어 올랐다. 그의 몸에서 군살이라고는 찾아보기 힘들었다. 제임스는 윌의 왼손을 힐긋 보았다. 넷째 손가락에 금반지가 끼워져 있다.

"그런데 어디에서 오시는 겁니까, 윌?"

제임스는 자신도 쓸모 있는 사람이라는 것을 과시하기 위해 흩어진 볼트들을 주워 모았다.

"어거스타 외곽에 집이 있어요."

윌이 헛기침을 했다.

"도로에 바리케이드를 쳤다고 들었는데. 뉴햄프셔 주 경계를 차단한다고 하더군요. 오는 길에 뭔가 본 거 있어요?"

제임스는 윌이 사적인 얘기를 피하려는 것 같다는 생각이 들었다.

"다행히 못 봤어요. 하지만 격리조치는 빠를수록 더 좋겠죠."

비키가 말했다. 목소리에서부터 잘난 체하는 기색이 역력하다. 왜 아니겠어? 그들은 이런 사태에 대비할 선견지명을 가진 사람들이지 않은가. 다른 수백만의 사람들은 아둔한 거고.

클로뎃이 비키의 품에서 발버둥을 치기 시작했다. 그녀는 개를 조심스럽게 바닥에 내려놓았다.

"자, 착하지. 가서 쉬해, 클로뎃."

제임스는 절로 몸이 움츠러들었다. 그러나 윌은 이 구역질 나는 장면에도 무반응이었다. 클로뎃이 털로 바닥 먼지를 온통 휩쓸면서 코를 킁킁대며 차로 다가갔다.

"저게 타이어에 쉬하지 못하게 해, 비키."

제임스가 빈정거렸다.

"클로뎃을 '저거'라고 부르지 마."

제임스는 이를 악물었다. 저 빌어먹을 개. 클로뎃이 두 사람의 인생에 끼어들고 나서부터 모든 것이 '옛날'로 돌아갔다. 종말 대비 활동 이전으로. 개가 집에 오고 그다음 주말에는 생존 훈련에 참석할 수 없었는데, 그 이유는 "클로뎃이 야외 활동을 싫어해서"였다. 사격장도 갈 수가 없었다. "클로뎃을 차에 혼자 남겨두면 잔뜩 긴장하는 데다가 소음 때문에 귀가 아플 수 있어서"였다. 그는 빌어먹을 클로뎃 때문에 성생활도 시들해지고 다시 싸움이 이어진다고 생각했다. 그러니까, 개와, 비키와…… 또 다른 문제 때문에. 그러나 그는 최근 들어 더욱 신중해졌다. 그런 실수는 지난 6개월 동안 딱 한 번뿐이었다. 만일 비키가 그 별것도 아닌 일탈을 알게 되었다면 지금쯤 제임스도 그 사실을 알았을 것이다. 그로 하여금 그 대가를 치르게 했을 테니까. 늘 그러듯.

"동물 좋아하세요, 윌?"

비키가 물었다.

"꺼리진 않습니다. 성소에 애완동물을 데리고 들어갈 수 있나요?"

비키의 몸이 굳었다.

"왜 안 돼요? 우리는 아이가 없는걸요."

"일리 있는 주장이네요."

"비키, 그만 좀 해."

제임스가 말했다. 이제는 어느 정도 진정이 된 것 같았다.

윌은 스페어타이어를 휠베이스에 끼워 넣고 볼트를 죄었다.

"다 됐습니다."

그는 터진 타이어를 트렁크의 스페어타이어 함에 넣고 두 사람의 짐을 그 위에 쌓기 시작했다. 제임스가 도와주러 달려왔다. 이 빌어먹을 고급 개 사료와 샴페인이 이 남자에게 얼마나 천박하고 퇴폐적으로 보일까를 생각하니 부끄러움이 물밀 듯 밀려왔다.

윌은 더러워진 손을 바지에 닦았다.

"성소까지 같이 가는 게 좋을 것 같군요. 혹시 또 문제가 생길 수도 있으니까요."

"아, 좋아요."

비키가 신이 나서 말했다.

윌은 고개를 끄덕이고는, 마침내 선글라스를 벗었다. 눈이 살짝 충혈돼 있었다.

제임스는 다시 운전석에 올라타 재킷을 벗었다. 비키는 클로뎃을 무릎 위에 앉히고 그에게 미소를 지었다. 진짜 미소다. 아마도 지난 몇 달간 보아온 것 중 최초의 진짜 미소일 것이다.

제임스는 시동을 걸고 먼지가 가라앉기를 기다리며 윌의 차가 떠나는 것을 잠시 지켜보았다.

"그래서, 우리의 구세주에 대해 어떻게 생각해?"

비키가 물었다.

제임스는 어깨를 으쓱했다.

"말수가 적은 남자네. 국도를 달리는 론 레인저인가."

"부셰는 프랑스 이름이겠지?"

제임스는 어깨를 으쓱했다.

"그런 것 같아."

"그나저나 자기가 그 남자 훑어보는 거 봤어."

그는 즉시 방어적인 자세로 외쳤다.

"안 그랬어!"

그녀는 웃으며 그의 허벅지를 꼬집는다. 고맙기도 하지.

"전에 어느 주말에 그레그가 성소 설명회를 했잖아. 그 끔찍한 모임에서 본 사람들 중에 이번에 만나게 될 사람이 있을까?"

제임스는 억지웃음을 지었다.

"맙소사, 안 그랬으면 좋겠다."

"있잖아. 난 우리가 뭐에 홀려서 거기에 갔는지 기억도 안 나. 이미 중도금도 다 냈는데."

그녀는 백미러를 보며 메이크업을 고쳤다.

"그 인간 이름이 뭐였지?"

"어떤 인간?"

제임스의 목소리는 어느새 평정을 유지하고 있었다.

"왜 있잖아. 항상 총 들고 다니는 공화당원. 금방에라도 우리한테 자기의 가장 친한 친구인 예수님을 만난 적 있느냐고 물어볼 것 같이 생긴 남자."

제임스는 숨을 내쉬었다.

"거스리였던 것 같은데."

"아, 맞다. 거스리. 그래도 그때 본 사람들이 전부 다 별로는 아니었던 것 같아. 그 나이 많은 남자는 마음에 들었어. 유럽식 말투로 말하던 사람 있지. 그 사람한테는 뭔가…… 카리스마 같은 것도 있고 신비로운 구석이 있었어. 그렇게 생각하지 않아?"

긴장 풀어. 비키는 전혀 몰라.

"그런 것 같아."

클로넷이 낑낑거리자 비키는 아기 달래듯이 개를 어르기 시작했다. 제임스는 그 순간 처음으로 개를 데리고 온 것에 감사했다.

괜찮을 거야. 내가 너무 편집증에 사로잡힌 거야.

드디어 울타리의 경계가 시야에 들어온다.

"성소의 홈페이지에 따르면 저게 첫 번째 방어선이지. 쇠사슬로 엮은 위에 가시철조망을 덮고, 보안 카메라를 위에 달았어. 철조망절단기가 있으면 저런 것쯤 별것 아니겠지만, 아무튼 여기를 누가 찾아내겠어?"

"바로 그거야. 우리는 괜찮을 거야. 안 그래, 제임스?"

"물론이지, 자기."

제임스는 운전의 피로가 풀리는 것을 느꼈다.

"우린 행운아야."

5

월

월은 부엌의 카운터에 가방을 던져놓고 방 내부를 가볍게 휙 둘러보았다. 새벽 4시부터 일어나서 레이나를 돌보고 온 터라 지쳐 있었다. 그러나 달리 방법이 없어 할 일을 가늠해본다. 찬장 문 몇 개가 비뚤어져 있고 천장의 몰딩 장식 주위의 페인트 칠도 엉성하다. 옆 객실은 빈껍데기나 마찬가지였다. 그레그가 세운 일정이 완전히 엉망진창이 된 모양이었다. 작업 완료 일정은 이미 3개월 전에 지나 있었다.

월은 아무 생각 없이 휴대전화를 들고 집 전화번호를 눌렀다. 그러나 이곳엔 당연히 신호가 없다. 공사 중에도 이것 때문에 끝없이 문제가 생겼다. 인부들은 싸구려 워키토키를 사용했는데, 워키토키의 성능이 썩 좋지 않았던 것이다. 월은 전화 대신 스카이프에 로그인 했고, 신호음에 귀를 기울였다.

벨이 여덟 번이 울리고 나서야 간호사가 전화를 받았다. 그때쯤에는 월의 걱정이 하늘을 찌를 지경이었다.

"부셰론 씨 댁입니다."

간호사는 뭔가를 먹다가 전화를 받은 것 같았다.

"부셰요. 월 부셰입니다."

"아, 안녕하세요, 부셰 씨. 부인은 잘 지내고 계세요. 지금은 주무시고요."

"7시엔 깨워서 약 먹여야 하는 거 알고 있죠?"

"네, 알고 있어요. 목록에 쓰여 있잖아요. 걱정 마세요."

뒤쪽에서 CNN 뉴스 시그널 뮤직이 들렸다.

"정말 끔찍하지 않아요? 의료업계 종사자들은 지금 다 최고 비상경계 태세예요. 메인 주까지 퍼질 거라고 보세요?"

"아뇨. 지금 주 경계를 봉쇄하고 있으니까."

"저도 그 얘기 들었어요."

"계속 연락할게요. 의사 전화번호는 가지고 있죠?"

"네, 부셰론 씨. 목록에 쓰여 있잖아요."

그는 굳이 틀린 이름을 바로잡지 않았다. 신호 품질이 나빠져서 잠시 동안 전화가 끊긴 줄 알았다.

"지금 내가 있는 곳은 전화가 안 돼요. 하지만 이메일은 계속 확인합니다. 모레에는 돌아갈 거고요."

"알아요. 걱정 마세요. 부인도 잘 지내고 계시니까요."

그는 전화를 끊으며 간호사의 말이 사실이길 신께 기도했다. 이 에이전시는 한 번도 이용해본 적이 없었다. 그가 늘 이용하는 곳에는 이렇게 급하게 구할 수 있는 사람이 없었고, 간신히 구한 간호사는 갓 10대를 벗어난 것 같은 애송이었다. 유능한 간호사일 거라고 믿는 것 외에는 달리 선택이 없었다. 그는 일을 해야 했다.

노크 소리가 들렸다. 가방 바닥에서 J&B 병을 꺼내고픈 유혹을 견디던 윌은 문을 열기 전에 잠시 망설였다. 누구인지는 잘 안다. 아직 그레그와 제대로 대화를 나눌 기회가 없었으니까. 매덕스 부부가 도착해서 엘리베이터가 작동하지 않는 것이며 오락실의 색상과 디자인이 브로슈어의 사양과 맞지 않는다며 큰 소리로 불평을 늘어놓으며 그레그의 정신을 쏙 빼놓았던 것이다. 제임스와 비키는 이런 곳을 사리라고 상상했던 것과 정확히 일치하는 유형의 사람들이었다. 돈 많은 편집증 환자. 만일 그레그가 그들이 개를 가져와 화가 났다면, 그는 그것을 매우 잘 숨겼다.

그레그가 느릿느릿 걸어 들어와서 월의 어깨를 툭 쳤다.

"돌아와서 반가워, 월. 이런 부탁을 해서 미안하네. 말했듯이 누군가 믿을 수 있는 사람이 필요했거든."

그레그의 그을린 얼굴에 주름이 잡힌다. 그는 감정을 잘 숨길 수 있는 사람이 아니다.

"레이나를 두고 오기가 얼마나 힘들었을지 잘 알아."

아니, 모를걸. 지난 6개월간 월의 가슴속에 잠들어 있던 슬픔, 그 어둡고 지독한 괴물이 발톱을 드러낸다. 그리고 그다음엔 죄책감이 기어 나온다. 이건 어쩐지 더 견디기가 힘들다. 이틀 동안 합법적인 이유로 집을 벗어날 수 있다는 안도감에서 오는 죄책감.

"간호사는 이틀만 고용하고 왔어."

"알아, 친구. 입주하는 동안 도와줄 사람이 필요한 것뿐이야. 사람들이 좀 안절부절못해진다든가 그런 일이 생겼을 때 말이야. 자네는 사람들을 잘 다루잖아, 월. 그 공기정화 시스템 설치하던 친구랑 다툼이 났을 때 자네가 어떻게 처리했는지 기억하지? 그 친구 이름이 뭐였지?"

"케네스 콜리어."

"맞아."

그레그는 손바닥으로 얼굴을 문질렀다.

"솔직히 말할게, 월. 지금 성소는 내가 원하는 수준만큼 완성되지 않았어. 자네가 그만두고 나서 새로 고용한 친구는, 사실대로 말하자면 최고가 아니었거든. 분명 크고 작은 문제들이 생길 텐데, 자네가 이렇게 와줘서 다행이야. 보너스도 두둑이 주겠네."

윌은 그레그가 이 사업의 경제적 무게 전부를 혼자 짊어지고 있다는 걸 잘 알고 있었다. 성소의 건축에 든 자금은 그동안 운영했던 보안 사업을 팔면서 받은 돈으로 충당했다. 그리고 윌이 건축업에서 쌓은 경험에 따르면, 이 바닥에서는 낸 돈만큼만 얻을 수 있다. 도착해서 지금까지 본 성소의 상태를 보면, 그레그가 원칙을 무시하고 있다는 건 분명했다.

"다들 도착했어?"

"단하우저 가족 한 팀만 빼고. 지금 오는 길이라고 하던데 아직 도착했다는 연락은 못 받았어. 문은 닫아놓기만 했는데 사람들이 신경이 곤두서 있어서 곧 잠가야 할 것 같아. 15분 후에 오락실에서 전부 모여 브리핑을 할 거야. 하지만 그 전에 해야 할일이 하나 있어. 도와주면 고맙겠네."

윌은 그레그를 따라 계단실로 향했다. 막아놓은 엘리베이터에 대해서는 말을 꺼내지 않기로 했다. 엘리베이터 통로 자체는 기존 구조물에 새로 추가한 것이었다. 이곳은 원래 폐기된 정부 시설물이었는데, 핵전쟁에 대한 히스테리가 극에 달했던 80년대에 착공해서 반쯤 완성하고는 공사를 중단시킨 곳이었다. 그레그는 이곳이 넓고 훌륭한 도피처가 될 거라고 생각하는 것 같았다. 윌은 공사 막바지에는 참여하지 않았다. 레이나 옆에 있어야 했기 때문이었다. 그는 완성되지 않은 엘리베이터가 그레그의 고갈된 재원이 낳은 또 다른 참사라고 추측했다.

두 사람은 3층에 도착했고, 그레그가 문을 노크했다. 덩치가 크고 얼굴이 불그레한 남자가 문을 열었다. 그레그만큼 키가 크지는 않지만 체격이 다부졌다.

"안녕하세요, 캠. 이쪽은 윌 부셰입니다. 제 프로젝트 매니저였죠. 윌, 이쪽은 캠 거스리 씨야."

그러니까 이 사람이 캠 거스리로구나. 윌은 거스리에 대해 그레그가 했던 얘기들을 떠올렸다. 캠 거스리는 초기 구매자 중 하나였다. 할인된 가격으로 성소를 샀는데도 가진 걸 거의 모두 팔아야 했다고 했다. 악수를 위해 내민 거스리의 손은 커다란 햄 정도의 크기였다.

"반갑습니다, 윌. 이곳을 훌륭하게 만들어놓으셨더군요."

"그렇게 말씀하시니 감사합니다."

"그나저나 무슨 일입니까, 그레그? 곧 문을 잠그지 않나요?"

캠이 물었다.

"잠글 겁니다. 그 얘기를 하러 왔어요. 갖고 계신 총들은 사람들의 입주가 끝날 때까지 며칠 동안 금고에 보관하기로 한 거 기억하시죠?"

윌은 캠 거스리의 입에서 '내 눈에 흙이 들어가기 전엔 어림도 없어'라거나 그런 비슷한 말이 나올 것을 기대했지만, 그는 그저 고개만 끄덕일 뿐이었다.

"들어오시죠."

"고맙습니다, 캠."

거스리는 뒤로 한발 물러서서 두 사람을 안으로 들였다. 안은 후끈후끈했고 새 페인트 냄새에 섞여 구운 고기 냄새가 났다. 소파에는 검은 머리의 깡마른 여자가 축 늘어져 앉아 있었고, 그 옆에는 10대 소녀가 나란히 앉아 있었다. 두 남자가 들어서자 소녀가 고개를 들고는 신경질적인 미소를 지었다. TV 화면에서는 흰옷을 입은 목사가 눈썹을 찌푸리며 손을 하늘로 쳐들고 있었다.

"안녕, 지나. 안녕하세요, 거스리 부인. 잘 지내시죠?"

그레그가 인사말을 웅얼거렸다.

"이 사람은 누구예요?"

여자가 고개를 들고는 의심스러운 눈길로 윌을 쳐다보았다.

"윌 부셰라고 합니다, 부인. 여러분들이 입주하시는 동안 그 레그를 돕고 있죠."

"우리 짐 정리는 이미 끝났어요."

여자가 말했다.

"보니, 지나랑 같이 방에 들어가 있지그래? 가서 이불 정리를 하든지."

윌이 대꾸할 말을 생각해내기도 전에 거스리가 말했다.

"가자, 지나."

보니 거스리가 일어섰다. 소녀는 아무 저항 없이 엄마 뒤를 따랐다. 보니는 문 앞에서 잠시 멈춰 서서 방어적인 눈빛으로 윌을 노려보았다.

"여기 일은 우리가 다 알아서 하고 있어요. 주님의 도움 외에 다른 도움은 필요 없습니다."

레이나가 병이 난 이후로 윌에게는 주님이 그다지 도움될 일 은 없었다. 그러나 그런 말을 한들 이 여인이 귀담아들을 것 같 지 않았다.

"브렛!"

바로 옆방에서 젊은 버전의 캠 거스리가 튀어나오더니 그레 그에게 고갯짓으로 인사를 하고 윌을 아래위로 훑어봤다. 브렛 은 열일곱이나 열여덟 살 정도 되어 보였다.

"안녕, 브렛. 이 사람은 윌이야. 내 오른팔이지."

브렛은 긴장을 늦추지 않고 윌을 쳐다봤다.

"안녕하세요."

"브렛. 윌과 그레그가 무기류를 금고에 넣어야 한다는구나."

캠이 말했다.

"제 총은 아무도 못 가져가요."

브렛의 말투는 단호했다.

그레그가 웃었다.

"금고에 며칠 동안만 보관하겠다는 거야."

소년의 얼굴에 떠오른 증오에 윌은 숨이 멎을 뻔했다.

"그렇게는 못 해요."

"자, 자, 브렛. 이 안에서 위험할 일은 없어."

캠이 말했다.

"아버지가 저한테 제일 먼저 가르쳐주신 거잖아요. 절대 누구에게도 네 총을 맡기지 말라."

소년의 태도는 여전히 진지했다.

캠이 고개를 끄덕였다.

"그 말은 맞다. 하지만 지금은 상황이 달라. 자, 이제 내 말대로 해라. 이건 명령이야."

브렛은 얼굴을 붉혔지만 아버지 말대로 슬며시 방으로 들어갔다. 기다리는 동안 그레그는 어색한 대화를 이어갔고, TV 화면의 목사는 소리 없이 손을 휘둘러대고 있었다. 브렛이 커다란 무기 가방 두 개를 끌며 다시 나오더니, 윌의 발치에 가방을 던졌다. 윌은 몸을 굽혀 가방 하나를 집어 들었고, 가방의 무게에 휘청거렸다. 소년이 코웃음을 쳤다.

"이게 전부입니까?"

그레그가 물었다.

"객실 안을 수색하고 싶은 거요, 그레그?"

캠의 말투가 마치 '나더러 거짓말쟁이라는 거요?'라고 말하는 것 같았다.

"아뇨. 거스리 씨의 말은 언제나 신뢰할 수 있죠."

"좋아요."

캠은 문 앞에 서서 두 사람이 나가는 것을 지켜봤다. 밖으로 나온 윌은 저 안에서 오고 간 대화가 무슨 의미였는지 그레그가 설명해주기를 기다렸다. 그러나 그레그는 무기 가방의 끈을 조정하며 웃을 뿐이었다.

"바로 이럴 때 엘리베이터가 절실한데."

"아까 그 애긴 뭐야, 그레그?"

"조금 문제가 있어서 말이야. 엘리베이터 설계를 맡은 사람이 스펙을 잘못 맞췄어."

윌은 입을 다물었다. 그레그가 허튼소리를 하고 있다는 걸 느낄 수 있었다. 아래층으로 내려갈수록 가방끈이 어깨를 파고들었다. 그레그는 얼굴이 벌게졌고 8층에 도착했을 무렵엔 숨을 몰아쉬고 있었다.

"그레그, 괜찮아?"

"그럼."

그는 웃으며 어깨로 문을 밀어 열었다.

"여기 기억나나, 윌? 마지막으로 봤을 때는 이렇지 않았지?"

윌은 공감하는 척하며 고개를 끄덕였다. 숨을 들이쉬자 축축한 악취와 닭똥 냄새가 났고, 저장실 안쪽에 급하게 만든 싸구려 금속 선반이 보였다. 사람 키만 한 냉장고는 한눈에 봐도 중고였다.

그레그는 중앙 공간의 출구를 막아놓은 톱니 모양의 비닐을 가리켰다.

"저기서는 수경재배를 하고 있어. 닭도 키우고."

월은 비닐 끈 틈으로 엿보았다. 수경재배 판은 반쯤 완성된 상태였고, 빛이 밝아 눈이 부셔 눈물이 고였다. 닭들은 양계장에서 쓰는 형태의 닭장에 들어 있었다. 닭들이 그를 향해 애절하게 꼬꼬댁거렸다. 그레그는 이곳 아래층에 다른 직원이 산다는 말은 하지 않았지만, 이 정도 시설이면 누군가 유지 관리를 해줘야 한다. 안 그러면…….

"여기 계속 살고 있었어, 그레그?"

어깨를 으쓱하는 그레그의 모습이 애처로웠다.

"응."

"외로웠겠군."

"좀 왔다 갔다 했지."

"사우스패리스에서 차로 다니기엔 꽤 먼데."

그레그는 한숨을 쉬었다.

"솔직히 고백하는 게 낫겠군. 사실은 집을 팔았어. 성소가…… 처음에 예상했던 것보다 현금이 더 많이 필요했어. 자네도 알잖아. 일이 잘못되고, 사고가 터지고, 사람들은 제 할 일을 안 하고. 엘리베이터처럼 말이야. 저쪽 객실 공사에 드는 비용도 댈 수가 없었네. 난 이 시설을 완성시켜야 해, 월. 나머지 객실들도 마지막 하나까지 팔아야 본전을 찾는 거라고."

월은 뭐라고 말해야 좋을지 몰랐다. 처음부터 그는 이 성소가 부자들의 어리석은 짓거리에 불과하다고 여겼고, 그레그가 도대체 이걸로 어떻게 수익을 내겠다는 건지 전혀 이해할 수 없었다. 최첨단 해치 시설과 텅스텐 문짝은 예전 보안 사업에서 남은 재고를 썼지만, 정수 시스템과 환상적인 LCD 창문 패널, 그리고 그레그는 꼭 필요하다고 주장했지만 쓸데없이 여러 겹으로 둘러친 울타리, 이런 것들은 백만 달러대를 훌쩍 넘어섰다.

"안됐네, 그레그."

이 말이 그가 할 수 있는 전부였다.

"아무튼 해낼 거야. 게다가 지금 저 밖의 상황을 생각해보면 성소야말로 최선의 선택임이 분명해. 결국 성소가 우리 생명을 구할 거야. 자, 이제 무기들을 보관하자고."

옷장 정도 크기의 금고가 냉장고 옆 우묵한 공간에 조심스럽게 자리 잡고 있었다. 물론 최상급 제품이었다.

"나쁘지 않은데."

"주문 제작했지."

그레그가 번호를 맞추자 크랭크가 돌아가면서 문이 열렸다. 소총 한 줄, 반자동 소총 몇 정, 탄약 상자들이 모습을 드러냈고, 맨 위 선반에는 기폭장치처럼 보이는 것이 있었다.

"저거 기폭장치 맞아, 그레그?"

"응. 공사에서 쓰고 남은 거야. 그냥 내버려둘 수가 없어서. 자, 이제 잘 들어. 상황이 나빠져 자네 도움이 필요할 경우를 대비해 비밀번호를 알려주겠네, 윌."

"그런 일은 없었으면 좋겠군."

"그럴 거야. 하지만 최악의 상황에 대비해야지. 비밀은 지켜줄 거라 믿네."

"물론이야."

"좋아. 번호는 쉬워. 일, 구, 팔, 사."

"1984?"

"응."

"책 제목인가?"

"응? 아, 그거. 아니야. 내가 해군에 입대한 해야. 기억할 수 있겠지?"

"알았어."

"자, 이제 무기들을 정리하고 다른 사람들을 만나러 가세."

❦

브리핑을 하기 위해 그레그와 윌이 오락실에 들어서자 거스리 부자와 지나, 매덕스 부부를 비롯한 입주자 전원이 TV 앞에 모여 있었다. 그레그는 TV 소리를 줄이고 능숙하게 자신의 '오른팔'을 소개했다. 비키와 제임스 매덕스(개는 두고 온 것 같았다)는 오랜 친구를 맞이하듯 윌을 반겼고, 초조한 기색으로 앉아 있던 아시아 남자가 벌떡 일어나 악수를 청했다.

"만나서 반갑습니다. 저는 유진 박이라고 합니다. 그냥 유진이라고 부르세요."

"저건 백인 이름 아니에요?"

브렛 거스리가 중얼거렸다.

"브렛. 이곳에서는 우리 모두 함께 지내야 해."

캠 거스리가 말했다. 그는 유진을 향해 미소를 지었지만, 유진의 시선을 끌지는 못했다.

유진은 브렛의 무례한 말에 크게 신경 쓰지 않고 의연한 태도를 유지했다.

"이쪽은 제 아내 스텔라고요. 이 아이는 아들 재이입니다."

금발 머리에 키가 크고 과체중인 듯한 체격의 스텔라가 윌을 향해 활짝 미소를 지었다. 아버지의 외모와 어머니의 키를 물려받은 아들은 노트북 컴퓨터에서 고개를 들고는 윌에게 비꼬는 듯한 거수경례를 보내며 "안녕하세요"라고 말했다.

"혼자 오셨어요, 윌?"

스텔라 박이 물었다.

"네."

그는 레이나에 대해서는 언급하지 않기로 했다. 지난 몇 달 동안 받을 수 있는 동정은 전부 다 받았으니까.

그레그가 손을 비비며 입을 열었다.

"여러분, 성소를 구입하신 여러분의 선견지명에 다시 한 번 경의를 표합니다. 아시다시피 우리의 모토는 항상……."

그레그는 잠시 말을 멈췄다. 40대 후반으로 보이는 남자가 어린아이의 손을 잡은 매력적인 빨강 머리 여자와 함께 오락실로 들어왔다.

"아, 반가워요, 타이슨."

그레그가 말했다. 그는 어린 소녀를 향해 손을 흔들었다.

"안녕, 새리타. 네 방은 마음에 드니?"

어린 소녀의 피부는 가무잡잡했고, 눈동자는 지금껏 윌이 본 중에서 가장 까맸다. 소녀의 외모는 함께 있는 남자와도 여자와도 전혀 닮지 않았다. 아이가 여자의 다리에 얼굴을 파묻었다. 이 가족은 별로 잘 어울리는 것 같지 않았다. 여자는 남자 쪽을 쳐다보는 것조차도 견딜 수 없는 듯 안절부절못했다. 그레그가 소개말을 늘어놓는 동안 매덕스 부부를 발견한 남자의 얼굴이 헬쑥해졌다고 윌은 생각했다.

그레그가 말했다.

"서로를 알아나갈 시간은 앞으로 충분히 있을 겁니다. 이제 이곳을 잠그는 게 어떻겠습니까?"

"저기…… 문을 잠그기 전에 뭐라도 해야 하지 않을까요? 그러니까, 기도 같은 거라도?"

지나 거스리였다. 아시아 소년이 노트북에서 시선을 들었다. 윌은 소년이 지나를 비웃을 줄 알았는데, 대신 소년은 지나에게 미소를 지었다. 지나는 얼굴을 붉히며 시선을 돌렸다.

그레그가 고개를 끄덕였다.

"좋은 아이디어인 것 같다, 지나."

"그런 게 정말로 필요해요?"

비키가 쏘아붙였다.

"그냥 곧바로 잠그면 안 돼요? 벌써 잠글 때가 됐잖아요."

그레그의 미소는 흔들리지 않았다.

"그 말씀이 맞습니다, 비키. 하지만 해치를 잠그지 않아도 안쪽 문이 이중 구조로 되어 있고……."

"지금 상황이 어떻게 악화되는지 보셨어요?"

그녀는 TV를 가리켰다. 화면에서는 흰색 마스크를 쓴 폭스 사 기자가 팔을 흔들어대고 있었다. 기자의 뒤로, 전투복을 입은 사람들이 시체 운반용 부대를 트럭에서 내리고 있었다. 화면 아래로 자막이 흘러갔다. '서해안 지역 대단위 사망 대비 중', '혼란의 연속……'.

노트북에서 고개를 쳐들지 않고, 재이가 중얼거렸다.

"우리는 지금 어디에도 속하지 않은 곳에 와 있어요."

비키는 재이를 노려보다가, 그레그에게 벌컥 화를 냈다.

"사람들이 여길 모를 거라 생각해요? 성소에서 일했던 사람들은 어쩌고요? 이웃 마을 사람들은요? 상황이 계속 나빠지면 그 사람들이 제일 먼저 어디로 달려가겠어요?"

그레그는 한숨을 쉬었다.

"미세스 매덕스……."

"'미즈'예요."

"미즈 매덕스. 비키. 일단 제가 안심시켜드리겠습니다. 그 누구도, 이곳 성소를 구매하신 선견지명의 소유자인 여러분 말고는 그 누구도, 이곳의 정확한 위치나 GPS 좌표를 모릅니다."

비키는 끼어들려고 입을 벌렸지만, 그레그가 손을 들어 막았다.

"이곳에서 일했던 인부들은 이민 노동자들이에요. 그 사람들은 대부분 자기 나라로 돌아갔거나 일자리를 찾아 다른 도시로 갔습니다. 여기 있는 윌 같은 핵심 스태프들은 내가 목숨을 걸고 믿는 사람들입니다. 이곳은 가장 가까운 마을에서도 족히 50킬로미터는 떨어져 있어요. 누군가 울타리로 다가오면 미리 알 수 있습니다. 안심하세요. 짧은 기도를 할 시간은 충분합니다."

비키는 씰룩거렸다. 또 한마디 쏘아붙이려나 싶었지만, 곧 어깨를 으쓱하며 말했다.

"좋아요."

저마다 제각각의 속도로 자리에서 일어섰다. 윌도 엉겁결에 사람들 사이에 섰다. 그러면서 지나 거스리가 아시아 소년의 옆자리에 서면서 고의적으로 성난 아버지의 시선을 외면하는 것을 놓치지 않았다.

빨강 머리 여자가 아이를 안고 윌의 오른손을 잡았다. 그녀의 손은 건조했지만 떨고 있었다.

"캠. 기도를 해주시겠습니까?"

그레그가 거스리에게 말했다.

캠 거스리는 딸을 노려보던 시선을 돌리고 고개를 숙였다.

"감사합니다. 구세주 예수 그리스도님, 저희에게 이런 피난처와 주님의 지혜에 대한 신뢰를 주신 것에 감사합니다. 주님의 자비로 저희를 안전하게 지켜주소서. 아멘."

"아멘."

"고마워요, 캠."

그레그가 말했다.

"이제 제가 해치를 봉쇄하는 걸 보고 싶은 분은 따라오셔도 좋습니다."

거스리는 다시 딸을 쳐다봤다.

"지나, 엄마에게 가 있어라."

"하지만 아빠, 저도 가고 싶은데……."

"아빠 말 들어."

지나는 낯빛이 변했지만, 종종걸음으로 계단으로 향했다. 스텔라 박과 그녀의 남편도 마찬가지로 뒤로 물러났다. 제임스 매덕스는 망설이다가 아내에게 귓속말을 했고 슬그머니 물러나 소파로 갔다.

그레그는 나머지 사람들을 이끌고 제어실로 향했다.

"해치의 암호는 매일 갱신합니다. 새 암호는 아침마다 여러분의 방 화면으로 전송되고요. 성소는 우리 모두의 안전을 신중하게 지킵니다. 그럼 이제……."

"그레그!"

재이가 외쳤다. 그는 보안 카메라의 화면 중 하나를 골똘히 바라보고 있었다.

"저기 사람들이 있어요."

윌은 화면을 응시했다. 정문 바깥쪽에 레인지로버 한 대가 화면 구석에 걸렸고, 몇몇 사람들이 그 주위에 모여 있다. 나이 많은 남자는 구식 중절모를 썼고, 호리호리한 여자가 덩치 크고 나이 많은 여자를 부축하고 있는 것 같다. 남자는 차로 들어가더니 쇠지렛대처럼 생긴 것을 들고 돌아왔다.

"단하우저 가족이야. 결국 도착했군."

그레그는 눈살을 찌푸렸다.

"왜 첫 번째 울타리 동작 센서의 경고가 울리지 않은 거지?"

재이는 마우스를 클릭해서 화면을 확대했다. 나이 든 남자가 문과 울타리 기둥 사이의 틈새를 지렛대로 쑤시고 있었다. 화면은 선명했다. 마치 흑백 무성영화를 보는 것 같았다.

"저걸로 잠금장치를 풀 수는 없어요. 저건 텅스텐이니까요."

그레그가 말했다.

남자는 잠시 멈추고 카메라를 응시했다. 꼭 그들이 자기를 지켜보는 걸 아는 것 같았다. 나이 든 여자가 몸을 수그렸다. 기침을 하는 건지, 숨을 못 쉬어 괴로워하는 것 같았다. 그러는 동안 젊은 여자가 나이 든 여자의 옆에 서서 지탱하고 있었다.

그레그가 제어 패널의 문을 열고 암호를 입력하기 시작했다.

"잠깐."

비키 매덕스가 그레그의 팔을 잡았다.

"지금 뭐 하는 거예요?"

"정문의 잠금장치를 비활성화시키는 겁니다."

"안 돼요. 저 여자, 지금 기침을 해요. 아픈 건지도 몰라요. 어쩌면 바이러스가……."

"저 사람들을 저기 내버려둘 수는 없어요. 저 사람들도 여기 들어올 자격이 있습니다."

"비키 말이 맞아요, 그레그."

캠 거스리가 맞장구를 쳤다. 비키는 그에게 고맙다는 표정을 지어 보였다.

"저 노부인은 딱 봐도 환자인데요. 다른 두 사람도 감염되었을지 모릅니다. 우리는 우리 문제로도 벅차요."

"당신들이 그러고도 기독교인이라니."

재이가 웅얼거렸다. 브렛은 그런 재이를 독기 서린 눈빛으로 쏘아보았다.

그레그는 머리카락을 쥐어뜯었다.

"저 사람들을 도와줘야 해요. 저기에 내버려둘 수는……."

"저 밖엔 못 나가요, 그레그."

비키가 끼어들었다.

"저는 허락하지 않겠어요. 저는 여기 들어오려고 어마어마한 돈을 냈어요."

"내가 나갈게요."

윌이 말했다. 비키는 입을 다물었고, 이후 몇 초 동안 에어컨 모터 돌아가는 소리 말고는 아무 소리도 들리지 않았다.

"내가 저 밖에 나가서 저 사람들이 아픈 것 같으면 그때 어떻게 할지 결정하죠."

"뭐라고요? 결정을 해요? 이건 미친 짓이에요!"

"아, 젠장."

재이가 한숨을 내쉬었다. 윌은 화면으로 고개를 다시 돌렸다.

이제 호리호리한 여자는 나이 많은 여자의 몸무게에 짓눌려 휘청거리고 있었다. 그녀가 잡은 손을 놓치자 나이 든 여자가 쓰러지면서 레인지로버의 후드에 머리를 부딪혔다.

6
트루디

"이제서야."

마침내 정문이 열리자 트루디가 중얼거렸다. 엄마는 자동차 뒷좌석에 고꾸라져 누워 있다. 왼쪽 다리는 반쯤 구부려져 문밖으로 나와 있었고, 이마에 난 상처를 잡고 숨을 쌕쌕거리고 있었다. 잿빛 뺨에 불그레한 기운이 올라와 걱정이 되었지만 다행히 상처는 깊지 않았다. 상태가 이보다 더 심했던 적도 있었다.

"레오."

캐럴라인이 어린아이처럼 웅얼거렸다.

"레오, 집에 가고 싶어요."

트루디는 차 문 옆에 쪼그리고 앉아 엄마의 손을 잡았다.

"쉿, 엄마. 누군가 도와주러 나올 거예요."

뺨에 피가 덕지덕지 말라붙은 채 차 안에 누워 있는 엄마. 이건 옳지 않다. 그녀는 엄마에게서 눈을 뗄 수가 없었다.

"차에 타."

레오가 트루디에게 명령했다. 이미 엔진에 시동을 걸어놓은 상태였다. 아버지는 엄마가 다친 걸 트루디의 탓으로 돌리는 것 같았다. 그러나 트루디에게 엄마의 무게를 버틸 힘이 없다는 건 아버지도 알았어야 했다. 게다가 아버지는 늘 가족에게 무뚝뚝하게 대하면서 한 번이라도 미안해한 적이 있던가? 이 모든 일이 시작된 이후로 아버지는 늘 그렇듯 입을 꾹 다문 화난 모습만 보여주었고, 오히려 이런 상황에서는 그편이 더 마음이 놓이기도 했다. 트루디는 항상 아버지가 마련한 은신처가 뭔가 기이하고 피해망상에 빠진 병적 집착이라고 생각해왔지만, 이곳에 올 이유가 생긴 지금은 도시에서 무슨 일이 일어나든 더 이상 상관없다며 안도했다. 트루디는 뒷좌석 엄마 옆자리에 올라탔다. 엄마는 목에 뭐가 걸리기라도 한 것처럼 캑캑거렸다. 저안에 들어가면 곧장 산소마스크를 씌워야 한다.

정문이 활짝 열리자, 레오가 모는 차가 총알처럼 튀어나갔다. 그러다 갑자기 브레이크를 밟자 트루디는 앞좌석 등받이를 붙잡아야 했다. 차는 초록색 픽업트럭의 불과 몇 센티미터 앞에서 충돌을 면하고 간신히 멈춰 섰다. 트럭에서 운전자가 뛰어나오자 트루디의 배 속이 요동을 쳤다. 운전자의 얼굴은 방독면으로 감춰져 있었고, 얼굴의 반을 가린 플라스틱 안경이 불길한 곤충 같은 인상을 주었다.

"저 사람 누구예요, 아버지? 왜 방독면을 쓰고 있어요? 저 사람 혹시 우리를……."

트루디의 말을 무시하고, 레오가 차 문을 열었다. 그러나 남자는 그에게 차 안에 머물러 있으라고 신호를 보냈다.

"단하우저 씨?"

"네."

"저는 윌 부셰입니다. 그레그 풀러의…… 그러니까, 프로젝트 매니저죠."

방독면의 호흡기 때문에 남자의 말소리가 로봇처럼 들린다. 일종의 외계 생명체 같다. 그는 차를 빙 둘러보다가 곤충 같은 눈으로 트루디를 바라보고는 고갯짓으로 인사를 했다.

"이렇게 해서 죄송합니다. 그러나 예방조치를 취해야 하니까요. 부인께서 편찮으신 지 얼마나 됐습니까?"

남자의 시선은 트루디를 향해 있지만 질문은 레오에게 했다. 트루디는 짜증이 일었다.

"바이러스에 감염된 게 아니에요."

그녀가 쏘아붙였다.

"엄마는 폐기종이 있어요. 3년째 투병 중이세요."

길고도 긴 3년 동안.

"그리고 방금 혼자 넘어졌습니다. 지금 당장 의사의 치료를 받아야 해요."

레오가 덧붙였다. '혼자 넘어졌다.' 트루디는 아버지가 선택한 단어가 거슬렸다. 엄마의 불행은 항상 스스로의 잘못이지. 안 그래?

윌 부셰가 고개를 끄덕였다.

"알겠습니다. 하지만 여러분에 대해서…… 여러분이 혹시라도 감염되었을지 모른다는 우려가 있어서요. 다른 입주민들을 안심시켜야 합니다."

참고 참았던 레오의 평온한 목소리가 갈라졌다.

"말도 안 돼! 아내를 봐요. 다쳤다고요! 넘어져서!"

"압니다, 선생님. 넘어지시는 걸 봤습니다."

"그런데도 우릴 문밖에 세워놨단 말이오?"

윌은 한숨을 쉬었다. 마스크를 통과한 한숨이 쉭쉭거리는 금속성 소리로 나왔다.

"다 그런 건 아니지만……."

"엄마를 안으로 모셔야 해요."

트루디는 아버지의 분노가 더 치솟기 전에 말했다.

"상처를 소독하고 산소마스크도 씌워야 해요. 부셰 씨, 도와주시겠어요, 아니면 우리가 차를 돌려 집으로 가야 하나요?"

윌은 잠시 망설이다가 결정을 내렸다.

"물론 도와드려야죠. 절 따라오세요."

그는 픽업트럭에 올라타서 전진과 후진을 반복해 방향을 돌리고는, 풀로 뒤덮인 언덕 위의 낮은 콘크리트 건물로 향했다.

레오는 운전석에 올라탔지만 출발하지 않았다. 그는 운전대를 붙잡고 속으로 뭐라고 중얼거리고 있었다.

"아빠, 안 따라가요?"

트루디가 신중하게 계산된 목소리로 말했다.

레오는 기어를 D에 놓고 앞으로 나아갔다. 트루디는 손을 뻗어 엄마의 손을 잡았다. 캐럴라인은 반응이 없었고, 손가락은 차가웠다. 적어도 부모님을 모시고 목적지에 도착할 때까지는 그녀 자신의 걱정을 힘겹게 삼켜야 했다.

아버지는 트럭을 따라가다 그 옆에 차를 세웠다. 엔진이 멈추자 트루디는 차 문을 열고 내려 서둘러 엄마를 부축했다.

"도와주세요, 아빠."

레오가 트루디의 옆으로 다가왔지만, 두 사람이 캐럴라인을 차 밖으로 끌어낼 만한 공간이 없었다. 트루디는 또다시 엄마의 무게에 짓눌릴 처지가 되었다.

"제가 돕겠습니다."

윌 부셰가 말했다. 그러나 윌이 다가가자 캐럴라인은 움찔 놀랐다.

"뭐예요? 무슨 일이에요?"

캐럴라인은 울부짖으며 고개를 앞뒤로 흔들었다. 두려움에 사로잡힌 눈이 뿌예졌다.

"조용히 해."

레오가 중얼거렸다. 그는 차 안으로 들어가 트루디에게서 캐럴라인을 넘겨받았다.

"이제 안전해. 이 남자는 도와주러 온 거야."

캐럴라인이 축 늘어졌고, 윌과 레오가 캐럴라인을 반쯤 들다시피 해서 열려 있는 금속 해치로 다가갔다. 트루디는 해치가 집에 있는 금고문의 거인용 버전인 것 같다는 생각을 했다. 그들이 다가가자 덩치 큰 남자 세 명이 해치에서 나왔다. 셋 다 방독면을 쓰고 허리에는 총을 차고 있었다. 트루디는 그들의 얼굴을 훑어보았지만 거기에는 아무 표정도 없었다.

레오가 제일 키가 큰 남자에게 다가가 자세히 들여다보았다.

"그레그? 그레그요? 어떻게 우릴 밖에 세워둘 수 있어요?"

"미안합니다, 레오."

남자가 말했다.

"정말 미안해요. 하지만 우리로서도 조심해야 한다는 걸 이해해주셔야 합니다."

"우린 감염되지 않았어요!"

"먼저 가족분들을 안으로 모시고 그다음에 얘기하죠."

그레그는 옆에 있던 두 남자 중 키가 큰 사람을 돌아보며 말했다.

"캠, 브렛과 같이 단하우저 가족의 가방을 좀 옮겨주시겠습니까?"

"브렛, 들었지?"

남자가 말했다. 마스크 때문에 느릿느릿한 말투가 누그러져 들린다. 브렛은 덩치는 크지만 나이가 많아봤자 10대일 것이고, 캠은 그의 아버지일 것이다. 두 사람은 군복 무늬 바지에 발목까지 올라오는 부츠를 신어, 차림새가 거의 똑같았다.

"캠? 캠 거스리? 성소 주말 설명회에서 만난 그 거스리 씨요?"

레오가 말했다.

"기억합니다."

캠이 무미건조하게 말했다.

"애는 아들이오?"

"네."

환심을 사려는 아버지의 말투가 귀에 거슬렸다. 그러나 그는 평생 사업을 해온 사람이다. 트루디는 아버지가 주주들을 어떻게 다루는지 잘 알았고, 이미 능수능란하게 이 남자와 관계를 설정하고 긴장을 희석시키고 있다는 걸 눈치챘다. 그녀가 아버지에 대해 알고 있는 게 하나 있다면, 아버지는 권력이 누구에게 있는지 그리고 그것을 어떻게 활용할지 잘 안다는 것이었다.

그러나 캠은 여기에 놀아나지 않았다. 브렛은 트렁크에 실은 가방을 꺼내 해치 안 어두운 공간으로 던졌다. 캠은 허리에 찬 칼 위에 손을 올리고 그레그가 다른 사람들을 모으는 동안 뒤처져 있었다. 그들이 위험한 도망자라도 되는 것처럼 생각하는 모양이다. 무언가 생각을 추스르기도 전에, 트루디는 부모님과 함께 밋밋한 통로에 들어섰다.

캐럴라인이 헐떡거리며 기침을 시작하자 몸에 힘이 빠지면서 무겁게 처졌다. 레오는 발을 헛디뎠고 윌은 무거운 짐을 진 듯 끙끙거렸다.

"서둘러야 해요."

트루디가 말했다.

"잘 되어가고 있습니다, 부인. 다들 뒤로 물러서주세요."

그레그가 트루디 앞을 스치듯 지나치더니 해치 옆에 있는 숫자 패널에 암호를 입력했다. 딸깍 소리가 나고 유압식 관에서

쉭 소리가 나면서 무거운 금속 문이 큰 소리를 내며 닫혔다. 트루디는 몸서리를 쳤다.

"브렛, 가방 안 무겁니?"

그레그가 말했다.

"거뜬해요."

브렛이 말했다. 그러나 트루디가 보기에는 브렛이 낑낑거리는 것 같았다. 힘이 세 보이는 아이이기는 해도 혼자 들기에는 가방이 너무 많았다. 트루디가 숄더백을 건네받으려고 손을 뻗었지만 소년이 몸을 홱 돌렸다. 아마 화가 난 모양이다. 그러나 마스크 안의 얼굴이 보이지 않아 확인할 수는 없었다.

"아내를 의료실로 당장 옮겨야 합니다."

레오가 말했다.

"우리가 잘 돌봐줄 거예요."

그레그가 로봇 같은 목소리로 말했다. 레오는 그레그의 얼버무리는 말투를 알아챘다.

"성소에는 완벽한 의료 시설을 갖추고 있고 의사가 상주하죠? 그렇게 약속했잖습니까? 그렇죠?"

그레그는 더 이상 대답하지 않았다.

그들 앞에 두 번째 문이 열려 있었다. 그들은 좁은 금속 계단으로 줄지어 내려갔다. 윌과 레오의 부축을 받으며 계단을 내려가는 캐럴라인의 신음이 점점 높아졌다. 트루디의 등에 손이, 아니면 무언가 단단한 것이 닿았다. 가슴이 조여왔다. 트루디는 발이 걸려 넘어질 뻔했다. 뒤에서 민 게 누구였는지는 몰라도 그녀를 밟고 넘어갈 생각인 모양이다.

"잠깐만요……. 좀 천천히."

그녀가 간신히 버티며 말했다.

"계속 가요."

캠이었다. 낮고 위협적이고 느릿느릿 끄는 말투. 마침내 그들은 널찍한 방에 들어섰다. 겉보기로는 일종의 라운지 같았다. 밝은 인공조명에 현기증이 일었다. 한쪽 벽에서 속삭이는 폭포 화면 때문에 어쩐지 방 전체가 정교하지만 부조화한 무대 배경 같았다. 트루디는 엄마가 괜찮은지 보려고 뒤를 힐끗 돌아보았다. 방독면 안 브렛의 눈이 불신에 가득 차서 그녀를 노려보고 있었다. 그의 의심을 확인시켜주고 싶은 비뚤어진 욕망에 트루디는 목구멍이 간질거렸다. 그녀는 참을 수 있을 만큼 참다가, 눈에 눈물이 고이기 시작하고 목구멍이 닫힐 것 같은 느낌이 들자 기침을 뱉어냈다. 소년이 한 걸음 뒤로 물러섰다.

그레그는 또 다른 계단실로 그들을 밀었다. 레오의 얼굴에 땀이 흘렀다. 아버지는 힘이 세고 키도 윌보다 머리 하나는 족히 컸지만, 나이는 훨씬 많고 엄마의 무게 때문에 체력소모가 너무 컸다.

"엘리베이터를 타고 의료실에 갈 수는 없는 거요?"

레오가 씩씩거렸다.

"이제 거의 다 왔어요, 레오."

그레그가 대답했다.

그렇게 3층을 더 내려갔다. 캐럴라인을 부축한 윌과 레오는 계단 하나하나를 내려갈 때마다 끙끙거렸다. 그레그가 계단실 문을 잡고 열어줘서 짙은색 카펫이 깔린 복도로 들어서니 불이 깜박거리며 켜졌다.

"여기는 의료실이 아닌데."

레오가 말했다.

"레오. 지금부터는 당신의 협조가 필요합니다."

문 앞에 선 그레그가 엄지손가락을 패널에 갖다 댔다. 딸깍 소리가 나자 그레그는 어깨로 문을 밀어 열었다. 문 안쪽으로 현대식 인테리어를 완벽하게 갖춘 회갈색 벽의 내부가 보였다.

"윌, 뒤로 물러서."

그레그가 말했다.

"내가 들어가서 도울게."

"물러서요."

캠 거스리도 말했다. 윌은 주저하면서 뒤로 물러섰고, 트루디는 아버지를 도우려 허둥지둥 달려갔다. 엄마가 그녀에게 몸을 기댔고, 엄마의 무게가 실리자 다리가 휘청거렸다.

캠이 허리에 찬 칼 손잡이에 손을 올리고는 한발 앞으로 나섰다.

"들어가요."

"들어가세요, 레오."

그레그가 말했다.

레오가 그레그를 바라봤다. 힘으로는 저들에게 압도당하리라는 것을 그는 알았다. 레오와 트루디는 캐럴라인을 객실 안으로 데려갔다. 브렛이 가방을 안으로 던지고는 문을 닫았다. 잠금장치의 자석이 조용히 탁 소리를 내며 문이 잠겼다. 레오와 트루디는 캐럴라인을 침실에 데려갔다. 캐럴라인이 자리에 눕자마자 레오는 밖으로 나가 주먹으로 문을 두드렸다.

"이봐! 이봐요! 문 열어요!"

캐럴라인은 기침이 잦아들었지만 숨을 못 쉬어 담요를 움켜쥐고 몸부림을 쳤다. 트루디는 엄마에게 베개를 받쳐주고 거실로 달려가 여행가방에서 산소 키트를 찾았다. 고래고래 질러대는 아버지의 고함에서 독일식 악센트를 알아챈 것은 우연이었다. 평소 미국인들과 사업을 할 때는 독일식 말투를 완벽하게 숨겼지만, 조금만 흥분을 해도 금세 터져 나오곤 했다. 산소 키트의 튜브들을 제 위치에 연결하고 나서야 캐럴라인은 마침내 편안히 숨을 쉬었다. 트루디는 깨끗한 수건과 소독약을 여행가방에서 꺼내 엄마의 머리에 난 상처를 살펴봤다. 그렇게 깊은 상처는 아니었지만 몇 바늘 꿰매야 할 것 같았고, 심하게 멍이 들 것이었다.

"엄마, 기분이 좀 어때요?"

트루디는 상처를 닦으며 부드럽게 말했다. 상처에 소독약을 바르는데도 엄마가 움찔거리지 않는 것이 염려되었다.

"이제 괜찮아요, 엄마."

캐럴라인은 대답하지 않았고, 그러는 동안 내내 밖에서 레오가 문 두드리는 소리가 들렸다. 아버지가 제발 좀 그만했으면. 두 사람과 그토록 오래 함께 살았는데도, 지금 그녀에게 남은 기억은 희미했고, 트루디는 그 모든 것이 그렇게도 쉽게 씻겨 갈 수 있다는 걸 새삼 깨달았다. 그녀는 엄마가 천천히 숨 쉬는 것을 지켜보았다. 얼굴은 점점 잿빛으로 변해갔고, 뺨의 자주색 혈색은 옅어졌다. 그녀는 지금 육신을 벗어나 거리를 두고 바라보는 것처럼, 수족관에서 물고기를 보는 것처럼, 이 방 밖에서 들리는 고함을 듣고 있다. 아니, 그보다는 그녀가 없는 바깥세상이 이리저리 뒤엉키고 폭풍이 이는 동안 그녀는 양수가 담긴 거대한 수조 안에서 평화롭게 떠다니는 기분이다.

쾅! 쾅! 쾅!

"의사가 있어야 해. 지금 당장! 우릴 내보내줘! 여기에 우릴 가둬놓을 순 없어!"

쾅! 쾅! 쾅!

캐럴라인의 몸이 잠시 움찔하고 뻣뻣해지다가, 다시 잠잠해졌다.

"엄마?"

트루디가 엄마의 팔을 들어 올렸다. 팔이 축 늘어졌다. 그녀는 맥박을 잡으려고 허둥댔다. 아, 하느님 감사합니다. 맥박이 있었다. 손목에서 희미하게나마 맥이 뛰고 있었다.

"엄마?"

엄마를 좀 재울 수 없을까?

밖에서 문 두드리는 소리가 멎었다. 자물쇠가 딸깍 하고 열리는 소리가 났고 남자의 목소리가 들렸다. 그레그 풀러, 덩치 큰 책임자다. 가짜 약장수같이 친절하고 사교적인 남자다.

"뒤로 물러서세요, 레오."

그레그가 말했다.

"나는 바이러스에 감염되지……."

"물러서세요!"

아버지의 대답이 들리지 않아, 트루디는 자리에서 일어나 거실을 몰래 훔쳐봤다. 브렛과 캠이 문을 가로막고 서 있다. 두 사람은 아직도 방독면을 쓰고 있었다. 저 둘을 보고 있으려니 도쿄 지하철에서 있었던 독가스 테러 사건이 생각났다. 그게 언제였더라?

"어떻게 감히 이럴 수가!"

레오가 말했다.

"우리는 이곳 서비스에 엄청난 돈을 지불했어요. 그런데 우릴 이렇게 취급한단 말이오?"

"잠시만요, 단하우저 씨."

그레그 풀러가 말했다.

"저희로서는 할 수 있는 한 최선을 다해 도와드릴 겁니다. 박 선생님에게 환자를 봐달라고 부탁했어요."

"그 빌어먹을 박 선생님이 도대체 누구요?"

농부와 그의 아들이 한옆으로 비켜서자 무늬가 화려한 카디건을 걸친 덩치 큰 여자가 나타났다. 얼굴에는 어울리지 않게 방독면을 걸치고 있었다.

"이분이 박 선생님입니다."

풀러가 말했다.

"이렇게 돼서 유감이에요. 하지만 솔직히 말해서 제가 도울 수 있을지는 자신이 없어요."

의사가 말했다. 트루디는 순간 안도감을 느꼈다. 여자의 목소리는 친절했다.

"어디 한번 고쳐보시죠, 여의사 선생님."

10대 소년이 비아냥댔다. 그리고 덩치 크고 굼뜬 개가 짖듯이 건조하게 웃었다.

여자는 소년을 향해 홱 돌아섰지만, 뭐라 제대로 쏘아붙이기도 전에 캠이 "입 닥쳐, 브렛"이라고 야단치고는 다시 문을 쾅 닫았다.

의사는 욕설일 게 분명한 말을 중얼거리고는, 환자를 보게 해달라고 했다. 레오의 안내를 받으며 그녀는 캐럴라인이 있는 방으로 들어왔다. 캐럴라인은 여전히 침대에 누워 있다. 방이 비좁게 느껴진다.

레오는 캐럴라인 옆에 앉아 손을 그녀의 이마에 올렸다. 의사는 캐럴라인에게 다가가지 않고 물었다.

"이분은 어디가 잘못된 건가요?"

레오가 의사를 노려보았다.

"그건 선생님이 말해줘야죠."

레오의 백발이 한옆으로 흘러내렸다.

"저기, 성함이……."

"단하우저요."

"단하우저 씨. 저도 최선을 다하겠습니다만, 미리 아셔야 할 것 같군요. 저는 사실 치과의사입니다."

레오는 손가락으로 이마를 짚었다. 잠시 고민을 하던 그는 가라앉은 목소리로 말했다.

"그렇다면, 알겠습니다. 선생님이 도울 수 없겠군요. 나가주시오."

순간적으로 트루디는 자신이 나서야겠다고 생각했다. 그녀는 곧장 캐럴라인 옆으로 다가갔다.

"제발 좀, 아빠. 조금이라도 도와주시면 안 돼요?"

트루디가 의사에게 말했다.

"엄마는 만성 폐기종을 앓고 계세요, 선생님. 더 이상은 여행을 할 수 없어요."

의사는 트루디를 흘긋 보며 말했다.

"스텔라라고 부르세요."

"분명히 상주 직원 중에 의사가 있다고 그랬다고!"

레오가 외쳤다.

"아빠, 제발."

갑자기 이런 상황에서, 트루디는 자신이 지난 6년간 무엇을 했던 것인지 분명히 깨달았다. 아기 돌보기. 빌어먹을 인생을 살아나가는 대신 이 심통 사나운 늙은 남자를 돌보고 공감 능력이 부족한 그의 분노로부터 여리디 여린 엄마를 보호해왔던 것이다. 그녀는 가슴을 똑바로 펴고 숨을 깊이 들이마신 뒤 이성적인 성인처럼 준비자세를 취했다.

"가장 걱정되는 건 이 상처예요. 여기 들어오기 전에 넘어져서 머리를 부딪쳤어요. 이미 상태가 좋지 않았는데 이젠 완전히 안 좋아요. 뇌진탕일까요?"

"이 여자가 뭘 알아?"

레오가 퉁명스럽게 내뱉었다.

"음, 저는 기본 의료실습을 받았어요. 그리고 일반 상식도 있고요."

스텔라가 말했다.

"이제부터 알아봅시다. 낙상 후에 어머니께서 의식을 완전히 잃으셨나요?"

"그런 것 같진 않은데. 아뇨."

"구토는? 방향감각을 상실하거나?"

"구토는 안 했어요. 하지만, 네. 방향감각은 없었어요."

"어머니 이름이 뭐죠?"

"캐럴라인이에요."

스텔라는 캐럴라인의 손을 부드럽게 잡고 손가락으로 손목을 잡고 시계를 확인했다.

"안녕하세요, 캐럴라인. 제 말 들리세요?"

그녀는 레오를 올려다보며 말했다.

"맥박이 약하지만 안정적이에요. 드시는 약은 있나요?"

"혈액순환을 위해서 아스피린을 먹어요. 그리고 호흡곤란이 오면 산소 공급을 하고요. 여기 예비로 한 병을 가져왔어요. 이곳 의료실에 더 있을 거라고 생각했는데."

"오늘 드신 약은 뭔지 아시나요?"

레오가 트루디를 바라보았다.

"잘 모르겠어요. 너무 갑자기 나오는 바람에……. 잠시만요."

캐럴라인의 핸드백이 문 옆에 떨어져 있었다. 트루디는 가방을 뒤져서 에코트린* 병을 꺼내 흔들어보았다. 병 안에는 알약이 한 개 있었다.

"거의 다 먹었네요."

캐럴라인의 눈꺼풀이 떨렸다.

"여기 어디야?"

그녀는 흐느껴 울기 시작했고 스텔라를 보더니 움찔하며 몸을 웅크렸다.

"트루디, 이 사람 누구니?"

"엄마, 저 여기 있어요. 이분은 의사 선생님이에요. 엄마를 돌봐주실 거예요."

스텔라는 한숨을 쉬었다.

"걱정을 끼쳐드리고 싶진 않은데요. 부인이 가벼운 뇌졸중이 있었던 것 같습니다. 그래서 넘어지셨던 걸 텐데, 심각한 부상은 아니었던 것 같아요. 언어장애도 없고. 이건 좋은 징후예요. 그리고 뇌진탕의 징후도 전혀 볼 수 없습니다. 물론 좀 늦게 나타날 수도 있겠지만요."

트루디는 화장실로 달려가 물 한 컵을 받아 왔다. 캐럴라인은 여전히 혼란스러운 시선으로 스텔라를 바라봤지만 호흡은 안정적이었다. 트루디는 엄마가 약을 삼키는 걸 도왔다.

"그래서 이제 어쩌죠?"

레오가 물었다.

"가벼운 뇌졸중이라면 아스피린이 도움이 될 겁니다. 제가 좀 더 가져다드릴게요. 환자분을 계속 잘 지켜보세요."

* 아스피린 계열의 약.

스텔라가 일어섰다.

"여러분은 혼자가 아니에요. 필요하시다면 제가 또 오겠습니다."

레오는 툴툴거리며 감사의 인사를 내뱉었고 스텔라가 문으로 나가는 것을 지켜보았다. 문 옆에는 캠 거스리가 스텔라를 데려가기 위해 기다렸다가 그녀가 나가자 다시 문을 잠갔다. 캐럴라인은 쥐었던 주먹을 풀면서 진저리를 쳤다. 트루디는 엄마의 이마를 부드럽게 쓸어주었다. 마침내 캐럴라인의 눈이 감겼다.

레오는 방에서 나갔다. 그녀는 그렇게 늙은 아버지의 모습을 본 적이 없었다.

"그냥 돌아가는 게 어때요, 아빠?"

가방은 여전히 바닥에 내팽개쳐져 있었다. 짐을 푼다면, 그것은 자신들의 감금을 받아들인다는 뜻이었다.

"그냥 갈 수 없어. 이 바이러스가 만일 생화학 무기라면, 여기 있는 게 나을 거다. 다만……."

"하지만 엄마는……."

"나도 알아."

레오가 말했다. 대화 끝. 그는 소파로 가 TV를 켰다. 아버지의 냉랭함이 그녀는 두려웠다. 솔직히 말해서 그녀의 인생이 무너졌을 때, 그녀의 경력이 끝났을 때 부모님 집으로 돌아온 가장 큰 이유는 두려움이었다. 이제 그녀는 아이도 없는 마흔두 살의 볼 장 다 본 전직 발레리나였고, 유일하게 남은 삶의 목적은 병든 아버지로부터 엄마를 보호하는 것뿐이었다. 그녀는 아버지를 완전히 믿지 않았기 때문이었다. 아니면 그녀가 언제나 마마걸이었던 건지도 모른다. 아버지가 바보같이 화를 내며 어슬렁거리는 동안 그녀의 눈앞에서 엄마가 사라지는 모습을 바라보는 건 견딜 수가 없다.

그러나 동시에 그녀는 스스로에게 거짓말을 하고 있다는 걸 알았다. 스스로에 대한 실망으로부터 숨어버린 것은 그녀 자신의 선택이었다는 것을. 6년 전, 그녀는 부모님 돌보기라는 처량 맞은 일을 하기 위해 부유한 생활을 뒤로했다. 그리고 솔직히 이 일은 그녀에게 잘 맞았다. 애초부터, 엄마가 아프기 훨씬 전부터. 그리고 엄마가 병이 들자, 트루디는 이 속내를 알 수 없는 무신경한 남자의 손에 엄마를 맡기고 떠날 수가 없었다. 심리 치료사는 늘 그녀에게 앞으로 나아가라고, 춤이 전부는 아니라고, 한 사람의 일생에는 계절이 있어서 누구나 언젠가는 과실을 맺게 된다고 말했다. 그러나 그녀의 인생은 몇 년 전에 멈췄고 멈춘 인생을 다시 굴러가게 할 방법은 알지 못했다.

어쩌면 그런 건 더 이상 상관없는지도 모른다. 어쩌면 아버지가 옳은지도 모른다. 병원은 환자로 넘쳐났고 바이러스가 우글거린다. 지금으로써는 여기가 더 안전하다.

"엄마는 여기 오고 싶어 하지 않으셨어요."

그녀는 아버지의 뒤통수에 대고 말했다.

아버지의 대답을 기대한 건 아니었는데, 그는 트루디를 향해 고개를 돌리고는 그녀의 비난에 반박했다.

"네 엄마를 거기 두고 오고 싶지는 않았을 거 아니냐?"

트루디는 어깨를 으쓱했다. 그날 아침 뉴스를 보았을 때 엄마의 얼굴이 떠올랐다. 캐럴라인은 소파 끝 레오 옆자리에 어색하게 앉아 있었다. 소파는 핑크색과 크림색의 장미 무늬가 새겨있고 뭐라 불러야 할지 모를 수줍은 리본이 소파 덮개에 수놓아져 있었다. 캐럴라인은 그 소파가 남의 것인 양, 그 오랜 결혼생활 동안 한 번도 소파가 그녀의 소유물이었던 적이 없는 것처럼 어색하게 앉아 있었다. 트루디를 올려다보는 그녀의 표정에 무언가 이상한 기운이 떠올라 있었다. 애원하는 눈빛이었다. 트루디는 엄마와 눈을 마주치려 했지만, 곧 엄마의 시선이 트루디의 뒤쪽을, 어깨너머를 보고 있다는 것을 눈치챘다.

트루디는 뒤를 돌아보았다. 벽에 걸린 거대한 평면 화면에 간밤에 본 것과 똑같은 화면이 나오고 있었다. 줄지어 늘어선 시체 주머니, 짙은색 복장에 흰색 마스크를 쓴 무표정한 동양인 관리들. 어제부터 계속 같은 자료화면이었다.

"왜 그러세요, 엄마? 저건 아무것도……."

"봐."

엄마가 말했다.

트루디는 다시 화면으로 고개를 돌렸다. 자막이 나왔다. '속보: 동부지역 최초 사망자 확인.' 뉴스 진행자는 대중교통이 중단될 가능성에 대해 이야기하고 있었다.

트루디는 창가로 다가갔다. 공원에서 연기가 피어오르고 있었다. 창문을 열자 차갑고 매서운 바람의 리듬이 방 안으로 흘러들어왔다. 그녀는 창밖으로 몸을 내밀었다. 바다에 버려진 쓰레기처럼 공기 위를 두둥실 날아오르고 싶었다. 그녀의 발아래, 37층 아래로, 리츠칼튼 직원이 문 바깥쪽에 모여든 사람들 사이에 서 있었다. 직원이 입은 검은 제복 소매 끝자락에 애벌레의 줄무늬처럼 흰색 셔츠 소매가 비어져 나와 있었다. 그 순간 트루디는 처음으로 두려움을 느꼈지만, 스스로에게 과민반응하지 말자고 다짐했다. 연기는 어디서나 날 수 있잖아. 단순한 모닥불이겠지. 그리고 리츠칼튼 직원도 아마 손님을 맞을 준비가 되었다는 걸 보여주려는 거겠지.

"말했잖아. 벌써 출발했어야 했는데."

레오가 말했다.

"난 여기 두고 가요. 난 너무 지쳤어요. 너무 늙었고."

"말할 가치도 없는 일이야."

"이제 이런 일이 생겼으니…… 당신이 항상 기다리던 그런 일이 일어났으니, 좋겠네요. 날 두고 가요. 당신한텐 내가 더 이상 필요 없잖아요……."

트루디는 엄마를 힐긋 보았다. 은밀히 의심하고 있었지만 감히 입 밖에 낼 수 없었던 그것을 엄마가 말한 것이다. 아버지는 이런 사태를 어느 정도 기다리고 있었다. 그는 세상의 종말이 다가오는 걸 갈망했는데, 그렇게 되면 그가 옳다는 게 입증되기 때문이었다. 그가 뛰어난 예지력의 소유자이며 현명하게 앞날을 대비했다는 것을 증명하는 것이기 때문이다. 그러나 당연히 그건 옳은 말은 아니었다. 당연히, 이런 일이 일어날 거란 공포 속에서 살긴 했어도, 아버지는 절대로 이런 걸 원하지는 않았다. 하지만 그녀가 뭘 알겠는가? 그녀는 아버지에 대해서는 아는 게 거의 없었다. 캐럴라인은 분명 아버지에 대해 더 많은 걸 알고 있었다.

"말도 안 돼."

아버지의 대답이었다.

트루디는 읽던 책을 주워들었다. 낡아빠진 《카발리어와 클레이의 환상적인 모험》이었다. 그녀는 토트백에 책을 쑤셔 넣고 창문으로 다가가 거리에 줄지어 선 웨이터들을 내려다보았다.

"우리 같은 사람들에겐 불공평해요."

그녀는 두 사람이 아닌 스스로에게 말했다.

"부자들은 이런 일이 닥쳐도 안전하죠. 하지만 우린 운이 좋은 것 같아요. 아버지가 열심히 일해서 우리에게 행운을 갖다주셨죠. 그러니 이 운을 활용해야 해요."

그녀의 말에 동조하듯 전투기 두 대가 엷은 안개가 낀 도심 위로 굉음을 내며 낮게 날아갔다.

"가방 챙겨서 당장 떠나요. 네?"

🌱

트루디는 침대에서 일어섰다. 등이 뻣뻣했다. 캐럴라인을 깨울까봐 두려운 마음에 너무 오랫동안 꼼짝도 않고 앉아 있었던 것이다. 그녀는 살그머니 라운지로 나갔다. 부엌 벽에 걸린 시계에 '9:10'이라는 글자가 반짝거렸다.

레오는 현관문 옆 벽 앞에 서서 부엌칼로 뭔가를 하고 있었다. 소리를 죽인 TV에서는 똑같은 화면만 나올 뿐이다. 그는 트루디를 돌아 보며 물었다.

"엄마는 좀 어떠냐?"

"똑같아요. 주무시고 계세요. 뭐 하시는 거예요?"

그 순간 초인종이 울려 트루디는 흠칫 놀랐다. 문이 열리고, 윌 부셰가 들어왔다. 여전히 방독면 차림이다.

"레오. 일이 이렇게 돼서 정말 죄송합니다."

레오의 몸이 굳었다.

"사과의 말은 집어치워요. 아무튼 우리가 아프지 않다는 건 아시겠죠."

윌은 고개를 끄덕였다.

"그레그는 사람들이 스스로를 지킬 권리가 있다고 하고, 저도 다수의 합의에 따라야 하니까요."

그러나 그는 어딘가 불편해 보였다. 트루디는 그의 목소리에 깃든 당혹스러움을 읽을 수 있었다.

"뭘 원하시오?"

월이 비닐 봉투를 내밀었다.

"단하우저 부인께 드릴 아스피린입니다."

그는 문턱 너머로 봉투를 내려놓고는 문을 닫았다. 다시 자물쇠가 잠겼다.

레오는 약봉지를 식탁 위에 갖다놓고 다시 자물쇠를 쑤시기 시작했다.

"이건 일반형인데."

그는 혼자 중얼거렸다.

아버지가 그녀를 진짜 살아 있는 사람처럼 대해주면 얼마나 좋을까.

"뭐가요?"

"응?"

"뭐가 일반형이에요?"

"이 안 전체가. 전부 조잡해. 의료 시설이 아직 완성되지 않았대도 놀랄 일은 아니겠다. 풀러는 원칙을 죄다 무시했어. 여기 이 싸구려 구식 잠금장치를 봐라. 아마 중고 군수용품 떨이 시장에서 사 왔을 거다."

트루디는 아버지의 분노를 들쑤시지 않기로 하고, 전략을 바꿨다.

"그래서 저 사람들이 엄마가 어디가 아픈지 정확히 알게 되면, 여기 감금된 채로 있지 않아도 되는 거잖아요? 그렇죠? 다음번에 풀러 씨가 오면 아버지가 말씀하실래요?"

"내 말은 듣지도 않을걸."

그는 덮개를 제자리에 맞추고 뒤로 물러섰다.

"하지만 감금되지는 않을 거야. 더 이상은."

7
재이

재이는 로그아웃을 하고 노트북의 전원을 껐다. 일기 쓰기는 원래 심리치료나 그따위 것들에 도움이 되었지만, 지금은 그다지 도움이 되지 않는다. 그는 게임을 하고 싶어 미칠 지경이었다. 하지만 지금으로써는 아빠를 혼자 놔두고 나갈 방법이 없었다. 아빠가 저렇게 초조해하는 모습은 처음 본다. 아빠는 신경질적으로 부엌 카운터를 문질러 닦고 5초에 한 번씩 현관문을 바라보았다. 재이는 TV 채널을 이리저리 넘기다가 옛날 드라마인 〈30 록〉을 틀었다. 시체 주머니와 교통체증 화면만 줄기차게 나오는 뉴스 말고 다른 볼 것이 필요했다.

엄마가 나간 지 거의 한 시간이 다 되어간다. 엄마는 재이와 아빠가 같이 가겠다는 걸 극구 말렸다. 엄마가 그렇게 고집을 부릴 때는 누구도 말릴 수가 없다. 아빠는 저녁 식사 재료를 손질하랴 부엌 선반을 닦으랴 내내 바빴고, 일하면서 객실이 영 조잡하게 만들어졌다며 꿍얼거렸다. 재이의 학교 친구들은 대부분 엄마 아빠가 이혼을 했고, 각자 직업이 있었다. 재이는 사이좋은 부모님이 자랑스러웠지만 동시에 야망 없는 아버지를 남몰래 부끄러워했다. 그가 기억하는 한 일하러 나가는 건 항상 엄마였다. 아빠는 끝내지 못한 박사학위와 재난에 대비하는 취미 활동 말고는 스스로를 규정할 만한 것이 아무것도 없었다. 재이는 아빠를 그런 식으로 재단해서는 안 된다는 걸 잘 안다.

사회 선생님은 항상 '사회적 성 역할이란 것은 공허한 개념에 불과하다'고 이야기하곤 했다. 그래도 가끔 재이는 아빠가 자신의 인생에 있어 뭘 좀 더 하길 바랐다.

"아빠, 괜찮을 거예요."

미소를 지어보려 했지만, 잘 되지 않았다.

"엄마가 곧 돌아오지 않으면 내가 나가볼게요……."

문이 열리고 엄마가 부엌으로 들어왔다. 어깨에 뭔가를 걸치고 있었다. 말도 안 돼.

"그거 방독면이에요?"

"그래."

"어우, 씨……."

"재이!"

엄마가 반사적으로 그를 나무랐다. 엄마가 거의 인공호흡기에 가까운 방독면을 부엌 카운터 위에 떨어뜨리자, 아빠가 엄마에게 팔을 둘렀다. 엄마도 아빠를 마주 안아주었지만, 엄마의 몸짓은 뻣뻣했다.

"어때요?"

부모님이 포옹을 풀자 재이가 물었다.

엄마는 수술 장갑을 벗었다.

"그 나이 든 부인이 가벼운 뇌졸중이 있었던 것 같아. 그레그에게 구급차를 불러야 한다고 말하려고."

"그럴 순 없어."

아빠가 말했다.

"밖이 지금 어떤지 알잖아. 우리 모두 잠복기가 끝날 때까지 기다려야 해."

엄마가 코웃음을 쳤다.

"그 '우리'가 도대체 누구야, 유진? 부인이 죽으면 어쩌게?"

"그레그나 다른 사람들이 제대로 처리하고 있는 거야. 우리가 지금 당장 할 수 있는 일은 그것뿐이라고, 스텔라."

아빠는 엄마를 이름으로 부르지 않는다. 항상 '자기'나 '여보'였다.

엄마가 아빠에게서 고개를 돌렸다.

"여길 사겠다는 데 동의했을 때, 이런 일에는 동의한 게 아니었어."

"난 지금 행복한 것 같아, 스텔라?"

엄마는 움찔했고, 재이의 배 속에서 뭔가 스윽 미끄러지는 느낌이 들었다. 전에 엄마 아빠가 싸우는 걸 본 적은 한 번밖에 없었다. 그리고 그땐 사소한 일 때문이었다.

아빠가 목소리를 낮췄다.

"그냥 조심하는 것뿐이야. 그 부인 상태가 많이 심각해?"

"확신을 못 하겠어. 의료 시설로 옮길 수도 없는걸."

엄마의 표정에 또다시 분노가 스쳐 지나갔다.

"여긴 변변한 침상도 하나 없어. 이 안에 완전한 설비를 갖춘 의료 시설이 있을 거라고 당신이 그랬잖아."

엄마는 장갑을 플라스틱 쓰레기통에 던져 버리고는 뚜껑을 세차게 닫았다.

"이런 거지같은 콘도."

유진은 재이와 눈을 마주쳤다.

"재이. 엄마 아빠가 할 얘기가 있다. 네 방으로 가 있어라."

"대신 오락실에 가도 돼요?"

아빠가 고개를 끄덕였다.

재이는 물건을 주섬주섬 챙겨 복도로 나갔다. 제길. 왠지 이

상황이 당장 나아지지 않을 거라는 예감을 떨쳐버릴 수 없었다. 그들이 지금 이 안에 갇혀 있다는 사실도 도움이 되지 않았다. 재이는 곧 생각을 떨쳐버렸다. 바보같이 굴지 마. 여긴 감옥이 아니야. 원한다면 언제든 떠날 수도 있어. 모두들 여기 있기로 선택한 거잖아. 비디오 모니터로 본 그 사람들도 마찬가지고. 아래층에서부터 툴툴거리는 목소리가 들려왔다. 분명 그레그와 윌이겠지. 재이는 아래층으로 내려가 무슨 일이 일어나는지 두 눈으로 직접 볼 배짱이 없는 스스로를 증오했다.

그 대신, 계단을 올라 오락실로 향했다. 스크러피는 지금쯤 아마 자고 있겠지만 길드에 가보면 일대일로 게임을 할 상대가 있을 것이다. 오예. 게임을 몇 판 하면 머리가 맑아지겠지. 또 누가 아는가? 어쩌면 지나를 다시 만날지도 모른다. 지난번 만난 이후로 그 애 생각을 꽤 많이 했다. 스크러피에게도 그 여자 애 얘기를 할 뻔했을 정도다. (마음 한구석에는 다른 여자애 얘기를 하면 스크러피가 질투할지 확인하고 싶은 것도 있었다.) 지나에겐 재이를 끌어당기는 무언가가 있었다. 그 애는 재이의 학교 여학생들과는 전혀 달랐다. 학교 친구들은 모두 자신감 넘쳤다. 머리카락에는 윤기가 흘렀고, 다른 사람을 바보로 여기거나 깔보는 표정을 재빨리 지을 줄 알았다. 그러나 그 애와의 사이에 무슨 일이 일어날 가능성은 전혀 없었다. 먼저 종교 문제가 있고, 그 애 오빠가 미치광이 인종차별주의자라는 사실은 말할 것도 없었다.

처음에는 오락실이 비어 있는 줄 알았다. 그러다가 누군가 TV 옆 소파에 앉아 있는 것이 보였다. 짙은 빨강 머리의 그 여자였다. 재이는 〈트루블러드〉의 뱀파이어 이름을 따서 속으로 '제시카'라는 이름을 붙여주었다. 호리호리하고, 키가 크고(재이보다도 컸다), 아마도 20대 초반인 것 같았지만 재이는 나이를 썩 잘 가늠하는 편이 아니었다. 그 바보 같은 기도 모임에서 그녀를 몰래 훔쳐봤는데, 그만 그랬던 것은 아니었다. 사이코 브렛이 침을 질질 흘리며 쳐다보고 있었던 것이다. 여자와 함께 있는 남자는 여자보다 나이가 많았지만, 트로피 와이프*라는 느낌은 들지 않았다. 여자의 얼굴에는 화장기도 없었고, 컨버스화에 청바지와 후드 카디건을 입고 있었다.

여자는 책상다리를 하고 앉아서 똑바로 앞을 보고 있었고, 손으로는 머그컵을 감싸 쥐고 있었다. 머리카락 사이로 이어폰 줄이 보였다. 재이가 들어오는 기척을 못 느낀 모양이다. 재이는 그녀가 알아채기를 기다렸다. 깜짝 놀래주고 싶지는 않았다.

뭐라고 말 좀 해, 이 애송아.

무슨 말이라도 하려고 막 입을 여는 순간, 그녀가 재이를 보고 이어폰을 뽑았다. 이어폰에서 작게 랩 비트가 흘러나왔다.

"아, 안녕."

"안녕하세요."

"그 사람들 어떻게 됐는지 아니? 타이슨 말로는 그 사람들이 감염됐을 때를 대비해 격리시켜놨다던데."

재이는 모음을 굴리는 것 같은 그녀의 악센트가 좋았다. 영국인 같아 보이지는 않는데. 그레그에게 끔찍하게 굴던 그 무시무시한 금발머리 여자처럼.

"엄마가 그러시는데 나이 많은 부인이 뇌졸중이 있었던 것 같대요."

그녀는 입술을 깨물었다.

* 나이 많은 남자의 젊고 매력적인 아내를 지칭하는 말.

"맙소사. 그 부인 괜찮을까? 네 엄마가 의사 맞지?"

"치과의사예요."

"치과의사?" 그녀는 건조하게 웃었다. "여기는 도대체⋯⋯."

이 여자와 엄마는 사이좋게 잘 지낼 것 같다.

"어디서 왔어요?"

"남아프리카. 요하네스버그."

"와, 멋져요."

재이는 그 나라에 대해서 알고 있는 지식을 박박 긁었다. 별로 많지 않았다. 넬슨 만델라. 샤를리즈 테론. 아파르트헤이트에 관해서 조금. 그게 전부다. 갑자기 이 여자의 이름도 모른다는 생각이 들었다.

"난 재이라고 해요."

"난 케이트야."

잠시 어색한 순간이 흘렀다. 그녀는 다시 먼 곳을 응시했다. 재이는 대화를 주도하는 데는 익숙지 않은 편이었다.

"저기⋯⋯. 남편분께서 지금 따님을 돌보고 계시나요?"

그녀는 고개를 저었다.

"타이슨은 남편이 아니야. 내 보스지. 난 보모거든. 새리타를 돌봐주고 있어."

"그 애 엄마는 어딨는데요?"

"돌아가셨어."

"뭐, 무슨 자동차 사고 같은 거였나요?"

잘한다, 잘해. 완전 세심해 보이는 질문이네.

"어떻게 돌아가셨는지는 몰라."

머그컵을 너무 꽉 쥐어서 케이트의 손 관절이 하얘졌다.

"여기는⋯⋯ 난 우리가 여기 오는지도 몰랐어. 엄마한테 내가 지금 어디 있는지 얘기해줄 수도 없어. 여기가 어딘지를 모르니까."

"여긴 메인 주예요."

그녀는 미소를 지으며 눈동자를 굴렸다.

"범위가 많이 좁혀졌네."

그녀는 노트북을 가리켰다.

"너 게임 하니? 아까도 보니까 계속 그것만 붙들고 있더라."

"뭐 소설을 쓰거나 그런 것일 수도 있잖아요."

재이는 자신감이 솟구치는 것 같았다. 멋진 대사잖아.

"게임하는 사람들은 특징이 있어. 예전 남자 친구가 엑스박스랑 결혼한 애였지. 게임이 나쁜 건 아냐. 나도 '블랙옵스'랑 '스카이림'에는 한동안 중독됐었는걸."

"'스카이림'도 괜찮죠. 저는 MMO 플레이어 쪽이지만요."

"MMO?"

"온라인에서 게임한다고요."

"이를테면, '세컨드라이프'나 '월드 오브 워크래프트' 같은 거 말이야?"

재이는 좀 감동했다.

"전 WoW를 해요. 완전 중독자예요."

그녀가 웃었다.

"중독자가 되는 게 나쁠 건 없지. 저 말이야, 그거 여기에서 해보는 건 어때? 나도 잠깐이나마 모든 걸 잊어버릴 만한 흥밋거리가 필요하거든."

"정말요?"

"정말."

"원한다면 TV 화면에 띄울 수도 있어요."

재이는 안달 난 어린애처럼 말했다. 아, 좀. 냉정한 척 좀 해.

"해봐."

재이는 노트북을 화면에 연결하고 로그인을 했다.

"캐릭터 생성하는 법을 보여줄까요? 아니면 원한다면 나한테 올라타볼래요?"

"너한테 뭘 한다고?"

아, 이런 바보. 재이의 얼굴이 달아올랐다.

"죄송해요. '올라탄다'는 말은 어떤 탈것에 올라타서 여러 포털 서버들을 날아다닌다는 뜻이에요."

"그게 올라타는 거구나."

마우스를 클릭하며 캐릭터 메뉴를 띄우는 손이 가볍게 떨렸다. 그는 흑마법사로 로그인을 하고 탈것을 불렀다.

"저게 드래곤이야?"

"서리고룡이예요."

재는 살짝 방어적으로 말했다.

케이트는 다시 눈동자를 굴렸다.

"그렇구나."

재이는 포털을 통해 아웃랜드*로 들어갔다. 이 레벨의 배경은 그가 가장 좋아하는 것이었다. 그는 케이트에게 마우스로 탈것을 움직이는 방법을 보여주었다. 그녀는 즉시 이해했고, 골짜기를 활강하면서 웃었다.

"이거 진짜 멋지다."

뭔가 허전한데……. 사운드트랙이 필요하다.

"저기요……. 어떤 음악 좋아하세요?"

* 월드 오브 워크래프트의 땅 이름.

"네가 골라줘."

그는 블루 스탈리의 노래를 업로드했다. 강력한 공격을 감행할 때 자주 듣는 노래다. 그는 볼륨을 높였다.

케이트가 고개를 까닥거린다.

"슈위트."

"네?"

"미안. 멋지단 뜻이야. 좋다고."

둘은 미소를 주고받았다.

"다음에 보여줄 건 자기 캐릭터를 생성하는 법이에요."

케이트가 고개를 들었다.

"아, 안녕."

재이가 케이트의 시선을 좇았다. 지나가 몇 미터 떨어진 곳에 서서 손을 꼬고 있다. 재이는 문득 죄책감을 느꼈다. 왜 이런 느낌이 드는 걸까? 지나랑 사귀는 사이도 아닌데.

"안녕."

재이는 볼륨을 낮췄다.

케이트가 지나에게 미소를 지었다.

"우리 같은 층에 있지."

지나가 얼굴을 붉혔다.

"알아요. 같이 있는 그 여자애 엄청 귀여워요."

"새리타? 그래. 사랑스럽지."

"아빠가 그러는데 언니는 오스트레일리아 사람이라던데요."

케이트가 웃었다.

"남아프리카 사람이야."

"아."

순간 지나의 얼굴에 당황스러운 기색이 스쳤다.

"언니……. 언니 머리카락 진짜 예뻐요."

"고마워. 어렸을 땐 진짜 생강 색깔이었어. 학교 다닐 때 애들이 얼마나 놀려댔는지 몰라."

"전 마음에 드는걸요. 저기…….."

지나가 재이를 힐긋 쳐다봤다.

"저기. 저는 그냥 콜라나 마시려고 왔어요."

"우리랑 같이 이거 안 할래?"

케이트가 말했다.

"지금 재이가 '월드 오브 워크래프트'의 비밀스러운 세계로 나를 안내하던 중이었어."

"저는 그런 거 하면 안 되는데…….."

지나는 화면에 떠 있는 탈것을 곁눈질했다. 골짜기 위를 날며 가끔씩 날개를 펄럭이고 있다.

"《해리 포터》 같은 거야?"

"《해리 포터》랑은 비슷하지도 않아."

살짝, 망설이는 표정이 떠올랐다.

"좋아요. 저…… 그냥 옆에서 보기만 해도 돼요?"

"그럼."

지나가 재이의 옆에 앉았다. 지나의 허벅지가 재이의 허벅지에 닿을락 말락 한다. 그 애에게서 딸기 냄새가 난다. 지금 내 모습을 머프타운이 봐야 되는데. 머프타운은 길드 회원인데, 스크러피 얘기를 하면서 놀리고 만날 자기 섹스 기술을 자랑하는 놈이다.

"그래서 이 구역은…….."

문이 확 열리고, 헉 하고 숨 들이쉬는 소리가 났다.

"지나!"

지나가 움찔 놀랐다. 듬성듬성한 긴 검은 머리에 얼굴이 둥근 여자가 그들을 향해 성큼성큼 걸어왔다. 여자의 눈은 스크린에 고정되어 있었다.

지나는 재이의 팔을 잡고는 벌떡 일어섰다.

"엄마!"

케이트는 재이를 의문스러운 표정으로 바라보았다.

"지나, 지금 뭐 하는 거야?"

"나는…… 나는 아무것도 안 해요, 엄마."

"그 사람들한테서 떨어져. 만일 아빠가 보시면……."

"엄마, 난 아무것도……."

"나가! 당장!"

"안녕하세요." 케이트가 일어서면서 말했다. "전에 뵌 적이 없었던 것 같네요."

여자는 케이트를 무시했다.

"지나, 지금 당장 방으로 돌아가."

"엄마. 게임을 하던 게 아니었어요. 맹세해요."

미친 듯이 바지를 할퀴는 지나의 눈에 눈물이 고였다.

"엄마랑 같이 있어야지."

여자가 지나에게 속삭이듯이 말했다. 뭔가를 두려워하듯이.

"이런 데 오면 안 돼. 여기서 이런……."

마침내 그녀의 시선이 재이에게로 향했다.

"아무튼 안 돼."

재이는 뭔가 말해야 할 것 같은 기분이 들었다.

"괜찮아요……."

차마 '부인'이라는 말이 입에서 떨어지지 않았지만, 할 걸 그랬나 하는 생각이 들었다.

"거스리 씨에게 제 잘못이라고 말씀하셔도 돼요. 제가 지나에게 하자고 했거든요."

그러나 여자는 재이도 무시하고 속마음만 신경질적으로 쏟아냈다.

"어서 가서 기도 해야겠어. 그래. 기도가 우리를 도와줄 거야."

"거스리 부인."

케이트가 나섰다.

"부인이 생각하시는 그런 일은 없었어요. 지나는 게임을 하고 있었던 게 아니에요."

재이처럼 케이트도 부인의 이런 반응이 비디오 게임 안에 악마가 있다고 믿는 철두철미한 근본주의자들이 보이는 반응이라고 생각하는 것 같았다. 그들로서는 그렇게밖에 이해할 수가 없었다.

"가서 기도하자."

거스리 부인이 지나의 팔을 잡고 계속 중얼거렸다.

"그래. 주님께서 우리를 그분의 품 안에 안전하게 지켜주실 거야."

지나는 어깨너머로 재이와 케이트에게 중얼거렸다.

"미안해. 하지 말았어야 했는데."

"맙소사."

지나가 방에서 끌려 나가는 동안 케이트가 중얼거렸다.

문이 쾅 소리를 내며 닫혔고, 재이와 케이트는 시선을 교환했다. 신경질적으로 크게 웃으며 "씨발, 이게 뭐야?"라고 말할 만한 상황이었다. 그러나 케이트도 재이와 마찬가지로 어쩔 줄 몰라 하는 것 같았다.

8
지나

악마가 방구석에서 나를 지켜보는 걸 느낄 수 있다.

좀 더 조심했어야 했다. 경계를 늦추지 않도록, 위험에 직면했을 때 스스로를 지킬 수 있도록 엄마가 그토록 오랫동안 나를 훈련시켜왔는데, 소년의 미소 한 방에 발을 헛디디다니. 재이가 악마라고 생각지는 않지만, 그것이 악마의 방법이며 악마의 힘이다. 그리고 교회에서 버나드 목사님이 말씀하신 것도 그랬다. 그런 게임과 책과 영화들이 모두 악마가 드나드는 문이라고. 목사님은 미국의 길거리에 대해 말씀하셨다. 저주받은 사람들이 탐욕과 악, 음란과 나태에 절어 휘적거리며 돌아다니고 있으며, 이는 그들이 유흥 거리에 취해 있기 때문인 것이다. 지금 이 세계의 상태를 보라. 나는 영원불멸의 내 영혼을 구제하기 위해 기도해야 한다는 걸 잘 알고 있다. 말씀은 저 위로부터 나에게 오신다. 맘대로 밖에 나갔다며 아빠가 소리 지르며 야단치셨을 때부터 지금까지 계속 무릎을 꿇고 나를 인도해달라고 기도했고, 결국 무릎이 너무 아파서 기도를 멈춰야 했다.

잠에서 깨고 침대에 누워, 그 포근함 속에서 엄마 아빠가 얼마나 나를 사랑하시는지를 떠올렸다. 두 분이 나를 안전하게 지키기 위해 얼마나 많은 것을 포기해야 하셨는지도.

나는 이제 밝은 눈을 보았다. 내 방에 있는 악마의 밝은 눈. 나는 악마를 이 방에 불러들였지만, 더 이상 가까이 오지는 못하게 하겠다. 나는 눈을 질끈 감고 손을 모아 가슴 위에 올리고 내 주위를 둘러싼 주님의 빛을 느낄 수 있도록, 그 빛이 나를 보호하도록 기도드렸다. 악마는 이 빛을 통과하지 못하리라.

성소의 공기정화 시스템이 삐걱거리며 한숨을 쉰다. 나는 우리가 모두 사탄의 육신 안에 갇혀 있다는 생각을 떨치려 애쓰면서, 가만히 속삭였다.

"사탄아, 물러나라."

그리고, 비명이 들렸다.

처음에는 죽어가는 말들의 비명인 줄 알았다. 그러나 소음은 점점 현실적이 되어갔고, 내 머릿속이 아닌 바깥에서 거칠고 비통한 비명이 들렸다. 방 안은 더 이상 캄캄하지 않았다. 전자시계의 빨간색 숫자가 '6:03'을 표시하며 반짝거렸다. 가짜 창문들은 커튼 너머에서 새벽빛을 밀어 올리고 있었다.

"저 창문들은 악마의 작품이 아니에요?"

어제 엄마에게 물었다. 게임 구경을 하다가 잡히기 전에. 우리가 학교를 그만두기 전에도 학교 선생님들 중에는 컴퓨터와 게임과 전자제품이라면 뭐든지 악마의 통로라고 말하는 분들이 있었다. 목사님은 거의 주일마다 신도석에 앉은 어린아이들을 모두 지목하며 그렇게 말씀하셨다. 예배가 끝나고 나면 브렛은 늘 웃으면서 바니 목사님의 즐거운 놀이 시간이라고 불렀지만, 그해 봄 베시 카버에게 그런 일이 있고 나서는 그렇게 하지 않았다. 지난 두 해 동안 브렛은 교회 신도석에 앉아서 고개한 번 쳐들지 않고, 나를 보지도 않고, 예배가 끝날 때까지 그냥 꼼짝도 않고 가만히 앉아 있었다. 나는 폴터가이스트에 관한 영화는 한 번도 본 적이 없었지만, 댄 하이젠베르크의 방에서 영화 포스터는 본 적이 있다. TV에서 악마가 기어 나오고 이를 응시하는 어린 꼬마가 있는 장면이다. 우리는 트레일러에 거지같은 조그만 TV밖에 없었는데, 여기 방에는 커다란 평면 TV가 두 개나 있다. 그리고 이 전자 벽들. 이것들을 보면 무섭다. 그래서 나는 엄마에게 선생님들 말씀이 맞는 건지 물은 것이다.

엄마는 나를 바라보았다. 의심의 기색이 엄마의 얼굴을 스쳤다. 나는 엄마가 즉시 대답을 해주었으면 하고 바랐다. 엄마가 의심을 해서는 안 된다.

엄마는 잠시 생각하더니 결론을 내렸다.

"창문은 괜찮아, 지나. 내 생각엔 저 창문들은 주님께서 창조하신 세계의 영광을 보여주고 있는 것 같은데."

엄마는 어깨를 으쓱했다.

"아무튼 예쁘잖니. 안 그래?"

그래서 어젯밤 기도할 때, 나는 화면의 숲과 산과 해변이 사라질 때까지, 내가 깜박 잠들어버릴 때까지 계속 들여다보았다. 꿈에 귀신들이 나온다고 목사님에게 말하면 목사님이 뭐라고 말씀하실지 잘 알고 있다. 분명 악마가 내게 들어올 길을 찾는 거라고 말씀하시겠지. 하지만 악마는 이미 내 안에 들어와 있는 것 같다.

마침내 저 소음이 뭔지 알았다. 사이렌이다. 화재 경보 사이렌 같은. 나는 고개를 돌려 브렛의 침대를 확인했다. 흐트러진 침대는 비어 있었다. 담요를 걷어차고 문으로 달려갔지만, 문손잡이를 잡고는 멈춰 섰다. 아빠가 방 안에 있으라고 그러셨으니까. 아빠와 브렛이 거실에서 얘기하는 소리가 들렸다.

"아빠! 아빠! 방에서 나가도 돼요?"

내가 외쳤다. 잠시 후, 아빠의 목소리가 문 저쪽에서 들렸다.

"그냥 거기 있어라, 지나."

"하지만 아빠. 불이 난 거면 어떡해요? 그럼 아빠도……."

아빠의 목소리가 거실 밖으로 멀어진다.

"아빠?"

현관문이 쾅 하고 닫힌다.

"아빠!"

사이렌이 여전히 비명을 지른다.

나는 방 안쪽에 엄마 방으로 통하는 문을 노크했다.

"엄마?"

아무 반응이 없다.

정말로 불이 난 거라면 가족들이 나만 여기 남겨둘 리가 없어.

사이렌 소리를 뚫고, 쾅 하고 현관문이 닫히는 소리가 다시 들린다.

"괜찮아요?"

답이 없다.

"브렛? 아빠?"

방에서 나갔다가 아빠가 보시면 화를 내실 것이다. 어쩌면 스물한 살이 될 때까지 날 여기에 가둬두실지도 모른다. 하지만 경보가 계속 울리는 건 여전히 위험하다는 뜻이다. 어쩌면 방금 전 문소리는 내 상상일지도 모른다. 어쩌면 아빠도, 브렛도, 엄마도, 모두 다 저 위층 안전한 곳에 대피해 있는 것인지도.

나는 문을 살짝 열고 좁은 틈으로 밖을 내다봤다. 숨이 턱 막히는 것을 간신히 참았다. 엄마가 내 방문 앞을 지나 엄마 방으로 달려가고 있었다. 엄마는 겁에 질린 듯 숨을 헐떡이며 울고 계셨다.

나는 뒷일은 생각지도 않고 엄마 뒤를 쫓았다.

엄마는 침대 발치에 걸터앉아서, 머리를 손에 파묻고 겁에 질린 어린 소녀처럼 몸을 앞뒤로 흔들며 내가 알아들을 수 없는 무슨 말을 계속 중얼거렸다. 공기에서 어렴풋이 시큼한 연기 냄새가 났다.

"엄마!"

불쾌한 사이렌 소리를 누르고 내가 소리쳤다.

엄마는 내 소리를 듣지 못했다.

"가야 돼요, 엄마. 불이 났나봐요……. 아니면 그런 비슷한 게……."

이제야 엄마가 고개를 든다.

"내가 큰 실수를 했어, 아가. 널 위해서 그런 거야. 널 보호하려고."

엄마가 무슨 말을 하는 건지 모르겠다. 나는 기다렸지만 엄마는 입을 다물었다. 나가서 아빠를 찾아 아빠한테 혼이 나야 할지, 아니면 엄마와 여기 머물러야 할지 도무지 모르겠다.

거실로 나가 현관문을 조금 열고 연기 냄새를 맡아봤다. 어린 여자아이가 우는 소리가 들리더니, 옆 객실의 문이 열리고 케이트가 나왔다. 아이를 안고 머리카락을 쓸어주고 있었다. 아이는 이제 거의 울음을 그쳤다. 누군가 계단실에서 말하는 소리가 들렸는데, 큰 목소리에 외국 말투인 걸로 봐서 개를 데리고 다니는 아줌마인 것 같다. 개가 요란하게 짖어대기 시작했다. 케이트도 그 소리를 들었다. 그녀는 돌아서서 나를 보았다. 다시 안으로 들어가야 하지만(내가 이렇게 밖에 나와 있는 걸 엄마가 보면 뭐라고 하시겠어), 케이트에게 어설프게 미소를 지어 보였다. 분명 당혹스러운 표정처럼 보였을 것이다. 케이트는 슬프면서도 친절한 표정을 지으며 나에게 다가왔다.

"얼른 위층으로 대피해. 난 지금 타이슨을 기다리고 있어."

"나는, 나는……."

말이 잘 나오지 않았다.

"엄마가 안에 계세요. 엄마는 안 나오실 거예요."

케이트 뒤로 타이슨이 나오면서 현관문을 닫았다.

"갑시다, 케이트!"

그는 곧장 계단실로 달렸다.

케이트가 나에게 고갯짓을 했다.

"아마 아무 일도 아닐 거야. 문제가 있으면 내가 데리러 올게. 괜찮지?"

"네, 고마워요."

나는 다시 안으로 들어와 문을 닫았다. 심장이 쿵쾅거렸다.

다시 엄마 방으로 갔다. 엄마는 아직도 거기 그대로 앉아 있었다. 그래도 적어도 몸을 앞뒤로 흔들지는 않았다. 엄마 얼굴이 회색빛이다. 나는 엄마 옆에 앉아서 기다렸다.

잠시 후, 온 세상이 암흑에 잠겼다. 사이렌이 멈췄고, 에어컨 소음도 사라졌다. 잠깐이었지만 나는 내가 죽은 줄 알았다. 완전한 어둠. 완전한 침묵. 그 순간 나는 부끄럽게도 주님이 나를 잊은 거라 생각했다. 내가 죽는다면, 빛과 기쁨 속에 몸이 천국으로 들어 올려져 주님의 따스한 품에 곧장 안길 거라 생각했는데. 하지만 그런 건 없었고, 갑작스러운 어둠에 숨 쉬는 것마저 잊었다.

그러나 그것은 단 몇 초 동안의 일이었고, 곧 이를 가는 것 같은 소리와 함께 모든 것이 되살아났다. 나는 나 자신을 되찾으려 몸을 떨었다. 내 심장에 새겨진 죽을 것 같은 공허함은 지울 수가 없었다.

여전히 꼼짝 못 한 채로, 나는 멍하니 문만 노려보았다. 그때 아빠와 브렛이 돌아오는 소리가 났다. 그때서야 내가 엄마의 손을 쥐고 있었다는 것을 깨달았다. 엄마는 지금까지 조금도 움직이지 않았다. 자물쇠에서 딸깍 소리가 나더니 브렛이 안으로 들어와 문틀에 기대어 섰다.

엄마가 방을 나가고, 나는 브렛과 단둘이 남았다. 목에 덩어리 같은 게 걸려서, 말을 꺼낼 수가 없었다.

"무슨 일인지 알고 싶지 않아?"

브렛이 말했다.

"알고 싶어."

"제어실에 작은 불이 났어. 스프링클러가 작동하고 풀러 씨가 제일 먼저 도착했지. 전부 몽땅 젖었어. 장비 중 일부는 단락됐고. 전기 화재에는 물을 뿌리면 안 되잖아. 그래서 풀러 씨가 주전원을 리셋한 거야. 그 사람 말로는 시스템이 대체로 괜찮다고 했지만, 그 사람하고 다른 사람들이 지금까지 전부 확인을 해야 했던 거야."

아빠가 문 앞을 지나간다. 방독면이 아빠 목에 걸려 있다. 아빠가 엄마를 노려봤다.

"무슨 짓을 한 거야?"

엄마가 천천히 고개를 들었다.

"실수였어, 캠."

"도대체 저 위에서 무슨 짓을 한 거냐고?"

"나는…… 나는……."

그 순간 깨달았다. 엄마는 재이의 게임으로부터 나를 보호하려던 것이다. 나나 마찬가지로 그게 어떻게 작동하는 건지 거의 알지 못했지만, 인터넷 신호가 어딘가에서 들어온다는 건 대충 알고 있었으니까. 아마도 엄마는 그 스위치를 끄려던 것이겠지.

이제 브렛도 방으로 들어왔다.

"그래요, 엄마. 거기서 뭘 하신 거예요?"

엄마한테 어떻게 저렇게 말할 수가? 두려움에 가득 찬 눈으로 브렛을 응시하는 엄마를 보자 나는 브렛에게 더 화가 났다.

"나가, 브렛!"

나는 심장이 뛰는 걸 무시하고 외쳤다. 엄마가 왜 그런 짓을 했는지 이유를 말하면, 내가 재이와 같이 앉아 있었던 사실을 아빠와 브렛이 알게 되기 때문이었다.

"엄마한테 그딴 식으로 말하지 마. 네가 상관할 일이 아니잖아!"

나는 엄마의 어깨에 팔을 둘렀다.

다행히 내 고함에 둘은 놀랐고, 브렛은 방을 나갔다.

아빠가 엄마와 나 사이를 힐긋 쏘아보았다.

"아래층에 가서 단하우저 가족에게도 알려야겠다. 지나, 집안 정리하고 아침 식사를 차려놔. 일이 끝나면 네 방으로 가 있어라."

"하지만……."

"집안 정리하고 네 방으로 가 있으라고!"

아빠가 외쳤다.

"브렛, 그리고 그 얘긴 더 이상 꺼내지 마. 알겠지?"

"물론이죠, 아빠."

브렛이 고분고분하게 말했다. 그러고는 아빠가 나가실 때까지 기다렸다가 히죽히죽 웃으며 말했다.

"나 배고파, 동생. 아침밥은 어딨어?"

브렛은 이 상황을 너무 많이 즐기고 있다.

엄마에게 샤워를 하도록 설득하고, 엄마 옷을 세탁기에 넣고 가루세제를 평소보다 더 부었다. 엄마는 지금 엄마 방에서 장식장에 성경을 올려놓고 읽고 있다. 아빠와 브렛은 거실에서 TV 뉴스를 보고 있다. 사람들이 벌써 바이러스의 백신을 개발한 것 같다. 사람들이 나를 잊어버린 것 같다.

내가 지나가자, 엄마가 나를 불렀다.

"지나, 아가?"

나는 뒷걸음으로 엄마 방문 앞에 섰다.

"네, 엄마?"

"와서 여기 앉으렴. 문은 닫고."

나는 엄마 말대로 엄마 쪽을 향해 침대 끝에 앉았다. 엄마가 나를 돌아봤다.

"넌 이제 다 컸어, 지나. 가끔은 네가 얼마나 많이 컸는지 잊곤 하는데, 그건 내 잘못이야."

이런 얘기를 엄마랑 하고 싶은지는 잘 모르겠지만, 아무튼 고개를 끄덕였다. 달리 선택이 없으니까.

"네가 성장하고 있다는 걸 깨달았어. 그 공터로 이사 간 이후로 네 안에서 많은 게 변했어. 또래 친구들과 어울려 지낼 기회도 별로 없었고. 사회생활을 할 기회가 없었지."

나는 웃음이 나려는 걸 꾹 참았다. 엄마 때문에 씁쓸한 기분이 드는 건 아니다. 게다가 씁쓸한 기분은 몸에 좋지도 않다.

"네가 또래 친구들과 같이 있고 싶어 하는 건 자연스러운 일이야. 하지만 엄마 생각에 여기서는 그게 썩 좋은 생각이 아닌 것 같아. 여기는 자연스러운 환경이 아니고 온갖 유혹이 다 있어. 여기서 지내는 동안에는 서로서로를 잘 지켜봐야 해."

엄마는 잠시 말을 멈췄다.

"내 말 듣고 있지, 아가?"

"네, 엄마."

"이런 말은 전에도 수천 번은 들었겠지."

엄마는 목소리를 낮췄다.

"네 아빠는 너희들이 인생을 준비하도록 항상 재촉해왔어. 너희가 어릴 때부터……. 그리고 난 아빠 편이다. 이 문제에서 만큼은 아빠 편에 서야 해."

"우린 모두 같은 편이에요, 엄마."

내가 읊조리듯 말했다.

나는 일어서려고 몸을 살짝 움직였다. 그러나 엄마는 내 쪽으로 완전히 돌아앉아 내 눈을 똑바로 바라보며 말했다.

"하지만 한 가지가 더 있어. 네 아빠는 절대 알 수 없는 거야. 이건 여자들의 문제야. 왜 우리 여자들이 주님의 가르침을 따라야 하는지, 왜 순결을 지켜야 하는지에 관한 문제지."

엄마는 얼굴을 붉혔고 나는 어색한 기분이 들었다. 이런 얘기를 엄마에게서 듣고 싶지 않다. 나 때문에 엄마가 수치심을 느끼게 하고 싶지 않다.

"세상 사람들이 너를…… 남자들이 너무 많아서…… 너는 그러니까……."

그 순간 초인종이 울렸다. 아, 주님, 고맙습니다. 나는 스프링처럼 튕겨 일어서 적절한 핑계를 대고 문으로 뛰어갔다. 나는 브렛과 함께 쓰는 방으로 몰래 숨었다. 아빠가 현관문을 열었다.

"또 뭡니까?"

"들어가도 되겠습니까, 캠?"

문틈으로 풀러 씨와 월 부셰 아저씨가 밖에 서 있는 게 보였다.

"그냥 여기서 얘기해도 괜찮은데요."

"괜찮다면 들어갔으면 합니다."

"알겠어요."

문이 닫혔다. 아저씨들은 부엌 카운터 앞에 모여 섰다. 아무도 앉지 않았다. 브렛은 그대로 소파에 앉아 있다.

"무슨 일이오?"

"제어실의 화재는 누가 고의로 저지른 짓 같습니다."

풀러 씨의 목소리는 평소와는 달리 차분하지 않았다.

"그래요?"

"오전 9시에 전체 회의를 소집했습니다. 거기에서 자세하게 논의하기로 하죠. 하지만 그 전에, 누가 관련이 있는지 혹시 아신다면 미리 말씀하실 기회를 드리고 싶습니다. 누군가 그런 짓을 한 이유를 아신다면……."

"정확히 무슨 얘기가 하고 싶은 겁니까, 그레그?"

"그러니까, 특별히 누구를 지목하는 건 아니지만, 어젯밤 사소한 논쟁이 있었다고 들었거든요. 지나가 컴퓨터 게임을 하는 걸 보고 거스리 부인이 굉장히 화가 나셨을 겁니다."

맙소사. 저 아저씨가 어떻게 알았지. 아빠가 알면 안 되는데. 순간 나는 토할 것 같았다. 곧바로 아빠가 다시 말했다.

"누가 그런 말을 합디까?"

"타이슨 길 씨의 보모와 그……."

월이 급히 끼어들었다.

"캠, 그런 건 말해줄 수 없습니다."

이때 브렛이 일어나더니 아저씨들을 향해 성큼성큼 걸어갔다.

"그 중국인 꼬마도 있었죠? 맞죠?"

"브렛."

아빠가 경고하는 말투로 말했다.

"그 중국인 말을 믿어요? 애초에 우리가 여기 와 있는 것도 다 중국인들 때문이라고요! 만일 누가……."

"그만해, 브렛! 네 방에 가 있어라."

아빠가 외쳤다.

"하지만……."

"가라고 했어."

아빠는 브렛에게 방을 가리키다가 문틈으로 엿보는 나를 발견했다.

"너희들 도대체 왜 이러는 거냐?"

브렛은 얼굴이 벌겋게 달아올라 방으로 들어왔다. 그러고는 자기 침대에 올라가 벽 쪽으로 돌아누웠다.

"거스리 부인과 지나에게 뭔가 봤는지 물어도 괜찮겠습니까?"

그레그가 말했다.

"보니는 자고 있어요. 그렇지만 꼭 그래야 한다면 지나에겐 물어봐도 좋습니다. 우리는 아무것도 숨기지 않습니다."

나는 아직도 거기 서 있었다. 이제 와서 어디 숨는 건 훨씬 더 정직하지 못한 짓 같았다. 아빠와 눈이 마주쳤다. 아빠는 나를 믿고 있다.

풀러 씨가 내 쪽으로 다가왔다.

"우리가 하는 얘기 다 들었니, 지나?"

"네."

"혹시 뭔가 보거나 듣거나 한 거 있어? 우리를 도와줄 만한 걸 알고 있니?"

나는 조금도 망설임 없이 대답했다.

"아뇨."

근심에 잠겨 주름 잡힌 눈으로 풀러 씨는 한참 동안 내 눈을 바라봤다.

"알겠다, 지나. 괜찮아."

9
제임스

제임스는 고개를 뒤로 젖히고 입을 벌려 미지근한 물로 가글을 했다. 샤워나 목욕을 하면 대개는 스트레스를 가라앉힐 수 있지만, 오늘 아침엔 그런 효과는 전혀 기대할 수 없었다. 그는 지독하게 피곤했고 조마조마했고 귓속에서는 계속 경보음이 울리는 것 같았다. 그레그가 불길이 잡혔다고 안심시켜준 후, 그와 비키는 두어 시간 동안 디카페인 커피를 마시며 CNN을 봤다. 'WHO 아오바 백신 임상실험 승인'이라는 자막이 깜빡거렸다. 어쩐지 의기양양해야 할 것 같았다. 그들은 저 '아수라장'으로부터 수백 킬로미터는 떨어진 곳에 와 있다. 그러나 안식처가 되어야 할 이곳에 불이 날 수 있다는 생각은……. 전에는 한 번도 그런 생각은 해본 적이 없었다. 그는 연기에 눈이 멀고 침을 줄줄 흘리며, 탐욕스럽게 덤벼드는 화염에 살갗을 그슬리며 성소의 계단실을 네발로 기어가는 장면을 눈앞에 그려보고는 몸서리를 쳤다.

제기랄. 그는 타월을 벗어버리고 팬티와 랄프 로렌 스포츠셔츠를 걸쳤다. 면도도, 양치도 하지 않고 로션도 안 발랐다. 에어컨 바람에 피부가 상당히 망가지겠지만.

"제임스! 빨리 좀 해!"

비키가 부른다.

"나갈게!"

그는 멘톨 담배를 숨겨둔 생존용품 가방을 힐끗 쳐다봤다. 안 될 게 뭐야? 입주자 회의가 끝나면 몰래 한 대 피울 기회가 생길지도 모르지. 지금 담배가 필요하다는 건 신께서도 아실 거야. 그는 라이터와 담뱃갑을 주머니에 집어넣고 뱃살을 감추기 위해 허리에 스웨터를 두른 후 질끈 묶었다.

부엌에 들어서자 익숙한 기분 나쁜 냄새와 마주쳤다. 멋지군. 개는 일회용 패드 위에서 '자기 볼일을 보느라' 바빴다(비키의 구역질 나는 완곡한 표현 중 하나다). 저건 똥도 유전자 조작된 똥 같이 생겼다.

비키는 노트북에서 고개를 들고 희미하게 불쾌감이 묻은 표정으로 그를 평가하고 있다. 그가 더 외모에 신경 써야 한다고 생각하는 모양이다. 완벽하게 메이크업을 한 비키는 디자이너 제품의 운동복과 펌프스를 신었다. 도대체 저 여자는 어떻게 저렇게 생생하고 완벽할 수 있지? 진정제라도 먹었나? 그런 것 같지는 않은데. 눈빛이 맑은 걸 보면. 그녀는 카운터 위를 손톱으로 톡톡 두드렸다.

"아직도 인터넷이 안 돼. 이거 예감이 안 좋은데. 이게 다 무슨 일인지 그레그가 똑바로 설명해줘야 할걸."

제임스는 커피머신을 바라보다가, 한 잔 더 마시는 건 좋지 않겠다고 마음을 다잡았다.

"전기 화재라고 하지 않았어?"

"제어실에서 분명히 휘발유 냄새가 났어."

"휘발유?"

"가스. 아니면 파라핀. 뭐 그런 냄새였어. 당신은 몰랐어?"

"전혀."

그가 맡은 건 연기 냄새와 녹은 플라스틱에서 나는 지독한 냄새뿐이었다.

비키는 그에게 실망한 듯 한숨을 쉬었다. 이번이 처음은 아니었다.

"갈 시간이야."

비키는 클로뎃을 팔에 안았다.

"걔를 가져가게?"

"당연하지. 여기가 정말로 안전하다는 확신이 들기 전엔 애는 내 눈 밖에 못 둬."

브렛이 단하우저의 객실 문밖에서 지키고 서 있었다. 허리에는 칼을 차고 있다. 제임스는 아직도 글록 권총을 그레그에게 내주지 않았고, 그럴 생각도 전혀 없었다. 본인이 총에 미친 사람은 아니라고 생각하지만, 총을 가지고 있다는 사실만으로도 안심이 되는 면은 있었다. 게다가 그는 언제나 규칙을 어기는 것에 쾌감을 느꼈다.

"안녕하세요, 매덕스 씨, 매덕스 부인."

소년이 외쳤다. 저러다 거수경례도 할 것 같다. 자기 아버지처럼 소년도 종말 대비자들을 위한 쇼핑몰에서 옷을 사 입나보다. 아직 저 소년의 엄마도 만나보지 못했는데. 사실 뭐 꼭 만나고 싶지도 않다. 저렇게 남성 호르몬이 넘치는 집안에서 그림자속에 숨어 산다는 게 어떤지는 신만이 아실 일이다. 전에 보니까 그 딸도 완전히 주눅이 들어 있던데.

"단하우저 씨 가족은 어때?"

비키가 물었지만 크게 흥미는 없는 듯했다. 그러나 그녀는 단하우저 가족을 감금해야 한다고 선동한 사람 중 하나였다. 제임스는 부끄러움에 찌릿한 통증을 느꼈다. 경보음이 울렸을 때 단하우저 가족의 생각은 아예 머릿속에 떠오르지도 않았다.

소년이 어깨를 으쓱했다.

"몰라요. 그 여자 의사가 보러 왔었는데, 아무 말도 안 해요."

제임스는 슬쩍 눈을 돌려 비키의 표정을 보았다. '여자 의사'라는 말에 뭔가 한마디 쏘아붙이고 싶은 걸 애써 참는 모양이었다. 하지만 무슨 이유에서인지 그녀는 무시하는 쪽을 택했다.

"모임에는 안 가니?"

비키가 물었다.

"네. 여길 지키라는 명령을 받아서요."

명령이라고. 맙소사. 저 꼬마는 커서 틀림없이 육군 보병이될 것 같다. 적진을 뚫고 진격하면서 자신이 물고문한 이슬람 적군의 머릿수를 자랑스럽게 떠벌릴 모습이 눈에 선하다.

위층으로 올라가 오락실에 들어서자 TV 주위로 사람들이 모여 있었다. 일단은 타이슨이 보이지 않아 안심이었다. 그러나 그의 딸과 빨강 머리 보모(아, 이름이 케이트라고 했지)가 아시아 소년과 유진 부부의 옆자리에 앉은 것이 보였다. 전에도 궁금했지만, 제임스는 타이슨이 저 보모랑 같이 잤는지 새삼 궁금해졌다. 그런들 누가 그를 비난할 수 있겠는가? 저 여자는 이 안에서 가장 매력적이다. 옛 친구들끼리 얘기하자면 '완전 섹시한' 여자라고 부를 만하다. 단하우저 가족이 성소에 도착하고 나서, 비키가 그레그에게 타이슨의 부인이 어디 있는지 물었지만, 정신이 너무 산만한 그레그는 많은 얘기를 해줄 수 없었다. 상황이 안정되면 비키는 분명 참지 못하고 그 불쾌한 진실을 파헤치려고 덤벼들 것이다. 희한하게도 거스리와 그의 부족 여인들도 모두 나오지 않았다. 제임스는 캠이 모든 행동의 중심에서기를 원하는 사람인 것 같다고 생각해왔다. 아마 아들과 함께 감시 임무에 참여하고 있을 것이다.

꼬마 여자아이가 케이트에게 귓속말로 뭐라 속삭인다. 케이트가 제임스를 쳐다보며 말했다.

"새리타가 혹시 개를 쓰다듬어도 되는지 물어보네요."

"안 하는 게 좋을걸."

제임스가 말했다. 클로뎃은 낯선 사람을 문다. 이런 난장판에서 법정 소송에 휘말리는 일은 절대 원치 않는다. 그는 자신의 매서운 말투를 희석시키기 위해 케이트에게 미소를 지어 보였고, 비키가 그런 제임스를 날카롭게 쨰려보았다. 그 표정이 무슨 의미인지 안다. 씨발. 지금 그에게 필요한 게 바로 그거다.

"안녕하세요, 여러분."

그레그가 제어실에서 나오며 문을 닫았다. 뺨에 까칠하게 회색 수염이 나 있어 얼굴이 푸석푸석해 보였지만, 여느 때처럼 쾌활한 분위기를 만들려 최선을 다하고 있었다.

"어젯밤 사고 후에 조금은 주무셨습니까?"

"당연히 못 잤죠." 비키가 쏘아붙였다. "화재 원인은 알아냈나요?"

그레그의 시선이 방 안을 더듬었다.

"원인은 곧 밝혀낼 겁니다. 제 말은 믿으셔도 좋습니다."

스텔라 박이 고개를 들었다. (첫 번째 모임에서 만난 후 비키는 악랄하게도 '비기스트 루저'*라고 별명을 붙였다.)

"이제 안전한가요?"

"완벽하게 안전하다고 말씀드릴 수 있습니다, 스텔라."

그레그는 화면을 가리켰다. 화면에는 방호복을 입은 군인들이 병원 주차장에 떼 지어 모여 있었다.

---

* 미국의 다이어트 프로그램.

"저 밖에 있는 사람들보다 훨씬 안전하죠. 그건 확실합니다."

"이런 일이 또 일어나지 않으리라는 보장이 없잖아요?"

"스텔라. 그 점은 전혀 걱정 말아요. 제 말을 믿으세요. 성소는 여러분을 안전하게 보호하기 위해 완벽 그 이상의 시설을 갖추고 있습니다. 연기가 감지되는 순간 스프링클러가 작동하고 모든 상황이 통제되면서 피해를 최소화하게 되어 있습니다."

제임스는 허풍을 감지하는 기술에 단련되어 있었다. 그레그가 계속 손으로 입가를 만지작거리는 것으로 보아 지금 사람들에게 뭔가를 숨기고 있는 게 분명했다.

비키는 설레설레 고개를 저었다.

"그럼 인터넷은 어떻게 된 건가요? 급하게 보내야 할 메일이 몇 통 있는데. 정말이지 이건……."

"단하우저 가족은 언제 내보내줄 건가요?"

스텔라가 끼어들었다.

그레그가 고개를 끄덕였다.

"물론 걱정이 되시겠지만……."

"거기 계속 가둬둘 수는 없어요. 그건…… 그건…… 너무 야만적인 처사예요!"

스텔라는 정말로 화가 나 있었다. 아래턱이 부들부들 떨렸다. 옆에 있던 남편이 그녀의 손을 잡으려 했지만 그녀는 손을 홱 뺐다.

"그래서 우리 모두 감염될 위험을 무릅쓰자는 건가요?"

비키가 그녀를 노려보았다.

스텔라는 물러서지 않았다.

"인간답게 행동하자는 거죠. 연민의 정을 보여주자고요."

비키는 코웃음을 쳤다.

"당신이나 당신 아들도 다 포함해서 여기 사람들이 다 병에 걸리고 나면 얼마나 연민을 느낄지 보고 싶네요."

"그 사람들은 감염되지 않았어요. 증상 같은 건 전혀 없고요."

"아, 바이러스 쪽 전문가이신가보죠? 그건 그렇고 전공이 뭐예요?"

스텔라의 얼굴이 붉어졌다.

"치과교정전문의예요. 나는……."

비키는 고개를 뒤로 젖히고 큰 소리로 웃었다. 스텔라의 남편이 고개를 떨구고 무릎을 내려다봤다. 그러나 그때까지 말없이 앉아 있던 아들은 비키를 노려보았다.

그레그가 손을 들었다.

"여러분, 진정하세요. 지금 우리는 모두 지쳤고 여러 가지 걱정도 하고 있습니다. 스텔라, 단하우저 가족은 그 안에서 편안히 지낼 수 있도록 최선을 다하겠습니다. 그리고 모뎀과 라우터를 오늘 안으로 고치지 못하면, 내일 윌과 제가 마을로 나가서 교체할 부품을 사 오겠습니다."

"밖에 나가겠다고요? 지금 제정신이에요?"

비키가 쏘아붙였다.

"모든 예방조처를 취할 겁니다. 필요하다면 방호복도 입을 거고요. 여러분 모두가 안전할 수 있도록 확실히 하겠습니다."

제임스는 그레그와 윌이 커다란 호흡기와 흰색 방호복을 착용하고 월마트를 어슬렁거리는 장면을 상상하고는 입술을 깨물며 웃음을 참았다.

"상점이 문을 열어야 할 텐데요."

재이 박이 중얼거렸다. 소년은 비키를 쏘아보던 시선을 거두고 이제는 왼쪽 무릎을 아래위로 떨고 있었다.

그레그는 재이의 말을 무시했다.

"윌과 제가 모든 상황을 통제하고 있다는 걸 말씀드리고 싶군요. 그리고 인터넷이 연결되지 않더라도 할 일은 많습니다. 이 안에는 체육실과 수영장도 있고요. 채소를 수확하고 달걀을 모을 자원봉사자도 필요할 겁니다."

"윌은 어딨어요? 그 사람도 여기 있어야 하는 것 아닌가요?"

비키가 물었다.

"방에 있어요. 개인적인 일을 처리하고 있습니다. 우리가 상황을 정리할 동안 여러분이 참고 기다려주시기 바랍니다."

비키가 눈을 굴렸다.

"멋지네요. 그럼 끝난 거죠?"

"일단은요. 혹시 질문이 있다면 받겠습니다."

그레그가 제어실 쪽을 향해 걸어가자 제임스는 그의 익살스러운 표정 아래 감춰진 적나라한 피로감을 읽을 수 있었다. 유진과 스텔라도 일어섰다. 스텔라는 남편보다 앞장서 느릿느릿 걸었고, 단호한 태도로 제임스와 비키를 외면했다. 재이도 케이트에게 "나중에 봐요"라고 중얼거리며 부모님을 따라 나갔다.

저놈의 뉴스 화면을 조금만 더 본다면 당장 미쳐버릴 것 같았다. 어쩌면 운동이 마음을 진정시키는 데 도움이 될지도 모른다. 적어도 운동은 잠시 담배를 몰래 피울 조용한 공간을 찾을 좋은 핑계가 되어줄 것이다.

"멍멍아, 안녕."

케이트와 함께 계단실로 향하면서 새리타가 손을 흔들었다.

"그 튀어나온 눈 머리에 도로 집어넣어, 제임스."

비키가 말했다. 빨강 머리한테도 들릴 만큼 큰 목소리로.

"더 좀 노골적으로 훑어보지 그랬어?"

배 속이 조여든다. 제길.

"무슨 말인지 모르겠는데."

"하염없이 그 여자 쳐다보는 거 봤다고."

"안 그랬어, 비키."

최대한 아무렇지도 않게. 그는 소년처럼 미소를 지어보았다.

"난 금발한테만 반하는 거 알잖아."

가망은 없지만, 그래도 이 말이 먹히기를 바랐다. 지금이 그 수많은 '그때' 중 하나가 아니기를. 비키는 예측할 수가 없다. 전에 윌이 타이어 교체하는 걸 도와줬을 때는 윌을 훑어봤다고 농담을 하더니. 하지만 비키의 표정과 몸짓을 통해 이번에는 대규모 냉전의 준비 태세를 갖췄다는 것을 알아챌 수 있었다. 맙소사. 지금 이러면 안 되지. 우리는 뭉쳐야 한다고. 비키는 계단실로 향했고 그는 허둥지둥 비키의 뒤를 쫓았다.

"그러지 마, 자기. 자긴 지금……."

비키가 홱 돌아섰다.

"내가 뭐? 비논리적이라고? 응?"

그녀는 자기 머리를 톡톡 두드렸다.

"당신 머릿속에 뭐가 들었는지 내가 모른다고 생각하지 마, 제임스. 당신 머릿속은 빌어먹을 책처럼 또렷이 읽을 수 있어."

비키의 목소리가 점점 귀에 거슬리기 시작했다. 그는 다른 사람들은 듣지 않기를 신께 빌었다. 그러나 여기서라면 우리가 하는 말이 모든 층에 메아리칠 것이다.

"내가 좋은 걸 알려줄게. 클로뎃을 산책시켜보는 게 어때? 그럼 자기 '여자 친구'를 다시 만날지도 모르잖아."

비키는 개를 그의 품에 밀어 넣었다. 개가 제임스의 품 안에서 심하게 몸부림을 쳐서 떨어질 뻔했다. 비키가 개를 남겨두고 가버리면 앞으로 마라톤처럼 이어질 부루퉁한 냉전 기간에 접어들게 되리라는 것은 불 보듯 뻔했다.

"비키!"

그가 미처 잡기도 전에 비키는 재빨리 내려가버렸다. 곧장 쫓아가지 않으면 사태가 더욱 악화될 것임을 알았지만, 제임스는 이런 짓거리에 신물이 났다. 여종업원을 힐금힐금 쳐다본다고 미친 듯이 화를 내며 레스토랑에서 뛰쳐나간 적은 셀 수가 없을 정도고, 이런 일이 한번 있으면 그녀의 냉랭함은 며칠이고 지속되었다. 보스턴 종말 대비 모임의 회원들이 모두 더럽게 못생겼거나 한물간 퇴물들인 건 신께 감사할 일이다. 그렇지 않았다면 그나마 잠깐 동안의 평화로웠던 휴전 기간도 없었을 것이다.

아니. 뺄 없는 인간처럼 쫓아가지 말자. 혼자 속 끓이게 내버려두자. 지금이야말로 몰래 담배를 피울 완벽한 기회다. 그는 어디로 가야 하는지 정확히 알고 있었다.

그는 클로뎃을 계단 위에 내려놓았다. 이런 빌어먹을 것을 들고 다니다니 말도 안 되지. 개는 비난하듯 그를 올려다보았다.

"너한테도 다리가 있잖아. 그걸 쓰라고."

그는 개에게 쏘아붙였다. 개는 천천히 걷기 시작했다. 그러나 다리가 너무 짧은 탓에 그와 보폭을 맞추지 못했다. 그는 몇 걸음 걷고는 개를 기다리려고 멈춰서기를 반복했다. 제임스는 그의 방이 있는 층을 지나 개를 홱 잡아당기며 6층까지 내려갔다. 아직 완성되지 않은 객실들이 있는 곳이다.

계단실의 문을 열자 개가 캥 하고 짖었다. 비상구를 향해 나란히 줄지어 늘어선 전구의 어둠침침한 불빛이 황량한 복도를 밝히고 있었다. 두 개의 빈 문틀에서 문이 있어야 할 자리에는 투명한 방수포가 가로막고 있었다.

그는 오른쪽 객실을 선택했다. 완성되지 않은 의료실이다. 클로뎃은 끙끙거리며 바닥의 냄새를 킁킁 맡았다. 이번만큼은 진짜 개처럼 행동하고 있다. 객실 안으로 2, 3미터 정도만 복도의 불빛이 들어올 뿐, 그 뒤의 공간은 완전한 암흑이다. 저기까지 들어가는 건 어림도 없었다. 저런 순수한 어둠에 둘러싸인다는 생각만으로도 팔에 난 털들이 곤두섰다. 공기 중에 새 페인트 냄새와 섞여 음산한 악취가 희미하게 떠돌았다. 그와 비키는 성소에 도착한 이래로 이 페인트 냄새 때문에 계속 두통을 앓았다. 그는 지포 라이터를 켜서 휘둘러보았다. 이곳은 기본적으로 빈껍데기다. 천장에는 전선과 에어컨 파이프가 축 늘어져 있고, 페인트 캔과 빈 물병들이 바닥에 뒹굴었다. 한쪽 구석에는 비닐 덮개에 싸인 이동식 침상과 링거대가 있고, 줄지어 늘어선 벽장들이 보였다. 그는 몸서리를 쳤다. 여기엔 화재경보기가 없겠지. 그는 담배에 불을 붙인 후 연기를 들이마셨다. 니코틴이 혈관을 타고 돌면서 머리가 핑 돌았다. 클로뎃은 다시 끙끙거리며 제임스를 잡아당겼다. 그는 목줄을 풀지 않기로 했다. 클로뎃의 털에 혹시라도 페인트를 묻혀 가면 비키는 있는 대로 성질을 부릴 것이다.

뭔가 딸랑거리는 소리가 나서 깜짝 놀랐다. 씨발, 무슨 소리지? 그 소리는 분명 방 저 안쪽 어두운 곳에서 났다.

"누구세요?"

정적. 그는 라이터를 다시 켜고 한 걸음 앞으로 나섰다. 아무것도 없다. 클로뎃이 바닥에서 뭔가를 발견하고 코를 킁킁거렸다. 그는 자세히 보려고 몸을 굽혔다. 쥐똥이다. 그럼 방금 전그 소리도, 개가 왜 그런 행동을 했는지도 설명이 된다. 그레그에게 좀 따져야겠는걸. 이건 건강에 치명적이지 않은가. 이 빌어먹을 콘도는 점점 우스꽝스러워지고 있다. 호화로운 생존용 콘도라고 해도 화염에 휩싸이고 쥐가 돌아다닌다면 무슨 소용인가? 아무래도 환불을 받아 다시 도시로 가서 그들의 운을 시험해봐야겠다는 생각이 들기 시작했다. 그는 마지막으로 한 모금 길게 빨고, 담뱃불을 끄고, 꽁초를 방 안쪽 그림자를 향해 던졌다. 젠장. 박하사탕이라도 좀 사둘걸. 왜 그 생각을 못 했지?

"가자, 클로뎃."

개는 여전히 부동자세로 서 있었다. 목줄을 잡아끌어도 움직이지 않았다. 세게 잡아당기자 개가 깩 하고 비명을 질렀고, 그 소리에 무겁게 가라앉은 공기가 거칠게 흩어졌다. 왜 이 모든 고난을 그 혼자서 떠맡아야 하는 것인가? 그러나 계단실로 향하며, 그는 그것이 자신의 운명이란 것을 알게 된 것처럼 현실을 받아들였다. 그는 개를 품에 안고 자신에게 주어진 혹독한 비난을 마주하기 위해 터덜터덜 계단을 올라갔다.

10
게이트

새리타의 눈꺼풀이 떨리고 숨소리도 편안해졌다. 나는 아이의 팔 아래에서 살며시 사진첩을 빼내 침대 옆 테이블 위에 놓아두었다. 그리고 새리타가 깊은 잠이 들 때까지 옆에 누워 음악을 들으며 가짜 창문 화면에서 새가 사라지고 하늘이 어두워지는 것을 바라보았다.

나는 새리타를 한시도 쉬게 놔두지 않았다. 그게 꼭 새리타만을 위한 것은 아니다. 아이는 하루 종일 징징댔고, 흐트러진 일상 때문에 불안정해졌으며 화재 경보에 놀라 잠을 깬 이후로 계속 짜증을 부렸다. 아이의 관심을 돌릴 만한 무언가가 필요했다. 나는 새리타의 침실을 놀이방으로 꾸미고, 시리얼 상자와 우유팩과 그릇과 병들을 벽돌 삼아 새리타와 심바, 스트로브가 함께 놀 수 있는 놀이 집을 지어주었다. 그리고 남는 담요와 침대보와 의자로 요새를 세웠다. 오후에는 수영장에 데려갔고 다녀온 후에는 방에서 TV를 보게 해주었다. 어둠의 무게가, 차가운 흙의 압력이 사방에서 짓누르는 것을 느낄 수 있지만, 이 공간은 새리타에게는 충분히 넓다는 걸 항상 생각하려고 애썼다. 그게 제일 중요한 거다.

아무튼 이곳은 새리타에게는 익숙한 느낌일지도 모른다. 기성품을 연상시키는 성소의 호화로움과 철저한 몰개성은 타이슨의 집 분위기와 많이 비슷하다. 참 이상한 일이다. 새리타의 사진첩에서 집을 배경으로 찍은 라니의 사진을 보면, 벽에는 밝은 색 벽걸이가 걸려 있고, 다채로운 천으로 가구를 장식했고, 장식장에는 멋스러운 장식품들이 진열되어 있었기 때문이다. 하지만 내가 그 집에 있을 땐 아무 장식도 없이 헐벗은 느낌이었고, 벽에 걸려 있는 것도 없었고, 단조로운 회색빛의 텅 빈 공간에는 짝 안 맞는 장난감이나 동화책만 널브러져 있었다. 라니가 세상을 뜨자마자 타이슨이 곧장 라니의 흔적을 모조리 지워버린 것 같았다.

하지만 내가 뭘 알겠는가? 라니의 모습은 새리타가 항상 가지고 다니는 작은 사진첩에서만 봤을 뿐이다. 사진은 몇 장 되지 않았지만 새리타의 엄마는 예쁘고 행복해 보였다. 결혼식 사진이 조금, 스키 휴가에서 찍은 사진이 조금 있었다. 어느 사진에도 타이슨은 없다. 그는 카메라를 들고 이 사진들을 찍었던 것일까?

나는 새리타의 방문을 닫고 거실로 나왔다. 타이슨은 아직도 양복바지와 버튼 달린 셔츠 위에 객실에 비치된 가운을 걸치고 소파 위에 구부정하게 앉아 있었다. 눈은 뉴스 채널로 향해 있고 노트북은 무릎 위에 놓여 있었다. 모임에서 돌아온 이후 가끔 커피를 가지러 갈 때 빼고 하루 종일 이 자세로 앉아 있다. 이 기회에 딸과 함께 시간을 보내면 좋을 텐데. 개자식.

나는 냉동빵을 토스트기에 넣고 콩 통조림을 땄다. 그에게는 먹겠느냐고 묻지도 않는다.

"인터넷이 언제쯤 다시 연결될까요? 엄마가 정말 걱정돼요."

"왜요? 뭐가 문제인데?"

나는 그의 뒤통수를 노려보았다.

"엄마가 나한테 계속 연락했을 거예요. 엄마도 뉴스를 보실 테니 내가 괜찮은지 궁금하실 거예요."

"아, 그래요. 인터넷은 잘 모르겠는데. 그레그가 고치고 있을 거요."

그렇게 말하면 내가 안심할 것 같아? 내가 보기엔 그레그는 엔지니어라기보다는 두툼한 손을 가진 기능공 같았다.

"타이슨. 저 심각해요. 정말로 여기서 나가야 해요. 당신은 걱정도 안 돼요? 어젯밤에 그런 일이 있었는데도?"

그는 어깨를 으쓱한다. 맙소사.

"만일 누가 일부러 불을 지른 거면 어떡해요? 누군가 의도적으로 우리를 제거하려는 거라면?"

"글쎄. 아무튼 바깥의 위험은 많이 수그러든 것 같은데."

그는 TV를 가리키며 말했다.

"변종 H1N1의 백신이 아시아에서 효과를 발휘하는 것 같군요. 발병 건수가 줄고 있어요. 2, 3일 후면 집에 갈 수 있을 테고 나는 일터로 돌아가겠지."

"새리타는 어쩌고요?"

"응?"

"당신은 일터로 돌아가고 나는 남아프리카로 돌아가면."

타이슨이 마침내 나를 돌아봤다. 속내를 알 수 없는 그의 표정에 짜증이 솟구쳤다. 나는 숟가락을 그릇에 던졌다. 쨍그랑 소리가 거슬렸다.

"그 애가 존재하지 않는 것처럼 구시는군요, 타이슨."

"뭐요?"

"맙소사, 타이슨. 당신 딸은 엄마를 잃었어요. 그 아이는 자기를 사랑해주고 함께 있어줄 아빠가 필요해요. 아시잖아요. 지금 당장은 내가 엄마처럼 돌봐줄 수 있지만, 그건 단지 틈새를 종이로 막아놓은 것에 불과해요. 난 여기 영원히 있지 않을 거라고요."

나도 내가 너무 나갔다는 걸 잘 알았고, 그래서 그의 분노에 마음의 준비를 했다. 가끔씩 비서에게 전화로 마구 소리를 질러댔던 것처럼 나에게도 퍼붓겠지. 그러나 그는 그저 "네, 나도 알아요. 미안해요"라고 말할 뿐이었다. 그는 일어서서 부엌 카운터로 다가왔다.

"그렇게 수동적인 아빠가 되면 안 되는 거였는데. 라니가 항상 모든 걸 도맡아 했죠. 나는 방해가 되고 싶지 않았던 거고."

갑작스러운 기습에 허를 찔렸고, 부끄러움이 물결처럼 나를 덮쳤다. 라니에 대해 이렇게 직접적으로 말한 건 처음이었고, 그도 역시 슬퍼하고 있다는 사실을 깨달았다.

"뭐, 바깥 상황이 그렇게까지 나쁘지 않다는 건 좋은 소식이네요. 그럼 완전히 해결될 때까지 이 시간을 새리타와 함께 보내는 휴가처럼 쓰는 건 어때요? 새리타도 아빠에 대해 알아가는 걸 정말 좋아할 거예요."

"물론이죠. 좋아요."

그러나 그의 표정에는 확신이 없어 보였다.

"아이랑 같이 시설도 둘러보고, 닭도 보여주고, 다른 가족들과 함께 어울리고 하면 도움이 될 거예요. 부담감도 덜고, 아빠에게만 너무 집중하지 않게 될 거고요. 남자들은 오락실에서 게임 같은 것도 하고요. 여기 좋은 사람들도 꽤 있더라고요."

완전 헛소리다. 재이만 빼고, 저 밖의 진짜 인생에서 잠시라도 함께 시간을 보내고 싶은 사람은 아무도 없었다. 재이와 나는 어젯밤 지나 거스리의 엄마 일을 웃어넘기려고 했지만, 스스로 인정하는 것보다 훨씬 더 당혹스러운 것이 사실이었다. 만일 그 여자가 불을 지른 거면 어쩌지? 그렇게 정신이 불안정한 여자와 이곳에 함께 있으면서 과연 모두들 안전할 수 있을까?

타이슨이 코웃음을 쳤다.

"여긴 정신병자들로 가득한데."

그의 솔직한 말에 웃음이 났다.

"나도 알아요. 그렇죠? 여기 사람들 중 몇 명은 전에 만났을 것 아니에요? 캠 거스리랑 그 퓨마 같은 여자랑 어수룩한 남자는 이미 아는 것 같던데요."

"제임스와 비키 매덕스 부부. 그래요. 전에 만났지."

"그때가 언제예요? 일하다가 만난 거예요?"

이건 지나친 참견이다. 하지만 뭐 어때? 그는 지금 보호막을 치웠고 어쩌면 지금이 답을 캐낼 수 있는 유일한 기회일지도 모른다. 나는 접시를 한옆으로 치웠다. 메스껍던 속도 가라앉았다.

"그럴 리가. 그레그 풀러가 지난 4월 주말에 성소 설명회를 열고 관심 있는 구매자들을 초대했었죠."

그는 말을 고르고 있다. 말하면서 나를 계속 힐금힐금 쳐다봤다.

"여기에서요? 여기에 묵었었어요?"

"아니. 이곳은 아직 완성이 안 된 상태였고. 하지만 진행 상황을 보여주려고 그레그가 안내는 해주었어요."

그는 잠시 말을 멈춘다.

"우리는 모두 오번 호수 옆 오두막집에서 묵었어요. 추웠죠."

"아. 그때 모두들 만나셨던 건가요?"

"아뇨. 제임스와 비키는 왔었고. 캐머런 거스리와 그 환자 가족의 가장인 레오, 그 두 사람은 가족 없이 혼자만 왔어요. 설명회에 왔던 사람 중에는 결국 사지 않기로 결정한 사람들도 있었고."

"그때는 라니가……."

나 스스로도 너무 나갔다는 걸 알고 있었다. 그러나 그는 계속 말했다. 그 어느 때보다도 거리낌 없이 말하고 있었다.

그는 손으로 이마를 비볐다.

"그래요, 물론 그때는."

"라니도 함께 왔어요? 그 주말 설명회에?"

"아뇨."

그는 내 앞에 놓인 굳은 콩이 담긴 접시를 잠깐 바라보고는, 일어서서 다시 소파로 돌아갔다.

"미안해요. 내가 상관할 일이 아닌데."

그는 대답하지 않았다.

하지만 이건 내가 상관해야 하는 일이다. 내가 두 사람의 딸을 돌보고 있지 않은가. 나는 내가 지금 대신하고 있는 사람에 대해 알고 싶다. 나는 새리타의 엄마 아빠를 모두 대신하고 있다. 이 자리에 지원했을 때, 친구들은 이를테면 상심한 조지 클루니를 상상하며 나에게 사별한 미국인 백만장자를 모시게 되는 거냐며 놀렸다. 그러나 이 남자는 데이트를 하는 법도 없고, 여자에게는 아예 관심이 없는 것 같았다. 그저 일하고 또 일할 뿐이었다. 나는 이 사람에게 성적으로는 눈곱만큼도 끌려본 적이 없다. 그리고 적어도 그것만큼은 이 남자에 대해 좋아하는 부분이다.

생각보다 많이 늦어서 11시가 지났다. 하지만 아직도 힘이 좀 남아 있었다. 오락실로 올라가볼까 생각했지만, 인터넷이 끊겼으니 재이가 와 있을 것 같지 않다. 그리고 다른 사람은 전혀 만나고 싶지 않았다.

내 방으로 향하며 "안녕히 주무세요"라며 건넨 인사를 타이슨은 거의 못 들은 것 같았다. 어쩌면 무라카미 하루키가 모든 걸 잊게 해줄지도 모른다. 엄마 걱정도 잊어버리게 해줬으면.

탕.

갑자기 벌떡 일어나 앉는 바람에 책이 바닥으로 떨어졌다. 깜빡 졸았던 모양이다.

고개를 돌려 침대 옆에 둔 시계를 봤다. 3:24. 모두가 잠든 시각. 가장 어두운 시각. 그러나 여기는 불을 켜지 않으면 항상 어둡다.

그러다 갑자기 생각이 났다. 그 소리. 딸깍 하는 소리와 쾅 소리. 현관문이 닫히는 소리다.

나는 침대에서 벌떡 일어나 새리타의 방으로 갔다.

텅 비어 있다.

맙소사. 타이슨이 문단속을 했으리라 생각했는데. 집에서 매일 밤 잠자리에 들기 전 경보장치를 켜는 것처럼. 그러나 여기 와서는 문단속 얘기는 하지 않았다. 나는 사실상 새리타가 어디로도 갈 수 없다는 사실을 상기하며 애써 스스로를 안심시켰다. 아이가 정문을 빠져나가 숲 속에서 헤맬 것도 아니잖아.

하지만 안심이 되지 않았다. 성소는 그래도 너무 넓다. 어린 여자아이가 길을 잃고 겁을 먹을 만큼 넓다. 나는 잠옷으로 입던 헐렁한 스웨터에 청바지를 걸치고 서둘러 현관문을 나섰다. 잠금장치의 초록색 LED 불빛이 가만히 켜져 있었다. 그렇다면 이 문으로 누구라도 드나들 수 있었다는 얘기다. 밖으로 나가자 복도의 조명이 켜졌다. 새리타는 없었다. 그래서 계단실 문으로 달려갔다. '3층'이라고 쓴 글씨가 어둠 속에서 형광으로 빛났다. 위로 올라갔을까? 아니면 아래로? 아마도 아래층 수영장으로 갔겠지. 다행히 새리타는 수영을 할 줄 안다. 수영장이 아니라면 위층 오락실로 갔을지도 모른다.

내가 있는 곳의 불이 켜지지 않도록 층계참에 들어서지 않고 가만히 어둠을 노려보았다. 잠시 후, 눈이 어둠에 적응하자 불빛이 위층에서 비치는 것을 알 수 있었다. 됐다. 새리타는 오락실로 간 것이 틀림없다. 나는 계단을 한 층 올라갔다. 그리고 또 한 층 더. 내가 움직이는 대로 조명이 따라 켜졌다. 두 개 층을 오른 후 다음 계단을 향해 한 바퀴 돌자 브렛 거스리와 정면으로 마주쳤다.

심장이 휘청거린다. 발아래 바닥의 거친 질감과, 공기에 감도는 쏘는 듯한 탄내가 느껴졌다.

"아, 안녕."

내가 말했다. 그를 피해 계속 가려는데 그가 내 앞을 가로막는다. 그는 나보다 5, 6센티미터 정도 작지만 몸집은 더 컸다. 그가 움직이지 않으면 그와 스쳐 지나가야 한다.

"미안하지만 좀 비켜줄래……."

갑자기 그의 붉은 얼굴이 내 얼굴 앞으로 바짝 다가왔다. 그의 기름진 머리카락과 싸구려 디오더런트와 입에서 풍기는 악취가 코를 덮쳤다. 한 번도 양치를 안 한 것 같은, 평생 샤워 한 번 안 한 것 같은 악취. 그의 목구멍 안에서 뭔가 죽어서 썩어가는 것 같은 악취다.

나는 움찔했다. 약한 모습을 보이면 안 돼. 혐오감을 드러내선 안 돼. 이 아이의 기분을 나쁘게 하거나 혐오스럽게 하거나 자기에게 힘이 있다고 생각하게 해선 안 돼. 이 아이가 날 지배

하고 있다는 기분이 들게 해선 안 돼. 그러나 나는 처절하게 실패했다. 내 살갗이 내 감정을 고스란히 보여주었다. 식은땀이 이마에 맺히고, 얼굴은 점점 창백해지는 게 느껴졌다. 눈도 너무 크게 뜨고 있다.

그는 손을 내 어깨에 올리고 벽으로 나를 밀어붙였다.

"너랑 그 중국 놈이 풀러 씨에게 우리 엄마가 컴퓨터를 부쉈다고 일러바쳤다며. 이 거짓말쟁이 창녀야."

내 머릿속 어딘가에서 자존심과 분노가 솟구쳤지만, 내 몸이나 혀에까지는 퍼지지 못했다.

"난…… 난 안 그랬어."

그는 두 손으로 나를 벽에 튀어나온 고리 위로 밀어붙이며 소리쳤다.

"거짓말하지 마."

그는 왼손으로 내 목을 잡고 다리 사이에 오른손을 넣어 나를 들어 올리려 했다. 많이 해본 듯 익숙한 움직임이다.

그 순간이 일종의 전환점이었고, 내 안의 수문이 열리면서 쏟아져 나온 분노가 내 몸을 조종하는 게 느껴졌다. 나는 무릎으로 그의 고환을 올려 차고 얼굴을 할퀴었다.

"이딴 짓 하지 마, 이 개새끼야. 날 또 만지면 죽여버릴 거야."

내 말소리가 다른 사람이 읊는 영화 대사처럼 들린다.

그는 한 방 물린 것처럼 뒤로 물러서서 얼굴을 부여잡았다.

아드레날린이 몸 안을 빠르게 휘저었다.

"잘 들어, 이 새끼야. 두 번 다시 이런 짓 하지 마."

"브렛? 브렛."

누군가 아래층에서 부르는 소리가 들렸다. 개새끼의 아빠다.

"너……."

거스리는 나를 보고 입을 다물고는 곧장 상황을 파악했다. 그는 나를 아래위로 훑어보다가 고개를 돌렸다.

"가자, 브렛."

거스리는 아들의 팔을 잡고 등을 떠밀며 아래층으로 내려갔다.

다리가 풀려서 계단에 주저앉아, 떨리는 몸이 진정될 때까지 기다렸다. 아래층 거스리 씨네 객실 문이 쾅 닫히는 소리가 났다. 불이 꺼졌지만 여기 오래 앉아 있을 수는 없다. 다시 일어설 만큼 진정이 되자, 계단을 올라 오락실로 향했다. 그러나 아무도 없었다. 새리타는 수영장에 있나보다.

생각하지 않으려고 애를 썼다. 평소처럼 숨을 쉬려고 노력했다. 무슨 일이 있었는지 새리타가 모르도록.

우리 층에 이르자 혹시 새리타가 문밖에서 기다리고 있지 않을까 싶어 복도로 고개를 내밀어보았지만, 새리타는 없다. 계속 아래층으로 내려갔다.

4층. 5층. 역시 아무도 없다.

6층. 어디선가 흰색 불빛이 깜빡거린다. 복도로 들어서서 팔을 휘둘러 동작 감지 센서를 작동시켰다. 그러나 불이 켜지지 않았다. 이곳을 밝히는 빛이라고는 구역질 나는 노란색 비상구 표시 형광전구 불빛뿐이다. 객실의 문은 두꺼운 비닐로 가려져 있다.

엘리베이터 문 대신 막아놓은 판자는 단단하게 박혀 있는 것 같았다. 나는 판자를 훑어보았다. 혹시라도 틈이 있어서 새리타가 그 사이로 추락했을지도 모른다는 끔찍한 생각이 들자 절로 진저리가 났다. 아이의 작은 몸이 엘리베이터 통로 바닥에 떨어져 일그러져 있는 장면을 머릿속에서 지우려 애썼다. 그때 들렸다……. 온몸의 피를 얼려버릴 것 같은 비명. 내 뒤쪽, 비닐로 막아놓은 객실 쪽에서 들렸다.

"새리타! 새리타?"

나는 비닐 장막을 들췄다. 헤치고 지나가려는데 비닐이 내 팔에 감긴다.

"새리타!"

장막을 간신히 헤치고 들어가자, 어둠 속 어디선가 아이의 목소리가 들렸다.

"케이티."

아이의 목소리가 들리는 쪽으로 돌아서자, 내 심장은 뛰는 것을 잊었다. 새리타가 방 깊숙이에서 흘러나오는 깜빡이는 불빛에 둘러싸여 있었다. 내 눈이 불빛에 익숙해지자 아이의 잠옷에 묻은 검은 얼룩이 눈에 들어왔다.

나는 아이에게 달려가 쪼그려 앉아 아이를 안아주었다.

"오, 이런 세상에. 새리타, 걱정했잖아. 왜 혼자 이런 데……."

아이의 옷에서 나는 냄새를 맡자 말문이 막혔다.

"저쪽에서 뭘 찾았어요."

아이는 몸을 돌려 활짝 열린 방문 안쪽을 가리켰다. 불빛이 깜빡이며 그림자를 만들어내고 있었다.

"보여줘."

벽의 스위치를 켜려고 했지만 작동하지 않았다. 깜빡이는 불빛만을 의지해서 둘러보니 이 안은 우리 객실과 넓이와 배치가 똑같았지만, 맨 콘크리트 바닥에 가구가 없어 더 넓어 보였다. 시트 없는 이동식 침상과 링거대 두어 개, 스테인리스스틸로 된 카트 같은 의료기기들이 한쪽 구석에 모여 있었고, 뼈대만 있는 흰색 캐비닛과 배수관이 연결되지 않은 싱크대가 보였다. 새리타는 나를 끌고 강철 이동식 침상 두 개와 바퀴 달린 유리문 캐비닛 앞을 지나, 방 두 개를 거쳐 맨 끝 방 안의 화장실까지 들어갔다. 여기에서 깜박이는 불빛이 새어나오고 있었다.

맨 처음 본 것은, 바닥에 놓인 할로겐 손전등이었다. 렌즈가 거미줄이 낀 것처럼 깨져 있었다. 나는 손전등을 주워 흔들었다. 불빛이 잠시 꺼졌다가 다시 켜졌고, 더는 깜박이지 않았다.

불빛에 드러난 물체가 보이자, 나는 새리타의 앞을 막아섰다. 머릿속의 스위치가 꺼지는 것이 느껴졌다.

그레그 풀러가 바닥 위에 누워 있었다. 붉은 얼룩이 욕조 가장자리 위로 번져 있고, 가장자리가 날카로운 구리 파이프의 파편이 피바다 안에 놓여 있었다. 손전등 불빛을 더 멀리, 화장실 뒤쪽까지 비추었다. 맨발자국이, 새리타의 것보다 큰 발자국이, 맨바닥 위에, 우리가 들어온 입구까지 이어져 있었다.

11
월

매덕스 부부가 오락실에 제일 마지막으로 도착했다. 제임스 매덕스는 부은 눈에 실크 잠옷 차림이다. 비키 매덕스는 노출이 심한 기모노 차림에 메이크업도 완벽하다. 개가 그녀의 품에서 꼼지락거렸다.

"이 시각에 우리를 깨우다니, 타당한 이유가 있어야 할 겁니다."

제임스가 투덜거렸다.

"인터넷을 고쳤다는 소식을 전하려는 것이면 좋겠군요. 얼마나 불편한지 상상도 못 하실 거예요."

비키가 덧붙였다.

"모두 앉아주시면 감사하겠습니다."

윌이 말했다. 이 난장판을 다른 누군가에게 떠넘기고 이 빌어먹을 곳을 빠져나가 레이나에게 돌아가고픈 마음이 간절했다. 그는 강한 비현실감을 떨치려 몸부림치고 있었지만, 아직도 꽤 취한 상태여서 쉽지 않았다. J&B를 마시고 있었는데 누군가 문을 두드렸고, 문을 여니 케이트와 새리타가 몸을 떨고 있었다. 좋지 않은 상황을 처리해야 했던 것이 이번이 처음은 아니었다. 3년 전 기계의 브레이크가 고장 나 작업자 중 하나가 팔을 절단한 적도 있었고, 수년간에 걸쳐 술 때문에 일어난 싸움과 약물 중독 때문에 일꾼을 두어 명 잃기도 했다. 하지만 이건 달랐다.

그리고 이 일을 해결하는 게 그레그에 대한 의무라고 생각했다. 성소는 그레그의 인생이었으니까.

"얼른 얘기해요, 윌."

캠이 투덜거렸다. 잠옷 차림의 매덕스 부부와 유진 박 부부와는 달리, 캠과 그의 아들은 전투복 차림에 허리에는 칼을 차고 왔다. 윌은 중요한 무기들을 금고에 넣고 잠근 것이 새삼 다행이라는 생각이 들었다. 유진 부부는 소파 하나에 모여 앉아 있고, 재이는 브렛 거스리의 시선을 애써 외면하며 똑바로 앞만 쳐다보고 있었다. 윌은 사람들에게 소식을 전할 동안 케이트와 타이슨과 새리타는 방에서 기다리는 게 좋겠다고 권했다. 어린 소녀는 이미 너무 많은 일을 겪었으니까.

"근데…… 그레그는 어딨습니까?"

제임스가 물었다.

달리 돌려 말할 방법이 없었다.

"그레그는 죽었습니다."

"뭐요?"

"그레그는 죽었어요."

잠시 순간적으로, 충격에 빠진 이들 사이에서는 숨소리조차 들리지 않았다. 모두들 정말로 충격을 받은 것 같았고, 거스리 부자도 예외는 아니었다. 윌은 사람들의 얼굴을 신중하게 훑어보았다. 그러나 충격 외의 다른 감정은 읽히지 않았다. 케이트에게는 사람들이 놀랄 수 있으니 발자국의 존재는 혼자만 알고 있으라고 당부해두었다. 그건 나중에 경찰이 다룰 문제였다. 지금 당장은 사람들을 진정시켜야 했다.

"어떻게요?"

스텔라 박이 처음으로 입을 열었다.

"공사 중인 객실에서 발견되었습니다."

"'발견되었다'니, 무슨 뜻이에요? 무슨 사고 같은 걸 당한 건가요?"

비키 매덕스가 물었다.

"확실히 모릅니다."

"모른다는 건 또 무슨 뜻이에요? 어떻게 모를 수가 있어요?"

"전 의사가 아닙니다, 부인. 하지만 경찰을 불러야 할 것 같습니다."

윌은 아마도 거스리 부자가 이 말에 벌컥 화를 낼 것이라고 예상했었다. 외부인을 성소에 들이는 건 위험하다고 고집하면서. 그러나 아무도 입을 열지 않았다.

"경찰이 오기는 올까요? 지금 저 밖은 지옥이라고요."

비키가 말했다.

"최소한 어떻게 하면 좋을지 조언은 해줄 수 있겠죠."

비키가 눈을 가늘게 떴다.

"윌, 말해주지 않은 게 또 있죠?"

"매덕스 부인, 비키, 솔직히 말하겠습니다. 이건 내 능력으로 감당할 수 없는 일이에요."

"당신 생각엔…… 지금 그 말은…… 그레그의 죽음에 뭔가 의심스러운 점이 있다는 건가요?"

"그 점은 확실히 모르겠습니다."

윌이 알고 있는 것은 그레그의 목이 부러졌다는 것과 머리에 난 상처에서 끔찍할 정도로 많은 양의 피가 흘러나왔다는 것이다. 다른 증거만 없었다면 그레그가 발을 헛디뎌 넘어진 것이라고 고민 없이 결론을 내렸을 것이다. 그러나 그 발자국이 모든 것을 바꿔놓았다. 그것은 분명 성인의 발자국이었고, 그가 보기엔 여자나 덩치 작은 남자의 것 같았다. 누군가 시체에 발이 걸려서 겁을 먹은 것일까? 윌은 다시 사람들의 얼굴을 훑어보았다. 죄책감의 기색은 조금도 발견할 수 없었다. 사실, 다른 누구보다도 캠 거스리가 가장 큰 충격을 받은 것처럼 보이긴 했다. 거스리처럼 냉정한 사람에게서는 예상하지 못했던 모습이다.

"관련이 있는 건가요? 그 화재와 그레그의 죽음이?"

비키가 물었다.

윌은 옆에 있던 캠과 브렛이 몸이 굳는 것을 눈치챘다.

"비키……. 다시 말하지만 저는 어떤 대답도 드릴 수 없습니다."

케이트가 그의 방에 와서 새리타가 발견한 것을 알려주었고, 곧장 내려가 현장을 직접 본 후에, 윌은 스텔라 박에게 시체를 봐달라고 부탁해볼까 잠깐 생각했었다. 하지만 큰 의미가 없었다. 그 여자는 치과의사지 검시의가 아니다.

"그래서 이제 어떡하죠?"

제임스 매덕스가 물었다.

"아시다시피 여기는 인터넷 신호가 없습니다. 누구 위성전화기 가진 분 계십니까?"

사람들의 표정이 멍했다. 그때 재이가 일어서며 말했다.

"그레그가 가지고 있어요."

"그래. 하지만 그레그의 몸엔 없었어. 아마 방에 뒀을 것 같은데."

"그럼 가서 가져와요."

비키가 쏘아붙였다.

"제일 먼저 그 생각을 했었죠. 하지만 들어갈 수가 없어요. 생체인식 잠금장치는 그레그의 엄지손가락 지문으로만 열 수 있으니까요. 문을 열어주지 않으면 아무나 당신 객실에 못 들어가는 것과 마찬가지죠."

"그래도 도움을 요청할 방법이 뭔가 있을 거예요."

"화재 때문에 모뎀과 비상용 단파 무전기가 고장 났습니다. 고칠 수 있을 것 같지만, 시간이 걸릴 거예요. 휴대전화의 신호를 잡으려면 32킬로미터를 운전해서 나가야 합니다. 혹시 트럭에 무전기 두신 분 있습니까? 내 건 주파수가 제한되어 있어서요."

캠 거스리가 툴툴대듯 말했다.

"나한테 있어요."

"캠. 지금으로써는 가장 좋은 방법은……."

"난 여기 1초도 더 못 있겠어요."

비키가 불쑥 내뱉었다.

"제임스, 가서 짐 싸자. 차라리 저 밖에서 내 운을 시험해보겠어. 모두들 감사했습니다."

"어딜 가려고?"

제임스가 애처롭게 말했다.

"여기만 아니면 어디든. 도착한 날부터 지금까지 그냥 아수라장일 뿐이잖아. 그리고 한 가지 더 말할 게 있어요. 나 고소할 거예요."

"죽은 사람을 고소하시려면 운이 아주 좋아야겠는데요."

재이가 중얼거렸다. 스텔라가 재이를 향해 경고하는 표정을 지어 보였다.

"그건 당신이 결정할 일이고요. 잘 들어요. 나는 캠과 함께 나가서 무전기로 구조 요청을 보낼 겁니다. 누가 단하우저 가족에게 무슨 일이 일어났는지 얘기해주세요."

월은 스텔라를 바라보았다.

"그 사람들 이제 잠복기가 지났죠. 맞습니까?"

비키가 씩씩거렸다.

"저 여자가 뭘 알아요? 그냥 치과의사잖아요. 단하우저 씨 가족이 치아미백을 할 게 아니라면, 저 여자는 쓸모가 없어요."

스텔라는 침착하게 대답했다.

"이미 말했지만 그 사람들은 바이러스에 감염되지 않았어요. 단하우저 가족의 감금을 풀어야 한다는 데 한 표를 던지겠습니다."

그때 그 생각이 났다. 젠장. 단하우저 가족의 객실 문은 도대체 어떻게 연단 말인가? 객실 문밖의 잠금장치도 그레그의 엄지손가락 지문으로 열 수 있도록 세팅해놓았다. 일단 경찰을 부르고 이 문제는 그때 가서 생각해봐야겠다. 피로가 덮쳐온다. 도대체 왜 그는 인터넷이 끊겼을 때 직감이 보내는 경고를 따라 모든 걸 박차고 떠나지 않았을까? 그레그는 그에게 사람들을 진정시켜달라고, 제어실의 화재는 걱정할 일이 아니라고 안심시켜달라며 애걸했고, 추가로 보너스를 주겠다고 약속했다. 그는 그레그의 위성전화기로 집에 전화를 걸어 레이나와 몇 마디를 나눴지만, 모르핀에 취한 아내의 목소리는 많이 뭉개져 있었다. 레이나에게 돌아갔어야 했는데.

"맘대로 하세요. 나는 떠날 테니까."

비키가 말했다.

"만일 이게 살인이라면, 모두들 여기 남아 있어야 하는 거 아닌가요?"

재이가 거스리 부자를 힐끔 쳐다보며 말했다.

"저는 여러분에게 이래라저래라 할 권한이 없습니다."

윌이 말했다.

"여러분이 원치 않는다면 떠나라고도 남아 있으라고도 할 수 없어요. 캠? 무전기 가지러 갈까요?"

캠은 손으로 얼굴을 문질렀다.

"브렛, 네가 윌과 함께 가라. 나는 방에서 지나와 엄마와 함께 기다리마."

브렛이 고개를 끄덕였다. 브렛의 얼굴은 불그레해졌고 눈은 빛나고 있었다.

저 꼬마와 단둘이 시간을 보내는 것은 죽기보다 싫었지만, 달리 선택이 없어 보였다.

"가자, 브렛."

브렛이 따라오도록 두고, 윌은 제어실로 향했다. 에어컨이 제대로 작동하지 않아 녹은 플라스틱과 검댕의 악취가 완전히 제거되지 않았고, 스프링클러가 뿌린 물에 젖은 카펫은 질퍽질퍽 소리가 났다. 그는 그나마 행운이라고 생각했다. 지금 이런 상황에서 어디에고 행운이라는 이름을 붙일 수가 있다면 말이다. 전선 대부분은 케블러 강화 벽면과 콘크리트 보강 벽면 안에 매설되어 있었고, 덕분에 보안 시스템만큼은 화재로 인해 피해를 보지 않았다. 그는 스마트폰에서 해치 암호를 확인한 후 해치 패널의 화면에 엄지손가락을 밀어 넣어 숫자를 눌렀다. 뒤늦게 덮친 충격 때문인지 아니면 어젯밤의 과음 때문인지 손이 떨리기 시작했다. 패널에서 삐 소리가 나더니 '오류' 메시지가 떴다.

젠장. 그는 다시 번호를 입력했다. 4, 7, 9, 3, 1.

오류

그레그가 암호를 바꿨나? 원래 암호는 매일 바꾸고 모두의 방 화면에 전송하기로 되어 있었다. 그러나 윌은 화재 때문에 그레그가 아직 암호를 변경하지 않았을 거라고 생각했다. 그는 다시 한 번 숫자들을 확인했다. 확실치는 않았지만, 틀린 암호를 세 번 입력하면 시스템이 완전히 차단된다는 그레그의 말이 기억났다. 한 번 더 시도해봐야 하나? 손가락이 여전히 떨렸다. 그러니 처음 두 번의 시도에서 단순히 숫자를 잘못 눌렀을 가능성도 있다. 그는 심호흡을 크게 하고 다시 시도했다. 이번에는 천천히 눌렀다. 4, 7, 9, 3, 1.

째지는 듯한 삐 소리가 나더니, 제어 패널에서 불이 꺼졌다. **보안장치 차단**.

젠장. 삼진 아웃이다.

녹아 붙은 전자제품들을 바라보던 브렛이 이쪽으로 고개를 돌렸다.

"이게 무슨 뜻이에요?"

"모르겠는데. 뭔가 좀 문제가 생겼나보지."

윌은 거짓말을 했다. 이제 어쩐다? 전체 시스템을 리부팅해봐야 하나? 하지만…… 수동 차단 시스템은 메인 컴퓨터에 연결되어 있고, 하드 드라이브는, 윌이 아는 것이라고는 어딘가에 꼭꼭 숨겨져 있다는 것뿐이었다.

"위로 올라가자. 수동으로 해치를 열어봐야겠어."

윌이 서둘러 복도로 나가자 브렛이 바짝 뒤에 따라붙었다. 땀이 옆구리를 타고 흘러내리고, 배 속에는 독을 내뿜는 공이 굴러다니는 것 같다. 승산이 없는 시도다. 해치는 최첨단 제품이었고, 세 자릿수 암호에 자물쇠는 구멍을 파서 박아 넣은 형태다. 해치를 제자리에 설치하기 위해 크레인이 동원됐고, 위치를 조정하는 데에만 장정 다섯이 필요했다. 게다가 3미터 깊이의 케블러 강화 콘크리트 벽에 고정되어 있었으며, 윌이 그 작업을 직접 감독했다. 만일 해치 잠금장치가 어떤 기적에 의해 풀린다고 해도, 그걸 들어 올리려면 인부 100명의 힘이 필요했다. 그러나 그 전에 이 계단 꼭대기에 있는 내부 에어록으로 통하는 문을 통과해야 한다. 그래야 그 빌어먹을 해치에 도달할 수 있다. 그는 에어록의 문이 같은 시스템에 연동되어 있지 않기를 기도했다. 에어록의 초록색 문은 해치보다는 열릴 가능성이 다소 있었지만, 방탄 재질로 코팅이 되어 있고 옆면은 은촉이음으로 맞물려 있었다. 문틀도 아연강으로 제작했다. 계단실 꼭대기의 문 옆에 설치된 제어 패널이 빨간색으로 깜박거리고, **'보안장치 차단'**이라는 메시지가 멈출 줄 모르고 깜박거린다. 윌은 소용없는 짓이라는 걸 알면서도 손잡이를 잡고 돌렸다.

"좀 도와줘, 브렛."

꼬마가 옆에서 튀어나와 손잡이를 잡았다.

"하나, 둘, 셋, 밀어."

꼼짝도 안 한다.

"다시."

등 쪽에서 뭔가 딱 부러지는 것 같은 소리가 났다. 그러나 윌은 계속했다.

아무 소용이 없다. 구역질이 치밀어 오르면서, 윌은 손을 뗐다.

"부셰 씨?"

꼬마의 으스대는 말투가 사라졌다. 브렛은 그저 겁먹은 열일곱 살 소년일 뿐이었다.

"우리 나갈 수 있죠? 그렇죠?"

윌은 대답하지 않았다. 굳이 대답할 필요가 없었다. 답이 그의 얼굴에 분명히 쓰여 있었다.

아니.

그들은 이 안에 갇혔다.

12
트루디

문 반대쪽에서 사람들의 서성거리는 발소리와 투덜거리는 소리가 들렸다. 뭔가 무거운 걸 들고 있는 모양이다. 소년이 욕하는 소리도 들린다. 옆에서는 레오가 꼼짝도 않고 숨을 죽인 채서 있다. 잔뜩 집중하느라 이마에는 깊게 주름이 잡혀 있다.

"그냥 문을 열면 될 걸 왜 저러는 거죠?"

트루디가 레오에게 말했다.

레오는 고개를 저으며 어린아이에게 하듯 트루디의 입술에 손가락을 갖다 댔다. 그러나 트루디는 목소리를 낮추지 않았다.

"제발요. 저 사람들이 알아내면 더 화만 나게 할 뿐이에요. 아빠도 아시잖아요."

레오는 트루디의 팔을 잡고 거실로 끌고 갔다. 그녀는 몸을 꿈틀대며 아버지의 손에서 빠져나와 아버지를 노려보았다.

"우리가 잠금장치를 푼 걸 저들이 알아선 안 돼."

레오가 속삭였다.

"만일 그레그가 들어오고 싶다면, 그럴 수 있어. 엄지손가락만 대면 문을 열 수 있으니까. 하지만 그…… 그 두 사람만큼은 이 안에 들일 수 없다."

트루디도 아버지처럼 목소리를 낮췄다.

"하지만 저 사람들이 지금 여기다가 바리케이드를 치는 거면 어떡해요? 그럼 잠금장치를 열 수 있다고 해도 도움이 안 되잖아요."

"그런 것 같지는 않아. 하지만 저 소리를 계속 들어보면 밖에서 무슨 짓을 하는지 알아낼 수 있을 거다."

트루디는 문 쪽으로 돌아가는 레오를 따라가면서, 엄마의 침실도 살짝 들여다보았다.

바깥에서는 둔탁하게 부딪치는 소리가 계속 들렸다. 무언가 은밀한 작업 같다. 어제처럼 쿵쾅거리던 것과는 전혀 다른 소리였다……. 그러더니, 잠시 정적이 흘렀다. "그래, 바로 그거야." 그런 비슷한 말소리가 들렸다. "그래, 됐어. 됐어. 계속 그렇게, 브렛." 소년의 아버지, 캠 거슬러다.

트루디도 문에 바짝 귀를 들이댔다. 그녀의 머리가 레오와 거의 닿았다. 한 1분 동안 아무 소리도 나지 않았다. 소리를 죽여 속삭이는 소리가 들렸는데 무슨 말인지는 알아들을 수 없었다. "젠장" 하고 낮게 내뱉는 소리가, 뭔가를 집중해서 하고 있는 것 같았다. "꽉 붙잡아, 브렛." 침묵. 2초, 3초, 4초가 지났다.

삑.

잠금장치의 LED 불빛이 빨간색에서 초록색으로 바뀌고 자석식 자물쇠가 짤깍 소리를 내며 풀렸다.

트루디는 아버지 뒤로 물러섰고, 레오는 문손잡이를 잡고 있다가 잡아당겼다. 문틈으로 그레그 풀러가 서 있는 것이 보였다. 그런데 뭔가 이상하다. 얼굴은 회색이고, 머리카락과 피부에는 핏덩어리가 말라붙어 있다. 눈은 반쯤 감긴 채 두개골 안으로 푹 꺼졌다. 그는…….

트루디는 비명을 삼켰다.

"이게 무슨……."

레오가 말했다.

캠 거스리가 문틈을 밀어 열며 말했다.

"됐어, 브렛. 이제 놔도 돼."

거스리의 뒤로, 시뻘게진 얼굴로 땀을 뻘뻘 흘리는 소년이 시체를, 그레그 풀러의 시체를 반대쪽 벽을 향해 던졌다. 시체는 소름 끼치는 피루엣을 빙글 돌고는 페인트칠 한 벽 위로 더러운 얼룩을 남기며 쓰러졌다. 그제야 트루디는 허둥지둥 거실로 달아났다.

아버지가 사람들에게 다시 질문해주기를 기다렸지만, 레오는 입을 다문 채로 서 있었다. 윌의 목소리가 뒤쪽에서 들려왔다.

"레오, 이 문은 항상 열어두세요. 여기 잠금장치는 리셋을 할 수가 없어요. 이 짓을 두 번 다시 하고 싶진 않거든요."

그러자 트루디는 모든 상황을 이해했다. 무슨 영문인지는 몰라도 그레그가 죽었고 그들은 시체를 가져와 엄지손가락 지문을 이용해 문을 연 것이다. 그녀는 웃어야 할지 울어야 할지 알 수 없었다. 아버지와 시선이 마주치자, 두 사람은 엄마에게 이 헛소동을 알려서는 안 된다는 무언의 합의를 했다.

"감옥에 갇힌 기분을 즐기지 않는다면 말이죠. 사실 여러분은 감옥과 잘 어울리는 것 같은데요."

붉은 얼굴의 소년이 이죽거렸다.

"입 다물어, 브렛."

캠이 말했다.

"캠, 밖에서 기다려주겠어요?"

윌이 말했다.

"그러죠, 윌. 아직 이 사람들과 같이 있어도 될지 결정하지 못했거든요."

윌은 불도그에 맞서는 테리어처럼 그에게 말했다.

"이 사람들은 여러분과 마찬가지로 객실 소유자입니다."

"하지만 바이러스 보균자일 수도 있잖아요."

"아뇨. 잠복기는 지났습니다. 그리고 단하우저 부인은 폐기 종이 있다는 걸 확인했고요. 그 이상은 아닙니다. 격리시킬 이유가 없어요. 그리고 이제는…… 특히 이렇게 상황이 달라진 지금은, 이 사람들의 도움이 필요해요."

"그건 당신 결정이고 사람들 의견은 아직 투표로 묻지 않았어요, 월."

캠이 앞으로 한발 나서며 말했다.

"그만 좀 싸워요!"

트루디가 외쳤다. 목소리가 심하게 갈라졌다.

"도대체 그레그는 어떻게 된 거예요? 그리고 이건…… 당신들은 어떻게……."

"자, 일단 앉읍시다. 트루디, 레오. 잠시 앉아도 될까요?"

월이 말했다.

레오는 월과 캐머런 거스리를 보며 고개를 끄덕였다. 레오는 월이 서 있는 반대편 소파에 앉았고, 트루디는 자리를 만들기 위해 옆으로 조금 옮겨 앉고는 문 쪽을 돌아보았다. 그 깨진 머리를 힐긋 본 것만으로도 트루디의 마음에는 영원토록 남을 각인이 새겨졌다.

"캠, 우리는 모두 이성적인 사람들입니다. 그리고 나는 단하우저 씨 가족을 더 이상 감금할 이유도, 이를 정당화할 근거도 없다는 데 모두 동의할 거라고 생각합니다. 이분들은 지금까지 충분히 힘들었어요."

캠은 월을 노려보았다. 그러나 대답이 없는 것은 동의한다는 뜻이었다.

"그리고 아마 이해하시겠지만 지금으로써 가장 중요한 건 그 레그를, 그러니까, 그레그의 시체를, 아래층 냉동창고에 넣는 일입니다……. 음, 가능한 한 빨리 냉동고 안에 공간을 만들어 야 해요. 아시겠죠?"

트루디는 캠을 힐긋 보면서, 아랫사람을 대하는 것 같은 윌의 말투가 지나친 건 아닐까 염려가 되었다.

"캠, 브렛과 함께 그 일을 해주세요. 저는 단하우저 가족에게 무슨 일인지 설명하겠습니다."

캠은 태도를 누그러뜨리며 말했다.

"좋아요. 하지만 끝난 건 아니오. 우린 당신을 그 자리에 앉 히지 않았어요. 누가 무슨 일을 할 건지는 우리가 결정할 겁니 다."

"먼저 할 일을 합시다. 괜찮죠?"

캠은 아무 대꾸 없이 트루디를 밀치고 복도로 나가 문을 세게 닫으려 했다.

"문 닫지 말아요!"

트루디가 외쳤다. 그녀는 벌떡 일어나 거실 테이블 위에 놓인 책을 집어 들고는 문으로 달려가 문설주 틈에 잽싸게 책을 끼워 넣었다. 그 와중에 무거운 문에 그녀의 손가락 관절이 세게 부 딪쳤다. 그녀는 책을 단단히 고정시켰다. 아버지가 잠금장치를 풀긴 했지만, 그게 제대로 작동하리라고 누가 장담하겠는가? 죽은 남자의 엄지손가락이 유리 패널에 닿았다는 생각만으로도 그녀는 다른 모험을 하고 싶은 생각은 추호도 없었다.

그녀는 손을 주무르며 작은 냉장고로 가서 얼음이 있는지를 확인했다. 문이 열려 있다는 사실에서 느껴지는 안도감의 깊이 는 지난 이틀간의 감금이 그녀에게 얼마나 큰 영향을 미쳤는지를 보여주었다. 6년 전 부모님의 아파트에 들어가 지금까지 지내면서 감금에 익숙해졌다고 생각했지만, 아니었다. 레오의 옆에 다시 앉으면서, 그녀는 아버지가 그녀를 기다리고 있었음을 눈치챘다. 그녀도 이 문제에 참여해야 하는 중요한 사람으로 여기는 것 같았다. 레오는 손바닥을 보며 말했다.

"그래서, 부셰 씨. 도대체 무슨 일입니까? 풀러 씨는 어떻게 된 거예요?"

"새리타와 케이트가 새벽에 그레그를 발견했습니다……"

윌은 트루디와 아버지의 표정을 살폈다.

"아 네, 물론. 그 사람들을 아직 못 만나보셨죠. 그게 갑작스럽게 들어왔으니까요. 그 점에 대해서는 정말 죄송하다고밖에 드릴 말씀이 없습니다. 그러나 그레그는…… 그리고 다른 사람들도, 우리 모두가 걱정되었고 그 점은 이해해주셔야 합니다."

"그럼요, 그럼요."

레오는 걸걸하게 말했다. 트루디는 아버지가 나중을 위해 싸울 힘을 비축하고 있다는 걸 알았다. 아버지에게는 아직 끝난 게 아니었다.

"계속하세요."

"아무튼, 새리타는 어린 여자아이고 케이트 샌퍼드는 새리타의 보모예요. 두 사람은 타이슨 길과 함께 있습니다. 3B호죠."

윌은 고개를 들어 천장을 바라보았다.

"여기 바로 위층이네요."

트루디는 어린 소녀의 소리를 듣고 싶었다. 노는 소리, 웃는 소리, 우는 소리, 살아 있는 소리……. 바로 위층에 아이가 있다. 그러나 이 건물은 바닥이 매우 두꺼웠고 어떤 환경에서도 견딜 수 있도록 견고하게 지어졌을 것이다⋯⋯. 여기에서는 그들이 만들어내는 소음과 두꺼운 벽 속에 박힌 공기정화 시스템이 내는 낮은 기계음 외에는 아무 소리도 안 났다. 그녀는 머리 위로 관 위에 덮이는 것보다 더 두껍게 덮여 있는 흙은 떠올리고 싶지 않았다.

"새리타와 케이트가 지하 6층 의료실에서 그레그를 발견했어요. 심하게 넘어지는 바람에 어딘가 헐거워진 파이프에 머리를 부딪치고 목이 부러진 것 같습니다⋯⋯."

고개를 숙이고 있던 윌은 곧 시선을 옆으로 돌렸다. 트루디는 윌이 그들의 시선을 피하는 것임을 눈치챘고, 아마 레오도 알아챘을 것이다. 아버지는 지금까지 회사를 운영하면서 아랫사람들의 헛소리와 나약함은 절대 용인하지 않았다. 트루디는 갑자기 윌을 보호해주고 싶어졌다. 그는 이곳 사람들을 상대하기 위해 용감하게 노력하고 있었다. 그의 부드러운 갈색 눈에 깃든 슬픔을 그녀는 알아보았다. 아마도 순전히 환상일 뿐이겠지만, 그녀는 윌이 자신과 같은 종류의 사람이라는 동질감을 느꼈다. 그녀 자신처럼 이 말도 안 되는 상황에 떠밀려 들어온 우울한 남자. 그녀는 레오가 그를 괴롭히지 못하게 하리라 결심했다. 레오가 입을 떼기 전 그녀는 대화 주제를 바꿨다.

"어젯밤 박 선생님이 그러시던데요. 장비도 불에 탔다고."

"스텔라가 그런 얘길 했어요? 그럼 그레그가 자세한 얘기를 안 해줬다는 건가요?"

윌은 손으로 뺨을 긁으며 눈을 감았다. 턱의 근육들이 긴장하는 게 보였다.

어제 아침에 화재경보가 울렸을 때, 레오는 문에 귀를 대고 소리를 듣다가 밖이 잠잠해지자 고개를 밖으로 내밀고 연기가 없는 것을 확인했다. 30분쯤 후 개를 데리고 다니는 옆집 부부가 돌아오는 소리가 났다. 두 사람 모두 도시의 부자들처럼 투덜거리고 있었다. 레오는 상황이 종료되었음을 알고 TV 앞 안락의자에 앉았다. 공포와 분노가 가득한 눈빛으로, 레오는 중얼거렸다.

"우리를 찾으러 오지 않았어. 저 사람들은 불이 나도 여기서 쥐새끼처럼 타 죽게 우릴 내버려둘 거야!"

그는 이 일을 그냥 넘기지 않을 것이었다.

레오는 문의 잠금장치를 풀었다.

그리고 그레그 풀러가 죽었다.

트루디는 아버지를 힐금 쳐다보았다. 아버지가 무슨 일을 할 수 있는지 잘 모르겠다. 그녀는 아버지에 대해서 아는 게 없다. 이전에도 아는 건 전혀 없었다.

"그래서, 저기……."

두 사람이 아무 대답이 없자 윌이 다시 말했다.

"아마 지금쯤 와이파이 신호가 없는 걸 눈치채셨을 겁니다."

트루디는 몰랐다. 전에는 블랙베리를 끼고 살았고, 아만드와 상류 1퍼센트의 사람들과 어울려 지냈다. 그들이 누리는 특권이 태어나면서부터 생긴 것처럼. 그러나 지금은 스마트폰의 전원을 끄고 거의 대부분의 시간을 핸드백에 처박아두었다. 이런 일이 일어난 지금, 그리고 엄마가 아픈 지금은, 스마트폰은 거들떠보지도 않았다.

"하지만 TV는 잘 나오는데요."

그러나 이 말을 꺼내자마자 트루디는 그 이유를 알았다. 그녀는 바보가 아니었지만, 이런 말 역시 이 남자를 보호해주고 싶다는 이상한 충동을 드러내는 것이었다. 트루디는 이 남자가 부담을 느끼지 않도록 모든 방법을 총동원하고 있었다.

그것이 적중했다. 윌은 눈에 띄게 몸을 펴고, 허리를 꼿꼿이 세우고 앉아 여자가 모르는 뭔가를 설명하려고 했다.

"그게 말입니다. 객실에 있는 TV는 모두 케이블에 연결되어 있죠. 인터넷은 무선 신호인데, 안타깝게도 와이파이 라우터가 화재로 손상된 겁니다. 이 부분에서 단하우저 씨의 도움이 필요합니다. 물론 단테크 사에 대해서는 모두들 알고 있어요. 그래서 말인데, 혹시 단하우저 씨가 실제 장비들도 다루신 경험이 있는지 궁금합니다."

"물론이죠."

레오가 말했다.

"내가 일을 시작하던 시절에는 돈이 잔뜩 든 상자를 들고 책상 뒤에서 종이 쪼가리나 뒤적이며 사업을 시작하는 사람은 아무도 없었어요. 나는 공장 바닥에서 일을 배웠소. 내가 판매하는 제품은 속속들이 잘 알아요."

윌은 한숨을 쉬며 간신히 미소를 지어 보였다.

"그렇다면 단하우저 씨가 해주실 일이 있을 것 같군요. 먼저, 제어실의 전원이 단락되었고 제어 시스템을 관리하는 컴퓨터가 꺼졌어요. 그래서 지금 이 객실의 자물쇠를 리셋할 수가 없는 겁니다. 단파 무전 시스템도 역시, 음, 그게, 화재로 고장이 나서…… 하지만 라우터처럼 타버린 건 아니에요. 제대로 선만 연결하면 다시 작동할 겁니다."

"고장은 났는데 타지 않았다는 건 무슨 뜻이오? 누가 고의로 망가뜨렸다는 건가요?"

윌은 몸을 앞으로 숙였다.

"그건 제어실에 가보시면 이해가 갈 겁니다. 같이 가시겠습니까?"

트루디가 일어섰다.

"저는 그동안 엄마를 돌보고 있을게요."

캐럴라인은 반듯하게 누워 있었다. 얼굴 위로 땀이 얇게 번들거렸지만 안정적인 호흡에 안색은 좋아 보였고 편히 쉬고 있는 것 같았다. 트루디는 엄마가 덮고 있는 담요를 잘 펴주었다.

산소가 호흡기로 잘 흘러가는지 확인하려는데, 캐럴라인이 트루디의 손을 잡고 호흡기를 입에서 뗐다.

"트루디. 집에 돌아오지 말았어야 했는데."

엄마가 그렇게 또렷하게 말하는 게 놀라워서 다시 말해보라고 하고 싶었지만, 그럴 필요가 없었다. 엄마의 말은 명료했다. 엄마는 천천히, 귀에 거슬리는 쌕쌕 소리를 내며 다시 말했다.

"우리를 돌봐주러 집에 올 필요가 없었어."

"아니에요, 엄마. 그런 게 아니었다는 거 아시잖아요. 내 경력과 결혼에 대한 희망은 끝났어요. 달리 갈 곳도 없었고. 엄마가 그런 날 받아들여준 거고 난 항상 엄마가 고마울 거예요."

'항상' 같은 말을 하면 트루디는 속에서 구역질이 치밀곤 했다. 엄마에게 모든 게 끝났다는 식으로 말하고 싶지 않다. 엄마는 나을 거고, 바이러스의 위협은 지나갈 거다. 그리고 그들은 모두 집으로 돌아갈 것이다.

"하지만 너무 오래 머물러 있었어. 너는 젊은 여자야. 네 인생은 끝나지 않았어."

트루디가 그렇게 오래 머무는 이유가 레오의 분노로부터 캐럴라인을 지키기 위해서라는 것은 엄마에게 절대 얘기하지 않았다. 그녀가 함께 머무는 동안에도 엄마와 아버지의 사이는 점점 더 안 좋아지는 것 같았다. 트루디는 아버지가 엄마에게 무슨 짓을 하지는 않을지 늘 걱정이 되었다.

그러나 캐럴라인은 진실을 알았다. 그녀는 다시 숨을 들이마셨다.

"너도 알겠지만, 나는 그이를 사랑해. 그이를 믿어."

"어떻게, 엄마? 아버지가 그렇게……."

"네 아빠는 내겐 유일한 사랑이야. 나는 그이가 그런 압박을 받기 전부터 그이를 알아왔어. 그때는 훨씬 더 부드럽고 다정한 사람이었단다."

캐럴라인은 산소를 길게 들이마셨다.

"그는 여전히 같은 사람이야."

트루디는 아버지가 친절하거나 다정했던 증거를 찾기 위해 기억을 훑었지만, 설령 그런 증거가 존재한다 하더라도 너무 깊은 기억 속에 묻혀 있었다. 트루디와 놀아주고 돌봐준 사람은 언제나 캐럴라인이었고 레오는 검은 구름 속에 싸여 있었다. 아버지는 일 때문에 항상 손닿지 않는 곳에 있었다. 간혹 집에 있을 때면 제멋대로 분노를 쏟아내는 위협적인 모습이나 닫힌 서재 문 너머에서 고함을 지르는 모습만 보여주었다.

그녀가 회사에서 쫓겨나고 아만드에게도 차이고 나서 집으로 돌아가기로 한 것은 쉬운 결정이었다. 그녀는 그 사실을 처음부터 알고 있었고, 그녀의 인생이 무너져 내렸을 때도 크게 놀라지 않았다. 발레는 어린 소녀들의 게임이다. 정점을 찍고 나면 다시 군무팀으로 돌아가서 조용히 자연스럽게 사라질 수 있는 게 아니다. 경력은 어느 날 갑자기 끝나고, 죽음처럼 종지부를 찍는다. 학생들을 가르칠 수는 있다. 하지만 그게 다. 정말로. 그리고 트루디에게는 남을 가르칠 만한 인내심이 없었다. 아만드 같은 남자는 젊은 여자의 라이프스타일의 일부분이다. 그녀가 전성기였을 때도 그는 다른 여자들에게 눈을 돌려 그녀를 대체할 수 있는지 재보곤 했다. 그녀가 춤추기를 멈추면 그가 곁에 머물지 않으리라는 것을 잘 알았고, 실제로 그가 떠났을 때도 솔직히 놀라지 않았다. 새로운 처지에 다시 익숙해지면 곧 집으로 돌아가면 되는 일이었다.

캐럴라인은 트루디가 자기 인생의 잃어버린 한 조각이었던 것처럼 지나치게 따뜻하게 딸을 맞이했다. 트루디가 편안하게 지내도록 모든 것을 배려해주었고, 다른 평범한 부모들처럼 나가서 본인의 인생을 살라고 부추기지도 않았다. 캐럴라인은 트루디의 별이 빛을 잃고 자립할 능력이 흔들리자 틀림없이 기뻐했을 것이다.

그러나 지금껏 트루디가 잘못 알고 있었던 것인지도 모른다. 트루디는 레오가 받았다던 그 '압박'이 실은 일의 압박이 아니라 딸을 가졌다는 압박이 아니었을까 하는 생각이 들었다. 그래서 그녀가 집에 돌아왔을 때, 어쩌면 레오는 다른 무엇이 아닌 트루디의 존재 자체에 분노했던 것인지도 모른다. 만일 한두 달이 지나 그녀가 다시 집을 떠났다면……. 부모님을 도우려 했지만 사실 엄마 아빠 사이를 틀어지게 한 것은 그녀 자신인지도 모른다.

아만드는 아이를 원하지 않았다. 그는 고상한 음악과 미술작품과 요리에 대한 고상한 기쁨을 이해하지 못하고 방해하는 아이들에게 잔인할 정도로 참을성이 없었다. 수년간의 심리치료 끝에 아만드가 정확히 레오와 같은 사람이라는 걸 알게 되었지만, 트루디는 전혀 놀라지 않았다. 아만드가 떠나자 트루디는 자신이 처음으로 사랑했던 남자의 품으로 종종걸음 쳐 돌아온 것이다. 딱히 놀랄 만한 사실은 아니었지만, 이를 깨닫자 그녀는 굴욕감을 느꼈다.

"엄마, 나는……."

"트루디?"

문 앞에 레오가 서 있었다.

"나 이제 나간다."

트루디는 아버지의 뒤를 따라 거실로 나갔다. 월이 밖에서 기다리고 있었다. 그는 그녀에게 한쪽 입술 끝만 올린 달콤한 미소를 지어 보였다.

"어머니는 좀 어떠세요, 단하우저 양?"

"좋아지신 것 같아요. 그냥 트루디라고 부르세요, 월."

"네, 단하우저 양."

그는 다시 미소를 지었다. 그녀는 조금 따뜻한 기분이 들었다. 이곳에 와서 이렇게 한동안 따뜻함을 느꼈던 적은 처음이었다.

레오는 월을 따라 복도로 나가면서 열린 문을 받치고 있는 책을 걱정스러운 눈빛으로 바라보았다. 트루디는 밀레니엄 플레이스 아파트에서 꽤 오래 지냈었다. 이틀 동안 강제로 감금되었던 여기 편안한 객실과 6년 동안 자발적으로 감금되었던 그 아파트와는 물리적으로 전혀 차이가 없었지만, 그녀의 마음은 이미 이곳을 거부했다.

그녀는 현관문이 닫히는 데까지 살며시 닫고 TV 화면을 힐긋 보았다. 바이러스는 어느 정도 통제가 되는 것 같았다. 그러나 지금 이 불운한 사고는 그녀에겐 어느 정도 좋은 일이었다. 이를테면 진정한 모닝콜이었다. 트루디는 집에 돌아가면 변할 거라고 스스로에게 약속했다. 이젠 더 이상 덫에 갇힌 인생은 살지 않겠다고.

그녀는 캐럴라인을 살펴봤다. 엄마는 편안히 잠들어 있었다.

엄마와 같이 여기 남아야 했지만, 밖으로 나가서 이곳의 배치에 대한 감각을 익혀야 할 것 같았다. 아래층에 내려가 그레그의 시체가 발견되었다는 의료실에 가보고 싶었다. 아마 지난 몇 년간 책과 영화를 너무 많이 본 탓이겠지만, 그 안을 둘러보면 마음이 편안해질 것 같았다. 그리 오래가진 않겠지만.

부모님과 함께 케이프코드와 키웨스트에 갔던 휴가는 휴가라고 부르기도 곤란했다. 트루디는 이곳에 온 이번 여행이야말로 춤을 그만둔 이후로 가장 큰 모험이라는 생각이 들었다.

복도를 살펴며, 그녀는 살며시 객실 밖으로 나왔다. 엘리베이터 문이 있어야 할 자리에 V 자를 가로로 눕힌 모양으로 막아놓은 노란색과 검은색 판자가 눈에 들어왔다. 엄마의 상태가 좋아져도 계단으로 오르내리는 건 어려울 텐데. 그런 생각을 하다가 적갈색 얼룩이 묻은 맞은편 벽을 재빨리 휙 훑어보았다.

그녀는 피를 노려보면서 속에서 역겨운 기운이 다시 치밀어 오르기를 기다렸다. 하지만 이제 모두 극복했다. 이제는 단순히 무대장치처럼 보일 뿐이다. 그녀는 이성적으로 정말 아버지를 의심해야 하는 것인지 생각해보았다. 아버지에게 그녀가 한 번도 보지 못한 모습이 있다는 것은 사실이었고, 아버지의 과거에 어두운 그림자가 많이 드리워져 있다는 것도 잘 알고 있었다. 그러나 그것은 아버지가 미국에 오기 전, 아주 오래전 일이다. 그럼에도 가족을 보호해야 한다면, 상처 입은 자존심을 지키기 위해서라면, 아버지는 어디까지 갈 수 있을까? 아버지의 혈관에 흐르는 차가운 피는 그녀의 몸 안에도 흐르고 있었고, 무언가에 놀라거나 어떤 생각에 겁을 먹을 때면 그녀를 강하게 만들어주었다. '우리는 저들보다 나은 사람들이야. 그들은 우리를 몇 세대에 걸쳐 찍어 눌렀지만 우리는 언제나 정상으로 올라가지.' 그녀는 몸속에 흐르는 아버지의 피가 속삭이는 소리를 들었다. 그녀의 눈앞에는 펜트하우스에서 보이는 풍경이 펼쳐진다. 동유럽 사람들의 굳은살 박인 발아래 납작 엎드린 미국의 도시. 계단실의 문을 밀어 열자, 층계참 위의 조명에 불이 들어왔다. 퀴퀴한 냄새가 나는 차가운 공기에 어느 집의 아침 식사로 차려놓은 달걀과 베이컨의 자극적인 기름 냄새가 뒤섞인다. 그녀는 6층으로 향했고, 생각이 너무 깊어지기 전에 두꺼운 비닐 장막을 들춰 6A호로 들어갔다. 이제야 새 스마트폰의 유용한 용도를 찾았다. 그녀는 스마트폰의 손전등 기능으로 객실 내부 전체를 날카로운 원형 빛줄기로 비췄다.

깊숙이 들어갈수록, 트루디의 마른 몸이 자석처럼 안쪽 우묵한 곳으로 끌려 들어갔다. 금속 스탠드와 카트의 그림자가 빛에 따라 휘어지거나 당겨지거나 텅 빈 캐비닛의 유리문에 반사되었다. 그리고 이곳, 객실의 뒤쪽 화장실. 여기가 그 일이 일어난 곳이었다.

트루디는 빈 공간에 불빛을 비쳐보았다. 욕조와 샤워기와 냉랭한 맨바닥을 빛으로 훑자 그녀가 상상했던 내부 공간의 모습이 층층이 구조를 이루어갔다. 바닥 위의 또 다른 반투명 방수포만이 그레그 풀러가 이곳에서 죽었다는 유일한 표시였다.

그녀는 바닥에 쪼그려 앉았다. 환상 속 가상의 탐정이 깃든 그녀의 심장은 이 익숙지 않은 모험이 주는 스릴에 쿵쾅거리며 뛰었다. 트루디는 안을 들여다보기 위해 비닐 막에 빛을 비췄다. 방수포 아래에는 짙은색의 무늬가 있었는데, 자세히는 보이지 않았다. 그녀는 천천히 한쪽으로 다가가 방수포의 한쪽 끝을 잡고, 곤두서는 신경을 애써 누르며 뒤로 살짝 젖혔다.

그것은 거대한 피바다였다. 차가운 회색 바닥에 남은, 말라붙은 짙은 갈색의 얼룩. 현대 미술작품처럼 이리저리 줄무늬가 뻗어 나갔고, 월과 거스리 부자가 시체를 잡아당기다가 실수로 부딪힌 곳에 남긴 핏방울과 소용돌이무늬 위에는 또 다른 방수포가 덮혀 있었다. 부츠 자국과 시체를 끈 흔적 사이에 발자국이 있었다. 맨발자국이다. 가운데 피 웅덩이에서 급히 나온 발자국. 발자국 세 개는 선명하게 찍혀 있다. 오른발이다. 이 발자국은 네 개의 왼쪽 발자국과 번갈아 찍혀 있는데 왼발은 바닥 위에 반쯤 찍혀 있다. 발자국은 발에서 피가 닦이기 전까지 몇 미터 정도 나아가다가, 점점 모양이 흐릿해지면서 출구 쪽으로 이어졌다.

트루디가 맨발의 탈출 흔적을 따라가는데 복도 모퉁이에서 남자의 모습이 나타났다. 강한 손전등 불빛에 트루디는 눈을 뜰수가 없었다. 그녀는 전화기를 떨어뜨리고 고개를 숙였다. 곧 어둠이 그녀를 덮쳤다.

"단하우저 양?"

아는 목소리다.

"안녕하세요, 단하우저 양. 여기서 뭘 하고 계십니까?"

"아, 맙소사. 월. 덕분에 심장마비 걸릴 뻔했어요. 이것 좀 보세요."

"뭔데요?"

그녀는 다시 균형을 잡고 불이 켜진 전화기를 주웠다.

"와서 보세요."

월이 다가왔다. 그가 든 노란색 손전등 불빛이 방을 훑는다.

"발자국이에요……. 누군가가 여기 있었어요. 그레그는 사고로 죽은 게 아니에요."

이렇게 말하는 동안 그녀는 좋아하는 예술 누아르 영화에 나오는 주인공 같다는 느낌을 떨칠 수가 없었다.

"네."

윌의 대답은 이게 전부였다.

트루디가 일어서며 물었다.

"'네'라니 무슨 뜻이에요? 이거 알고 있었어요?"

"네, 단하우저 양."

"제발 부탁인데 트루디라고 부르세요, 윌."

"알고 있었습니다. 케이트하고는 다른 사람에게 말하지 않는 게 좋겠다고 얘기했어요. 이걸 아는 사람은 우리뿐입니다."

"케이트가 누구예요?"

"타이슨 길이 고용한 보모예요."

"아, 네. 그렇게 말했었죠. 좋아요. 그런데 왜 다른 사람들에겐 말하지 않아요? 사람들이 이 안에 살인자가 있다는 걸 알고 싶어 하지 않을까요?"

"좋은 생각은 아니에요."

트루디는 그 말을 이해할 수 있었다. 혼란을 일으켜서 좋을 게 뭐가 있겠는가?

"우리는 조용히 진상을 알아내야 합니다. 발자국의 주인이 진상을 파악하기 전에 우리가 먼저 누구 짓인지 알아내야죠."

"우리?"

"케이트와 저요. 이제 당신도 포함되는군요. 도와주시겠어요? 당신이 저지른 짓이 아니라는 건 알아요."

그는 발레 때문에 뭉개진 그녀의 발을 내려다보았다. 납작해지고 뒤틀린 250밀리미터짜리 평발. 샌들 밖으로 발의 관절과 마디들이 울퉁불퉁 튀어나와 있다. 만일 그가 이 발을 역겨워한다면, 그도 역겨운 인간이다. 그녀에게 있어 그녀의 발은 명예로운 유일한 훈장이었다.

"내가 안 그랬다는 걸 어떻게 알아요?"

"저, 우리가 보기에 저 발자국 크기는 250밀리미터 정도 될 것 같아요. 당신 발 크기와 비슷하죠. 어쩌면 조금 더 작을 수도 있고요. 하지만 당신은 이 일이 일어났을 때 방 안에 갇혀 있었 잖아요."

"아, 맞아요."

그래, 딴 사람들은 갇혀 있지 않았지. 안 그래?

"맞아요. 그랬죠."

트루디는 아버지가 남자치고는 발이 작아 250 사이즈를 신는 다는 사실을 기억했다. 아버지는 자신의 작은 발에 대해 성장기 시절 빈곤했던 동독을 탓했다.

"그래서 우리가 비밀리에 수사를 하는 거군요. 그런 계획인 가요?"

월은 다시 그 한쪽 입술만 올려 미소 지었다. 이 남자는 바보 가 아니다. 그는 그녀의 은근한 아이러니를 이해한다. 그리고 그가 자신을 이해하고 있다는 생각에 그녀는 깜짝 놀랄 만큼 따 뜻함을 느꼈다.

"그래요. 우리가 수사를 하는 거죠."

월은 몸을 굽혀 방수포로 핏자국을 덮고, 발자국을 다시 가렸 다. 그는 출구 쪽으로 향했고, 트루디는 손전등 불빛의 꼬리를 따랐다.

밖으로 나오자 월이 말했다.

"어머니가 많이 걱정되시겠어요."

"네. 가족이 있으세요?"

가벼운 대화를 나누는 것이 예전 같지 않았다. 그런 기술은 지난 6년간 쓸모가 없었다.

"부모님은 몇 년 전에 돌아가셨어요."

"죄송해요."

그녀는 윌의 왼손을 힐긋 보았다. 무늬 없는 금반지를 보고 실망을 느끼자 스스로에게 화가 났다.

"부인은요?"

그의 눈빛이 어두워졌다.

"집에 있어요. 사우스패리스에."

"부인을 여기로 데리고 오고 싶지 않았던 건가요?"

지나치게 꼬치꼬치 캐묻는다는 걸 알지만, 멈출 수가 없었다.

"바이러스의 위협에서 피한다는 의미로요."

"아내는 이미 아파요."

"아, 죄송해요."

"암입니다. 전 원래 여기 있을 계획이 아니었어요. 몇 가지 최종 확인만 할 생각이었는데…… 여기 있으면 안 되는데, 갇혀버렸어요. 레이나는 저 밖에 있고 누군가 아직도 아내를 돌봐주기는 한 건지 알 방법이 없군요."

트루디는 그에게 다가가고 싶었다. 그러나 그녀는 이 남자를 알지 못한다.

"미안해요."

생각해낼 수 있는 말은 이게 전부였다.

13
케이트

"엄마, 저 사람들한테 좀 그만하라고 해요!"

나는 굳이 새리타의 말을 바로잡지 않고, 그냥 아이를 가슴에 꼭 안고 고함이 계속되는 동안 아이의 귀를 가려주었다. 새리타는 내게 얼굴을 비볐다. 축축하고 뜨겁다. 나는 아이의 머리카락 냄새를 맡으며 사람들의 발을 쳐다보았다.

"애를 방으로 데려가는 게 어때요?"

타이슨이 내 옆에서 말했다.

"나도 무슨 일인지 알고 싶어요. 그래서 못 가요. 내 표도 다른 사람들의 표만큼 중요하니까요."

"애가 지쳤는데. 힘든 밤을 보냈잖아요."

"그 점에 대해서 나한테 말할 필요 없어요, 타이슨. 이 아이를 돌보는 건 나고……."

"알았어요, 알았어. 미안해요. 난 그냥 애가 쉬어야 할 것 같아서 그렇게 말한 것뿐이오."

그가 옳다. 그러나 나는 쏘아붙였다.

"여기 일이 끝나면 갈 거예요."

그는 고개를 저었다. 도우미가 또 점점 거만해지는군, 하는 표정으로. 그리고 다시 싸움 쪽으로 냉정하게 시선을 돌렸다. 나는 어쩐지 소외된 느낌이 들었다. 마치 오락거리용의 스펙터클한 이벤트가 눈앞에 펼쳐지고 있거나, 권투 경기장의 맨 앞

줄에 앉아 있는 기분이다. 지금 생각나는 건 오로지 엄마뿐이었고, 도대체 언제쯤 이 이상한 사람들이 자기들끼리 자멸하게 내버려두고 집에 돌아갈 수 있을까 하는 것뿐이었다. 그러나 여전히 새리타가 걸린다. 항상 새리타가 문제다. 이 엉망진창인 남자의 손에 새리타를 맡기고 떠나고 싶지 않다.

성소 거주자들 중 몇몇은 타이슨과 내가 갖다놓은 스툴이나 안락의자에 앉아 있다. 다른 사람들은 점심시간에 가졌던 상황 보고 회의 때 서 있던 그대로 서성거리고 있다. 그 한가운데에 비키 매덕스가 킬힐을 신고 단호하게 어깨를 펴고 서서 캠 거스리에게 신성모독적인 말을 쏘아붙였고, 캠 거스리는 그 말에 얻어맞으며 계속 뒤로 휘청거리는 것 같았다. 싸움이 한창인 와중에도 타이슨이 제임스에게 적대적인 시선을 쏘는 것을 눈치챌 수 있었다. 두 사람 사이에는 분명히 악감정이 있다. 나로서는 그것이 비키와 관계가 있는 것 같다는 추측만 할 뿐이었다. 그녀는 여전히 캐머런 거스리의 힘에 맞서고 있었다. 그녀는 강한 여자고, 기업 세계에서 성공하기 위해 열심히 싸우는 데 익숙한 것은 틀림없다. 그러나 그녀의 세계는 그렇게 하면 존경을 얻을 수 있는 곳이고, 거스리 가족의 세계와는 다른 차원의 우주다. 그녀가 법정에서 아무리 솜씨 좋은 말씨름으로 적들을 이기고 앞질러도, 캠 거스리에게는 그저 자기 분수를 모르는 여자일 뿐이다. 캠은 비키보다 몸집도 훨씬 더 크고, 그의 주먹은 크고 뭉툭하다. 그리고 이곳, 거스리 가족의 활동 범위 안에서는 그것이 유일하게 중요한 것임을 깨닫고 있었다.

어쩌면 타이슨의 말이 맞는지도 모른다. 우리는 투표를 통해 윌을 임시 대표자로 뽑았다. 그러니 이젠 새리타를 데리고 여기서 나가는 게 좋을 것이다. 나는 주위를 둘러보고 계단실 문으로 가는 가장 짧은 경로를 확인했다. 그러다가 멍청한 표정을 짓고 있는 브렛과 눈이 마주쳤다. 얼굴이 확 달아올랐고, 최대한 얼굴을 붉히지 않으려 애썼다. 나는 그의 눈빛을 똑바로 마주 보았다. 두려움이, 아니면 분노가 고통스럽게 배 속을 움켜쥐는 기분을 느끼면서. 하지만 시선을 피하지 않았다. 저 아이는 수백만 여성들을 괴롭히는 수백만 남성과 비슷하다. 저 흐리멍덩한 눈을 저놈의 얼굴에서 뽑아내 목구멍 속에 처박아주고 싶다.

마침내, 브렛이 내 눈을 피했다.

"괜찮아, 아가."

나는 새리타에게 말했다. 하지만 정말로는, 괜찮지가 않다.

윌 부셰가 목소리를 높이고 있었다.

"우리는 투표를 했습니다, 캠. 그리고 결정을 내렸어요. 앞으로도 물론 함께 상의할 겁니다. 그러나 지금은 이게 다수의 결정이에요."

"우리는 아직 미국에 살고 있어요. 적어도 내가 마지막으로 봤을 땐 그랬죠. 미국은 민주국가라고요."

제임스 매덕스의 목소리였다.

"우리나라에서 외국인은 투표권이 없어요. 아이와 범죄자에게도 투표권이 없습니다."

캠이 말했다.

"그런 말을 당신이 하다니 웃기네요, 거스리 씨."

비키가 쏘아붙이고는 캠 옆에 앉아 있던 보니를 쏘아보았다.

"저런 미친, 불이나 지르고 다니는 정신병자 아내를 둔 사람이……."

"됐어요, 그만 좀 해요!"

스텔라 박이었다. 그녀는 점잖은 남편과 함께 내 반대편에 앉아 있었다. 스텔라는 절대 당황하는 법이 없는 것 같았다. 지난번 비키 매덕스와 의견대립이 있었을 때도 그랬다. 그녀의 단호한 말에 놀란 사람들은 잠시 입을 다물었다.

"우선은 결정을 내렸습니다."

월이 말했다.

"아직 끝난 건 아니오. 지나, 브렛. 가자."

계단실 문이 쾅 소리를 내며 닫혔다.

모임은 끝났다. 나는 새리타가 바닥에 떨어뜨린 건 없는지 몸을 숙여 아래를 살폈다. 그때 여자의 목소리가 들렸다.

"저희는 여기서 기도와 헌신 모임을 만들려고 해요. 아이랑 함께 참여하실래요?"

고개를 드니 거스리가 나를 내려다보고 서 있었다.

나는 보니가 자기 가족을 쫓아가지 않은 것에 놀랐다. 비키가 했던 모욕적인 말들이 그녀에게는 아예 들리지도 않은 것 같았다. 말로 하는 모욕을 받아넘기는 데 익숙한 것 같았다. 그녀는 나에게 신경질적인 미소를 지어 보였다. 지난번 내 앞에서 지나를 그렇게 몰아세운 후 지금까지도 날 어색하게 여기는 것 같다.

"당신도 환영해요."

"저, 고맙지만 사양할게요."

"새리타랑 같이 참여하지그래요?"

타이슨이 끼어들었다.

"기도는 나한테는 안 맞아요."

이 남자가 왜 나한테 이런 걸 권하지? 타이슨이 거스리 가족에게 잘 보이려고 노력하는 걸까? 아니면 나와 새리타가 없는 동안 죄책감 없이 소파 위를 뒹굴며 하루 종일 노트북으로 주식 포트폴리오나 그런 것들을 들여다보고 싶은 건지도 모르지. 와이파이가 안 돼도 그는 노트북을 덮는 법이 없었다.

타이슨이 새리타를 돌아보았다.

"너도 저 아줌마들과 같이 있고 싶지, 새리타?"

새리타가 아빠를 보더니 보니를 쳐다본다.

"나는 케이티랑 같이 있고 싶어요."

"저 아줌마들하고 같이 있는 게 너한테도 좋을 거야."

내가 막 입을 열려는데 새리타가 먼저 소리를 질렀다.

"싫어요!"

아이는 막 울음을 터뜨리려 했지만, 그것만으로도 타이슨은 한발 뒤로 물러섰다. 그는 새리타에게 방으로 돌아가라는 말을 웅얼거리고는 사라졌다. 보니는 새리타의 반응에 당황한 것 같지 않았다. 그녀는 오락실 저쪽 끝에 의자를 원 모양으로 늘어놓기 시작했다. 이 안에 있는 사람들 중에 독실한 신자는 없는 것 같았는데, 도대체 누구를 그 모임에 끌어들이려는 건지 잘 모르겠다.

"잘했어."

나는 새리타의 귀에 속삭였다. 아이는 킥킥 웃더니 나를 끌고 아래층으로 내려갔다.

새리타는 자기 방에서 통조림 복숭아를 먹으며 어린이 TV 프로그램을 보았고, 나는 지금까지 있었던 일을 머릿속에서 계속해서 재생했다. 그레그의 피 웅덩이에 찍힌 발자국을 아는 사람은 윌과 나뿐이다. 이 얘기는 꺼내지 않기로 약속했지만, 이 안에 살인자와 함께 갇혀 있다는 것은 명백한 사실이었다.

브렛 거스리가 가장 이상적인 용의자일 텐데. 한밤중에 여기

저기 돌아다니는 미치광이 사이코 녀석. 그러나 발이 너무 크다. 250밀리미터의 발로 어마어마하게 큰 신발을 신고 다닌다면 모를까. 바닥에 찍힌 발자국은 중간 정도 크기로, 245나 250밀리미터 정도 되어 보였다. 어쩌면 여자 발자국일 수도 있다. 유진이나 월의 발자국일 수도 있겠다. 그러나 그렇게 생각하는 건 좀 우습다. 내 발은 240밀리미터라서 살인 용의자가 될 이유가 없다.

새리타는 발자국이 무슨 의미인지 모른다. 나는 아이를 위해 이야기를 지어냈다. 그레그 아저씨가 넘어져서 나쁜 사고를 당해 죽었다고. 그게 전부다. 누가 잘못한 게 아니고, 그냥 끔찍한 사고일 뿐이라고. 나는 그 말이 사실이길 바랐다. 나 자신도 그렇게 믿을 수 있도록. 그러나 그레그의 부상은 단순한 낙상이라기엔 너무 심각해 보였다. 우리는 가장 피가 많이 찍힌, 한눈에 알아볼 수 있는 발자국 위에 의도적으로 방수포를 쳤다. 그리고 그레그의 시체를 그 위에 놓았다. 우리가 본 것에 대해서는 아무에게도 말하지 않기로 합의하고.

"사람들을 혼란에 빠지게 해서 좋을 게 없어요."

월은 그렇게 말했고, 나도 수긍했다.

이 모든 사실을 알고 있으니 좀 더 걱정을 해야 할 것 같았지만, 요하네스버그에 살면서 공포를 이성적으로 합리화해 마음 깊숙한 곳에 밀어 넣는 법을 배운 것 같다. 그래도 여기 객실 문을 잠그고 안에 있으면 안전하다는 느낌이 들었고, 그룹 미팅에서는 범인도 무슨 짓을 할 수 없을 테니 속임수를 쓸 여지도 없을 것이다. 그렇다면 해볼 만하다. 그게 누구였는지는 몰라도 아마 그레그와 둘만의 이유가 있었을 테고, 그 문제는 이제 끝난 것이다. 아마도.

그래도 여전히 화가 난다. 지구 반대편까지 날아와 이곳에서 다시 공포에 갇힌 신세가 되다니. 어쩌면 두려움이란 것은 절대로 뒤에 남겨두고 떠날 수 없는 존재인 모양이다.

타이슨이 방에서 나왔다. 낮잠을 잤는지 흐트러진 모습이다. 시계를 보니 모임이 끝난 후 두 시간밖에 지나지 않았다. 더 한참 지난 줄 알았는데. 그는 카운터 앞 바 의자에 앉아 하품을 했다.

"커피 좀 있어요?"

낮잠 잘 시간에 딸이랑 놀아줄 수도 있었을 텐데. 그랬다면 나도 좀 쉴 수 있었을 거란 생각에 짜증이 났다. 나는 턱으로 카운터를 가리켰다.

"저기 커피메이커 있잖아요. 사용법은 아시죠?"

그는 내가 자기 뺨이라도 때린 듯 휙 고개를 돌린다. 좋다.

"새리타는 괜찮아요?"

"네, 괜찮아요. 방에서 만화영화를 보고 있어요."

당신이 상관할 바가 아니잖아. 이 말이 거의 입 밖으로 나오려는 걸 꿀꺽 삼켰다. 그는 꼴이 말이 아니었다. 어쩌면 내가 분위기를 좀 부드럽게 해야 할 것 같기도 하다.

"지금 이 상황을 보면 무슨 생각이 나는지 아세요?"

"응?"

혼자만의 생각에 깊이 잠겨 있던 그는 방해를 받은 것이다.

"아까 그 모임요. 뭐가 생각나는지 아시냐고요?"

"뭔데요?"

"꼭 〈서바이버〉* 같아요. 안 그래요? 모두들 파를 나눠서 서

* 미국의 TV 시리즈.

180

로 거칠게 밀쳐대잖아요. 재난 상황에서 뭘 해야 하는지 정확히들 알고 있고요."

이 말을 들은 타이슨은 뭐가 언짢았는지 얼굴을 찌푸렸다.

"그 프로그램 감독이 영국인인 건 알고 있어요? 〈서바이버〉, 〈어메이징 레이스〉 같은 프로그램을 제작했죠."

"영국인요? 정말요? 난 미국인일 거라고 생각했는데."

"아니에요. 그 사람 몸값은 4백만 달러 정도 나가죠."

사업 얘기만 나오면 흥미를 보이는구나. 나는 미소를 지을 수밖에 없었다. 타이슨은 사실 무언가에 집중만 하면 단순해진다. 아무튼 평범한 대화거리가 생겨서 기뻤다.

나는 부엌을 나와 거실로 향하며 말했다.

"아하. 그러니까 미국인에게 세계종말에 대응하는 방법을 가르치는 영국인이 있단 말이군요."

말을 다시 주워 넣고 싶었지만, 너무 늦었다. 지금 이 상황은 TV 쇼가 아니었다. 실제로 일어난 일이다. 여기 들어온 사람들 중 절반이 바라는 것처럼 세상의 종말은 아닐지라도, 수천 명의 사람들이 지금도 죽어가고 있었다.

나는 소파에 털썩 주저앉았고 타이슨은 내 옆에 앉아 함께 TV를 보았다. 같은 자막이 화면 아래로 계속 흘러간다. 서해안 백신 프로그램은 성공의 징조가 보이기 시작했다. 동부의 대중교통 재개는 아직 결정된 바가 없다.

"적어도 희망은 보이네요."

내가 말했다.

"주식시세 표시기가 그리워요."

그가 말했다.

"그건 계속 바뀌죠. 그건 내가 뭔가 할 수 있다는 기분을 느끼게 해주니까. 매매나 매입 주문을 넣으면 숫자는 16분의 1씩 오르내려요. 여기서는 내가 할 수 있는 게 아무것도 없어요. 저 빌어먹을 해치가 고장 나 갇혀 있는 이 상황에서는."

나는 그를 힐긋 보았다. 그의 이런 모습은 한 번도 본 적이 없었다. 금방에라도 부서질 것 같은 인간적인 모습이다.

"지금 여기 없었으면 하는군요."

"당연하죠. 이런 걸 원하는 사람이 있겠어요?"

"아뇨, 그런 말이 아니라. 저 밖에서 운을 시험하는 편이 나을 뻔했어요. 안 그래요?"

그는 이게 전부 커다란 실수라고 생각하는 것 같았고, 나는 그게 뭔지 알아내려 안간힘을 쓰고 있었다. 비상 대피소에 온 것뿐만 아니라, 무언가 개인적인 것도 있는 것 같은데.

"그레그 풀러가 일 처리를 엉성하게 한 탓에 이렇게 갇혀버린 건 정말 불만이오. 죽은 사람에 대해 안 좋게 얘기하는 건 옳지 않다는 걸 알지만, 나는 그 사람이 싫었어요. 그 사람은 별 볼 일 없는 사기꾼이오. 그런 사람을 믿어서는 안 되는 거였는데."

나는 타이슨을 힐긋 훑어보았다. 타이슨은 계속 투덜거렸다.

"이런 일은 신뢰가 기본이잖아요. 요령도 있어야 하고."

마지막 말은 어떻게 이해해야 할지 모르겠다. 그러나 이곳 거주자들 중 몇몇 사이에 근본적으로 이상한 분위기가 깔려 있다는 기분과 부합하는 말이었다. 비밀. 몰지각함. 이를테면 타이슨과 매덕스 부부 사이의 기묘한 분위기가 그렇다.

그러나 타이슨이 아무리 이상한 말을 하더라도 노골적으로 물어볼 수는 없다. 그를 밀어붙여 다시 껍데기 안으로 밀어 넣고 싶지 않았으므로, 나는 전략을 바꿔 그를 편안하게 해주기 위해 재잘대기 시작했다.

"남아프리카에서는 보물찾기 프로그램이 하나 있는데요. 운동 잘하는 여자 하나가 헬리콥터에 타 있고 스튜디오에 있는 경쟁자들이 지시를 내려서 보물을 찾게 하는 거예요. GPS가 나오기 전의 프로그램이었는데, 그래서……."

그러나 이미 그를 놓쳤다. 그는 내 말을 듣지 않았다. 나도 내 말을 듣지 않았다.

이후 새리타를 데리고 다시 오락실로 올라갔다. 기도 모임이 끝났는지 자리는 비어 있었고 누군가가 주스가 담긴 물병과 하이볼 유리잔과 뭉툭한 작은 플라스틱 컵을 바 위에 올려놓고 갔다. 플라스틱 컵은 새리타에게 알맞았다. 나는 윌이 이렇게 해놓은 것 같다고 생각했다. 그는 그레그보다 좀 더 인정 많은 사람인 것 같았다. 윌은 사람들에게 세세하게 신경 쓰는 쪽인 것 같다. 그레그는 성소를 사업 대상으로만 생각하고 일 처리도 잘하지 못하는데.

못 했는데.

그레그는 죽었다.

피 냄새……. 한곳에서 그렇게 강한 피 냄새를 한꺼번에 맡아본 적은 처음이었다. 다시 맡고 싶지 않은 냄새다. 짙은 공기. 아마도 지금 내가 희미한 옛날 담배 냄새를 상상하는 것 같다. 내 상상이 나를 조종하면서, 어떤 탐정 영화의 한 장면이 떠올랐다.

"케이티! 와서 봐요!"

새리타의 목소리가 생각을 산산이 흩어주었다.

새리타가 게임 도구가 가득 들어 있는 선반을 발견했다. 모두

뜯지 않은 새 상자였고, 어렸을 적 이후에는 한 번도 안 놀아본 구식 게임들이었다. 모노폴리, 스크래블, 리스크, 클리니컬 애너토미.* 엄마는 항상 크리스마스에 가족들이 모두 모이면 스크래블 세트의 먼지를 털곤 하셨다. 크리스마스 때까지는 집에 가야지. 나는 스스로에게 약속했다.

새리타는 상자들을 뒤적거리다가 직소 퍼즐을 찾았다. 반 고흐의 해바라기 그림으로, 2천 조각짜리다.

"이거 맞춰볼까요, 케이티?"

"글쎄, 이건 좀 어려운 것 같은데. 다른 게 있나 찾아보자."

"하게 해주세요. 그림이 예쁘잖아요."

이 순간 아이가 행복하다면 나도 행복하다. 그리고 아무튼 아이는 곧 흥미를 잃을 것이다.

"그래, 좋아. 저기 커피 테이블에 가져가자. 먼저 그림이 위로 오게 조각들을 다 뒤집은 다음에 색깔별로 골라놓는 거야. 그다음에 가장자리가 반듯한 조각들을 찾아야 해."

오락실이 점점 마음에 든다. 이곳은 성소에서 가장 넓은 방이다. 자연 풍광의 창문 디스플레이는 마음을 차분하게 가라앉혀주고 분위기를 부드럽게 해준다. 모임이 없을 때만 그렇긴 하지만. 나는 새리타의 맞은편에 앉아 전자창문에 비치는 저녁의 바다 풍경을 바라보며 다른 생각은 하지 않으려고 애썼다. 새리타의 수다가 끊임없이 밀려왔고 나는 의미 없이 "응, 응" 하며 대답했다.

잠깐 졸았던 모양이다. 누군가 내 뒤에서 "안녕하세요, 케이트"라고 말하는 소리에 깜짝 놀랐기 때문이다. 맨 먼저 브렛의

---

* 모두 보드게임의 종류다.

얼굴이 떠올랐지만, 친근한 목소리는 브렛의 것이 아니었다. 고개를 돌리자 윌이 서 있었고 그 옆에 트루디 단하우저가 있었다. 이 여자의 나이는 가늠을 못 하겠다. 여윈 몸매, 창백한 피부에 바른 파운데이션이 들떠 보였다. 그러나 머리 위로 풍경처럼 풍기는 분위기가 있었다. 가벼운 미소는 젊어 보이다가도, 그 강렬한 두 눈에서 어두운 기운이 뿜어 나오면서 나이 들어 보이기도 했다. 이 여자는 좀 무섭다.

"안녕하세요."

내가 말했다.

윌은 오락실을 훑어보다가 새리타를 보았다.

"잠깐 얘기 좀 할 수 있을까요? 그 문제 말인데……."

새리타는 주위를 의식하지 못하고 콧노래를 부르면서 직소퍼즐 조각을 고르고 있다.

"네. 괜찮아요."

나는 새리타에게서 조금 먼 곳으로 걸어갔다. 그리고는 트루디를 보며 눈살을 찌푸렸다.

"저기, 트루디도 그걸 알고 있어요. 이분도 오늘 아침에 발자국을 발견했습니다. 그래서 사람들을 조사하는 걸 돕기로 했어요."

트루디가 다시 미소를 지었다. 그러나 곧 미소가 어두워졌다. 그녀의 표정은 1초도 가만히 있지 않았다.

트루디가 나에게 물었다.

"궁금한 게 있는데요. 어젯밤 계속 타이슨이 방 안에 있었는지 아시나요? 당신이 아이를 찾으러 밖에 나왔을 때 타이슨이 안에 있었는지……."

트루디에게 아이의 이름은 새리타라고 가르쳐주고 싶었지만,

그랬다간 새리타가 자기 이름을 듣고 고개를 돌릴 것 같아서, 그냥 고개만 끄덕였다.

"네. 내가 새벽 3시 30분쯤 밖에 나왔을 때 타이슨은 분명히 안에 있었어요. 새리타를 찾으면서 타이슨의 방을 제일 먼저 확인했으니까요. 하지만 다른 시간에는 어땠는지 확실히 말 못 하겠어요. 나는 자정쯤 잠이 들었거든요. 12시 30분쯤."

윌과 트루디가 주고받는 시선이 어딘지 친밀하다.

"하지만 그 아래 있던 사람은 타이슨이 아니에요."

내가 덧붙였다.

"어째서요?"

트루디가 물었다.

"그 사람 발 사이즈는 300밀리미터거든요."

"아, 좋아요. 그건 확인해볼 수 있겠죠."

"혹시 다른 게 기억나면 말씀해주세요. 아시겠죠?"

윌이 말했다. 트루디와 나는 함께 웃었다. 윌이 한 말이 꼭 〈성범죄수사대〉에 나오는 형사의 대사처럼 들렸기 때문이다.

돌아서면서, 트루디는 내 발을 훔쳐보았다.

"240이에요."

내가 말했다. 그리고 꽤 오랫동안 그녀의 시선을 마주 보았다. 그녀의 검은 눈이 나를 찌르는 것처럼 느껴진다. 결국 내가 먼저 고개를 돌려야 했다.

14
지나

"경계를 늦춰서는 안 된다, 브렛."

아빠는 숫돌에 칼을 갈며 브렛에게 이야기하고 있었다. 칼을 가는 손길이 사람을 대했을 때보다 훨씬 더 부드럽다. 나는 문 틈으로 두 사람을 엿보고 있다.

"역사를 알고 보면 모든 건 이렇게 시작되는 거야. 사람들은 말이다."

아빠는 친구들과 정치 얘기를 하실 때처럼 비꼬는 말투로 조용히 얘기하고 있다.

"사람들은 언제나 가장 약한 리더를 고르지. 그들이 하고 싶은 대로 놔둘 자가 누구인지 아는 거야. 그러고는 마음대로 한다. 그들이 원하는 걸 하는 거지. 그리고 도덕적 가치관에 대한 급습이 이루어지는 거다."

아빠는 브렛에게 숫돌을 건넸다. 브렛은 지루한 얼굴로 자기 칼을 슥슥 문지르다가 숫돌을 한옆에 치웠다.

나도 그거 할 수 있어요, 아빠. 아빠가 우리 둘 다 가르치셨잖아요. 내가 브렛보다 더 잘 하는 것 아시잖아요. 우리 가족은 브렛보다 내가 더 잘 지킬 수 있어요. 그렇게 외치고 싶다. 우리가 두려워해야 하는 건 브렛이라고. 그러나 나는 소리 지르지 않는다. 소리를 지른들 아빠가 내 말을 들어줄지도 알 수 없다. 아빠에겐 나는 투명인간이나 다름없다.

"히틀러나 마오쩌둥, 그 북한 사람들, 사담 후세인, 푸틴, 오바마. 그들이 한 게 그런 거였다. 약한 리더십 때문에 경계가 허술해질 때, 사람들이 도덕적 지침을 간절히 원하는 그 순간을 노려 급습한 거지. 그래서 어떻게 되었는지 봐라."

아빠는 알루미늄 케이스에 든 회색 스펀지 칼집에서 나란히 꽂힌 칼들 중 하나를 꺼냈다. 그 케이스는 총포상의 밀러 씨가 만들어준 것인데 정말 근사하다. 풀러 씨에게 총을 내주는 바람에 라이플을 넣는 칸은 지금은 비어 있다. 케이스 안에는 모든 부품을 완벽하게 꽂을 자리가 마련되어 있다. 조준기, 탄창, 윤활유, 핀셋, 청소용 브러시를 꽂는 자리도 있다. 나는 총을 분해해서 부품들을 제자리에 넣는 걸 좋아한다. 우리는 집에서 홈스쿨링을 했기 때문에, 아빠가 군대에서처럼 우리에게 모든 신종 무기를 분해, 조립하는 방법을 가르쳐주셨다. 아빠는 우리 둘 모두를 가르치셨고 내가 브렛보다 더 잘한다.

아빠가 나를 제쳐두는 데에는 이유가 있을 것이다. 아빠는 나를 사랑하시고, 아빠가 뭔가를 하실 때는 항상 타당한 이유가 있다. 설령 그게 가혹해 보인다 하더라도. 어쩌면 이런 비상상황에서 우리가 맡은 역할이 그런 건지도 모른다. 우리에게는 모두 각자의 역할이 있다. 그리고 내 역할은 주위 환경을 깨끗이 하고 정돈하고 준비하는 것이다. 엄마는 여기 온 이후로 엄마의 역할에서 조금 벗어나 있는 것 같다. 따라서 브렛과 아빠에게 음식을 만들어주어서 몸과 마음을 튼튼하게 유지시키는 것도 내 역할에 속한다. 최근 며칠 동안 엄마는 마음속 깊은 곳으로 가라앉은 것 같다. 아니, 어쩌면 저 높은 곳을 향해 돌아선 것인지도 모르겠다. 지금 엄마에게는 하나님과의 관계만이 유일하게 중요한 것 같다.

나는 풀러 씨에 대해서 생각해보았다. 그는 죽었다. 죽은 사람은 전에 딱 한 번밖에 보지 못했다. 그램프스 씨의 장례식에 서였는데, 시신 위에 온통 페인트를 칠해놔서 전혀 그램프스 씨처럼 보이지 않았다. 풀러 씨는 친절했고 누구에게나 항상 잘 대해주었다. 아빠는 풀러 씨가 미끄러져 넘어졌다는 얘기를 부셰 씨를 통해 들었고, 우리가 그 사실을 알게 된 이후로 계속 긴장하고 있었다. 그 얘기를 들은 후 칼을 보관해둔 케이스를 꺼내 손질하는 중이었다. 아빠가 뭔가를 의심하는 게 분명했다.

"뭘 그렇게 기웃거리고 서 있니, 애야?"

나는 깜짝 놀랐다. 속으로 엄마를 생각하고 있었던 걸 엄마가 알고 나타난 것 같았다.

"손이 게으르면 악마가 깃드는 법이야."

"미안해요, 엄마. 그냥 궁금해서……."

침대에 앉아 있던 아빠가 고개를 들었다. 칼 케이스가 아빠의 발치에 열려 있다. 화재 이후 항상 떠올라 있는 경고의 눈빛을 한 채 아빠가 말했다.

"저녁 준비를 해야 하는 것 아니냐? 벌써 5시 30분이 다 되어가는데."

"네, 아빠."

나는 그렇게 말하고 부엌으로 향했다. 다들 지금 나를 보고 있으니, 내 태도에 문제가 없는 것처럼 또박또박 걸었다. 나는 억울한 마음을 억지로 삼켰다.

그러나 솔직히 말하자면, 이 부엌에서 일하는 게 좋다. 의사가 수술을 하는 것 같은 기분이랄까, 마치 전문가가 된 기분이다. 모든 것이 깨끗하게 반짝였고, 여러 가지 새 도구들로 재료를 자르거나 찌를 수 있다. 어수선하고 좁은 트레일러의 부엌에서 쓰던 것 같은 뭉툭한 도구들은 하나도 없다. 오늘은 비프스튜를 만들 생각이다. 찬장에 다진 양파와 기름, 토마토 통조림과 콩이 있다. 풀러 씨가 작은 냉장고에 식료품 채우는 것을 도와줬었는데. 냉장고 문을 열어보니 고기도 베이컨도 없었다. 브렛과 아빠는 확실히 배가 고파서 괴로워한 적이 없었다. 엄마는 음식을 거의 건드리지도 않으셨고 나는 전혀 배고프지 않았다. 배 속에서 느껴지는 이 통증이 식욕을 억누르고 있었다. 아직도 엄마가 왜 불을 질렀는지 궁금하다. 내가 게임 구경을 해서? 아니면 내가 재이 옆에 앉아 있어서 그랬던 걸까? 그때 엄마의 눈에서 지금까지 한 번도 본 적 없던 두려움과 공포를 보았다. 부세 씨에게 사실을 말해야 하는지 아직도 모르겠다. 알고 있는 것을 말하지 않는 것은 거짓말하는 것과 마찬가지다. 나는 내 양심을 앞뒤로 박박 문질러 닦으면서 주님께 무엇이 옳은 일인지 물었지만 대답을 안 해주셨다. 답은 주님이 아니라 항상 아빠가 내려주셨다. 아빠가 나를 쳐다볼 때마다 아빠의 얼굴에서 답을 읽을 수 있었다. 아빠는 다른 사람들에게 무슨 말이든 하면 날 벌하겠다는 무언의 메시지를 내게 보내고 있다.

가족은 하나님 다음이다. 그것이 내가 붙들어야 할 진실이다. 설령 그 사실이 내 복통을 조금도 낮게 해주지 않는다 해도. 어쩌면 아빠는 내가 할 일이 엄마와 함께 있는 것이라고 말했기 때문에 나를 밀어내는 건지도 모르겠다. 아빠의 할 일은 브렛을 다시 우리 가족의 일원으로 받아들이는 것이다. 이곳에서 함께 보내는 시간은 우리가 다시 가족이 되는 기회일지도 모른다.

그래서 안락의자에 앉아 TV에 나오는 핼 린지 목사님의 예전 방송을 보고 있는 엄마를 보고 나는 죄책감을 느꼈다. 엄마는 외로워 보였고, 엄마보다 아빠를 더 좋아하는 것이 미안해졌다.

엄마는 나에게 잘못한 것이 아무것도 없는데. 게다가 엄마가 만들려고 했던 기도 모임에 참여하겠다는 사람이 아무도 없어서 엄마가 안쓰럽기도 했다.

"엄마…… 아래층에 가서 음식 재료를 좀 가져올 건데 같이 가서 도와주실래요?"

"혼자 할 수 있잖아, 지나."

엄마는 TV에서 고개도 돌리지 않았다. 나는 엄마가 나를 도와주지 않고 대신 TV만 보는 것에 조금 상처를 받았다. 내가 일을 안 하겠다고 한 것도 아닌데. 하지만 엄마가 어제보다는 훨씬 더 강해 보여서 조금 기쁘다. 안색도 정상으로 돌아왔다. 적어도 그건 중요한 의미가 있다.

나는 부엌 카운터에 놓인 풀러 씨의 성소 환영 책자를 들춰봤다. 거기 보면 아래층의 식품 저장실에 관한 내용이 나온다. '수경재배'로 기르는 신선한 채소와 닭장에서 나오는 달걀 외에도 저장소 안에는 성소에서 1년 이상 생활하기에 충분한 보존식품과 물이 비축되어 있다고 쓰여 있다. 브렛과 아빠의 경우라면 6개월 정도면 끝날걸. 별로 우습지도 않은데 혼자 미소를 지었다. 지하 8층 저장실 안에는 건조식품 저장고와 냉장고가 있는데, 각 콘도마다 선반이 할당되어 있다. 나는 우리 콘도의 선반 번호를 손에 적는다. 선반 3번과 4번.

"그럼 아빠, 지금 저장실에 가서 고기 좀 가져올게요."

"내려간 김에 해시*랑 콩도 좀 가져오너라."

아빠가 말했다.

"쿨에이드도."

---

* 고기와 감자를 잘게 다져 요리한 것.

브렛이 말했다.

불빛이 이렇게 깨끗하고 밝지 않았다면 이곳이 좀 덜 오싹했을 것이다. 〈로즈빌〉의 어느 에피소드에서 나온 학교 체육관처럼 불빛이 깜박거렸다면 좀 나았을 텐데. 지미와 서맨사가 뭔가를 알아내러 학교 체육관에 갔다가 악마가 그들의 몸속으로 들어가는 내용이었다. 악마는 그림자 안에서 종종걸음 치는 거미와 쥐 안에 깃들어 있었고, 그것들이 한데 모여 얼굴 없는 사람으로 변했다. 그때 지미와 서맨사가 그 얼굴을 들여다보았고, 자신들의 모습을 보았지만 온통 여드름투성이에 엉망진창으로 더럽혀진 얼굴로 바뀌어 있었다. 바로 그들이 숭배하던 우상의 모습이었다. 그래서 지미와 서맨사는 회개하고 빛을 향해 발길을 돌려 집으로 돌아갔다. 나중에 두 사람이 결혼했는지는 잘 모르겠다.

그러나 이곳, 지하 8층에는 그림자가 없다. 밝은 빛이 구석구석 환하게 비추고 쥐나 거미도 없다. 공기와 물 펌프가 있는 기계실에서 웅웅거리는 커다란 소리가 나는 것 말고, 불규칙적인 텅—텅—텅 소리가 벽 뒤 어딘가에서 들려왔다. 눈부신 빛 속에서 냉장창고가 떨리는 것처럼 보였지만, 이 아래에는 살아 있는 것이라곤 없다. 전혀. 공기는 건조하고, 콘크리트 먼지와 플라스틱과 전기 냄새가 난다. 나는 공터 위를 날던 새가 그리웠고, 그중에서도 말이 제일 그리웠다. 여기에서 쥐나 거미를 본다 해도 상관없을 것 같다. 그럼 땅 위에서 살고 있는 기분이 들겠지. 이런 생명 없는, 먼지로 뒤덮인 곳이 아니라……

텅—텅. 텅.

문을 덮은 비닐 장막 틈새를 들추고 온실 안을 들여다보았다.

가림막 아래 뜨거운 불빛을 받으며 채소가 자라고 있었다. 종류가 많지는 않았다. 근대가 조금, 시든 토마토가 조금, 그리고 작은 딸기가 있다. 신선한 과일로 엄마의 식욕을 돋울 수 있을까. 엄마는 늘 고기보다는 샐러드를 더 좋아했다. 채소를 조금 엄마에게 갖다드릴까 생각했지만, 아무래도 조심스럽다. 엄마는 이건 자연적인 게 아니라고, 지옥에서 자란 것이라고 할지도 모른다. 엄마를 또 화나게 하고 싶진 않다.

온실을 나와 건조식품 보관 찬장에서 '3A호' 선반에 놓인 해시와 콩 통조림, 시리얼 두 상자를 꺼냈다. 그리고 냉장창고로 향했다.

억눌린 듯한 텅—텅 소리가 여기서는 더 크게 들린다. 그 소리는 내 위에서, 천장을 통해 들렸다. 위층에서 나는 소리인 게 틀림없다.

텅……. 텅—텅. 그리고 비명. 고뇌에 찬, 깊고 우렁찬 비명.

아, 뭔지 알겠다! 브렛이 공을 가지고 노는 거다. 바로 위층은 체육실이다. 브렛이 내 뒤를 쫓아 내려온 게 틀림없다. 브렛은 아마 지금 혼자 놀고 있을 것이다. 여기 온 후로 그 누구와도 친하게 지내지 못하기 때문이다. 재이도 브렛에게 그렇게 당하고 나서 거기 또 내려갔을 리가 없다. 잠깐 재이를 생각했다. 엄마, 아빠, 브렛의 비난은 잠시 접어두고. 나는 그 애의 미소를 잠시 떠올렸다. 멋지고 따뜻한 미소. 그래도 아주 잘생기지는 않았어. 이건 잘못인 줄 알지만, 어차피 나 혼자만을 위한 생각이니까.

그러고 나서 나는 한숨과 함께 그를 떠나보내고 냉장창고 문을 열었다. 냉장창고는 정말 크다. 사람이 통째로 안에 들어갈 수도 있을 정도다. 이렇게 갑자기 기온이 바뀌다니, 조금은 재밌다. 마치 겨울 언덕으로 순간이동을 한 것 같다. 브렛과 내가 종이 포대로 썰매를 타던 언덕으로. 불과 몇 년 전인데. 브렛이 나랑 같이 노는 걸 그만두기 전. 나는 적당한 고기를 찾으면서 생각했다. 아마 열다섯 살이랑 열일곱 살 때 사이인 것 같은데. 그 무렵 브렛은 갑자기 아빠처럼 되어버렸다. 사람들은 나도 엄마처럼 되기를 바라고 있을까? 그러나 엄마와 나는 아빠와 브렛 같지는 않다.

뒤에서 쾅 소리가 났다. 나는 휙 돌아섰다. 그러느라 비닐 랩에 싸인 딱딱하고 차가운 고깃덩어리를 떨어뜨렸다. 하지만 뒤엔 아무도 없었다. 그냥 문이 저절로 닫혀 있었다.

나는 고기를 줍기 위해 쪼그려 앉았다. 소시지가 선반 아래 둘둘 말은 방수포 위에 떨어져 있었다. 소시지를 집어 들자, 손가락에 방수포 위에 묻은 끈끈하고 부드러운 것이 닿았다. 나는 손을 들어 손가락을 얼굴 가까이에 대고 엄지손가락으로 끈적한 물질을 비벼보았다. 피다. 핏방울이 위 선반에서 떨어져 있다. 하지만 전부 다 단단히 얼어 있을 텐데. 안 그래?

나는 방수포 덩어리를 이리저리 만져보았다. 이건 그냥 말아놓은 방수포가 아니다……. 그 아래 뭔가 단단한 게 있다. 나는 그것을 꾹 눌러보았다. 단단하다. 하지만 조금은 들어간다. 반쯤 언…… 피처럼.

주무르던 것에서 손을 뗐다. 그 아래 뭐가 있는지 보고 싶지 않다. 내 물건들을 챙겨서 나가고 싶다. 차가운 공기 때문에 폐가 아프다. 그러나 손가락이 방수포 표면에서 얼어붙었고, 손을 비틀어 떼자 비닐이 같이 딸려왔다.

그의 눈이 나를 노려보고 있다. 뿌연 눈. 보라색 피부의 얼굴. 목 옆에 피가 엉겨 붙은 상처.

나는 비명을 지르며 문을 밀었다. 하지만 문이 열리지 않는다.

15
제임스

제임스는 완성되지 않은 6층 객실 밖에서 망설였다. 여기는 그레그가 죽은 곳이잖아. 그는 체육실에 가기 전에 먼저 8층으로 내려가 담배를 한 대 피울 생각이었다. 그러나 그러는 대신 검은 입처럼 벌어져 있는 문을 향해 걸어갔다. 다른 문은 비닐로 막아놓았다. 그러니 여기가 그레그가 마지막을 맞이한 의료실인 모양이다. 이건 정말 하고 싶지 않은 일이었다. 그는 이미 충분히 불안했고, 비키가 고약한 말로 괴롭힐 때마다 드는 그 구역질 나는 느낌 때문에 배 속은 뒤죽박죽이었다. 그렇게 독설로 가득 찬 비키를 보는 것도 꽤 오랜만이었다. 아까 미팅에서 그녀는 핏불테리어를 만난 독사처럼 캠 거스리에게 덤벼들었고, 거스리는 어떻게 반응해야 할지 모르는 모습이었다. 하지만 그게 비키다. 스트레스 때문에 독이 잔뜩 오른 것이다. 제임스는 그 반대다. 그는 모래에 머리를 파묻고 걱정거리들을 모두 차단해버린다. 그레그가 해치 코드를 가지고 보안 전문가와 설비 개발자들을 위해 마련된 지옥으로 가버린 사실로 고민하고 싶은 마음은 전혀 없었다. 게다가 공포에 떨 필요도 없다. 이곳은 한동안 자급자족이 가능하다. 앞으로 배를 곯을 일도 없고, 최악의 시나리오를 가정해서 그들의 구조신호를 아무도 못 듣는다고 해도, 머지않아 밖에 있는 누군가가 그들이 사라져 연락이 끊겼다는 사실을 알아챌 것이다. 거스리 가족은 예외라고 쳐도, 다른 가족들은 모두 부자였고 성소 밖에 그들을 그리워할 가족이나 친구가 있었다. 불행히도 제임스와 비키는 여기에 해당하지 않았다. 비키가 끊임없이 말했듯이 지금 그들이 있는 곳을 아는 사람은 아무도 없었다. 두 사람의 비서인 베네딕트는 그들이 마서즈 빈야드*에 있는 별장에 틀어박힌 줄로 알고 있을 것이다.

그는 아이폰의 조명 앱을 켰다. 바닥에는 먼지가 깔려 있고 크레오소트 포대가 구석에 쌓여 있었다. 재넥스**를 먹었더니 입이 마른다. 지금은 담배 생각도 별로 나지 않았다. 그래도 아무튼 멘솔 담배에 불을 붙였다. 희미하게 풍기는 상한 고기 냄새를 감추기 위해서다. 이건 생각지도 못했던 건데. 아마도 피 냄새일 것이다. 그레그의 피. 그는 더욱 우울해졌고, 불빛에 바닥의 검은 얼룩이 비쳐 보이자 잠시 숨을 가다듬었다. 그는 불빛을 위로 들어 올려 세라믹 욕조의 가장자리 부분을 보았다. 아직 비닐 포장에 덮여 설치되기를 기다리던 욕조에 짙은 갈색 물질이 흩뿌려져 있다. 그는 몸서리를 쳤다. 윌은 그레그가 발이 미끄러져 넘어지면서 욕조 가장자리에 머리를 세게 부딪쳐 목이 부러졌다는 식으로 말하던데, 제임스는 그 말이 미덥지가 않았다. 도대체 정확히 어디에서 발이 미끄러졌다는 거야? 욕조 주위 바닥에는 쓰레기 같은 것이 없이 말끔했다. 손으로 입을 가리고, 그는 조금씩 얼룩에 가까이 다가갔다. 그리고 현장에서 멀어지는 방향으로 찍혀 있는 번진 발자국을 보았다. 발자국은 객실의 침실 자리로, 어두운 공간을 향해 사라져갔다. 그는 발자국 옆에 자기 발을 대보았다. 시체에 발이 걸렸다던 어

* 미국의 고급 휴양지.
** 신경안정제의 일종.

린 여자아이의 발자국이라기엔 너무 컸다. 어쩌면 케이트의 것일 수도 있겠다. 타이슨의 섹시한 보모. 타이슨……. 언젠가는 해결해야 할 또 다른 문제. 그는 미팅 내내 타이슨을 노려보던 비키의 시선을 놓치지 않았다. 동시에 케이트를 향해 쏘아 보냈던 가시 돋친 시선도.

이제 됐어.

그는 담배를 끄고 꽁초를 그늘 쪽으로 던졌다. 젠장. 담배를 아무 데나 버리면 안 되는 거 아닌가. 나중에 이곳을 나가게 되면 경찰이 여기에 쫙 깔릴 텐데. 특히 그레그의 죽음이 미심쩍은 상황에서는 의심을 살지도 모르는데. 여기서 나갈 때가 됐다. 그는 계단을 내려가 체육실로 향했다. 안에서 탕탕 소리가 난다. 불규칙하게 뛰는 심장 소리 같다. 누군가 안에서 공을 튀기고 있나보다. 거스리 꼬마겠지. 그 호르몬이 철철 넘치는 여드름투성이 꼬마와 같이 체육실에서 러닝머신을 쓰는 건 말도 안 된다. 아니. 원래 계획대로 하자. 그는 수경재배실 구역에 가서 다시 담배를 피우기로 했다. 그곳이라면 화재경보가 작동하지 않는다는 걸 알고 있었고, 이미 몇 번이나 그곳에서 몰래 담배를 피웠었다. 그는 서둘러 마지막 계단을 내려갔고, 문을 밀어 연 뒤 플라스틱과 말린 사과 냄새를 들이마셨다. 적어도 이곳은 잘 정돈되어 있었다. 각 객실의 호수가 표시된 선반 위에 파스타 상자, 일반 토마토소스, 피클, 참치 통조림, 햄 같은 것들이 깔끔하게 진열되어 있었다. 잘 채워진 식품저장실도 콘도 구매의 옵션이었다. 그러나 두 사람에게 배당된 음식을 그들이 과연 먹을 일이 있을지는 의심스러웠다. 비키는 콘비프 해시를 입에 넣을 바에야 차라리 굶는 쪽을 택할 것이다. 선반 구석에는 '비상식량'도 있었는데, 냉동 건조된 채소와 불길해 보이는 포일 포장의 건조식량들이었다. 어떤 제품에도 라벨은 붙어 있지 않았다. 아마도 그레그가 어느 파산한 식품 공급업자에게서 헐값으로 사들였을 것이다. 그는 그레그가 이곳저곳에서 원칙을 어겼음을 이미 눈치채고 있었다…….

목이 졸린 듯한 비명에 그는 펄쩍 뛰었다. 온몸이 얼어붙었고, 감각은 최고 경계 태세로 곤두섰다. 그러더니 쿵쾅거리는 발소리가 들렸다. 냉장창고 쪽에서 들리는 소리 같았다. 맙소사. 그는 조심스럽게 냉장창고로 다가갔다.

"누구세요?"

"도와주세요!"

조심조심, 그는 문을 열었다. 거스리 씨네 여자아이가 품에 뛰어들더니 흠칫 놀라며 뒤로 몇 걸음 물러섰다.

"왜 그래?"

소녀는 다시 그에게 세게 안겼다. 몸을 떨고 있었다. 그는 소녀를 떼어놓고 몇 걸음 뒤로 물러섰다. 소녀의 얼굴이 빨갛게 달아올랐고 눈물과 콧물로 범벅이 되어 있었다.

"저는…… 저는 저 안에 영원히 갇히는 줄 알았어요."

소녀는 손등으로 콧물을 훔치며 흐느꼈다.

"저 안에서 뭘 하고 있었는데?"

"음식을 가지러 왔어요. 고기요. 그러다가…… 그러다가…… 봤어요."

"뭘?"

"그레그 아저씨요."

"그레그가 저기 있다고?"

하긴 달리 어디에 보관하겠는가? 그는 흥미를 느끼며 안쪽을 들여다보았다. 한눈에 봐도 시체로 보이는 것이 방수포에 싸여 있고, 그 위에 립아이 스테이크 팩이 놓여 있었다. 지나가 떨어뜨린 것이었다. 고맙게도 시체는 뚜렷이 보이지 않았고, 다만 부스스하게 헝클어진 머리카락에 작은 얼음 조각이 붙어 반짝거리는 것만 보였다. 그는 문 뒤쪽을 살폈다.

"자, 지나. 여길 보면 손잡이가 있지. 넌 갇혔던 게 아니야."

"어, 저기, 전 보고 싶지 않아요."

그녀는 고개를 저으며 다시 손으로 얼굴을 훔쳤다. 끈끈한 액체가 뺨 위에서 줄무늬를 이루며 반짝거렸다. 그는 아무래도 없을 것 같지만 휴지를 찾기 위해 주머니를 뒤졌다. 역시 없었다. 그는 냉장고 옆에 산더미처럼 쌓인 화장실용 두루마리 휴지를 조금 뜯어 소녀에게 건넸다.

"이리 와. 내가 너희 방까지 데려다줄게."

"안 돼요! ……저기, 저는, 이런 모습을 엄마에게 보여줄 수 없어요."

제임스는 소녀를 나무랄 마음이 없었다. 아직까지 보니 거스리와 제대로 얘기를 나눠본 적은 없었지만, 얼핏 본 모습만으로도 그 여자는 충분히 섬뜩했다.

"그럼 오락실에 갈래?"

"저…… 글쎄요. 일단 먼저 씻어야 할 것 같아요."

"그럼 가자. 우리 방에 가서 씻어."

아이의 얼굴이 밝아졌다.

"정말요? 감사합니다, 매덕스 씨."

"제임스. 내 이름은 제임스야."

살짝 미소가 스쳤다.

"알아요."

비키가 좋아하진 않겠지. 하지만 닥치라고 해. 우리가 여기 얼마나 오래 갇혀 있을지는 신만이 아실 일이다. 적어도 이웃과 가깝게 지내는 척 정도는 해야 한다.

두 사람은 말없이 계단을 올랐다. 체육실에서 나던 탕탕 소리가 멎었다. 브렛이든 누구든 체육실을 나간 모양이었다.

그는 엄지손가락을 패드에 대고 지나에게 들어오라고 손짓을 했다.

"제임스? 당신이야?"

비키가 실크 기모노의 허리띠를 두르며 침실에서 나오면서, 제임스의 뒤에 서 있는 지나를 보고 눈을 깜박였다.

"손님이 왔어."

그는 비키가 한바탕 쏟아붓기 전에 먼저 말했다. 비키의 동공이 팽창되어 있었다. 또 발륨*을 먹었나보군. 다행이다. 저 여자의 신경이 좀 무뎌졌겠구나. 제임스는 종종 아침마다 자연식 시리얼 위에 발륨을 솔솔 뿌려주면 어떨까 생각하곤 했다.

"어머나, 정말 반가워."

비키가 말했다. 표정은 정반대이면서.

"지나가 좀 놀랐어."

"뭐에 놀라?"

"냉장고에 갇혀 있었거든. 그레그의 시체와 함께."

비키가 이 말을 소화하는 동안 길고 긴, 거의 영겁의 시간이 흘렀다. 그러다 비키가 입을 열었다.

"그레그의 시체를 냉장고에 넣어뒀다고?"

"그래."

"음식이랑 같이?"

---

* 진정제의 일종.

제임스는 역겨움에 잔뜩 찡그린 아내의 얼굴을 보고 웃음을 터뜨릴 뻔했다. 쇠고기 옆에 시체를? 맙소사, 아직도 끝난 게 아니란 말이야?

"달리 어디에 두겠어, 그럼?"

제임스는 지나가 있는 쪽으로 고개를 돌렸고, 비키는 '손님이 있었지, 참' 하는 표정을 지었다.

"안됐다, 지나."

그녀가 평온한 목소리로 말했다.

"굉장히 끔찍했겠네. 내가 달콤한 차를 좀 가져다줄까? 놀란 마음을 진정시키는 데 좋은 차야."

"네, 감사합니다, 부인."

제임스는 지나를 거실로 데리고 갔다. 지나는 주위를 돌아보며 손가락으로 소파의 등 뒤쪽을 쓸어보았다.

"여긴 참 좋네요. 선택하신 색상이 마음에 들어요."

제임스는 지나에게 어정쩡한 미소를 지었다. 비키는 이곳의 색상이 자신이 옵션으로 선택한 색상이 아니라며 몇 시간이나 불평을 쏟아냈었고, 의자에 진짜 소가죽이 아니라 인조가죽을 씌웠다며 징징거렸다. 지나는 교회에 온 것처럼 새침하게 자리에 앉아 손을 무릎 위에 곱게 올려놓았다. 클로뎃이 킁킁거리며 지나에게 다가가 발 냄새를 맡았고, 고맙게도 지나가 쓰다듬어도 손가락을 깨물지 않았다.

"TV 좀 켜줄까, 지나?"

"네, 고맙습니다."

그는 TV의 스위치를 켜고 지나에게 리모컨을 건네준 뒤 머뭇거리며 슬며시 부엌으로 들어갔다. 비키는 선반 문을 쾅쾅 여닫고 있었다.

"도대체 무슨 생각으로 재를 여기 데려온 거야? 나 기분 안 좋은 거 알면서."

비키가 씩씩거렸다.

"애가 많이 놀랐더라고."

그는 유리컵에 사과주스를 따라 벌컥벌컥 들이켰다.

"그런데 거기에서 뭘 하고 있었던 거야? 체육실에 가는 건 줄 알았는데."

제임스는 죄지은 사람처럼 손가락으로 주머니 안의 담뱃갑을 어루만졌다.

"그랬어. 그런데 아래층에 내려간 김에 식료품을 확인해야겠다고 생각한 거지. 우리가 가져 온 렌즈콩이랑 비상식량을 뜯어야 할 때까지 얼마나 남았나 보려고."

"그런 일은 일어나지 않아, 제임스."

그녀는 코웃음을 쳤다.

"백신이 잘 듣는 것 같던데. 오늘 아침 뉴스에 크게 나왔어. 다 끝나간다고."

"바이러스가?"

"그래, 바이러스. 그거 말고 뭐가 끝나겠어."

"그렇군. 하지만 비키…… 우린 여기 갇혀 있다고. 기억나?"

"웃기지 마. 분명히 해치를 우회하는 출구가 있을 거야. 여기에 몇 주 동안이나 갇혀 있진 않을 거라고. 안 그래?"

"당신 말이 맞겠지."

"내 말은 항상 맞아, 제임스."

그녀는 희미하게 미소를 지으며 말했다.

"머그 좀 갖다 줄래?"

그는 선반을 뒤졌지만, 그릇들은 거의 다 개수대 안에 쌓여 식기세척기에 들어가기만을 기다리고 있었다. 그들이 평민처럼 직접 집안일을 해나가야 한 지는 꽤 되었다. 아, 그런 생각도 든다. 어쩌면 가정부 마리벨이 두 사람이 실종됐다고 신고할지도 모르겠다. 원래는 마리벨에게 도시를 떠난다고 이메일로 알릴 생각이었다.

"괜찮으시면 제가 설거지 해드릴게요."

지나가 어느새 그들 뒤에 와 있었다.

"고맙지만 괜찮아. 우리도 식기세척기 쓰는 법은 아니까."

비키가 냉랭하게 말했다.

"해드리고 싶어요, 부인. 우리 집에서 집안일은 전부 제가 하는걸요."

"전부 다?"

"네. 요리도요."

"오빠가 도와주지는 않고?"

"안 도와줘요."

비키의 표정이 부드러워졌다. 그러나 그녀가 대답하기 전에 클로뎃이 깽깽 짖으며 문으로 달려갔다.

"왜 그러니, 아가?"

비키가 달랬다.

바깥 복도에서 큰 목소리가 들렸다. 남자의 목소리다. 이건 또 뭐지?

"아빠가 오셨나봐요."

지나가 말했다.

"아빠는…… 아빠는 내가 엄마를 돌보지 않아서 화가 나셨나봐요."

비키가 발끈했다.

"네가 여기 있는 걸 네 아빠가 알 필요는 없어. 제임스, 당신이 나가서 무슨 일인지 봐봐."

제임스가 문을 여니 계단 앞에서 브렛, 캠, 윌이 논쟁을 벌이고 있었고, 브렛이 소리를 지르고 있었다.

"……그건 단하우저 집 문을 열 때 했었어야죠."

"그래. 그런데 그렇게 안 했어. 그래서 지금 후회하고 있다."

윌이 되받아쳤다.

"뭐야?"

비키가 제임스의 뒤에서 물었다.

"별것 아닌 것 같아. 당신은 지나랑 같이 있어. 내가 나가볼게."

비키가 뭐라 따지기 전에, 그는 복도로 나가 문을 닫았다. 비키가 캠 거스리와 맞닥뜨리는 건 정말이지 다시는 보고 싶지 않았다.

제임스는 계단실 앞에 서 있는 남자들에게 다가갔다.

"무슨 문제라도 있나요?"

브렛과 캠이 제임스를 돌아보았다. 얼굴이 붉었다.

"우리가 처리 못 할 일은 없습니다."

캠이 거친 목소리로 말했다.

"이 아저씨한테 물어보세요, 아버지. 어떻게 생각하는지 물어보자고요."

브렛이 제임스를 턱으로 가리키며 말했다.

"내가 뭘 어떻게 생각하는데?"

"윌 아저씨 말은, 그레그의 시체를 그레그의 객실까지 끌고 올라와서 잠긴 문을 열고 위성전화기를 꺼내오자는 거예요."

윌은 한숨을 쉬며 손으로 얼굴을 문질렀다. 그의 눈은 푹 꺼져 있었다.

"그런데 뭐가 문제야?"

제임스는 이미 머릿속으로 허리가 아프다거나 예전에 운동을 하다 다쳤다거나 하는 식으로 그 특별한 노동을 도울 수 없다는 변명을 꾸며내고 있었다. 반쯤 언 시체를 끌고 8층 계단을 오르내리는 일을 돕고 싶은 마음은 전혀 없었다.

브렛은 톱니 모양의 날이 달린 칼을 허리의 칼집에서 꺼내며 말했다.

"저는 더 쉬운 방법이 있다고 말하는 중이고요."

제임스는 역겨움을 감추려고 애썼지만 소용없었다.

"지금 엄지손가락을 자르겠다는 거냐?"

"브렛의 말이 옳아요, 윌."

캠은 제임스를 무시하고 말했다.

"그레그는 죽었어요. 어차피 차이도 못 느낄 겁니다."

"시신을 훼손할 수는 없어요, 캠. 그건 옳지 않아요."

윌이 말했다.

"그럼 혼자 짊어지고 올라와보시죠. 얼마나 버티실지 보자고요. 그레그는 100킬로그램도 넘을걸요."

브렛은 비웃는 표정으로 제임스를 아래위로 훑어보았다.

"이 아저씨도 데려가서 도와달라고 하세요."

그런 일이 있어서는 안 된다. 제임스는 재빨리 머리를 굴렸다.

"윌…… 생각해보니, 그레그를 군이 여기까지 끌고 오는 건 말이 안 되는 것 같아요. 게다가, 지금쯤이면 사후경직도 시작됐을 겁니다. 그럼 시체를 움직이는 게 거의 불가능할지도 몰라요."

제임스는 지금 자기가 하는 말이 맞는지 틀리는지도 아무 생각이 없었다.

"저 사람이 제대로 짚었어요, 윌."

캠이 말했다. 그는 제임스에게 고개를 끄덕여 감사의 뜻을 표했고, 여기에 살짝 들뜬 기분을 느낀 제임스는 스스로에게 혐오감이 들었다.

윌은 체념한 듯 고개를 저었다. 더 이상 맞설 힘이 없는 것 같았다.

"그럼 갑시다. 할 거면 얼른 하고 끝내버리죠. 하지만 경찰이 오면 당신들이 설명해야 합니다."

"그건 문제없어요."

캠이 말했다.

"지금은 비상상황이에요. 경찰도 이해할 겁니다."

제임스는 정말이지 그들과 합류하고 싶은 마음이 없었다. 그러나 캠과 브렛이 뒤를 지키고 서서 그에게 앞장서라는 제스처를 취했다. 제임스가 앞으로 나서자 캠이 그의 어깨를 툭툭 쳤고 브렛마저도 같은 편이라는 듯 고개를 끄덕여 보였다. 제임스는 윌과 눈을 마주치려 했지만, 윌은 그의 시선을 피했다. 꼴좋다. 말 한마디로 이 망할 모임에서 유일하게 제정신인 사람을 따돌리고 구원파 회원들과 한 패가 되다니.

저장실에 도착하자 브렛은 성큼 앞장서더니 곧장 냉장고로 향했다. 그는 문을 홱 젖혀 열고 업소용 크기의 이탈리안 토마토소스 캔을 꺼내 문에 고였다.

"밑져야 본전이에요."

브렛은 여느 때의 그 비열한 미소를 지었다. 윌은 등을 돌렸고, 제임스도 등을 돌리지 않기 위해 가지고 있던 모든 의지를 끌어모아야 했다. 어떤 이유에서인지 거스리 부자를 꼭 봐야만 할 것 같았다. 이를테면 악어와 씨름을 한다거나 하는 남자들의 일을 하는 대신 사무실에서 시간을 보내는 그였지만, 그도 거스리 부자처럼 남자임을 느끼고 싶었던 것이다.

브렛이 방수포를 찢었다. 반쯤 언 피가 그레그의 머리와 얼굴에 온통 엉겨 붙어 있는 것을 보자 제임스는 자신도 모르게 몸을 움찔했다. 브렛은 칼을 들고 시체 옆에 주저앉았다.

마지막 순간에 제임스는 고개를 돌렸다. 칼이 사각사각거리다가 빠드득 하고 뼈가 부서지는 소리가 났고, 브렛이 승리에 찬 함성을 질렀다. 제임스의 눈동자가 돌아가면서 가슴이 조여들었다. 결국 그는 아까 마셨던 사과주스를 게워냈다.

16
재이

재이는 산처럼 쌓아올린 밀폐용기들을 품에서 떨어뜨리지 않으려고 안간힘을 쓰며 엄마를 따라 계단을 내려갔다. 쇠고기 라자냐, 양배추 김치(이곳에 올 때 군부대에 공급해도 충분할 정도로 많이 싸 오셨다), 딸기 치즈케이크를 단하우저 씨 댁에 가져다주려는 것이다. 재이는 이런 심부름은 별로 하고 싶지 않았다. 제어실에 있다가 화장실을 쓰려고 방에 들른 길에 엄마한테 붙잡혔는데, 어떤 핑계도 통하지 않았다. 재이는 왜 아빠는 같이 안 오시는지 의문을 품지 않았다. 아빠의 눈빛이 꼭 자동차 헤드라이트에 비친 토끼의 눈빛 같았던 것이다. 엄마와 함께 사회 활동이나 학교 모임에 참여하기 위해 집 밖으로 나가야 할 때도 그런 눈빛이었다. 아빠를 안전한 공간에서 끌어내는 건 아빠에겐 거의 세상 종말과 맞먹는 일이었지만, 결국 아파트의 벽 네 개를 성소의 벽으로 바꾼 것에 불과했다.

"나 진짜로 가야 돼요, 엄마? 난 저기…… 제어실에서 할 일이 있단 말이에요."

그래. 중요한 일이지. 지난 두 시간 동안 한 일이라고는 노트북으로 '피라미드' 게임을 하고 일기를 쓴 것밖에 없지만.

엄마는 걸음을 멈추고, 잠시 숨을 고르려는 듯 손으로 벽을 짚었다. 겨우 2층을 내려왔을 뿐인데 숨을 헐떡였다.

"엄마? 괜찮아요?"

엄마는 몸을 살짝 굽히고, 다른 손을 배 위에 올렸다.

"그래. 괜찮아. 장염기가 조금 있는 것 같아. 괜찮아."

"정말요?"

"응."

엄마는 어깨너머로 돌아보며 재이에게 용감한 미소를 지었다.

"오래 걸리지 않을 거야. 잠깐 들렀다가 다시 제어실로 가렴. 단하우저 씨를 좋아하는 줄 알았는데?"

"뭐, 좋아하긴 해요."

재이는 솔직히 그 할아버지를 어떻게 생각해야 좋을지 모르겠다. 제어실에 함께 있는 동안에 레오는 재이에게 별로 말을 걸지 않았다. 레오는 기본적으로 손으로 하는 일에 익숙했고 그건 재이와 잘 맞았다. 게다가 레오는 전문가였다. 무선 신호를 다시 전송하는 데 채 5분도 걸리지 않았는데, 정말 인상적이었다. 그러나 그와 동시에 그에게는 뭔가 으스스하고 오싹한 면이 있었다. 레오를 보면 예전 〈엑스맨〉 영화에서 매그니토 역을 맡았던 배우가 떠올랐다. 이 얘기도 스크러피와 하면 재밌을 텐데. '이봐, 스크러피, 나 여기에 시골뜨기 노동자들이랑 죽은 '익스펜더블'이랑 찰스 자비에의 천적하고 같이 갇혀 있어.' 하, 이런 씨발.

단하우저 씨의 객실 문은 열려 있었다. 낡을 대로 낡은《다락방의 꽃들》책이 문틈에 끼워져 있었다. 분명 트루디의 책일 것이다. 트루디와는 얘기를 많이 나눠보지 않았다. 트루디는 주로 월과 같이 있을 때가 많았고, 한 번은 엄마에게 무슨 얘기를 하러 방에 온 적이 있었다.

문이 열려 있었지만 엄마는 아무튼 노크를 했고, 잠시 후 트루디가 문을 활짝 열었다.

"트루디? 캐럴라인이 좀 어떤지 보러 왔어요."

엄마가 미소를 지으며 말을 이었다.

"괜찮아요? 나중에 다시 올 수도 있어요."

"아, 아니에요. 지금도 괜찮아요. 들어오세요."

단하우저의 객실 안에서는 수프 냄새가 났다. 늙은이들이 연상되는 냄새다. 재이는 밀폐용기들을 부엌 카운터에 조심스럽게 내려놨다. 트루디가 표정 없는 눈으로 두 사람을 바라봤다.

"요리할 기분이 아닐 것 같다는 생각이 들어서요."

재이의 엄마가 밀폐용기 하나를 두드리며 말했다.

"이건 김치예요. 남편의 특별 요리죠."

트루디의 표정이 풀렸다.

"아, 정말 친절하시네요. 고맙습니다."

재이는 트루디의 팔에서 시선을 뗄 수 없었다. 팔의 살갗 아래로 혈관이 하나하나 다 들여다보였다. 그녀는 심각할 정도로 말랐다. 꼭 암 환자 같다.

레오가 침실에서 나왔다.

"와주시다니 고맙군요, 스텔라."

그는 재이에게도 살짝 고개를 끄덕여 인사를 했다.

"캐럴라인은 좀 어때요?"

엄마가 물었다.

"여전히 걱정스럽습니다. 이쪽으로 들어오세요."

스텔라는 레오를 따라 방으로 들어갔고 재이는 트루디와 단둘이 남았다. 이제 갈 시간이다.

"그럼 이제 저는 가볼까 하는데……."

"난 요리를 못 해."

트루디가 가스레인지 위에서 끓고 있는 냄비를 가리키며 불쑥 말했다.

"완전 끔찍한 수준이야. 내가 만드는 건 전부 똥 맛이 나."

재이는 웃었다. 트루디 같은 여자가 이런 말을 하리라고는 상상도 못 했다.

"저도 요리 잘 못 해요. 아빠가 가르쳐주려고 했었는데, 전 도저히 못 하겠더라고요."

"우리를 생각해주시다니 너네 부모님은 참 친절하시다."

트루디는 눈을 깜박였다. 눈에 눈물이 고여 있는 게 보였다.

"아, 저기…… . 미안해요."

트루디는 성이 난 듯 눈물을 훔치고 재이에게 살짝 미소를 지었다.

"아니, 내가 미안해. 왜 눈물이 나는지 모르겠네. 아마……
아마도 엄마가 걱정돼서 그런가봐."

"네. 저도 그게 뭔지 알아요."

그리고 아무 이유도 없이 재이는 트루디에게 부모님에 대한 이야기를 시작했다. 엄마의 건강이 안 좋은 것. 집에 틀어박혀 지내려고만 하는 아빠의 기이한 행동들.

트루디는 남의 이야기를 잘 듣는 사람이었다. 재이는 트루디가 자신이 말하는 것을 정확히 이해한다는 느낌을 받았다.

"쉽지 않은 일이야."

트루디가 말했다.

"우리 엄마는 끊임없이 보살펴드려야 해. 엄마는 혼자 계시는 걸 좋아하지 않아. 그러다 보니 아무래도 좀 힘들지. 이 안은 그냥 이 자체로도 밀실공포증이 느껴지는 구조야. 오늘 아침엔 엄마를 혼자 두고 밖에 나갔었는데…… 나중에는 그것 때문에 죄책감이 느껴지더라고."

"원하시면 제가 여기 와서 도와줄게요."

재이는 깊이 생각도 않고 불쑥 말했다.

"어쩌면 부인 옆에 같이 앉아 있어줄 수도 있고요. 책을 읽어 드릴 수도 있고."

"네가 그렇게 해주겠다고?"

"물론이죠. 책은 엄청나게 다운로드받아 왔는걸요."

대부분은 조 애버크롬비*지만, 혹시 알아. 저 할머니가 서사 판타지 문학을 좋아할 수도 있잖아.

"엄마는 로맨스 소설을 좋아하셔."

그럼 엄마 전자책 단말기를 빌려 와야겠다. 엄마 거에는 그런 게 잔뜩 있었다.

"문제없어요."

"고마워, 재이. 참 친절한 아이구나."

그는 얼굴이 벌겋게 달아오르는 것을 느꼈다.

"정말 괜찮아요."

트루디가 입을 열어 무슨 말을 하려고 할 때 문에서 노크 소리가 들렸다. 윌이었다.

"들어가도 괜찮아요?"

"물론이죠."

트루디는 목 언저리를 만졌다. 입가에서 자잘한 미소가 춤을 췄다.

재이는 윌의 모습을 보고 깜짝 놀랐다. 완전히 형편없었다. 어디가 아프거나 그런 모양이었다.

* 영국의 판타지 소설가 겸 영화감독.

"여기 레오 있어요, 트루디?"

"지금 엄마랑 박 선생님이랑 같이 계세요. 얘기 중이신데. 그 냥 저한테 말씀하세요. 아빠를 방해하고 싶지 않아서요."

트루디는 유혹이라도 할 것 같은 눈빛으로 윌을 바라보았다. 냉정하게 구세요, 트루디. 재이는 그렇게 말하고 싶었다. 윌에 대해서는 잘 알지 못했지만, 전에 케이트에게서 윌이 유부남이 고 아내는 아프다고 들은 적이 있었다.

윌의 시선이 재이에게 향했다.

"너 혹시 좀 도와줄 수 있니?"

"네. 뭔데요?"

"그레그의 객실을 확인하려고 해. 위성전화기도 찾을 수 있 는지 보고. 노트북 컴퓨터를 찾으면 시스템에서 해치를 무력화 시킬 수 있는지 그런 것도 좀 확인하고. 그런 걸 도와주기에는 네가 적임자잖아."

재이는 그만 웃음을 터뜨릴 뻔했다. 레오와 엄마 아빠를 제외 하고 거의 모두가 재이를 무슨 해커 같은 사람이라고 생각하는 것 같았다. 그냥 게임에 빠진 꼬마일 뿐인데. 솔직히 말하자면 재이는 사람들의 그런 생각에 맞장구를 쳐왔다. 특히 지나와 케 이트 앞에서는 더욱. 아무튼 윌과 같이 못 갈 이유가 뭔가? 달 리 할 일도 없는데.

"좋아요."

"나도 갈게요."

트루디가 말했다.

윌은 잠시 그녀를 보다가, 고개를 끄덕였다.

"좋아요. 고맙습니다."

트루디가 외쳤다.

"아빠? 저 나가요."

트루디와 재이는 윌을 따라 복도로 나섰다. 좋았어. 사이코 소년과 그의 아버지가 복도에서 기다리고 있었다. 그 옆에는 제임스 매덕스가 있었는데, 창백한 얼굴로 땀을 흘리면서 계속 손으로 입을 훔치고 있었다.

"레오를 데려오는 줄 알았는데?"

캠이 트루디에게 노골적으로 혐오감을 드러내며 툴툴거렸다.

"부인과 같이 있습니다. 대신 트루디와 재이에게 와달라고 부탁했죠."

"멋지군요."

브렛이 중얼거렸다.

재이는 브렛을 무시하고 윌을 돌아보았다.

"그레그의 객실은 잠겨 있는 줄 알았는데요?"

브렛이 씩 웃었다.

"그랬지. 하지만 열쇠를 찾았어. 어이, 재재…… 받아!"

브렛이 작은 물건을 던졌고 재이는 반사적으로 허공으로 손을 뻗어 그것을 잡았다. 자기 손바닥에 놓인 것이 무엇인지 내려다보자 폐 안에서 공기가 전부 빠져나가는 기분이 들었다. 엄지손가락은 푸르뎅뎅한 회색이었고, 잘린 단면에는 엉겨 붙은 검은 피와 노란 연골이 보였다. 관절 아래쪽 부분은 가느다란 검은 털로 덮여 있었다. 그레그의 엄지손가락……. 그는 지금 빌어먹을 그레그의 엄지손가락을 들고 있는 것이다. 재이의 입에서 변변찮은 비명이 새어나왔고, 들고 있던 손가락이 바닥에 떨어졌다. 트루디가 헉 하고 숨을 들이마셨다.

겁쟁이. 브렛은 입술만 움직여 말하고는 몸을 숙여 손가락을 주웠다.

"너 정말 역겹다."

트루디가 말했다. 브렛도 아버지처럼 트루디를 무시했다.

"그만해, 브렛. 이러고 있을 시간이 없다."

윌이 쏘아붙였다. 지금껏 볼 수 없었던 새로운 모습이었다. 엄격하고, 단호하고, 거스리 부자에게 맞설 수 있는 용기 있는 모습. 미팅에서의 조용하고 침착하던 남자와는 딴판이다. 브렛은 얼굴을 붉혔다. 좋았어.

사람들이 계단을 오르는 동안 재이는 조금 뒤처져서 손을 바지에 문질러 닦았다. 엄지손가락이 살갗에 닿았을 때의 그 차가운 고무 같은 느낌을 머릿속에서 밀어내려 열심히 애를 썼다.

"자, 이제 한번 해봐."

그레그의 객실에 도착하자 윌이 브렛에게 말했다.

브렛은 재이를 향해 능글맞게 웃으면서 엄지손가락을 문의 잠금장치 패널에 갖다 댔다. 아무 반응이 없었다.

"다시 해봐. 그걸……." 트루디는 몸서리를 쳤다. "손가락을 좀 녹여봐."

"아, 이런 제기랄."

제임스는 고개를 돌렸다.

브렛은 손을 컵처럼 둥글게 모아서 엄지손가락에 날숨을 불었다. 재이는 고개를 돌렸다. 지금 웃고 싶은 건지 소리를 지르고 싶은 건지 아니면 토하고 싶은 건지 알 수가 없었다.

브렛이 손가락을 더 세게 눌렀다. 엄지손가락 끝 관절이 구역질이 날 정도로 크게 꺾였다. 마침내 딸깍 소리가 나고 잠금장치가 풀렸다.

브렛이 막 들어서려는데 윌이 그의 팔을 잡았다.

"여기부터는 우리가 맡으마. 너는 아버지랑 같이 가서 뭘 좀 먹어."

브렛은 어깨를 으쓱해 팔을 빼냈다.

"우리를 따돌리려고요? 나랑 아빠가 아니었으면 아예 들어가지도 못했을 텐데요."

윌이 고개를 끄덕였다.

"그건 알아, 브렛. 너와 네 아버지가 도와주신 것에 감사한다. 하지만 객실을 수색하는 데 네 명이나 필요하진 않아."

캠은 윌을 신중하게 노려보았다. 이 둘 사이에 무슨 일이 있었던 모양이다.

"좋아요. 가자, 브렛."

"하지만, 아빠! 저 중국 놈은 들어가고 저는 못 들어가요?"

브렛이 징징거렸다.

"잘 하는 짓이다. 진상의 끝이군."

재이는 제임스처럼 웅얼거렸다.

"얼른 따라와, 브렛. 가서 뭘 좀 먹자. 뭔가 발견하면 우리에게도 알려주시겠죠, 윌?"

캠의 말이 어쩐지 협박처럼 들렸다.

"그럼요."

네 사람은 캠과 브렛이 계단을 내려갈 때까지 기다렸다가 그레그의 객실에 들어섰다.

"이야." 제임스가 휘파람을 불었다. "완전 쓰레기장이네."

방 안 공기는 퀴퀴했고 더러운 양말 냄새가 났다. 거실과 부엌에는 가구가 별로 없었다. 카펫에는 진흙 발자국이 찍혀 있었고, 개수대에는 설거지 안 한 그릇들이 수북했다. 그리고 이 객실은 마감 자체가 안 된 상태였다. 눈높이의 찬장이 있어야 할 곳 벽에는 연필로 줄이 그어져 있었다. 그레그의 방이 이렇게 난장판인 건 예상 밖의 일이었다. 재이는 그레그가 극도로 꼼꼼한 군인 스타일의 사람일 거라고 생각했었다.

제임스는 곧장 싱크대의 수도꼭지를 틀고는 입을 대고 물을 마셨다. 윌과 트루디는 벌써 소파 위의 쓰레기 더미를 파헤치고 있었다.

"재이. 그레그의 침실에 가서 위성전화기나 장파 무전기 같은 게 없는지 확인해주겠니? 제임스는 부엌을 확인해주겠어요?"

제임스가 트림을 하며 말했다.

"좋아요."

재이는 누런 종이들이 삐져나온 쓰레기봉투 두 개를 넘어 침실로 들어갔다. 방 안에 침대나 옷장 같은 것은 없었고 맨바닥 위에 매트리스가 덩그러니 놓여 있었다. 바닥에는 옷 무더기와 종이들이 널브러져 있었다. 재이는 옷가지들을 들춰보았다. 대부분은 땀내에 절어 있었다. 맙소사. 그레그는 정말 지저분한 게으름뱅이였구나. 재이는 녹슨 사냥용 칼과, 2007년부터 발간된 《건스 앤 아모》*와 《플레이보이》를 찾아냈다. 다시 부엌 쪽으로 고개를 돌리자 제임스가 싱크대 주변 찬장들을 뒤지고 있었다. 반쯤 비운 올드 그랜대드** 병이 옆 바닥에 놓여 있었다.

윌은 소파의 쿠션을 뒤지다가 고개를 들었다.

"재이, 뭐 좀 찾았어?"

"아뇨. 안타깝게도."

"젠장."

윌은 카운터 위에 세워놓은 모니터를 가리켰다.

* 무기류를 다루는 잡지.
* 버번위스키의 일종.

"컴퓨터나 켜보는 게 어때?"

"알겠어요."

재이는 의자 위에 구겨져 돌돌 말린 평면 배치도를 치우고 자리에 앉아 컴퓨터를 켰다.

"이봐요, 윌. 뭐 좀 물어봐도 돼요?"

제임스가 불렀다.

"물론이죠."

"정말로 그레그가 사고를 당한 거라고 생각해요?"

"왜 그런 걸 묻습니까?"

"아래층 공사 중인 객실에 갔었어요. 그레그가 그렇게 된 곳에요. 거기 발자국이 찍혀 있던데요."

재이는 몰랐던 사실이다. 그는 윌과 트루디의 반응을 살펴보기 위해 의자를 돌렸다.

윌은 손으로 얼굴을 비비면서 트루디와 눈빛을 교환했다.

"네, 나도 봤어요. 트루디도 봤고."

"케이트의 발자국인가요?"

"모릅니다."

"발자국이 아주 작던데."

제임스가 딸꾹질을 했다.

"시체에서 멀어지는 방향으로 나 있는 것 같았어요. 그래서 물어보려고……."

"누군가가 그레그를 죽였다고 생각하세요?"

재이가 끼어들었다.

윌은 한숨을 쉬었다.

"그냥 넘어져서 머리를 부딪친 것보다는 그쪽이 더 가능성이 크겠지. 그 안은 매우 어두웠을 거야."

218

"그렇게 생각해요?"

제임스가 말했다.

"그레그가 도대체 뭐에 발이 걸렸다는 건지 찾을 수가 없더라고요. 바닥에 아무것도 없던데요."

재이는 스크러피와 이 얘기를 하고 싶었다. 걔는 이런 식의 음모론을 좋아하는데.

"그런데 그레그가 죽기를 바라는 사람이 누가 있을까요?"

"그 말이 맞아."

윌이 말했다.

"그는 우리 모두에게 필요한 사람이었어. 그레그는 이곳의 운영자니까. 아니 운영자였으니까."

제임스가 뭔가 말하려고 입을 열었지만, 윌이 손을 들어 막았다.

"이 얘기는 나중에 하죠. 일단 문을 열고 밖에 나가면 경찰이 처리할 겁니다. 컴퓨터는 좀 어때, 재이?"

재이는 화면을 내려다보았다.

"암호가 걸려 있어요."

"풀 수 있어?"

"영화에서처럼요?"

카메라가 아래위로 핑핑 회전하는 동안 매우 빠르게 타이핑을 하는 장면이 머릿속에 떠올랐다.

"할 수 있겠어?"

그걸 내가 어떻게 아냐고요.

"음……. 그레그에게 부인이 있었나요?"

"그건 왜?"

제임스가 웅얼거렸다. 위스키 병에 들어 있던 위스키가 눈에

떡게 줄어 있었지만, 제임스가 그걸 들고 마시는 건 보지 못했다. 아마 저 사람은 술 마시는 기술에 있어서는 닌자의 능력을 지닌 모양이다.

"아내 이름을 암호로 쓸 수도 있잖아요."

"부인은 없어."

윌이 말했다.

"여자 친구는요?"

"내가 아는 바로는 없어. 지난 4, 5년 동안 그에겐 여기 성소가 인생의 전부였지."

"좋아요. 그럼 뻔한 걸 시도해보죠."

재이는 'TheSanctum'*을 입력했다. 틀렸다. 다음으로는 'Sanctum'을 쳤다. 이것도 땡.

"계속해봐."

"그레그의 생일은 언제예요?"

트루디가 물었다.

윌은 잠시 기억을 더듬었다.

"4월이에요. 4월 1일. 그래서 그걸로 항상 농담을 하곤 했죠."

"몇 년도요?"

"음…… 1965로 해봐. 그 근처일 거야."

"아뇨. 여전히 안 열리네요. 다른 아이디어 없어요?"

윌이 한숨을 쉬었다.

"제임스, 주위를 좀 찾아봐주겠어요? 그레그가 암호를 어딘가에 적어놨을지도 몰라요."

---

* 성소를 뜻한다.

"어딜 찾아요?"

순간 재이는 윌이 폭발할 것이라 생각했다.

"제길. 그건 나도 몰라요. 공책이나 그런 데겠죠."

"알겠어요, 알겠어."

제임스가 웅얼거리며 위태롭게 비틀대는 걸음으로 거실로 향했다. 팔 아래에는 위스키 병을 끼고 있었다. 그는 띄엄띄엄 바닥에 놓여 있는 비닐봉지에서 쏟아져 나온 종이들을 들췄다.

"잠깐. 1984로 해봐."

"왜요?"

트루디가 물었다.

"그냥 해봐."

재이는 윌의 말을 따랐다.

"이것도 아닌데요."

"알았다. 그럼 일단 놔두고 제임스를 도와주거라. 트루디와 나는 객실의 나머지 부분을 찾아볼게."

윌은 서둘러 침실로 향했고 트루디가 윌의 뒤를 바짝 쫓았다.

"이봐, 재이. 저 두 사람이 서로 홀딱 반한 거 같지 않냐?"

제임스가 말했다.

"트루디랑 윌이요?"

"그래. 항상 붙어 다니잖아. 안 그래? 론 레인저와 셜록 본즈*처럼."

제임스가 숨을 죽이고 낄낄거렸다.

"두 사람 괜찮은 것 같은데요."

"그야 그렇지."

---

* 개가 탐정으로 나오는 일본 만화.

221

당황한 재이는 다시 키보드로 고개를 돌리고 즉흥적으로 'Sanctum1984'라고 입력했다.

"이야, 세상에."

재이는 놀라 숨을 들이쉬었다. 암호를 푼 것이다! 데스크톱의 배경화면으로 계곡을 올려다보는 수사슴 사진이 뜨고, 그 위로 폴더 아이콘들이 뿌려졌다. 폴더 중 일부는 여기 사람들의 이름으로 폴더명이 지정되어 있었다. 재이의 이름도 있었다. 재이는 호기심에 거스리 폴더를 열고 마우스를 스크롤했다. 폴더 안에는 '출생신고서', '은행 입출금 내역서' 같은 수많은 하위폴더들이 있었고, 심지어는 '학교 성적표'라는 폴더까지 있었다. 그는 '브렛' 폴더를 열어보고, 브렛의 중학교 성적이 하위 1.2퍼센트라는 것을 확인하고는 짜릿한 만족감을 느꼈다. 그 자식이 멍청이인 건 이미 알고 있었다고. 사진이 든 폴더들도 있었다. 농장의 옥외지에 있는 트레일러를 찍은 항공사진과, 쇼핑몰처럼 생긴 교회에서 거스리 가족이 나오는 사진 같은 것이 있었다. 이 사진에서 지나는 미소를 짓고 있다. 머리카락은 지금보다 길어서 어깨 위로 드리우고 있다. 귀엽다. 윌에게 암호를 풀었다고 말해야 했지만, 조금만 더 훔쳐보고 싶어서 참을 수가 없었다. 그는 '박'이라는 이름의 폴더로 넘어갔다. 마찬가지로 잡다한 정보들이 들어 있었다. 그는 주저하며 '재이' 폴더를 클릭해 열고 자신의 학교 성적을 훑어보았다. 브렛의 것보다 한결 인상적이었다. 성적은 3학년 것까지 있었다. '심리평가'라는 제목의 문서를 발견하자 얼굴에 피가 몰리는 것을 느꼈다. 몇 년 전 일이었다. 그땐 아마 열한 살도 넘지 않았을 것이다. 적응을 못 했다거나 뭐 그런 것이었던 것 같은데.

제임스가 재이의 어깨 위로 머리를 들이밀었다.

"야, 너…… 암호를 푼 거야?"

재이는 펄쩍 뛰어오르며 제임스가 내용을 읽기 전에 잽싸게 페이지를 닫았다.

"네. 방금 풀었어요."

"뭐 재밌는 거라도 찾았어?"

재이는 잠시 망설이다 말했다.

"그레그 아저씨가 우리와 관련된 파일을 갖고 있었네요."

"엉?"

"내용이 굉장히 상세해요. 은행 기록, 학교 성적, 그런 것들요."

"정말?"

제임스는 의자를 들고 와 술 냄새를 풍기며 재이의 옆에 앉았다.

"내 것도 있어?"

"네."

재이는 '매덕스' 폴더를 클릭했다. 그 안에 들어 있는 '사업 상세', '세금 기록', '개인'이라는 폴더를 보자 제임스가 움찔했다.

제임스는 재이 너머로 몸을 뻗어 '개인' 폴더를 클릭했다. 수많은 섬네일 아이콘들이 화면에 나타났다. 제임스가 잽싸게 폴더를 닫는 바람에 제대로 볼 수 없었지만, 제임스가 애무하는 글래머 금발 여자는 분명히 비키와는 딴판으로 생겼다. 제임스는 숨을 헐떡였다.

"맙소사. 그자가 이런 건 다 어디서 구한 거지?"

"저야 모르죠."

"이봐. 단하우저 것도 열어봐. 그 으스스한 늙은이가 뭘 숨기고 있는지 보자고."

"단하우저 씨가 뭘 숨기고 있다고 생각하세요?"

제임스는 재이를 쳐다보았다.

"그 사람을 자주 만난 건 아닌데, 좀 그런 느낌이 들었어. 넌 안 그래?"

재이는 어깨를 으쓱하고 파일을 열었다. 대부분은 군 기록인 것 같았고, 독일어로 쓰인 것 같았다. 화질이 좋지 않은 사진에 훨씬 더 젊은 단하우저의 모습이 보였는데, 군복 차림이었다.

"재이, 뭐 좀 찾았니?"

윌이 침실에서 외쳤다.

재이는 제임스와 시선을 교환했고, 제임스는 고개를 끄덕였다.

"네! 암호를 풀었어요."

윌과 트루디가 두 사람에게 달려왔다. 윌은 재이의 등을 두드렸다.

"잘 했어."

"그레그가 우리에 대한 파일을 갖고 있었던 거 알고 있었어요, 윌?"

제임스가 굳은 목소리로 물었다.

"무슨 파일요?"

"국가안보국이나 국방성에서 보는 것 같은 파일요. 우리 정보들로…… 우리를 감시하거나 했던 것 같아요."

"저건……."

트루디가 놀라 숨을 들이쉬었다.

"저건 우리 아버지인데요."

그녀는 화면을 가까이 보기 위해 재이 위로 몸을 숙였다. 재이의 뺨에 그녀의 가슴이 닿았다.

"친애하는 노령의 아버님이 군인으로서의 암울한 과거가 있으신 것 같군요."

제임스가 트림을 했다.

트루디는 움찔했다.

"난…… 난 이건 몰랐어요."

"그건 이제 됐다, 재이. 해치 리셋 암호에 관해서는 뭔가 좀 있어?"

월이 물었다.

재이는 다시 데스크톱 화면을 보며 디렉토리들을 훑었다.

"그런 폴더는 없는데요……. 아, 잠깐만요. 여기 '로그'라는 폴더가 있어요."

"열어봐."

재이가 클릭을 하는 동안 트루디는 한 걸음 뒤로 물러서서 돌아섰다. 파일은 일종의 시간표처럼 생겼다. 재이가 데이터를 이해하는 데 몇 초 정도가 걸렸다.

"각 객실 문의 잠금장치가 열렸던 시각을 보여주는 목록 같아요."

"해치는?"

"제가 찾을 수 있는 범위 안에는 없어요. 하지만 여기 봐야 할 데이터가 수만 가지예요."

재이는 검색창에 '해치 보안'이라고 입력했다. 그러나 검색 결과가 뜨지 않았다.

"이봐, 재이. 그레그가 죽은 시간에 누구네 집 문이 열렸는지 보자고."

제임스가 말했다.

"정확한 사망시각은 모릅니다, 제임스. 그것보단 저 빌어먹을 해치의 암호를 찾아야 해요."

윌이 말했다.

"그래요? 난 우리가 빌어먹을 살인자랑 이 안에 갇혀 있는지를 알아야겠는데요."

윌은 제임스를 노려보았다. 그러나 그가 물러서지 않으리라는 것은 분명했다.

"얼른 해, 재이."

"저…… 몇 시를 찾아봐야 하는 거예요?"

"그 꼬마가 그레그를 발견한 시간이 몇 시요?"

윌은 한숨을 쉬었다.

"새벽 3시인가 그쯤일 거요."

"그럼 새벽 2시부터 4시까지 찾아봐."

재이는 문서의 작성 규칙을 파악했고, 세 번째 시도 만에 관련 자료들을 불러올 수 있었다.

"객실은 이름으로 정렬된 게 아니라 층 번호로만 나열되어 있어요."

"그건 찾아보면 돼."

"좋아요……. 2A호의 문이 새벽 2시 15분에 열렸어요."

젠장. 이건 그레그의 객실이다.

"그레그였을 거야."

제임스가 말했다.

"그리고 3층에 뭐가 굉장히 많았네요. 두 객실 다요. 3A가 2시 35분. 그리고 3B가 3시 20분, 3시 25분, 3시 45분이에요. 3층은 거스리 씨 가족과 타이슨과 케이트죠. 안 그래요?"

"만일 그 꼬마가 그레그를 3시 30분에 발견했다면, 3시 20분은 꼬마가 나간 거였겠지. 거스리 가족이 그 시간에 밖에서 뭘 했는지는 신만이 아실 테고. 다른 건?"

재이는 몸을 앞으로 기울였다.

"네. 4층. 문이 새벽 2시 30분에 열렸어요. 2시 45분에도요. 여기 에러 메시지가 기록되어 있어요. 그래서 정확히 몇 호인지는 알 수 없어요."

"그건 우리 층이야."

제임스가 말했다. 얼굴이 조금 창백해졌다.

"하지만 비키와 나는 아무 데도 안 갔는데."

"확실해요?"

월이 물었다.

"당연히 확실하죠. 잠이 오지 않아서 밤새도록 〈내가 그녀를 만났을 때〉 재방해주는 걸 보고 있었다고요."

"음, 그럼 나머지는 단하우저 씨 가족인데. 그때는 안에 갇혀 있었잖아요. 그렇죠, 트루디?"

트루디는 고개를 끄덕이고는 바닥을 내려다보았다.

"혹시 그레그가 그때 단하우저 씨 댁에 들렀던 것 아니에요?"

재이가 묻자 제임스가 비웃었다.

"새벽 2시 반에?"

"안 왔어요."

트루디가 쏘아붙였다. 어느 정도 평정을 되찾은 것 같았다.

"그랬다면 내가 알았겠죠. 내가 거기 있었으니까."

"자, 그럼 우리 중 하나는 거짓말쟁이군요."

제임스가 되받아쳤다.

"그리고 확실히 난 거짓말쟁이가 아니고요. 어쩌면 당신 아버지가 잠금장치를 뚫으려고 시도했을지도 모르죠."

1점 득점. 재이는 속으로 생각했다. 제임스는 겉보기처럼 바보가 아니다. 진실은 트루디의 얼굴에 고스란히 쓰여 있었다.

"트루디?"

윌이 부드럽게 물었다.

"아빠가 문을 가지고 뭔가를 하고 있었어요……. 아빠가 문을 열려고 하신 건지 뭘 어쩐 건지 나는 몰라요."

"내 그럴 줄 알았어!"

제임스가 환호성을 질렀다.

"그 사람은 전직 군인이잖아요. 게다가 그 주문제작한 신발을 봤을 때부터 그 사람의 발이 작다는 걸 눈치챘어요. 그러니 그 발자국은 단하우저의 것이겠죠. 그 개자식이 몰래 숨어들어가서 그레그를 죽인 거요."

"아버지는 그레그를 죽이지 않았어요!"

"정말 확신해요, 트루디? 거기에 목숨을 걸 수도 있어요? 진짜로?"

사람들은 트루디의 대답을 기다렸다. 그녀는 대답하지 않았다.

17
케이트

새리타는 11시가 넘어서야 잠이 들었다. 이곳의 환경이 우리 생체 주기를 흐트러뜨리고 있다. 새리타는 평소보다 몸으로 놀 기회가 훨씬 적어졌다. 그래서 오늘 밤에도 짜증을 부리고 잠드는 데도 고생을 했다. 시체를 본 것도 잠드는 데 도움이 되지는 않았겠지만, 그래도 곧 괜찮아질 것이다. 그 장면은 아이에게는 그다지 현실적으로 다가오지 않았고, 무서운 영화처럼 곧 잊힐 것이다.

몸이 찌뿌드드하니 무거웠다. 인공적으로 정화되는 공기와 부족한 햇빛 탓인 것 같다. 지금 자러 가도 되겠지만 전혀 피곤하지 않았다. 나도 새리타처럼 운동을 좀 하면 기분이 좋아질 것 같았다. 수영장에 가서 수영을 몇 바퀴 해야겠다고 생각했다. 수영은 지난 몇 년간 안 했었다. 마지막으로 해본 게 아마 맨체스터 연못으로 소풍을 갔을 때인 것 같은데…… 아주 오래 전 일이다.

나는 내 방으로 가서 커다란 여행가방을 뒤졌다. 이게 내가 가진 전부, 내가 집으로 가져가고 싶은 전부다. 어제였나? 아니, 며칠 전이다. 여기에 얼마나 오래 있었는지 정확히 기억할 수 없어서 조금은 걱정이 된다. 고작해야 2, 3일보다 더 되진 않았을 텐데. 파헤쳐진 가방 앞에 쪼그리고 앉아, 나는 억지로 날짜를 뒤로 헤아려보았다. 여기 와서 몇 번을 자고 몇 번 밥을 먹었나를 기억해내고, 인공조명에 의한 어둠과 밝음을 진짜 일몰과 일출처럼 헤아리면서.

해냈어, 케이트.

그렇다. 오늘 밤은 여기 온 지 겨우 사흘째 되는 밤이다.

마침내 부츠 안에 돌돌 말아 쑤셔 넣은 수영복을 찾았다. 수영복을 펼치며 땀내가 밴 부츠의 가죽 냄새를 맡았다. 그 너머로, 연못 옆 오두막에서 맡던 선크림과 염소 소독한 수영장의 물 냄새도 났다. 나는 눈을 감고 깊이 숨을 들이마셨다. 부서지는 햇빛과 푸르른 나뭇잎과 지저귀는 새들, 파란 하늘과 깔깔대며 웃는 새리타의 모습이 물밀 듯 밀려왔고 가슴이 저며왔다. 정말 웃기는 일인데, 나는 울기 시작했다. 그것들이 너무 멀리에 있는 것 같고, 너무 오래전 일인 것 같았다. 아버지가 돌아가시기 전 엄마와 여동생 메건과 함께 보낸 고향에서의 여름이 떠올랐다. 바비큐 그릴 옆에 서 계시던 아버지……. 마지막으로 함께 보냈던 시간. 마지막으로 우리가 모두 행복했던 시간. 나는 엄마와 메건과 헤어져 지구 반대편에 와 있고, 아빠처럼 땅속에 묻혀 있다. 우리 사이를 지구가 통째로 가로막았다.

이런 생각은 하고 싶지 않다. 하지만 자꾸 눈물 사이로 생각이 비집고 들어온다. 내가 정말 집에 돌아갈 수 있을까?

나는 거칠게 눈물을 훔치고, 스스로에게 화를 냈다. 여기에서는 이런 걸 입고 수영을 할 수 없다. 햇빛 아래에서라면 재미삼아 괜찮겠지만, 여기에서는, 이 어둠 속에서는. 브렛과 캐머런 같은 사람들이 지켜보고 있는데……. 아니다. 우리가 처음 도착했을 때 그 두 남자가 나를 바라보던 눈빛을 지금도 기억한다. 내가 반쯤 발가벗겨진 기분이 들었던 것도.

수영복 대신 서핑용 반바지와 티셔츠를 꺼냈다. 나는 옷을 갈아입은 뒤 커다란 비치타월을 풀었다. 굳이 위험을 무릅쓰고 아래층 수영장에 내려가야 하는 걸까 잠시 고민했지만, 다시 마음을 가다듬었다. 타이슨이 이미 나를 여기 가둬놨는데, 그들이 또 나를 가두게 할 수는 없었다. 게다가 지금 이 시각이라면 거스리 부자도 평범한 사람들처럼 자고 있을 것이다.

밖으로 나오는 길에 타이슨을 지나쳤다. 그는 소파에서 깊은 잠에 빠져 있었다. 그의 집에 있을 때 아침이면 늘 그 모습으로 발견하곤 했었다. 그는 굳이 침대로 가지 않고 항상 TV를 보다가 잠이 들었다. 나는 그의 그런 행동을 애도의 표현으로 이해했다. 차가운 침대는 죽은 아내를 연상시킬 뿐이었을 테니까. 그렇지만 지금은 의심이 든다. 그가 그냥 소파에서 잠드는 게 익숙해서 그런 거라면? 그의 결혼생활이 그렇게 평화롭지 않았다면? 모임에서 느꼈던 타이슨과 비키와 제임스 매덕스 사이의 이상한 분위기가 내 마음 속에서 끝없이 재생되었다.

그러다 마침내 생각이 났다. 이 어색한 애매함은 어딘지 익숙하다. 이런 일은 대학에 다닐 때 친구들 사이에서 수없이 겪었던 것이다……. 이런 분위기는 모임의 누군가가 다른 누군가와 눈이 맞았을 때 빚어진다. 남의 눈을 의식하는 시선, 서로의 눈길을 피하는 태도, 평범하게 굴려고 하지만 잘 되지 않는다. 밖에 있는 사람들에게는 뻔히 보인다. 고의적으로 단절되어 있는 그들의 모습은 결국은 더 두드러져서 시선을 끌게 된다. 여기요! 나 좀 봐요! 우리 좀 봐요! 우리는 일부러 서로를 모르는 척하고 있어요! 라고 외치는 꼴이 되는 것이다.

수없이 많은 파티를 치르고 다음 날 아침 그들이 보여주는 그 부끄러운 모습.

그거다. 타이슨과 비키는 바람을 피웠던 거다. 아마도 4월에 있었던 성소 설명회에서였겠지. 그때라면 라니가 죽기 전이다.

만일 그것 때문에 라니가 죽었다면?

나는 일어섰다. 라니에 대해서 난 아무것도 모른다. 그녀에게 무슨 일이 일어났는지도 모른다. 이야기를 만들어내는 것이 재미있긴 하지만, 그리고 그건 다 아무 말도 해주지 않는 타이슨의 잘못이지만, 나는 사실과 헛소리는 구분하고 싶다. 이곳에서는 그것이 다른 무엇보다도 중요해 보였다. 아무튼 타이슨과 비키와 제임스 사이의 불편한 시선과 뻣뻣한 태도들을 생각해보면 타이슨과 비키가 바람을 피운 건 확실한 것 같다. 그리고 제임스도 그걸 알고 있었다. 그러나 더 이상의 추측은 환상에 불과하다.

나가기 전에 새리타를 확인해보았다. 아이는 네 살배기답게 깊은 잠에 빠져 있었고, 적어도 앞으로 몇 시간 동안은 뒤척이지도 않고 잘 잘 것이다. 타이슨과 함께 있으니까 괜찮겠지. 어쨌든 아이의 아빠니까. 나는 스스로를 안심시키며 타월을 어깨에 걸치고 문을 닫고 밖으로 나왔다. 카펫 한가운데를 걸어가자 복도 가장자리에 일렬로 늘어선 전구에 불이 들어왔다. 복도를 걸으며 거스리의 객실 문을 힐긋 쳐다보고, 겁이 나기 전에 서둘러 계단실로 달려갔다.

층계참의 불은 금방 들어오지 않았지만, 몇 층 아래에 불빛이 보였다. 누가 거기를 지나간 모양이다. 나는 가만히 서서 무거운 침묵 속의 소리에 귀를 기울였다. 성소 안에서 끊임없이 울리는 윙 소리 외에는 아무 소리도 들리지 않았다. 아래층 불빛이 꺼졌다. 완전한 암흑 속에서 문이 닫히는 소리, 아니면 열리는 소리가, 아니면 숨 쉬는 소리가…… 아무튼 소리가 들렸다.

진정해, 케이트. 콘도에서 다른 사람이 돌아다니는 건 특별한 일이 아니야.

이 층의 층계참에는 동작센서가 조금 둔해서 다른 층보다 불이 켜지려면 더 크게 움직여야 한다. 팔을 크게 휘두르자 불이 켜지기 시작했다. 나는 크게 움직이면서 서둘러 7층까지 내려 갔다. 어젯밤 브렛이 나를 덮치려 했던 4층과 5층 사이 층계참도, 새리타와 함께 시체를 발견했던 6층도, 아무 생각 없이 순식간에 지나쳤다. 생명 없는 그레그의 시체도, 그의 머리에서 떨어지던 피도, 목에 새겨진 깊은 상처도 생각하지 않았다. 핏속에 찍힌 발자국도. 계단실의 불빛이 끊임없이 그 장면을 연상시켜도 나는 억지로 생각조차 하지 않았다.

도대체 내가 지금 뭘 하는 거지?

난 지금 수영을 하러 온 거야. 알겠어? 수영을 할 거라고. 내 뒤에 유령이나 살인자 같은 건 없어. 난 어른이고, 터무니없는 공포 때문에 방 안에만 갇혀 있지 않을 거야.

7층 문을 열고 수영장에 들어서자 나는 그때까지 내가 숨을 안 쉬고 있었다는 걸 깨달았다. 수영장 주위의 열대의 파란색 타일과 가짜 야자나무와 노랗고 빨간 벽화와 가짜 바위로 만든 폭포의 풍경을 보자 폐가 다시 움직이기 시작했다. 이곳은 따뜻하고 밝았다.

나쁘지 않잖아. 안 그래? 나는 염소 처리된 수영장 물 냄새를 들이마시며 내가 바닷가에 있다고 상상했다. 바다가 안겨주는 행복한 생각으로 나를 가득 채우고, 그 아래 깔린 매캐한 탄내는 애써 무시했다.

얕은 계단을 내려가 발가락을 물에 담그니 물이 따뜻했다. 나는 곧장 물속으로 뛰어들어 잠수했다. 물이 나를 감싸고 보호해주는 느낌을 즐기면서 참을 수 있을 만큼 오래 머물렀다. 그러

233

다 눈을 뜨고 수면에 비치는 야자나무의 어두운 그림자를 바라보았다. 파랗고 빨갛고 노란 벽면 타일 무늬 위로 물결이 찰랑거렸다.

물 위로 나와 숨을 쉬고, 나는 물 위에 누워 눈을 감고는 순간이동으로 나를 집으로 보내려고 시도했다. 예전에 메건과 나는 그런 생각을 한 적이 있었다. 다른 누군가와 동시에 정확히 똑같은 것을 생각하고 서로가 같은 생각을 하는 걸 느끼면 그 사람이 있는 곳으로 순간이동 할 수 있다는 것이었다. 순간이동이 잘 안 되는 이유는 생각의 사소한 부분까지 전부 정확히 일치해야 하는데 그게 너무 복잡하고 어려워서다. 우리는 침대에 누워서 어느 소년의 영혼과 감정 안에 들어가려고 수도 없이 시도를 해봤다……. 그 소년이 동시에 우리를 그리워하고 보고 싶은 감정을 느낀다면, 그는 마술처럼 우리 눈앞에 나타나게 될 것이다. 그러나 물론 그런 일은 없었고, 우리는 한 시간쯤 애써보다가 서로를 위로해주곤 했다. 그 아이는 지금쯤 럭비 경기를 보거나 잡지의 영화배우 사진을 보면서 마스터베이션을 하고 있을 거라고.

지금 요하네스버그는 아마도 따스한 햇살이 비치는 청량한 봄날 아침일 것이다. 메건은 일하러 가기 전 수영을 하고 있겠지. 내 걱정을 하며, 날 그리워하며. 내가 정말 열심히 시도해보면, 어쩌면…….

내 눈 위로 그림자가 지나가면서 순간적으로 천장의 조명을 가렸다. 나는 일어서서 눈을 비비고 더 잘 보기 위해 눈을 몇 번 깜박였다.

주위를 둘러보았다. 아무도 없다.

나는 꼿꼿이 서서 잦아드는 물결 소리 너머로 무슨 소리가 나는지 귀를 기울였다.

하고 싶진 않았지만, 소리 내어 말해보았다.

"누구예요? 누구 있어요?"

어젯밤의 공포가 다시 찾아왔다. 그러나 지금 이 공포는 그보다 더한 공포, 밤에 혼자 어딘가를 걸어가야 할 때 느끼던 공포였다. 나는 유령 얘기에 겁을 집어먹거나 괴물을 두려워하는 호사를 누려보지 못했다. 밤에 여자에게 몰래 접근해 괴롭히는 것은 그런 자극적인 소설이 아니다. 그건 언제나 남자였다. 진짜 남자들.

기분을 완전히 잡쳤다. 이런 상황에 화가 치밀었다. 나는 풀장에서 나와 몸을 숙이고 수건으로 머리의 물기를 털었다. 수건을 한 장 더 가져올걸 그랬나보다. 이걸로는……

내 뒤에 누군가 있다.

뒤돌아보고 싶지 않았지만, 뒤돌아보았다. 그게 누구일지는 이미 알고 있었다. 그가 날 내버려두지 않을 거라는 걸.

본능적으로 팔로 가슴을 가리고, 손으로는 주먹을 쥐고, 그를 째려보았다. 수건이 머리에서 미끄러지면서 등 뒤로 떨어졌다.

"안녕, 케이트."

브렛이 말했다.

화해를 청하는 말투였지만, 긴장을 풀지 않을 것이다. 이미 나는 팽팽한 긴장감을 품고 그의 앞에 서 있다. 맨발에, 물이 뚝뚝 떨어지는 젖은 반바지와 티셔츠를 입고. 그러나 동시에 싸움을 피하고픈 마음도 있었다.

"응, 안녕."

그에게서 시선을 떼지 않고, 뒷걸음질로 수건을 주워 망토처럼 어깨에 걸쳤다. 꼭 무슨 빌어먹을 슈퍼 영웅이 된 것 같다.

그는 저쪽 어두운 회색 벽 앞, 저장실 문 근처 그림자 안에 서 있었다.

"난 그냥 저…… 사과를 하고 싶어서요. 어젯밤 일 말이에요."

그는 내게 미소를 지었다. 미소를 보니 저 등신의 황홀한 미소를 받고 싶어 할 여고생들이 수두룩하겠다는 생각이 든다.

"제가 미쳤었나봐요. 그러면 안 되는 거였는데."

"나 이제 갈게."

내가 말했다. 돌아서고 싶지만 동시에 그에게서 시선을 떼고 싶지도 않았다. 그러다 보니 어깨너머로 그를 돌아보는 꼴이 되었고, 그가 보기엔 주저하는 것처럼 보였을 것이다. 그는 이것을 신호로 받아들인 것 같다.

"잠깐만요, 잠깐만."

브렛이 다가왔다……. 너무 빨리.

"그럼 우린 이제 다시 친구인 거죠. 잠깐만…… 알잖아요. 여기는 외로우니까. 우리는…… 그러니까…… 같이 시간이나 보내면서……."

내가 들은 말을 이해할 시간조차 없었다. 이 노골적인, 당황스러운 말……. 그의 얼굴에 떠오른 음흉한 미소는 위장이 아니었다. 어서 나가야 한다. 지금 당장.

계단실 문과의 거리를 가늠하고, 나는 수건을 부여잡고 그에게 천천히 다가가 그의 균형을 살짝 무너뜨린 후, 돌아서서 뛰었다.

그가 반응을 보이기 전에 거의 한 층 정도를 뛰어 올라갔다. 그러나 그의 보행 속도를 잘못 판단했다. 나는 6층 계단참에서 그에게 붙잡혔다.

더 이상 번드레한 미소는 없었다. 그는 내 어깨와 머리카락을 잡아채고는 나를 돌려세워 계단실 벽에 밀어붙였다.

"착하게 굴어야지, 응?"

그 순간 그의 입에서 캠 거스리의 목소리가 튀어나왔다. 캠이 나를 붙들고 있고, 캠의 지독한 악취가 내 얼굴을 덮쳤다. 달아날 게 아니라 계단을 차분히 걸어 올라오면서 대화를 했어야 했는데. 왜 내가 뛰었을까? 왜 냉정하지 못했을까? 왜, 왜, 왜…….

그만 좀 해, 케이트, 제기랄! 맞서 싸우라고!

손을 움직일 공간이 생겨 그의 얼굴을 할퀴었다. 눈을 겨냥했지만 가늘게 뜬 눈은 지방과 근육과 분노 속에 파묻혀 있어 닿지 못했다. 나는 비명을 지르며 그의 정강이를 향해 발길질을 해댔지만 맨발로는 전혀 타격을 가할 수가 없었다. 무릎으로 걷어차려고 발버둥을 치자, 그는 나를 돌려세우고는 탁한 노란색 불빛이 비치는 콘크리트 복도 위로 질질 끌고 가, 두꺼운 방수포를 밀치고 완성되지 않은 의료실로 던져 넣었다. 다시는 오고 싶지 않았던 곳이다. 그는 목재의 날카로운 모서리에 대고 나를 짓누르면서 내 반바지의 고무줄을 더듬어 찾았다. 내 무릎이 직각으로 꺾였다…….

오른쪽 어디선가 그림자 하나가 달려오더니 텅, 하는 소리가 울렸다. 그림자가 나를 위로 잡아당겼고, 또다시 텅 소리가 나자 브렛의 손이 풀렸다. 브렛은 머리를 감싸 쥐고 소리를 지르며 비틀거렸다.

키 작은 남자가 있다. 전에 한 번도 보지 못한 남자다. 남자는 어둠 속에서 권투선수처럼 스텝을 밟으며 긴 금속 파이프를 야구 배트처럼 쥐고 있었다. 그가 나를 보더니 턱으로 신호를 보냈다.

"가요."

18
월

수면부족이 영향을 미치고 있었다. 빛은 너무 밝은 것 같고, 소음은 너무 시끄러운 것 같고, 켜켜이 억누른 감정의 결은 무너지고 있었다. 눈을 감으면 호스피스 시설에서 집으로 돌아왔을 때 거실에 놓아준 침대 위에 혼자 무기력하게 누워 있는 레이나의 모습이 보였다. 생명을 유지시켜주는 관들이 팔다리 주위에 엉켜 있는 모습이. 그 모습은 뚜렷하고 선명하고 너무나 상세해서 산소 탱크의 쉭쉭거리는 소리를 들을 수 있었고 집 안에 배어 있는 약 냄새를 맡을 수 있었다. 그녀가 물컵을 집으려고 손을 뻗다가 침대에서 떨어져 그를 부르는 모습이 보였다.

여기에서 굴복할 수 없다. 레이나는 괜찮다. 괜찮아야 한다. 그러나…… 그는 이틀 전에 이미 집에 돌아갔어야 했다. 레이나가 간호사에게 그가 어디 있는지 말하진 않았을까. 아니면 온힘을 쥐어짜서 이웃에게 전화라도 걸 수 있지 않을까……. 레이나도 전에 성소에 와본 적이 있으니 대략적인 위치는 알 것이다. 그러나 아무도 오지 않았다. 아마도 공무원들이 바이러스와 싸우느라 바빠서겠지. 그는 그러기를 간절히 기도했다. 레이나에게 무슨 일이 생겨서가 아니라…….

그만해.

비난해야 할 사람은 다른 누구도 아닌 그 자신이었다. 간호사와 마지막으로 스카이프로 통화하면서 그는 근무 시간이 끝날 때까지 자기가 돌아오지 않더라도 퇴근해도 좋다고 말했다. 그때는 그것이 문제가 되리라는 생각은 꿈에도 없었고, 그 전에 당연히 집에 갈 수 있을 거라 판단했다. 그레그가 일을 더 시키더라도 기껏해야 한두 시간 정도 늦을 거라 생각했던 것이다. 돈. 모든 것은 돈으로 귀결되었다. 간호사를 파견하는 에이전시에서는 초과 근무에 대하여 세 배의 요금을 불렀고, 한두 시간 정도는 레이나 혼자 있어도 괜찮을 거라 생각했다. 제발, 신이시여. 아무도 없이 그녀를 홀로 두지 마세요. 몇 달 전 아내를 포틀랜드로 옮겼어야 했다. 거기라면 가족들이 가끔 와서 돌봐줄 수 있는데. 레이나가 아픈 지는 꽤 오래되었고 친구들은 대부분은 그들 곁을 떠났다. 윌은 그것을 억울하게 여기지 않는다. 가끔은 그도 친구들처럼 훌쩍 떠나고 싶을 때가 있으니까.

  몇 시간 정도 그레그의 컴퓨터에 든 자료들을 조사하면서 마음은 더욱 혼란스러워졌다. 대부분의 자료들은 해독이 안 됐지만, 그는 그레그가 해치 암호를 컴퓨터 파일이나 폴더에 숨기지 않았으리라고 확신했다. 컴퓨터에는 그레그가 예전 모습의 벙커의 콘크리트 출입구 앞에서 자랑스럽게 웃으며 찍은 사진들이 몇 장 있었다. 다른 사진에서는 성소가 제작되는 과정을 볼 수 있었다. 풍력 터빈을 건설했을 때. 해치를 제자리에 설치했던 날. 이 빌어먹을 해치……. 트루디가 그레그의 객실 바닥에 흩어진 종이봉투에서 찾아내 건네준 건물의 원래 설계도를 그는 유심히 들여다보았다. 이 건물은 견고하게 지어졌다. 이 건물은 거주자를 지키기 위해 핵폭발에도 견디도록 지어진 것이다.

  포기할 순 없어.

  그렇다. 분명히 출구가 있어야 한다. 그리고 어쩌면 레오 단하우저가 열쇠가 될 수도 있다. 그는 전문적인 지식이 있는 기술자다. 윌은 레오가 객실의 잠금장치를 열었다는 사실을 사람들에게 알리지 말아달라고 제임스에게 애걸했다. 순전히 이기적인 마음에서였다. 그를 입 다물게 하기 위해 장장 20분 이상을 설득하느라 진이 다 빠질 지경이었다. 옆에 있던 트루디도 크게 도움은 되지 않았다. 아버지를 보호할 마음이 없었는지 무심히 이렇게 말할 뿐이었다.

"얘기하고 싶으면 하세요."

제임스는 다른 사람들도 알아야 한다고 단호하게 고집을 부렸고, 윌도 더 이상은 참지 못하고 제임스에게 버럭 화를 낼 뻔했다. 그러나 결국 마지막 순간에는 제임스가 생각을 바꿔 사람들에게 더 이상 겁을 줄 필요가 없다는 윌의 구실을 받아들였다. 그는 술에 취해 있었고, 그레그의 방을 나설 때쯤에는 거의 정신을 잃고 쓰러지기 직전이어서 윌과 재이가 그를 방까지 데려다주어야 했다. 그러나 제임스가 사람들에게 무심코 발설하는 건 시간문제일 뿐이다. 그는 남의 조언 따위를 오래도록 지키는 사람이 아니다.

윌은 관자놀이를 문지르며 다시 눈을 감았다.

그녀는 죽었어. 널 기다리다 죽었어. 마지막으로 너의 이름을 되뇌며, 차가운 나무 마룻바닥에 누워 있어…….

쿵. 쿵쿵쿵.

문……. 누군가 문을 두드리고 있다.

자리에서 일어서기 위해 침대 아래로 다리를 내리고 발로 바닥을 디뎠다. 또 너무 많이 마신 모양이다. 침대 옆에 술병이 비어 있었다. 이 술을 끝까지 마신 기억이 없다. 그리고 부끄럽게도 이게 부엌에 마지막으로 남은 술이었다. 진 4분의 1 병과 와일드터키 한 병.

쿵. 쿵.

그는 거실로 나가 현관문을 열었다.

트루디였다. 부스스한 모습에, 맨발에, 자기 몸보다 큰 남자 잠옷을 입고 있었다. 셔츠의 버튼은 비뚤게 채워져 있었다.

들어오라는 말을 기다리지도 않고 트루디는 윌을 밀치며 안으로 들어왔다. 희미하게 머스크 향이 났다.

"마실 것 좀 있어요?"

말없이, 그는 트루디에게 진과 컵을 건넸다.

그녀는 술을 한 모금 따르더니 홀짝 마시고 입을 가렸다.

"이렇게 불쑥 찾아와서 죄송해요. 잠을 잘 수가 없었어요."

그는 고개를 끄덕였다. 레이나가 아닌 여자와 마지막으로 단둘이 있었던 게 언제였을까. 잔을 채우려고 트루디가 몸을 굽히자 셔츠가 벌어졌다. 그는 그녀의 앙상한 가슴을 힐긋 곁눈질하고는, 곧 헛기침을 하며 고개를 돌렸다. 그는 성자가 아니었고, 결혼 생활은 원만하지 않았다. 만일 레이나가 아프지 않았다면 둘이 다시 합쳤을지 가끔씩 궁금하기도 했다. 예전에는 몇 년 동안 술집에서 만나는 여자들과 재미를 보면서 하고 싶은 대로 하고 살았다. 다들 외로움과 절망에 빠진 사람들이었다. 그러나 아내의 병 이후 그는 한 번도 일탈을 하지 않았다. 지금 여기 와 있는 것만으로도 충분히 그녀를 배반한 것이다. 그런 짓을 해서는 안 된다.

생각에 잠겨 있던 그는 트루디의 말에 현실로 돌아왔다.

"아버지 말이에요. 제임스가 아버지에 대해 말한 게……. 그게 사실일 거라고 생각하세요? 아버지가 그레그를 죽인 살인자라는 거요."

"모릅니다. 아버지께 여쭤봤어요?"

트루디는 술을 삼키고 기침을 했다.

"아뇨. 당연히 안 물어봤죠. 뭐라고 물어보겠어요? 아빠, 그 냥 궁금해서 그러는데요. 혹시 살인하셨어요? 그럴까요?"

그녀는 공허하게 웃더니 술잔을 비웠다.

"천천히 마셔요."

"괜찮아요."

트루디는 그의 눈을 똑바로 들여다보았다.

"그거 아세요? 사람들은 모두 자기가 남을 죽일 수 있을지 궁 금해한다는 거?"

그는 고개를 끄덕였다.

"우리 아버지에 관해서는, 저는 거의 확신을……."

문에서 쾅 소리가 났다. 트루디는 깜짝 놀라 몸을 움찔했다.

젠장. 이번엔 또 뭐야? 또다시 쾅 소리가 나고 여자의 목소리 가 들렸다.

"윌! 윌!"

윌이 문을 열자마자 케이트가 날아들 것처럼 방 안으로 뛰어 들어왔다. 그녀는 몸을 떨고 있었고, 맨발이었다. 뺨에 달라붙 은 머리카락이 축축이 젖어 있었다.

"가서 말려야 해요, 윌!"

"뭘 말려요?"

"브렛. 브렛 거스리요. 그 애가……."

케이트는 분통을 터뜨렸다.

"그 개새끼. 만일 그 남자가 나타나지 않았다면 그 새끼 가……. 가서 말려야 해요!"

안개가 낀 것 같은 흐리멍덩한 머리로 그녀가 하는 말을 이해 하려 애를 쓰자 두통의 망령이 눈 뒤에서 지끈거렸다.

"케이트……. 진정해요. 지금 무슨 말을 하는 건지 도무지……."

"브렛! 가서 브렛을 말려야 한다고요! 저 아래에서 브렛이 어떤 남자를 두들겨 패고 있다고요."

트루디가 윌의 옆에 섰다.

"어떤 남자요?"

"나도 누군지 몰라요! 서둘러요! 둘은 6층에 있어요."

"알았어요, 알았어. 가서 확인해보죠. 당신은 방으로 돌아가서······."

"그럴게요. 얼른 가요!"

케이트는 윌을 문밖으로 밀어냈다.

"서둘러요!"

"트루디······ 케이트를 데리고······."

"네, 네, 알았어요. 가세요!"

윌은 잘 보기 위해 눈을 비비며 6층까지 계단을 뛰어 내려갔다. 층계참이 가까워지자 속도를 늦췄다. 브렛은 숨이 가쁜 듯 헉헉거리며 빈 객실 문 앞에 등을 돌리고 서 있었다. 왼손으로는 금속 파이프를 느슨하게 들고 있었다.

"브렛?"

소년이 파이프를 떨어뜨렸다. 파이프는 바닥에 부딪히면서 텅 빈 쨍그랑 소리를 냈다. 브렛은 천천히 뒤를 돌아보았고, 움찔 놀라더니 손가락을 움직이며 말했다.

"저 사람이 자초한 거예요."

그는 반항적인 눈빛으로 윌을 노려보았다. 반박하려면 해보라는 듯이.

"저자가 날 먼저 공격했다고요."

윌은 브렛을 밀치고 안으로 들어갔다. 입구에서 몇 미터 떨어진 곳에, 어둠에 반쯤 가려진 남자가 콘크리트 바닥 위에 몸을

웅크리고 누워 있었다. 얼굴은 보이지 않았고 머리를 보호하려
는 듯 팔로 감싸고 있었지만, 월은 이 남자가 성소의 거주민이
아니라는 것을 한눈에 알아보았다. 남자는 제임스나 재이보다
는 훨씬 작았고, 머리카락은 유진보다 훨씬 길었다.

그는 브렛을 돌아보았다.

"누구냐?"

"몰라요."

월은 남자 옆에 털썩 주저앉아 어깨를 만졌다. 남자가 움찔거
렸다.

"다치게 하려는 거 아닙니다."

남자는 신음을 하며 천천히 얼굴에서 팔을 내렸다. 월은 흠
칫 놀랐다. 얼굴은 피범벅에 멍투성이였고, 한쪽 눈꺼풀은 부
어올라 감겨 있었다. 그러나 어딘가 낯익은 구석이 있었다. 아
는 남자다. 월은 기억을 더듬어 이름을 생각해냈다. 레이먼드였
나…… 아니, 루벤이다. 과묵하고 내성적인 남자였는데. 루벤
은 건축 공사의 핵심 인력 중 하나였다. 그레그는 이민 노동자
들을 위해 공사현장 경계에 작은 거주시설을 지어주었다. 그냥
트레일러들과 조립식 건물을 모아놓은 수준이었고, 술과 약물
로 인해 싸움이 끊이지 않았다. 월이 기억하는 한 루벤은 그
런 싸움에 절대 끼어드는 일이 없었다.

"루벤? 내 말 들려, 루벤?"

루벤이 천천히 고개를 기울였다.

브렛이 놀라 숨을 들이마셨다.

"이 사람 알아요?"

"여기 건설 인부였어. 이 사람한테 무슨 짓을 한 거냐, 브렛?"

소년은 가슴을 내밀며 말했다.

"저 사람이 날 공격했어요. 스스로를 방어하는 것 외에는 달리 선택이 없었다고요."

월은 케이트가 했던 말을 되짚어보았다.

"케이트 말로는 네가……."

브렛이 코웃음을 쳤다.

"나랑 그 여자랑, 재미를 좀 보고 있었다고요. 그런데 이 남자가 우리한테 왔어요. 모르긴 몰라도 내가 그 여자 생명을 구해줬을걸요. 이 정도에서 물러난 게 저 사람한테는 행운이죠."

브렛은 허리에 찬 칼을 손가락으로 만지작거렸다. 루벤이 고개를 저었다.

"아니에요."

브렛이 루벤을 향해 한 걸음 다가갔다.

"입 다물어, 새끼야."

월이 일어섰다.

"가서 박 선생님 모셔와."

"왜요?"

"루벤을 치료해줘야지."

"이 사람은 치료받을 자격이 없어요! 이자가 한 짓만 봐서는 어디 가둬놔야 한다고요. 도대체 여기서 뭘 하고 있었느냐고요!"

월은 내면의 분노를 억누르던 얇은 막에 금이 가기 시작하는 것을 느꼈다.

"어서 가. 아니면 날 돕던가. 나는……."

"나는 뭐요?"

브렛의 목소리는 가라앉아 있었다.

"알고 싶지 않을 거다. 이제 가."

브렛은 망설이다가, 성큼성큼 걸어 나갔다.

월이 다시 루벤 옆에 주저앉으며 물었다.

"일어설 수 있겠어?"

루벤은 기침을 하며 깨진 잇조각과 함께 핏덩어리를 뱉었다.

"어……. 잘 모르겠어요."

월은 루벤을 도와 일어나 앉혔다. 루벤은 머리를 숙이고 또 피를 뱉었다.

"여기서 뭘 하고 있었나, 루벤?"

남자는 움찔하더니 숨을 헐떡이며 팔로 가슴을 감쌌다.

"지낼 곳이 필요해서요."

"여기 얼마나 오래 있었어?"

갑자기 희망이 밀려온다. 루벤이 나가는 길을 알지 않을까?

"별로 안 됐어요. 처음에 바이러스 얘기를 들었을 때부터요. 여긴 안전할 거라 생각했거든요."

"어떻게 들어왔는데?"

"그레그가 해치를 열어두고 여러 번 들락날락했어요. 두 달 전에 해고당하고 갈 데가 없었거든요. 그래서 옛날 트레일러 중 하나에서 잠시 살았죠. 거긴 별로였어요. 추워서. 그래서 여기로 왔죠."

"그 이후부터 여기 빈 객실에서 숨어서 지냈던 거야?"

그레그가 죽은 객실이다. 루벤은 몸집이 작다. 유진보다 조금 클까 말까 할 정도다. 그 피에 찍힌 발자국이 루벤의 것일 수도 있다.

"네."

그는 또다시 덮친 통증에 얼굴을 찡그리며 피가 섞인 침을 뱉었다.

"그리고 기계실에서도 있었어요."

루벤이 윌의 손목을 잡았다.

"그 꼬마요. 걔가 여자를 해치려고 했어요. 제가 말린 거예요. 제 말 믿으시죠?"

"윌!"

재이가 문에 나타나면서 순간적으로 불빛을 가렸다. 스텔라는 재이의 바로 옆에 서 있었다. 윌은 브렛이 함께 오지 않은 걸 보고 마음이 놓였다. 놀랄 일은 아니었다. 재이는 콘도로 들어서더니 못 믿겠다는 표정으로 루벤을 내려다보았다.

"이 새…… 이 사람은 누구예요?"

"루벤 몬토야. 그레그의 건설 인부 중 하나야. 여기 숨어서 지내고 있었대."

"우리가 입주한 이후에요?"

"응."

"정말요? 그런데…… 어떻게요? 어떻게 우리가 몰랐을 수가 있죠?"

"그러게."

"저 사람 얼굴은 왜 저래요?"

"브렛 짓이야."

"우리한테는 그냥 누가 여기서 다쳤다고만 하던데."

"그 말이 맞아. 스텔라, 이 사람 좀 도와주시겠어요?"

윌은 스텔라가 의약품 상자를 들고 온 걸 보고 안심이 되었다. 그러면서 동시에 유진이 같이 오지 않은 걸 보고 놀랐다. 만일 브렛 같은 깡패 새끼가 집 대문 앞에 나타난다면, 그라면 절대 레이나를 혼자 내보내지 않을 것이다. 그는 그런 자신이 구식이고 뒤떨어진 남자라고 생각했다. 스텔라는 평소보다 더 창백해 보였지만, 이곳 조명이 침침해서 그런 것일 수도 있다.

"물론이죠. 밝은 곳으로 옮길까요?"

윌은 루벤이 일어서도록 붙잡아주었다. 그는 신음을 하며 휘청거렸고, 윌은 루벤이 쓰러지지 않도록 허리를 잡았다. 두 사람은 발을 질질 끌며 복도로 나갔다.

스텔라는 1, 2분 정도 말없이 루벤의 상처를 살펴보았다.

"어디가 제일 아파요?"

루벤이 옆구리를 만지며 대답했다.

"여기요."

스텔라는 부드럽게 그의 셔츠를 걷어 올렸다. 루벤의 옆구리와 등에 화려하게 얼룩진 멍을 보고 그녀는 꿀꺽 침을 삼켰다.

"이제 검사를 할게요. 살살 하겠지만 좀 아플 거예요."

루벤은 고개를 끄덕이고 눈을 감았다. 스텔라는 손으로 그의 갈비뼈를 훑었다. 그러고는 약 상자를 뒤져 청진기를 꺼내 루벤의 가슴을 청진했다.

"숨을 쉬면 아픈가요?"

"네."

"기흉이 생긴 것 같아요."

스텔라가 윌에게 말했다.

"부러진 갈비뼈 때문에 폐에 허탈 상태가 와 무기폐가 된 거예요. 숨 쉬는 게 힘들어지죠."

"어떻게 해야 할까요?"

그녀는 얼굴을 찡그리고 가볍게 눈을 감았다.

"할 수 있는 게 별로 없어요. 긴장성기흉이 아니어야 할 텐데요. 그건 정말 심각할 수 있으니까요. 일단 진통제를 좀 주고 붕대를 감고, 얼굴의 상처를 치료해야죠. 브렛 거스리가 이랬나요?"

"네."

스텔라의 얼굴에 분노의 기운이 번졌다.

"잔인한 놈."

그녀는 다시 얼굴을 찡그렸다. 이건 단순히 폭력에 대한 감정적인 반응이 아니었다. 그녀는 몸이 안 좋은 것이다.

"저기요."

재이가 말했다. 그는 몸을 굽혀 문가 근처에서 뭔가를 주워들었다. 작은 관 모양의 금속 조각이었다.

"그게 뭐지?"

월이 물었다.

"잠깐만요."

재이는 빈 객실로 다시 들어가서 휴대전화기의 불빛으로 바닥을 비췄다. 시야에서 사라진 재이가 외쳤다.

"그레그의 위성전화기예요."

"뭐?"

재이는 다시 나타나 전화기를 월에게 건네주었다. 안테나가 꺾였고 화면이 깨져 있었지만, 이리듐 라벨은 아직도 붙어 있었다.

"여기에 대해 아는 것 있어, 루벤?"

루벤이 그의 시선을 피했다.

"아뇨."

재이와 월의 눈이 마주쳤다. 이것의 의미는 분명했다. 그러나 루벤은 지금 당장은 질문에 답할 수 있는 상태가 전혀 아니었다. 월은 전화기를 재이에게 돌려주었다.

"레오가 고칠 수 있을까?"

재이는 어깨를 으쓱했다.

"가능할 거예요."

루벤이 다시 신음했다.

"자. 이 사람을 옮깁시다."

"어디로요?"

스텔라가 물었다. 의료실이 빈껍데기 수준인 지금 상황에서는 별다른 선택이 없었다.

"내 방이 제일 가까워요. 저와 함께 루벤을 데리고 계단을 오를 수 있을까요?"

"나 걸을 수 있어요."

루벤이 말했다. 그는 몸을 앞으로 숙이며 더 많은 피를 쏟아냈다.

"우리가 도와줄게요. 팔을 우리 어깨에 걸치세요."

스텔라가 말했다.

"내가 할게요, 엄마."

재이가 말했다. 엄마의 건강을 염려하는 게 분명했다.

느린 전진이었다. 루벤은 덩치가 작았지만 계단은 세 사람이 나란히 서기에는 폭이 좁았다. 결국 윌이 루벤의 체중 대부분을 지탱해야 했다. 그의 어깨 근육이 비명을 질러댔고 루벤의 얼굴은 땀으로 번질거렸다. 마침내 그들은 위층에 도착했다.

윌이 문을 열 수 있도록 스텔라가 윌 대신 루벤을 부축했다.

"이제 루벤을 안으로 데려가서……."

"이봐요!"

캠 거스리가 그들을 향해 성큼성큼 다가오고 있었다. 이런 젠장. 지금 이 순간 가장 마주치고 싶지 않은 사람이다.

"이 멕시코 놈이 우리 브렛을 공격한 놈이오?"

윌은 루벤의 앞을 가로막았다.

"객실로 돌아가요, 캠."

캠은 벨트에 찬 칼 위로 손을 올렸다.

"당신이 나한테 명령을 내릴 순 없어요."

월의 분노를 억누르던 얇은 막의 틈새가 조금 더 갈라졌다.

"아니, 내릴 수 있어요. 뭘 어쩌려고요. 날 찌르게요?"

짧은 순간 동안, 월은 그가 찌르기를 바랐다. 그것은 레이나를 중심으로 돌고 도는 죄책감의 종말을 의미하는 것이었다. 캠도 월의 표정에서 그 생각을 읽은 모양이었다. 그는 자신의 분노를 스텔라와 재이에게 돌렸다.

"저놈을 왜 돕는 겁니까? 저놈은 우리와 달라요. 불법체류자라고요. 내 아들을 죽이려 했고!"

스텔라는 여전히 무표정한 얼굴이었다.

"진정해요, 캠. 그런 태도는 아무런 도움도 되지 않아요."

"루벤을 안으로 데려갑시다, 스텔라."

월은 캠이 다시 화를 내기 전에 말했다.

"잠깐 기다려요. 그렇게는 못 해요……."

"이 얘긴 아침에 합시다, 캠."

"나와 반대편에 서려는 거요, 월?"

그의 목소리는 절로 웃음을 자아낼 만큼 우스꽝스러웠다.

"아무도 편 같은 건 가르지 않아요."

"지금으로 봐선 아닌 것 같은데."

"그렇게 생각하다니 유감이군요."

긴장이 감도는 몇 초가 흐르고, 캠은 칼 위에 올린 손을 내렸다.

"후회하게 될 거요, 월."

"그렇겠죠."

캠은 역겨워하는 얼굴로 고개를 저으며, 계단으로 사라졌다.

월은 싱크대 앞에 서서 억지로 차가운 콩 통조림을 먹었다.

그가 최근 배 속에 넣은 것이라고는 술과 커피뿐이었고, 힘을 낼 수 있는 연료가 필요했다. 몇 시간 후에는 또 다른 모임을 소집해야 했다. 거기에서 사람들에게 몰래 잠입한 남자에 대해 알려줘야 했다. 아마도 끔찍한 일이 될 것이다. 그다음에는 루벤에게 그레그에 대해 물어봐야 한다. 이 남자는 뭔가를 숨기고 있다. 그건 그냥 알 수 있었다. 만일 그가 그레그를 죽였다면? 그때는 어떻게 할 것인가? 월은 손으로 이마를 문질렀다. 왜 나지? 왜 이런 일을 처리하는 역할이 나에게 떨어진 거지?

스텔라와 재이가 있어 정말 다행이었다. 모든 일이 고약스럽게 꼬여가기만 하는 이때, 믿을 수 있는 사람들은 그 두 사람뿐이다. 유진, 그 남자는 잘 모르겠다. 그리고 트루디는 그의 뒤를 받쳐주고 있다. 그는 트루디에게 큰 충격을 받은 케이트를 돌봐달라고 부탁했고, 트루디는 흔쾌히 수락했다. 캠 거스리와 그 위험하고 위태위태한 아들은 곧 그를 공격할 것이다. 그로서는 구할 수 있는 도움의 손길은 모두 얻어야 했다.

그러나 지금은, 몇 시간이라도 쉬어야 했다. 스텔라는 아침에 진통제의 약효가 다 되면 루벤을 확인하러 돌아오겠다고 했다. 그때까지 그를 침실 밖으로 옮기는 것은 의미가 없다. 월은 깡통을 싱크대에 던지고 담요를 가지러 조심스럽게 침실로 들어갔다.

그가 방에 들어가자 루벤이 몸을 뒤척이며 속삭였다.

"고맙습니다, 부셰 씨."

"좀 자."

"잠깐만요."

루벤이 고개를 숙이고 떨면서 물을 한 모금 마셨다. 갈비뼈 위로 감아놓은 붕대 위아래로 멍이 든 살갗이 이미 역겨운 누런색으로 변해갔다. 브렛은 공격을 늦추지 않았다. 분명 발로 10여 차례는 걷어찼을 것이다.

"전화기요. 그건 말씀드릴게요. 제가 가져갔었어요."

윌은 침대 구석에 살며시 앉았다. 이 얘기를 들을 준비가 되었는지 확신이 서지 않았다.

"자네가 그레그를 죽였나?"

루벤은 손을 내려다보았다. 손톱은 먼지와 말라붙은 피로 더러웠다.

"아뇨. 하지만 내가 발견했어요. 저장실에서 나오는 길이었는데…… 배가 고팠거든요……. 그런데 그레그가 거기 누워 있는 걸 봤어요. 그래서 죽었는지 확인해봤어요. 무서웠어요."

"우리가 자네를 찾을까봐?"

"네. 그래서 다시 숨었죠."

윌은 이 남자가 진실을 말하는 건지 아닌지 확실히 판단할 만큼 이 사람을 잘 알지 못했다.

"거기서 다른 사람을 보진 않았어? 누군가 서둘러 달아났다거나?"

"아뇨."

"전화기는 왜 가져갔나?"

루벤은 어깨를 으쓱했다. 그게 아팠는지 다시 얼굴을 찡그렸다.

"전화기는 그 꼬마랑 싸우는 도중에 부서진 거고?"

"네, 맞아요."

"루벤……. 우리가 여기 갇힌 건 알지?"

그는 고개를 끄덕였다.

"네. 원래 여기가 그러라고 만든 거잖아요."

"아니. 내 말은 지금 해치에 문제가 있다는 거야. 그레그가 죽기 전에 암호를 바꿨는데 암호를 아는 사람이 없어. 우린 여기 갇힌 거야."

"밖에는 왜 나가려고 하는데요?"

"바이러스는 생각했던 것처럼 그렇게 심각하지 않아. 그리고…… 내 아내 때문이야. 아내가 많이 아파. 나는……."

무언가 묵직한 것이 그의 가슴을 누르는 것 같다. 그는 밀려오는 쓰디쓴 감정의 물결에 휩쓸렸다. 감정을 누르려 애썼지만 그의 얼굴에 다 드러나고 있다는 것을 잘 알았다.

루벤이 다시 손을 내려다보았다.

"안됐네요, 부셰 씨. 무전기로 도움을 요청하지 그러세요?"

"망가졌어. 와이파이 라우터도 그렇고."

그는 떨리는 몸을 일으켜 세웠다.

"질문은 내일 다시 하기로 하지. 혹시 뭔가 필요할지도 모르니 나는 소파에서 자겠네."

그가 문 앞에 이르자 루벤이 말했다.

"밖으로 나가는 다른 길이 있을 거예요."

"이젠 또 뭐예요?"

오락실에 들어서자마자 비키가 말했다. 그녀의 뒤로 제임스가 따라 들어왔다. 눈에는 핏발이 서고 머리카락은 헝클어진 데다 입술 가장자리에는 흰 얼룩이 묻어 있었다.

이제 회의를 시작할 시간이다. 타이슨과 케이트는 새리타와 함께 객실에 머무는 쪽을 택했다. 분명 캠과 브렛과 마주치고 싶지 않아서일 것이다. 거스리 집안의 여자들은 늘 그렇듯 나오지 않았고, 재이는 L 자 모양의 소파 위 부모님 옆에 푹 퍼진 자세로 앉아 있었다. 유진은 여기만 아니라면 어디라도 가 있고 싶다는 표정을 지으며, 왼쪽 무릎을 아래위로 떨고 있었다. 스텔라는 윌만큼이나 피곤해 보였다. 전에는 그녀에게 의지할 수 있을 거라 생각했지만, 지금은 잘 모르겠다. 브렛과 캠은 바 옆에 도사리고 앉았고, 레오와 트루디는 유진 가족 맞은편 자리를 택했다.

윌은 숨을 크게 들이마시고, 초대받지 않은 손님이 있다는 폭탄 같은 소식을 투척했다. 충격에 빠진 침묵을 제일 먼저 깬 사람은 비키였다.

"낯선 사람이 여기 살고 있었다고요? 여기 이 아래, 우리랑 같이?"

"그 사람 이름은 루벤 몬토야입니다. 여기 건설 인부였어요."

"그레그는 일용직 노동자들은 한참 전에 모두 떠났다고 했었는데요."

"그레그가 잘못 안 겁니다."

"이젠 됐어."

제임스가 두 손을 들고 말했다.

"난 이제 정말 이 거지같은 곳에 완전히 질렸어. 처음엔 여기다 가둬놓더니만, 이제는 웬 집도 없는 떠돌이 노숙자가 숨어들질 않나……."

"그자를 어떻게 발견했어요?"

비키가 남편의 목소리를 누르고 물었다. 제임스는 어깨를 으쓱하며 냉소적인 미소를 지었다.

"내가 찾았어요, 부인."

브렛이 말했다.

"6층에 비어 있는 객실에 있었어요. 날 공격하려 했다고요."

"뭐?"

"그렇다니까요."

브렛이 붕대를 감은 주먹을 내밀었다.

"난 목숨을 걸고 싸워야 했어요. 그 남자는……."

"케이트는 그 말에 동의하지 않을걸, 브렛."

브렛이 더 말하기 전에 윌이 말을 잘랐다. 그는 정말이지 사람들이 린치를 가하는 것만큼은 보고 싶지 않았다.

소년이 얼굴을 붉혔다.

"난 아무 짓도 안 했어요. 그 여자가 자기랑 같이 가달라고 부탁했는걸요."

비키가 입술을 오므렸다.

"쟤가 지금 무슨 말을 하는 건지 누가 좀 설명해주실래요?"

브렛에게서 시선을 떼지 않은 채, 윌이 말했다.

"브렛은 케이트와 함께 있다가 의료실에 숨어 있던 루벤을 발견한 겁니다."

"케이트가 거기 있었다고요?"

재이가 말했다.

"그래." 브렛이 능글맞게 웃었다. "나랑 단둘이 시간을 보내고 싶다고 해가지고 말이야."

윌은 브렛의 입에 주먹을 날리고 싶은 충동을 꾹 눌렀다.

"그만하면 됐다, 브렛."

"난 아직도 이해가 안 가요." 비키가 말했다. "어떻게 이 남자가 거기 그러고 사는 걸 아무도 모를 수 있었을까요?"

"건물 구조를 잘 안다면 가능할 것도 같은데요."

레오가 말했다.

제임스가 웃었다.

"그래요. 숨어 돌아다니는 건 당신도 전문가잖아요. 안 그래요, 레오?"

윌이 손을 들어 올렸다.

"진정하세요, 여러분. 더 드릴 말씀이 있는데……."

"그 남잔 지금 어딨어요?"

비키가 물었다.

"제 방에요. 곧 빈 객실로 옮길 겁니다."

"그 사람 덩치가 큰가요, 윌?"

제임스가 물었다.

윌은 대답하기 전에 잠시 망설였다.

"아뇨."

비키는 어리둥절한 얼굴로 남편을 바라보았다.

"그런 건 왜 물어, 제임스?"

"그레그의 시체 옆에 피 묻은 발자국이 찍혀 있었거든. 시체에서 멀어지는 방향으로. 크기가 작았어."

"그래서?"

"뻔하잖아. 그레그는 루벤이 몰래 숨어든 걸 알았고, 루벤은 자기 정체를 밝힐까봐 그레그를 죽인 거지."

사람들이 갑자기 동시에 떠들어대기 시작했다.

"조용히 해요!"

윌이 외쳤다.

"그레그에게 무슨 일이 일어났는지 우리는 모릅니다. 아마 영원히 알 수 없을지도 몰라요. 그러나 지금 우리에게 중요한 건 냉정을 유지해야 한다는 겁니다. 이제 잘 들으세요. 밖으로 나가는 문제에 관해서라면, 우리에게는 두 가지 옵션이 있어요."

비키마저도 이 말에는 주의를 기울였다.

"무슨 옵션요?"

"그레그의 위성전화기를 찾았습니다. 망가졌지만, 레오가 고칠 수 있을 거예요."

레오는 어깨를 으쓱했다.

"아무튼 노력은 해보죠."

"잠깐만요. 잠깐 얘기를 뒤로 좀 돌려봐요."

제임스가 말했다.

"그건 어디서 찾았어요?"

"6층 빈 객실 바닥에서요."

"그 남자가 갖고 있었어요?"

"그런 것 같아요. 맞습니다."

"그럼 그자가 그레그를 죽인 거 맞네요!"

"그건 확실히 모릅니다."

이번에는 레오가 침묵을 깨고 소리를 질렀다.

"윌이 말하는 것 좀 들읍시다."

윌은 그에게 고개를 끄덕여 감사의 뜻을 표했다.

"그리고 이곳에서 나가는 다른 경로가 있을지도 몰라요."

고맙게도 이번에는 아무도 끼어들지 않았다.

"분명히 엘리베이터 통로의 외부 벽은 다른 구조물처럼 강화 처리되지 않았어요. 그곳을 뚫고 나가면 주요 배관에 접근할 수 있고, 거기에서부터 굴을 뚫으면 지표면까지 그리 멀지 않을 겁니다."

"누가 그래요? 그 멕시코 놈이 그러던가요?"

브렛이 코웃음을 쳤다.

"그리고 벽은 어떻게 뚫고 들어갈 건데요? 장비는 있어요?"

비키가 물었다.

"대부분의 장비는 위층 장비 보관실에 있습니다. 그렇지만 지금 가진 걸로도 일단 시작하기엔 충분해요. 제일 어려운 부분은 엘리베이터 통로를 가로질러 지지대를 세우는 겁니다."

"위험할 것 같은데요."

캠이 말했다.

"여기서는 안전하잖아요. 몇 달 동안 버틸 수 있는 물자도 있고. 그레그가 약속한 대로 1년까지는 아니더라도, 충분히 오래 견딜 수 있을 거요. 나는 구조대가 올 때까지 기다리자는 쪽을 선택하겠어요."

"무슨 구조대요?"

스텔라였다. 모두들 그녀를 바라보았다.

"지금까지 이틀 넘게 외부 세계에 전혀 연락할 수가 없었어요. 이곳에 대해 아는 사람이 얼마나 되나요?"

그녀는 비키를 똑바로 쳐다보았다.

"비키, 다른 사람에게 이곳 좌표를 준 적 있어요? 이 호화로운 생존용 콘도에 대해 말한 적 있어요?"

비키는 손톱을 들여다보았다.

"아뇨. 물론 안 그랬죠. 그레그가 그러지 말라고 했잖아요."

"네. 그건 우리도 마찬가지예요. 바보짓이라고는 생각했지만⋯⋯."

스텔라는 씁쓸하게 웃었다. 유진은 아내의 말에 몸을 꿈틀거렸다.

"동료들에게는 밴쿠버에 있는 가족들을 방문하러 잠시 떠날 계획이라고, 혹시 연락이 닿지 않더라도 걱정하지 말라고 했죠. 이곳이 원래 그런 목적으로 만든 데잖아요. 안 그래요?"

"레오, 당신은 어때요?"

윌이 물었다.

"우리가 여기 있는 건 아무도 모릅니다."

"변호사들은요?"

트루디가 물었다.

"몰라."

"맙소사."

제임스가 중얼거렸다.

"하지만 어쩌면 캠의 말이 맞을지도 몰라요. 지금으로써는 이 안에서 안전하게 지낼 수 있어요. 바이러스의 백신을 개발했다고 해도 모든 게 제자리로 돌아갈 때까지는 몇 주는 걸릴 거고, 어쩌면 몇 달이 걸릴 수도 있어요."

윌이 조용히, 그러나 단호하게 말했다.

"제임스. 나는 못 기다려요. 나는 나가야 합니다."

"아내 일은 안됐어요, 윌. 하지만 그건 내 문제는 아니죠."

윌은 분노가 치솟기를 기다렸다. 그러나 분노는 사라지고, 그 자리에는 무감각이 남았다.

트루디가 일어서며 말했다.

"난 당신 편이에요, 윌."

"아이고, 놀랍기도 해라."

제임스가 중얼거렸다.

트루디는 제임스의 말을 무시했다.

"뭐든 해야 해요. 우리 엄마는 병원에 가야 한다고요."

"저 멕시코 놈은 어쩌고요?"

캠이 말했다.

"그런 말 쓰지 말아요."

트루디가 씩씩거렸다.

"그래서, 그 사람은 어쩝니까? 그는 살인자예요. 확실히 가둬 놔야 합니다."

"동의해요. 여기엔 어린아이도 있다고요."

비키도 나섰다.

거스리는 비키 매덕스가 자신을 지지한 것에 잠시 놀란 듯 보이더니, 고맙다는 표시를 했다.

"루벤은 아무 데도 안 갑니다."

윌이 말했다.

"그건 누구보다 브렛이 잘 알겠죠. 루벤은 전혀 위험한 존재가 아니에요."

"네, 그 얘기를 풀러 씨에게 해보시죠."

브렛이 중얼거렸다.

"우리가 자는 동안 그자가 몰래 돌아다니면서 우리를 전부 죽이지 않는지 감시해야 한다고요."

"네 일은 네가 알아서 해. 그러나 나는 아무것도 안 하고 가만히 앉아 있지는 않겠어."

윌은 트루디를 향해 돌아섰다.

"시작할 준비 됐어요?"

"네."

"나도 도울게요, 윌."

재이가 말했다.

그 외에 돕겠다고 나서는 사람은 없었다. 그러나 그레그가 죽은 후 처음으로, 윌은 작은 희망이 시작되는 것을 느꼈다.

19
케이트

"나한테 뭘 더 바라는 거요, 케이트?"

나는 부엌 카운터를 밀며 벌떡 일어섰다. 바 스툴이 덜커덩소리와 함께 바닥에 쓰러졌다.

"됐어요."

실은 나도 내가 그에게 뭘 기대했는지 모르겠다. 이럴 때 기대할 수 있는 인간의 반응이라면, 놀라움 정도? 나는 서둘러 화장실로 향했지만 그가 날 막아섰다.

"제발 좀, 케이트. 난 이해하려고 노력 중이에요. 옳은 일을하려고 노력 중이라고. 하지만 그게 뭔질 모르겠어요."

나는 그를 향해 돌아섰다.

"옳은 일요? 빌어먹을 옳은 일요? 누가 날 강간하려고 했다고 당신한테 말했더니 '적어도 다치진 않았네'라고 말했잖아요. 당신 말 어디에 진정한 인간적인 감정이 한 오라기라도 있었나요?"

그는 물고기처럼 입을 벌리고 있었고, 나는 그가 진실을 말하고 있다는 걸 깨달았다. 그는 정말로 어떻게 반응해야 하는지, 뭘 해야 좋을지 모르는 것이다.

"들어봐요, 케이트."

그가 차분하게 입을 열었다. 아마 금융 관련 프레젠테이션을할 때 말투일 것이다.

"일단 당신이 괜찮은 건 확인했죠."

그는 심지어 손가락으로 항목들을 세고 있었다.

"그래서 캠 거스리에게 가서 얘기해보자고 제안했어요. 월에게도 가서 얘기해보자고 했고. 당신은 둘 다 싫다고 했어요. 그럼 내가 그 상황에서 달리 뭘 할 수 있을지⋯⋯."

"그냥 잊어버려요. 됐죠?"

나는 화장실로 들어가 쾅 소리가 나게 문을 닫았다.

내가 타이슨에게 뭘 기대했던 걸까? 죽일 듯이 분노를 표출하는 것? 백정의 칼을 들고 옆집으로 달려가 브렛 거스리의 거시기와 손목을 잘라버리는 것? 그래, 잠깐은 도움이 되긴 하겠다. 지금 그의 냉랭한 반응보다는.

어쩌면 포옹?

아닐 거다. 지금은 누가 나를 만진다는 생각만으로도 구역질이 난다.

그리고 사실, 지금은 그 무엇으로도 내 기분을 좋게 할 수 없다. 당연하다. 브렛 거스리를 향해 모든 종류의 폭력을 행사하는 걸 상상해볼 수는 있겠지. 그런데 그게 무슨 도움이 되겠는가?

그가 다시는 그런 짓을 하지 않으리라는 게 확실해지긴 하겠지.

맞다. 그거다.

나는 셔츠를 벗고 거울 속의 내 모습을 보았다. 온통 문질러 놓은 피부가 빨개졌지만, 아직도 더러운 냄새나는 그의 침이 내 몸을 태우는 것 같았다. 나는 화장실 문이 잠겼는지 꼼꼼히 확인한 후 옷을 벗고 다시 샤워를 하기 시작했다.

깨끗해진 기분이 들자, 나는 새리타에게 잠깐 나가서 산책을 하고 오겠다고 말했다.

새리타는 소파 위에 누워 있었다. 어젯밤에 잠을 잘 못 자 계속 졸려워한다. 그러나 아이는 벌떡 일어났다.

"나도 가도 돼요?"

젠장. 방을 나가기 위해 내 정신을 수습하는 것만으로도 충분히 힘든데 아이를 달고 나갈 순 없다. 나는 기운이 빠졌다.

"아니. 넌 여기 있는 게 좋겠어."

"그래도……."

아이가 징징거리려 한다.

"제발, 새리타. 이번 한 번만. 난 지금 기분이 좋지 않아. 화도 좀 나 있고. 그러니까 여기 남아 있는 게 더 재밌을 거야. 이번만 부탁할게."

아이는 어깨를 으쓱하더니 쿠션 속에 파묻혀 다시 TV를 봤다. 나는 새리타가 이렇게 쉽게 포기할 것은 예상을 못 했고, 그래서 죄책감을 느꼈다. 새리타도 분명히 기분이 엉망일 것이다. 나는 아이에게 다가가서 이마에 입을 맞췄다.

"금방 올게. 알겠지? 아, 지금 〈찰리와 롤라〉 하네. 저거 꼭 봐야 하잖아. 그렇지?"

아이는 다시 어깨를 으쓱했고 나는 더 겁을 먹기 전에 방을 나섰다. 계단실 문을 쾅 소리가 나게 닫고 유령의 집에서 유령에게 쫓기는 아이처럼 계단을 달려 내려갔다. 5층 문을 밀고 나가자 배 속이 조여들었다. 순간 브렛일 거라 생각했는데, 캠 거스리였다. 캠은 5B호 문 옆에 서서 군인처럼 쉬어 자세를 취하고 있다. 손은 허리에 찬 거대한 사냥용 칼의 칼자루에 올려놓았다. 분명 브렛은 그에게 무슨 일이 있었는지 거짓말을 했을 것이고, 이를 확인해주듯 캠은 내게 음흉한 미소를 보냈다.

"안녕하세요. 아가씨."

이 '아가씨'라는 말이 비아냥인지 아닌지 잘 모르겠다. 풍기는 분위기만 가지고 이 남자의 유머 감각을 과소평가해서는 안되겠지. 그건 큰 실수다.

옆에 다가가기가 죽기보다 싫었지만, 나는 그에게 다가가서 말을 걸었다. 목소리가 꺽꺽대서 헛기침을 하고 다시 시도했다.

"안녕하세요. 그 사람을 만나고 싶어요."

"누구요?"

누군지 알잖아, 씨발.

"저 안에 있는 남자요."

"왜요? 저 남자는 살인자요. 들여보낼 수 없어요."

"저 사람이 누굴 죽였는데요?"

"그레그요. 그레그의 전화기를 의료실에서 찾았어요. 완전히 망가졌죠."

아무도 이 얘기를 해주지 않았다. 트루디는 친절하게 대해줬지만, 분명 모든 걸 다 얘기해주는 건 아니다.

"그렇다고 입증되는 것은 아무것도 없어요. 게다가 난 그에게 빚을 진걸요."

"무슨 빚?"

"그 사람이 날 구해줬어요. 당신 아들로부터."

속에서 분노가 빠르고 뜨겁게 치밀어 올랐다. 나는 자제하지 못하고 이렇게 말해버렸다.

"당신 아들은 괴물이에요."

나는 몇 걸음 뒤로 물러서서 본능적으로 팔짱을 끼고, 그의 공격으로부터 나 자신을 보호했다.

그러나 놀랍게도, 캠은 그냥 고개를 떨굴 뿐이었다. 슬퍼 보이는 것 같기도 했다.

"브렛은 아무 짓도 안 했소."

그의 약한 모습이 나를 자극했지만, 곧 그에게 소리를 지를 뻔했다. 당신 아들이 날 강간하려고 했다고요. 하지만 계단 쪽에서 소리가 들려 입을 다물었다. 월과 재이가 층계참을 돌고 있었다. 널빤지를 들고 있었는데 수경재배실에서 가져온 모양이다. 월이 엘리베이터 통로의 벽을 뚫는 계획을 세우고 있다고 트루디가 얘기해줬다. 그가 해내길 바란다. 진심으로.

나는 캠을 향해 돌아섰다.

"들여보내주세요."

"내가 말릴 이유는 없지."

우리 둘 다 이 말이 사실이 아니란 것을 안다. 몇 초가 지나고, 그는 고개를 끄덕였다. 여자들이란 도대체 이해가 안 가, 하는 얼굴로.

"그 사람은 누굴 위협할 수 있는 상태는 아니오. 하지만 혹시 내가 필요하면 소리를 질러요."

나는 캠 거스리를 밀치고 불이 반쯤 켜진 객실 안을 살피다가 그를 찾았다. 그는 맨 끝 침실에 있었다. 시트를 벗긴 매트리스 위에 얼굴을 위로 하고 똑바로 누워 있었다. 누군가 그의 상체에 붕대를 감아주었지만, 나머지 옷들은 피로 얼룩지고 냄새가 났다. 그는 담요도 덮지 않았다. 나는 그를 덮어줄 것을 찾아 방을 둘러보았다. 그를 위해서이기도 했고 나 자신을 위한 것이기도 했다. 내 머릿속의 목소리가 이런 일이 생긴 건 다 나 때문이라고 말하고 있었다. 그러나 나는 그 소리를 애써 외면했다. 구석에 작은 백팩과 비닐 쿠션이 달린 봉투가 놓여 있었는데, 내용물은 카펫 위에 흩어져 있었다.

지금에서야 그의 얼굴을 처음 보았다. 잠든 줄 알았는데, 지금 보니 눈이 심하게 부어서 눈동자가 보이지 않는 것이었다. 그는 깨어 있었고 가느다란 틈새로 동공을 깜박이며 나를 좇고 있었다. 그는 두려워하는 것 같았다.

침대 옆 스탠드에 수프 한 그릇과 물이 든 컵이 놓여 있었지만, 그가 일어나 앉아 마실 수 있을 것 같지는 않았다. 나는 컵을 들고 화장실로 가서 헹구고 수돗물을 조금 받아 다시 가져왔다.

그러다 잠시 멈칫했다. 그런데 이 남자는 도대체 누구지? 여기에서 뭘 하고 있었던 걸까? 캠의 말이 맞을까? 이 남자가 그레그를 죽인 걸까? 그는 나와 컵을 바라보고 있다. 나는 억지로 그에게 다가가 옆에 앉아서, 팔을 그의 어깨에 둘러 몸을 편안히 받쳐주고 침대 머리판에 구부정한 자세로 기대게 해주었다. 물잔을 입술에 갖다 대자 그는 목이 말랐는지 후루룩 소리를 내며 물을 마시고는 이내 기침을 했다. 나는 그에게 물을 조금 더 먹이고 다시 일어섰다.

"고마워요."

그의 목소리는 거칠고 톤이 높았다.

"제가 감사해야죠. 그래서 여기 온 거예요. 걔를 막아줘서 고마워요……. 하지만 걔가 당신에게 이런 짓을 한 건 정말 미안해요."

그는 아무 말도 하지 않았다.

"사람들은 당신이…… 당신이 그레그 풀러를 죽였다고 생각해요. 그 사람을 알기는 했어요? 여긴 왜 있는 거예요?"

"내가 안 그랬어요."

그가 말했다.

"난 그냥 여기 숨은 거예요. 지낼 곳이 필요해서. 나는 이곳을 지을 때 풀러 씨 밑에서 일했어요."

"그렇지만 그 사람을 봤잖아요. 안 그래요? 그가 죽었을 때."

나는 그의 발을 보았다. 더러웠고 남자 발치고는 작았다. 나는 이미 답을 알고 있었다.

그가 고개를 끄덕였다.

"당신이 피 웅덩이 위로 걸었던 거죠. 안 그래요?"

그가 다시 고개를 끄덕였다.

"실수였어요."

그는 후회하는 표정으로 얼굴을 찡그렸다.

"괜찮아요."

나는 이렇게 말했다. 뭐가 괜찮은지를 논하려는 것처럼. 이 총체적으로 거지같은 상황을 나의 넓은 아량으로 개선시킬 수 있는 것처럼. 그가 컵을 향해 왼손을 뻗으며 몸을 틀자 통증을 느꼈는지 움찔거렸다. 나는 다시 가까이 다가가 물컵을 그의 멍든 입가에 가져다 댔다.

"어젯밤에 왜 나를 도와줬어요?"

그가 물을 다 마시자 내가 물었다.

"나는 옆의 저장실에 있었어요. 음식을 찾으러. 통조림들이 있었어요. 당신 소리를 들었어요. 문제가 있다는 걸 알고 들어갔죠. 그놈을 봤어요. 아무 생각도 안 했어요."

"그때 생각을 좀 했다면, 그런 일은 안 했을 텐데. 지금 당신 모습을 봐요."

그는 그가 할 수 있는 최대한 고개를 격렬하게 저었다.

"그렇게 해서 기뻐요."

나는 그가 다시 편안히 자리에 눕는 것을 지켜보았다.

"이건 옳지 않아요. 누군가 그 자식을 말려야 해요."

20
지나

냉장고에서 무슨 일이 있었는지 엄마 아빠에겐 말하지 않았다. 나는 그 일에 대해서 생각해보았다. 다시 생각을 끄집어내기 위해서 숨을 깊이 들이마시고 벽에 편안히 몸을 기대야 했다. 그 안에 갇힌 건 겨우 몇 분 정도였고, 다시는 갇히고 싶지 않았다. 절대로. 내 마음속에 스쳐 지나간 것들……. 내가 정말로 신앙심이 깊다면, 죽음의 얼굴 앞에서 차분하고 고요하게 머물며 하나님과의 일치를 기다렸을 것이다. 그러나 나는 믿음이 없었다. 내 안은 공포로 가득 채워졌다……. 나는 악마가 내 안에 있었던 것을 알고 있었다.

이것은 주님의 시험이었고 나는 실패했다. 만일 그 냉장고 안에서 내 영혼이 그런 상태인 채로 죽었다면, 나는 절대 주님과 함께 천상의 집을 찾지 못했을 것이다.

그러나 나는 여기 우리 객실에서 나가야 한다. 누군가 전에 벽이 사람을 둘러쌀 수 있다고 하는 걸 들었다. 지금 딱 그런 기분이다. 주차장의 트레일러에서 살던 때를 회상해보면, 나는 몰래 돌아다니는 데 영 익숙하지 않았다. 그러나 여기에서 내가 하는 일이라곤 몰래 돌아다니는 것뿐이다. 객실 안에서는 발끝으로 걸어 다니며 가족들 눈에 띄지 않으려고 조심한다. 지난번처럼 내가 하지도 않은 일을 놓고 엄마가 나를 붙잡아 나더러 잘못했다며 분노를 터뜨릴 때를 대비하기 위해서다. 그러나 그 화재 이후 엄마는 방에 틀어박혀 있을 때가 많아서 몰래 빠져나가기가 더 쉬워졌다.

아빠와 브렛은 5층에서 감시 임무를 맡고 있다. 나는 천천히 계단을 오르며 오락실로 간다. 그곳에서는 월이 엘리베이터 통로의 벽을 뚫고 있다. 트루디는 머리에 반다나를 두르고 판자로 막아놓았던 구멍 앞에 서 있다. 내가 다가가자 트루디가 나를 향해 미소를 지었다. 아빠와 브렛은 이 일을 돕지 않는다. 두 사람은 월의 계획이 바보같고 비현실적이라고 생각한다. 나는 어떻게 생각해야 할지 모르겠다. 우리가 밖에 나간다면 다시 트레일러에서 살아야 할 텐데.

틈새로 아래를 내려다보았다. 지하실 바닥까지 곧게 뚫려 있는 검은 구멍을 보니 약간 어지러웠다. 월은 참 용감하다. 나라면 저런 일을 하고 싶지 않을 것 같다. 이 텅 빈 공간 위를 가로지르는 좁은 널빤지 위에서 균형을 잡으며 벽을 두드리는 일이라니.

"잘 돼요?" 내가 물었다.

트루디가 고개를 저었다.

"아니, 별로. 게다가 도와주는 사람도 없고."

그녀의 말이 씁쓸하게 들렸다. 아빠와 브렛을 가리키는 것이다. 이 말에 나는 화가 치밀었다. 아빠와 브렛에겐 할 일이 있다. 그레그를 죽인 멕시코 사람을 지키는 일이다. 그가 그런 짓을 저질렀을 때 감사하게도 브렛이 그를 발견했다.

내가 돌아서는 순간 월이 망치로 콘크리트를 내리쳤다. 쾅. 나는 팔과 어깨가 갑자기 들썩 하고 들리는 기분을 느꼈다. 몸이 기억하고 있었다. 집에 있을 때는 장작 패는 일과 바위 부수는 일을 많이 했었는데.

나는 오락실을 살금살금 가로질러 제어실로 향했다. 재이에게 그냥 '안녕'이라고만 말해야지. 그게 여기 온 진짜 이유였다. 그러고 나서 방으로 돌아가야겠다. 노크를 하려고 했는데, 안에서 들리는 말소리에 멈췄다. 그들은 문 쪽으로 등을 돌리고 있었다. 단하우저 씨가 저 멀리 작업대 위에서 몸을 굽히고 있고, 케이트는 재이의 옆에 앉아 있었다. 재이는 컴퓨터 화면을 바라보면서 머리를 케이트 쪽으로 기울였다. 제어실에서는 아직도 축축한 재와 녹은 플라스틱 냄새가 났다. 두 사람이 앉아 있는 곳에서 작게 록 음악이 흘러나왔다. 케이트의 아름다운 불꽃 색깔 머리카락은 땋아서 동글게 말아 올렸다. 나는 내가 괴물인 것 같은 기분이 든다. 무거운 다리가 바닥에 박힌 듯 움직이지 않는다. 그냥 안녕, 이라고 말하고 아무렇지 않게 행동해도 되는데, 두 사람이 나를 쳐다보는 게 싫다. 만일 지금 엄마가 올라온다면…….

난 괴물이 아니라 악마다. 속속들이 역겨운 존재다.

그때 케이트가 말했다.

"어디로 가야 할지 모르겠어. 완전히 갇힌 기분이야. 방에서 나올 때마다 그 자식과 마주칠 것 같아 두려워. 난 겁먹고 싶지 않아. 새리타에게는 밝은 모습만 보여주려고 하는데, 그 애도 벌써 눈치챈 것 같아. 맙소사. 겁먹은 네 살배기가 위로해주겠다며 다가오는데, 그걸 보고 있으면 얼마나 기분이 더러운지 알아?"

"다시는 그런 짓을 하지 않을 거예요. 내가 확실히 해둘게요."

"그래. 네가 뭘 어떻게 하려고?"

재이가 어깨를 으쓱하는 게 보인다.

"남 뒷얘기나 하며 비열하게 굴고 싶진 않은데, 너도 걔가 어떤지 알잖아. 덩치도 크고 멍청한 게 꼭 제 아빠 같아."

마지막 부분에서는 비웃는 말투가 역력했다. 케이트가 누구를 말하는지 알 것 같았다.

"여기 이 아래에서 그 자식은 지가 하고 싶은 건 뭐든 하고 다닌다고."

내가 브렛의 행동을 욕하는 건 상관없다. 하지만 다른 사람이 내 오빠에게 안 좋은 말을 하는 걸 들으면 화가 나서 이를 악물게 된다. 나는 분노를 누르려고 안간힘을 썼다. 내가 낄 자리도 아니고, 브렛도 자기 일은 자기가 알아서 할 수 있으니까. ……그러나 참을 수가 없다. 꼭 〈로즈빌〉의 실라가 된 기분이다. 실라는 뉴욕에서 온 못된 사촌인데 매사에 싸우려드는 애다. 나는 두 사람을 향해 다가갔다.

"브렛이 언니하고 정확히 뭘 하고 싶어 한다는 건데요?"

나는 케이트에게 말했다. 아마도 내 말투는 실라보다는 엄마 같았을 것이다.

재이와 케이트가 함께 뒤를 돌아 나를 보았고, 그 순간 나는 말을 꺼낸 것을 후회했다. 재이가 나를 향해 눈살을 찌푸렸을 뿐만 아니라, 케이트의 얼굴이 정말 끔찍해 보였기 때문이다. 창백하게 질린 피부가 밀랍처럼 번들거렸고 그 위에 선명한 반점들이 퍼져 있었다. 부어오른 눈 아래에는 다크서클이 있다. 케이트는 정말로 괴로워하는 것 같았다.

케이트는 나를 보자 깜짝 놀랐다. 핏발 선 두 눈에 비치던 공포가 순식간에 분노로 변해갔다.

"신경 꺼."

케이트가 일어섰다. 그러는 동안 단하우저 씨는 납땜을 하다가 고개를 들고는, 날카로운 푸른 눈으로 우리 모두를 하나하나 기억하려는 듯 노려보았다. 아빠가 왜 저 할아버지를 믿으면 안 된다고 했는지 알겠다.

"미안해요, 케이트. 그런 뜻이 아니라…… 브렛이 무슨 짓을 했어요?"

케이트는 말없이 내 옆을 지나 문 쪽으로 걸어갔다.

"네 엄마가 또 난리 치는 건 원치 않아. 네가 교회 안 다니는 사람들과 얘기하는 걸 보면 또 난리가 나잖아. 나 같은 빌어먹을 신앙심 없는 사람 말이야."

또 그 비웃는 말투였다.

"말해줘요, 케이트."

재이는 그대로 자리에 앉은 채 말했다. 그는 긴 다리를 쭉 뻗어 양옆으로 흔들고 있었다.

"쟤도 알아야 돼요. 쟤는……."

내가 어떻다는 건지, 재이는 말을 끝맺지 않았다.

"그냥 잊어버려, 재이. 저 애가 굳이 신경 써야 할 이유가 없어. 쟤는 지 오빠 편을 들 거라고."

"편을 들어요? 무슨 일로? 브렛이 뭘 어쨌는데요?"

내가 물었다. 단하우저 씨는 조용히 상황을 지켜보았고, 가는 입술에는 가벼운 미소가 떠올라 있었다. 지금 이 상황을 즐기는 것 같았다.

"브렛이 어젯밤 케이트를 강간하려고 했어."

재이가 불쑥 내뱉었다.

"다친 그 남자는 브렛을 말리려다 브렛한테 죽도록 얻어맞은 거야. 네 오빠가 그래도 영웅이냐?"

쿵, 쾅, 쿵, 쾅, 쿵, 쾅.

"오빠가 뭐라고? 잠깐만요."

그러나 케이트는 벌써 문밖으로 나가버렸다.

재이와 단하우저 씨는 잠시 나를 쳐다보았다. 나는 제어실 밖으로 뛰어나갔다.

모든 것이 앞뒤가 맞기 시작했다. 모든 것이 이해가 가기 시작했다. 이 대화 때문에 몇 년 전 일이 기억의 수면 위로 떠올랐다. 보고 싶지 않은 장면이었다. 그때 브렛과 나는 열다섯 살이었고, 9학년 기말시험을 앞둔 봄이었다. 집에 계속 손님들이 찾아왔다. 평소에 찾아오는 손님들보다 훨씬 더 많이 찾아왔다. 교장선생님인 고치 씨와 학교 이사회장인 크립트 박사님이랑, 내가 잘 모르는 정장을 입은 아저씨들이었다. 그리고 베시 카버의 아빠도……. 베시 카버는 우리 집 길 건너에 살던 아이인데 브렛이 좋아하던 여자애였다. 하지만 베시는 주니어 미식축구팀에서 와이드 리시버로 뛰던 아트 존스를 좋아했다.

엄마는 그 몇 달 동안 계속 울기만 했다. 그러나 그건 그렇게 특이한 일은 아니었다. 아무튼 그해 1월에 할아버지가 돌아가셨으니까. 나는 단지 엄마가 많이 슬프신가보다고 이해했고 무슨 일이 있었는지는 굳이 신경 쓰지 않았다. 아무도 나에게 말해주지 않았고 나도 별로 궁금해하지 않았다. 내 머릿속은 그때, 뭐였는지는 지금은 기억이 잘 안 나지만, 뭔가 중요한 일로 가득 차 있었다.

그러나 그다음에 아빠는 기말고사를 보기도 전에 학교를 그만두게 하고, 우리를 데리고 하버 씨 농장의 트레일러로 이사를 갔다. 진짜 세상에서 책으로 배우는 건 도움이 안 된다고 말씀하시면서. 우리는 생존하는 방법을 배워야 하고 그건 아빠가 가르쳐줄 수 있다고 하셨다. 내가 기억하는 아빠는 무기류를 굉장히 좋아하셨고, 스스로 농사짓는 법을 배우고 싶어 하셨다. 그리고 항상 종말을 대비하셨다. 아빠는 언제나 우리에게 어느 날 세계 질서가 무너질 것이고, 미국 시민들은 안팎에서 공격을 받게 될 거라고 말씀하셨다. 우리는 법도 돈도 없는 나라에서 살아야 할 거라고도 하셨다. 내 생각에 아빠는 우리가 모든 일에 항상 준비되어 있도록 만들고 싶으셨던 것 같다. 아마도 그 봄에 브렛이 저지른 짓이 아빠에게 필요했던 구실이 되어준 것인지도 모른다.

아래층으로 내려가는 동안 아무 생각도 하지 않았다. 나는 울었다. 베시 카버. 기억 속에서 보이는 것이라고는 우리가 집을 떠나던 그 밤에 만났던 베시 카버의 얼굴뿐이었다. 그 애의 얼굴도 케이트처럼 창백하게 질려 밀랍같이 번들거렸고, 뺨에 선명한 반점들이 퍼져 있었다. 베시는 다크서클이 번진 눈으로 브렛을 쳐다보았고 브렛은 그 시선을 똑바로 마주하며 똑같은 눈으로 베시를 쏘아보았다. 베시는 우리가 지나갈 때 고개를 떨구었고, 나는 그때 처음으로 베시의 옆얼굴에 든 멍을 보았다.

그때는 단순히 브렛이 베시를 때렸나보다고 생각했었다. 물론 그것만으로도 충분히 나쁜 짓이었지만, 그때 나는 어리고 어리석었다. 나는 내 쌍둥이 오빠가 누군가를 강간할 수 있는 인간이라고 생각하고 싶지 않지만, 원래부터 그런 사람이었다는 걸 알고 있었다. 훨씬 전부터 알고 있었다. 지난 2년 4개월 동안, 아빠는 브렛으로부터 이 세상을 지키려던 것이었다. 나와 엄마도 지켜주시려고 했던 거다. 그것이 아빠가 나와 브렛을 계속 갈라놓은 이유였다. 날 미워해서가 아니라, 나에 대한 아빠의 사랑이 그만큼 깊었기 때문이었다.

살인자를 감시하던 아빠와 브렛이 낮게 얘기를 주고받는 소리가 들리자 나는 생각을 멈추고 잠시 서서 둘의 대화를 엿들었다.

"우리가 여기 객실로 옮겨요."

브렛이 말하고 있었다.

"여기가 훨씬 넓잖아요. 저 남자를 지금 우리 좁은 방에 가두고 우리가 여기로 내려와요. 아빠, 그래도 돼요?"

"조용히 해, 브렛."

아빠가 쏘아붙였다.

그러나 브렛은 징징거리기 시작했다.

"멕시코 살인자 놈은 이렇게 멋진 공간을 쓰는데, 이건 불공평하잖아요…….."

나는 계단실 문을 열고 복도로 나갔다.

브렛은 주먹을 쥐고 긴장한 자세로 돌아섰다.

"아, 너구나."

브렛은 긴장을 풀고 히죽거렸다. 그러고는 티셔츠 자락을 들쳐 얼굴의 땀을 닦았다. 여기 와서 항상 거울을 들여다보며 하는 짓이다. 트레일러에는 거울이 없었다. 우리가 아직도 학교에 다니고 브렛이 스포츠팀에 속해 있었다면 아마 치어리더들 앞에서 저런 모습을 보였겠지. 그러나 우리는 학교를 그만뒀고 브렛도 자기 모습을 과시할 수 없다. 여기엔 복근을 봐줄 치어리더들이 없다.

"케이트한테 무슨 짓을 한 거야, 브렛?"

"응?"

"지나…….."

아빠가 급히 끼어들었다.

브렛의 표정이 어두워졌다. 그 표정이 뭔지 안다. 그 의미도.

"내가 그 여잘 구해줬다고. 우리 모두를 구한 거야. 너도 알잖아."

"위층으로 올라가라, 지나. 지금 당장!"

아빠가 외쳤다.

이제는 이해할 수 있다. 아빠는 나를 보호하기 위해서 나에게 이렇게 대하는 것이다. 아빠 말을 듣자면 곧바로 이 자리를 떠나 방으로 가야 했지만, 지난 며칠간 겪은 일들이 한순간 끓어 넘치면서, 도저히 입 다물고 그냥 갈 수가 없었다. 나는 어린아이처럼 울부짖었다.

"왜 나를 자꾸 따돌리시는 거예요, 아빠? 왜 나 대신 브렛만 감싸고 도시는 거예요?"

아마 내가 울어서, 지난 몇 년간 한 번도 운 적 없던 내가 울어서 아빠가 날 때리지 않는 것 같다.

"쟤가 무슨 짓을 했는지 아세요? 어젯밤에 무슨 짓을 했는지 아시느냐고요?"

브렛이 내 코앞까지 다가와 있었다. 얼굴과 가슴을 나에게 내밀고, 나를 문 쪽으로 밀어붙였다.

"뭐? 내가 뭘 어쨌는데?"

"브렛! 지나!"

아빠가 외쳤다. 그러나 우리는 아빠를 무시했다.

"전에도 그런 적 있지? 그렇지? 전에 학교에서, 베시 카버한테."

나는 브렛의 표정이 변하는지 확인하기 위해 브렛의 얼굴을 살폈다. 그러나 그의 눈빛에는 아무것도 없었다. 나는 몸을 비틀어 어깨로 브렛을 확 밀쳤다. 이곳에 있는 사람들은 누구도 감히 브렛을 건드리지 않으려 했지만, 나는 브렛과 몸싸움을 수

천 번도 더 했었다.

"그래서 우리가 집을 팔고 트레일러로 이사 간 거지? 엄마 아빠가 억지로 우릴 끌고 간 게 아니라, 너 때문에. 네가……."

나는 '네가 아랫도리 간수를 못 해서'라고 말하고 싶었다. 그런 말을 어디에서 들었는지도 모르겠다. 그러나 나는 이 말을 삼켰다. 우리는 더 이상 집에서 난투극이나 벌이는 꼬마들이 아니었다……. 난 이제는 브렛을 모르겠다. 끝까지 밀어붙이면 브렛이 나에게 무슨 짓을 할지 모르겠다. 우리는 제일 좋은 친구였지만 지난 2년이 우리 사이에 벽돌담처럼 자리 잡았다. 그리고 그 슬픈 무게에 눌려 마침내, 너무 늦게, 나는 입을 닫았다.

"넌 지금 네가 무슨 말을 하는지도 모르지."

브렛이 말했다. 그러나 그는 뒤로 물러섰다.

"내 말이 맞죠, 아빠?"

나는 아빠에게 대든 걸 용인하지 않고 나를 때릴 거라 예상했다. 그러나 아빠는 말씀이 없었다. 그러다가, 부드럽게, 거의 혼잣말처럼 중얼거렸다.

"나는 우리 가족을 위해서 할 일을 했어. 종말에 대비하는 것이 얼마나 중요한지는 너도 알지. 이 세상은 지옥으로 향하고 있어. 저 밖에는 우리를 죽이려는 사람들이 있어. 미국을 파괴하고 우리가 지켜야 할 가치를 무너뜨리려는 사람들이……."

나는 다른 걸 물어보려 했지만 마침내 아빠는 내가 누구인지, 내가 지금 어디 있는지를 일깨워주었다.

"조용히 해라, 지나. 가서 엄마를 돌봐야지."

집에 있을 때는 혼자 있기 위해 매일 집 뒤의 숲이나 언덕으로 나가곤 했다. 그때는 누구도 그걸 숨어 돌아다닌다고 하지 않았다. 그런데 왜 여기서는 아래층에 내려가고 싶다고 하면 못 가게 막는 것일까? 그래도 여전히 아래층에 내려가는 게, 엄마, 아빠, 브렛에게서 멀어지는 게 잘못이라는 기분이 든다. 더 멀리 갈수록, 집에서 멀어진다는 죄책감은 더 강해졌다.

아래층에 내려가서 닭과 병아리들을 보고 싶었다. 무언가 순수한 생명체들을 보면 도움이 될지도 모른다. 채소를 심은 트레이의 흙을 손가락으로 만지며 세상은 콘크리트와 전기로 만들어진 것이 아니라는 걸 깨닫고, 우리는 여전히 축복받은 존재이며 여전히 살아 있음을 느낄 수 있을지도 모른다. 층계참을 돌 때마다 불이 깜박거리며 켜졌고 내가 지나온 저 위쪽의 불은 꺼졌다. 나는 머리 위의 깊은 어둠을 올려다보다가 서둘러 내려갔다.

"지나! 쉿."

재이가 6층의 문을 열고 나타났다. 재이가 곧바로 모습을 드러내서 다행이었다. 그렇지 않았으면 내가 무슨 짓을 했을지 모르겠다. 내 안에서 목소리가 들린다고 생각하며 심장마비를 일으켰거나 문 뒤에 숨어 있던 재이에게 주먹을 날렸을지도 모른다. 아마 주먹을 날리는 쪽이었겠지. 재이가 코가 깨져서 바닥에 쓰러지지 않은 건 행운이다.

"뭐 하고 있어?"

나는 내 뒤의 계단을 살피며 속삭였다. 여전히 어둡다……. 계단엔 아무도 없었다.

"이리 와."

재이가 말했다. 나는 그를 따라 복도로 들어갔다.

"너한테 보여줄 게 있어."

여기 있으면 안 되는데. 난 여기 있고 싶지 않은데. 그러나 재이의 뒤를 따라 그레그의 시신이 발견된 텅 빈 의료실로 향했다. 재이가 6A호의 문을 가려놓은 두꺼운 비닐을 들쳤다.

나는 밖에서 망설였다.

"뭐야? 뭘 보여주려고?"

대답이 없었다. 그러나 투명한 비닐 너머에서 희미한 노란 불빛이 펄럭거리는 것이 보였다.

"여기 있으면 안 돼, 재이."

대답이 없다.

"나 이제 내려간다. 알았지?"

그때 재이의 실루엣이 다가오는 것이 보였다. 재이는 팔을 내밀어 내 손을 잡았다. 손이 따뜻하고 건조했다. 뿌리쳐야 하는데. 재이가 말했다.

"제발. 와서 봐. 널 위해 만든 거야."

나는 방수포를 밀치고 그를 따라갔다. 여기 객실은 방이 세 개에 작은 부엌 앞에 거실이 있는, 우리 객실과 똑같은 구조였다. 그러나 여긴 아직도 비닐에 싸여 있다. 카펫도 안 깔린 콘크리트 바닥에 조명도 없다. 재이는 엎어놓은 페인트 깡통 위에 양초를 모아 켜놓았다.

"시간을 보내기에 좋을 것 같아. 우리 둘만 말이야. 전기는 안 들어오지만, 촛불이 예쁘잖아. 그렇지?"

"멋지다, 재이."

재이는 소파에 씌운 비닐의 한쪽 끝을 들쳤고, 나는 소파의 끝을 조금 들어 올려 비닐을 뺄 수 있게 잡아주었다. 마침내 재이가 덮개를 벗겼다.

"이제 필요한 건 음악인데."

그는 완성되지 않은 부엌 찬장 안에 놓아둔 컴퓨터로 향했다.

그 순간 전에 오락실에서 들었던 음악이 떠올랐고, 그 음악을 듣고 어떤 기분이 들었는지 기억해냈다. 그래서 재이를 말렸다.

"아니, 하지 마. 나는 조용해도 상관없어."

"그래. 좋아."

소파 양 끝에 멀찍이 떨어져 앉아 있자니, 재이는 살짝 실망한 듯 보였다. 나는 뭔가 말해야 할 것 같은 기분이 들었다. 그가 기분 좋게 대답할 수 있는 말을.

"저, 컴퓨터는 어떻게 돼가고 있어? 그러니까, 제어실 컴퓨터 말이야."

그는 어깨를 으쓱했다.

"난 전문가가 아니야. 그냥 전부 다 그대로야. 내부 제어 시스템은 괜찮고 와이파이는 완전히 망가졌고. 레오가 무전기를 수리하고 있으니 곧 조난 신호를 보내겠지."

"아빠가 그러는데 그 사람 스파이래. 히틀러를 위해 일했었다고. 그게 사실일까?"

"글쎄, 아닐 것 같은데. 레오는 일흔 살이 넘었을걸. 히틀러가 독일을 통치했을 때는 아기였을 거야. 히틀러가 아기 스파이들을 쓰지 않은 이상은. 안 그래?"

나는 얼굴이 붉어졌다. 나는 아무것도 몰랐고 당황스러웠다. 재이는 정말 똑똑하다. 내가 그를 바라보자 그는 친절하게 미소를 짓고 있었다.

"그렇겠구나."

내가 말했다.

"하지만 누가 알아? 그 사람도 결국 독일 사람이잖아. 60년대나 70년대에는……. 그때에도 스파이들이 많이 활약했으니까. 레오가 스파이였다고 해도 난 놀라지 않을 거야. 위층에 올라가서 직접 물어볼래?"

"아니!"

내가 말했다. 그리고 곧 재이의 말이 농담이라는 걸 눈치챘다.

잠시 침묵이 흘렀다. 나는 우리가 오늘 아침 제어실에서 있었던 일을 생각하고 있다는 걸 알 수 있었다.

"케이트가 날 미워할까?"

내가 말했다.

"뭐?"

"전엔 나한테 잘 해주었는데……. 브렛 때문에 나한테 화가 난 것 같아."

이런 말을 하는 것은 브렛을 배신하는 것임을 알고 있었다. 이런 얘기도 해서는 안 되고, 아니면 적어도 모든 것을 부인하고 브렛을 지켜줘야 한다. 그러나 여기서 재이와 단둘이 있는 지금, 나는 재이가 브렛에게 앙심을 품고 있다는 걸 알았다. 케이트가 브렛이 한 짓을 말했을 때 재이가 브렛을 미워하게 되었음을 알았다.

"케이트는 그냥 화가 난 거야. 케이트의 고용주인 그 개자식은 케이트를 도와주지도 않아. 너도 알지? 가끔 난 그런 생각을 하는데, 어떤 사람들이 없으면 이 세상은 좀 더 좋은 곳이 될 거야. 하지만 케이트가 너한테 화가 나지 않았다는 건 확실해."

"난 그냥 집에 가고 싶어."

내가 말했다. 울고 싶지 않았지만 벌써 얼굴이 뜨거워지는 게 느껴졌다. 여기 이 아래, 우리만의 작은 공간에 있으니 엄마, 아빠, 브렛의 매서운 눈초리로부터 해방된 기분이 들었다.

"무서워."

재이는 소파 위에서 내게 천천히 다가와, 손가락을 뻗어 무릎 위에 깍지 끼고 있던 내 손을 어루만졌다. 나는 그가 날 만지게 그대로 두고, 손을 들어 그의 손가락을 잡았다.

"너에게 무슨 일이 생기게 하지 않을게, 지나."

나는 재이의 얼굴을 바라보았다. 너도 나처럼 어리지 않냐고, 성소의 안에서든 밖에서든 무슨 일이 일어나면 너도 어쩔 수 없지 않냐고 말하고 싶었지만 그의 눈이 너무나 맑았다. 나는 그를 믿었다.

재이가 손으로 내 뺨에 흐르는 눈물을 닦았다. 나는 내 피부가 끈끈하지는 않을지 주근깨가 보이지는 않을지 걱정이 됐다. 혹시 나에게서 무슨 냄새가 나진 않을까. 내 모습을 보고 날 역겨워하진 않을까. 그러나 그가 내게 몸을 기대자 소금과 민트 향이 풍겼고, 그가 입술을 내 입술에 갖다 대자 나는 모든 것을 잊었다. 느껴지는 것이라곤 내 입술에 닿은 그의 혀와 이, 그의 머리를 잡고 내게 끌어당겼을 때 뒤통수에서 만져지는 그의 땀뿐이었다.

21
재이

아빠의 목소리는 거의 알아들을 수가 없었다. 평소보다도 훨씬 높은 톤이라 귀에 거슬렀다.

"당신이 거기 가는 거 싫어, 스텔라."

"이 얘긴 끝났잖아. 루벤 몬토야는 도움이 필요해. 캐럴라인 단하우저도 그렇고."

"위험할 거야. 그 남자가 그레그를 죽였잖아!"

"난 아무것도 안 한 채 여기 가만히 앉아 있지는 않을 거야."

그럼 엄마랑 같이 가겠다고 해요, 아빠. 콘도 안에서 어슬렁 거리면서 상상 속의 먼지 닦는 것 말고 뭘 좀 하라고요. 재이는 속으로 애원했다. 그러나 아빠는 나가지 않을 것이다. 부모님이 싸우는 소리를 듣고 있자니 허공에 붕 뜬 것 같은 낯선 기분이 든다. 그는 침대에 털썩 누워 점점 높아지는 부모님의 말소리를 듣지 않으려고 안간힘을 썼다. 아침 내내 그는 지나에 대해, 두 사람 사이에 있었던 일에 대해 거듭거듭 생각하며 몽상에 빠져 있었다. 지나를 다시 만나고 싶은 마음이 간절했다. 그러나 조심해야 했다. 만일 캠이나 브렛이나 지나의 미친 엄마가 둘의 관계를 눈치챈다면, 결과는 루벤처럼 곤죽이 되도록 얻어터지는 걸로 마무리될 것이다. 케이트에게 중간에 다리를 놔달라고 부탁해볼까 하는 생각도 했다. 어쩌면 지나에게 메시지를 전달해달라고 할 수도 있겠지. 케이트는 쿨하니까, 아마 해줄 것이다. 아직도 브렛과의 일 때문에 엉망이긴 했지만, 브렛을 정말로 화나게 할 수 있다고 하면 좋아할지도 모른다.

"……당신도 적어도 월과 트루디는 도울 수 있잖아."

엄마가 말했다. 아빠는 월이 지금 하는 굴 파기는 무의미하고 받아쳤고, 재이도 그 말에는 어느 정도 동의했다. 재이는 월이 지지대를 세울 수 있도록 나무와 파이프를 오락실로 나르며 자신의 역할을 하고 있었다. 그러나 그 작업은 단순히 예정된 사고나 마찬가지였다. 지지대라고 해도 녹슬고 낡은 사다리에 널빤지를 묶어 엘리베이터 통로 반대쪽 벽에 걸쳐놓은 것뿐이었다. 월과 트루디는 나사로 그것을 고정시켰고, 트루디는 안전을 위해 월에게 허리에 로프를 묶으라고 종용했지만, 재이가 보기에는 그냥 불가능한 임무에 불과했다. 널빤지 위에는 한 사람이 설 공간밖에 없었고, 월이 장비 보관실에서 찾아낸 조그만 망치로는 벽을 뚫는다 해도 멀리 갈 수 있을 리도 없었다. 그것 외에 다른 장비는 없었다.

"굳이 이곳을 나갈 이유가 없잖아. 여긴 안전하다고."

아빠가 말했다.

"하! 안전해! 그 꼬마가 그렇게……."

엄마의 말소리가 기침 발작에 묻혔다. 고조되는 긴장을 감당 못 한 재이는 순간 방에서 뛰어나가 부엌으로 달려갔다. 엄마는 허리를 굽히고 있었고 아빠는 엄마의 등을 두드려주고 있었다.

"내가 같이 갈게요, 엄마. 아무튼 캐럴라인에게 책을 읽어주겠다고 트루디에게 말했으니까요."

엄마가 고개를 든다.

"우리 집 두 남자 중 적어도 하나는 배짱이 있네."

엄마는 이 한마디를 하고, 숨을 몰아쉬었다.

"아빠 말이 옳을지도 몰라요, 엄마. 엄마는 여기 있어야 해요. 몸이 별로 안 좋으신 것 같아요."

"너까지 그러지 마, 재이. 난 괜찮아."

아빠는 고개를 돌리며 저녁 식사 준비를 해야겠다는 둥 하는 말을 중얼거렸다. 행운을 빕니다. 재이는 속으로 웅얼거렸다. 재이가 닭에게 먹이를 줄 차례였다. 닭장에서는 악취가 풍겼다. 아무도 그 더러운 곳을 치울 마음의 준비가 되지 않았던 것이다. 닭들도 알 낳기를 포기했거나 누군가가 몰래 숨어들어가 달걀을 훔치는 모양이었다. 수경재배실의 채소도 상태가 썩 좋지 않았다. 그리고 누구도 그레그의 시체가 있는 냉장고의 고기를 먹을 생각을 안 했다. 그들은 아빠가 통조림 음식들을 대충 조합해 만든 수프로 연명하고 있었다.

재이는 백팩에 엄마의 전자책 단말기를 쑤셔 넣고 엄마를 따라 복도로 나섰다. 계단실에 도착하자 월의 망치질 소리가 희미하게 쿵쾅거리며 콘크리트를 뚫고 들려왔다.

엄마는 계단 두 층을 내려가 단하우저 씨 객실까지 가는 데 평소보다 훨씬 더 오래 걸렸다. 그러나 재이는 엄마의 건강을 더 이상 염려하지 않기로 했다. 어차피 이 안에서는 무의미한 일이었다. 단하우저 씨의 객실 문은 살짝 열려 있었다. 그레그의 엄지손가락 열쇠를 다시 보고 싶지 않은 이상 이 문은 항상 열려 있을 것이다. 재이는 몸서리를 치며 엄마를 따라 안으로 들어갔다.

"안녕하세요?"

엄마가 불렀다. 아무도 나오지 않았다. 레오는 제어실에서 위성전화기를 만지작거리고 있을 것이고, 트루디는 월을 돕고 있겠지. 잠시 정적이 흐르다가, 안에서 희미하게 노부인이 부르는 소리가 났다. 캐럴라인은 잠옷이 허벅지까지 걸어 올라간 채로 반쯤 침대에서 내려와 있었다.

"화장실에 가려고 했어요."

캐럴라인은 숨을 헐떡였다.

엄마는 혀를 끌끌 차면서 서둘러 부인에게 달려갔다. 재이는 엄마가 캐럴라인의 잠옷을 매만져주는 동안 고개를 돌렸다가, 함께 부축해 화장실로 데려갔다. 부인의 팔뚝 살이 손가락 사이로 비어져 나왔다. 사람이 이렇게 늙고 무기력해질 수 있다는 건 상상도 하지 못했다.

"이젠 괜찮아요."

캐럴라인이 변기에 도착하자 말했다.

재이와 엄마는 침대에 나란히 앉아 캐럴라인이 볼일을 끝내기를 기다렸다. 재이는 살짝 헛기침을 했다.

"엄마⋯⋯. 아빠 말인데요. 두 분 괜찮아요?"

엄마는 언제나 그렇듯 재이에게 용감한 미소를 지어 보였다.

"물론이지. 우리는 다만⋯⋯ 엄마랑 아빠는 잠깐 몇 가지 문제에서 의견이 일치하지 않은 것뿐이야. 그게 다야."

젠장. 재이는 다음으로 무슨 말을 해야 할지 생각해보았다. 그는 묻고 싶었다. 엄마는 아빠가 루벤 일을 도와주지 않는 게 화도 안 나요? 아니면 왜 아빠가 이런 거지같은 곳으로 우리를 데려오게 가만 놔두셨어요? 그러나 그 답을 정말로 듣고 싶은 것인지는 확신이 서지 않았다.

엄마가 한숨을 쉬었다.

"여기 콘도를 사두면 아빠가 기운을 낼 줄 알았어."

재이는 꼼지락거렸다. 마치 엄마가 그의 마음을 읽은 것 같았다.

"우리에게 안전한 은신처가 있다고 생각하면 아빠의⋯⋯ 근심이 풀릴 거라 생각했어. 그런데 여기서는……."

엄마는 짧고 건조하게 웃었다.

"집에 있을 때는 아빠가 뭘 해도, 뭘 하지 않아도 쉽게 무시할 수 있었지. 아빠가 이번 일을 이렇게 처리하도록 둔 건 내가 잘못했던 것 같아."

"괜찮을 거예요, 엄마."

그 말 말고는 달리 할 말이 없었다. 엄마가 안쓰러웠다. 그는 다시 어지러움을 느꼈다. 아무리 엉망진창이라고 해도, 부모님의 관계는 그의 인생을 통틀어 유일하게 변함없이 지속되어온 것이었다.

변기의 물 내리는 소리가 들리자 엄마는 일어서서 캐럴라인을 도와 다시 침대로 데려왔다.

"이제 루벤을 보러 내려갈게."

캐럴라인이 자리에 눕자 엄마가 말했다.

"저도 같이 가도 돼요?"

갑자기 재이는 이 늙은 할머니와 단둘이 있는 것이 싫었다. 부인은 좋은 사람 같았지만, 그녀의 무기력함에 전염되어 재이까지 처지는 것 같았다. 부인을 보고 있으면 아빠가 떠올랐다.

"아니. 넌 여기서 부인께 책을 읽어드리거라."

엄마는 캐럴라인의 이불을 잘 펴주고 방을 나갔다.

머쓱한 마음에 몸을 꼼지락거리다가, 가방을 뒤져 전자책 단말기를 꺼냈다.

"어떤 책을 좋아하세요, 단하우저 부인?"

"친구가 되려면 날 캐럴라인이라고 부르렴. 그리고 나는 재미있는 이야기를 좋아해. 좋은 미스터리나 러브스토리 같은 거."

캐럴라인은 재이에게 미소를 지었다.

"나는 오래 깨어 있지 않을 거야. 요즘은 잠을 아주 많이 자거든."

"괜찮아요."

그녀는 재이의 손을 토닥였다.

"참 착한 아이구나."

재이는 엄마의 책 목록을 훑다가 조디 피코의 책을 골랐다. 처음에는 조금 어색했지만, 점점 몰입하면서 내용에 빠져들다가 스스로의 목소리에 서서히 마음이 안정되는 것을 느꼈다. 어렸을 때는 엄마가 책을 읽어주곤 하셨는데. 아빠는 그런 적이 있던가? 아마 있었겠지. 20페이지쯤 읽자 캐럴라인이 부드럽게 코를 골기 시작했다.

"고마워."

뒤에서 누군가 말했다. 돌아보자 트루디가 서 있었다.

"일은 잘 돼가요?"

"아니. 윌 말로는 엘리베이터 통로 벽도 강화 처리를 했대. 그걸 뚫을 장비는 없고."

그녀는 침대에 걸터앉아 얼굴을 찡그렸다.

"혼자서만 일을 해서 많이 지쳤어."

윌 얘기를 할 때면 트루디의 표정에는 어떤 감정이 떠올랐다. 재이는 자신이 지나 생각을 할 때도 그렇게 보일지 궁금했다. 아마 그렇겠지.

"나중에 다시 와서 책 읽어드릴게요."

트루디는 다른 데 정신을 팔린 채 고개를 끄덕였다.

"고마워."

방에서 나온 재이는 여기저기 잔뜩 접어놓은 페이퍼백이 열린 문틈에 잘 박혀 있는지를 확인했다. 이젠 뭘 하지? 엄마가 아직 루벤과 같이 있는지 확인하러 가야겠다. 그는 천천히 계단을 걸어 내려갔다. 객실 앞을 지키는 브렛과 마주칠 대비를 했지만, 그곳에는 브렛이 아닌 캠이 있었다. 캠은 브렛보다는 한결 나았지만 그래도 여전히 무서웠다.

"저희 엄마 아직 안에 계세요?"

재이가 물었다.

캠은 이쑤시개를 씹고 있었다. 자기가 무슨 스탤론이라도 되는 줄 아는가보다.

"그래. 네 엄마는 왜 저런 살인자를 계속 돕겠다고 하는지 모르겠다."

재이는 참지 못하고 불쑥 말했다.

"그게 기독교인이 해야 할 일이니까요."

캠은 눈을 가늘게 떴지만, 미끼를 물진 않았다. 재이가 진담인지 아닌지 판단이 안 서는 모양이었다. 캠이 엄지손가락 열쇠를 꺼내자 재이는 고개를 돌렸다. 손가락은 이제 비닐조각에 싸서 보관하고 있었다. 문이 열렸다.

객실 안은 조용했다. 아무도 살지 않는 집처럼 퀴퀴한 냄새가 났다. 재이는 걱정이 스멀거리는 걸 느꼈다. 아빠나 캠의 말이 맞으면 어쩌지? 루벤이 정말 살인자라면? 검은 피 웅덩이 안에 누워 있는 엄마가 머릿속에 떠올랐다. 젠장. 침실 문이 열려 있다. 재이는 안으로 달려들었다.

"엄마!"

엄마는 침대 위에 앉아 있었다. 그 옆에는 루벤이 잠들어 있었다. 루벤의 숨소리가 쌕쌕거렸다. 고개를 든 엄마의 얼굴이 눈물로 얼룩져 있었다. 그는 엄마가 우는 걸 한 번도 본 적이 없었다.

22
제임스

철썩, 철썩, 철썩. 누군가 그의 가슴을 때리고 있다.

"제임스! 제임스! 일어나. 좀 일어나보라고!"

그가 눈을 떴다. 비키가 그를 내려다보고 있었다. 너무 급하게 일어나 앉았는지 방이 빙빙 돌았다. 누군가 머리에 부엌칼을 쑤셔 박고 칼자루를 비튼 것 같은 느낌이 들어 토할 뻔했다. 그는 깊게 숨을 들이마시고 쓴 침을 삼켰다. 그리고, 맙소사, 또 소파에서 잠든 탓에 목이 뻐근해 미칠 것 같았다. 그는 어젯밤에 먹은 것을 떠올렸다. 발륨 두 알에 스톨리* 반병. 이런 똥 같은 기분이 드는 것도 이상할 게 없다.

비키가 손톱을 그의 어깨에 박았다.

"제임스! 정신 좀 차려!"

클로뎃이 비키의 발꿈치 주위에서 춤을 춘다. 미친 듯한 깽깽거리는 소리가 그의 뇌 한복판에 꽂힌다.

제임스는 앞을 잘 보기 위해 눈을 깜박거리고 손으로 얼굴을 비볐다. 그리고 아내를 자세히 들여다보았다. 그녀는 벌거벗고 있었고, 어제 한 화장이 눈 주위에 번져 있었다.

"뭐야…… 옷은 왜 안 입고 있어?"

"그 소리 못 들었어? 말도 안 돼."

---

* 보드카의 일종.

"무슨 소리?"

"위에서 엄청난 소리가 났어. 어디서 대포 소리가…… 그리고 건물도 통째로 흔들렸다고."

"지진 같이?"

아드레날린이 분출하면서 머리가 좀 맑아지는 것 같다.

"아니. 폭발음 같았어."

"맙소사."

"가스관은 아니겠지? 그렇지? 여기는 전부 전기로 돌아가니까. 그렇지?"

"아마 온수기가 터졌거나 그런 거겠지."

갑자기 평소보다 어둑한 객실 안의 조명이 눈에 들어왔다.

"그런 걸까?"

씨발, 내가 어떻게 알아?

"그럴 거야."

그는 비틀거리며 일어서서 싱크대의 수도를 틀었다. 아, 정말. 그는 목이 말랐다. 수도꼭지에서 퍽퍽 소리가 나더니 갈색 찌꺼기를 뱉어냈다.

"물이 끊겼네."

"제임스…… 나 무서워. 우리 이제 어쩌지?"

이런 비키를 보는 건 익숙지 않았다. 확신 없이 그에게 의지하는 모습은.

"옷을 입는 게 좋겠어."

"알았어."

그녀는 서둘러 침실로 들어갔고, 개가 그 뒤를 쫓았다. 그는 냉장고로 가서 밀러 라이트를 꺼내 순식간에 반을 벌컥벌컥 마셨다. 그러고는 트림을 하고 캔을 선반에 숨겼다. 그는 문을 열고 복도를 내다보았다. 조명이 깜박거렸지만, 평소처럼 밝지는 않았다. 냄새도 맡아보았다. 연기 냄새는 나지 않았지만 녹은 플라스틱 냄새가 났고, 가벼운 안개가 깔린 것처럼 공기가 탁했다. 좋지 않았다. 단하우저 씨 객실 문이 열리고 레오가 나왔다. 잠옷에 운동화를 신고 고출력 손전등을 왼손에 들고 있었다.

제임스가 손짓을 했다.

"무슨 일인지 아세요?"

"아니. 나도 지금 보러 나왔소."

위쪽 계단실에서 웅웅거리는 고성과 새리타의 울음소리가 들렸다.

"비키가 그러는데 무슨 폭발음 같은 게 들렸다던데요."

"그래요. 못 들었어요?"

저 늙은이가 나를 재보는 건가? 제임스는 고개를 저었다. 그냥 피해망상일 뿐이야.

"죽은 듯이 잤거든요."

"제임스?"

비키가 뒤에서 다가왔다.

"무슨 일인지 알아냈어?"

문으로 나오는 클로뎃을 제임스가 잡아 올렸다. 갑자기 몸을 움직이자 머릿속에서 또다시 불꽃놀이 폭죽이 연이어 터지는 것 같았다. 개는 꿈틀거리면서 그의 손을 깨물었고, 그는 개를 거칠게 비키의 품 안으로 밀어 넣었다.

"……엄마랑 여기 같이 있어라. 오래 걸리지 않을 거야."

레오가 트루디에게 말하고 있었다. 트루디도 문밖을 내다보고 있었다.

레오에게 같이 가자고 말해야 할 텐데. 방금 마신 맥주가 최악의 숙취를 조금 지연시켜주었지만, 지금은 자는 것 말고 다른 무엇을 할 만한 상태가 아니었다. 하지만 그래도……. 저 비밀스러운 늙은이를 불신하는 만큼, 어떤 이유에서인지 레오가 자신을 겁쟁이로 볼지도 모른다는 생각에 견딜 수가 없었다. '남자답게 굴어.' 맙소사. 이 목소리는 어디에서 들리는 거지?

"같이 갈게요, 레오."

자신의 말소리가 남의 말처럼 들렸다.

"원하신다면."

레오는 어깨를 으쓱하고는 계단실로 향했다.

비키는 제임스의 팔을 잡고 소근거렸다.

"저 늙은이 혼자 가게 둬."

그러나 제임스는 비키의 손을 뿌리쳤다. 그녀가 말리기 전에, 그는 레오를 따라잡기 위해 계단실 쪽으로 뛰었다.

타이슨, 케이트, 새리타, 스텔라, 재이가 3층 층계참에 모여 있었다. 어린 소녀는 엄지손가락을 빨며 케이트의 다리에 매달려 있었고, 스텔라는 당장이라도 쓰러질 것 같았다. 유진이나 거스리 가족은 보이지 않았다. 3층 엘리베이터 통로를 막아놓은 판자 중 하나가 쪼개져서 떨어져 나가 있었다.

"지금 막 내려가서 월을 데려오려던 참이었어요."

재이가 레오에게 말했다. 제임스는 곁눈질로 타이슨을 슬쩍 쳐다보았다. 그러나 그는 제임스를 일부러 외면하고 있었다.

"제가 같이 갈까요?"

"아니. 아직 무슨 일인지 모르니까. 제임스와 내가 처리할 수 있을 거다."

제임스는 자신도 모르게 은근히 자부심이 들었다. 자, 문제 해결을 위해 최고의 남자들이 나가신다!

"넌 다른 사람들을 확인해보는 게 어떠냐?"

"그렇게 할게요."

재이가 말했다.

제임스는 레오를 따라 위층으로 올라갔다. 공기는 더욱 탁해졌다. 호흡 가득 먼지를 들이마시자 기침이 터져 나왔다. 그는 스포츠셔츠의 칼라를 당겨 입을 막았다.

레오가 잠시 걸음을 멈췄다.

"계속 가도 괜찮겠소?"

"네. 물론이죠."

물론이죠. 난 남자라고요.

오락실로 이어지는 계단실의 불은 꺼져 있었다. 레오는 손전등을 켰다. 이곳은 먼지가 더 자욱했고, 먼지 때문에 눈이 따끔거려 눈을 깜박거렸다. 오락실 입구 역시 어둠에 덮여 있었다. 레오는 오락실 안으로 들어가 손전등 불빛으로 내부를 비췄다.

"이런 제기랄."

제임스는 숨을 쉬면서, 눈에 보이는 풍경들을 이어보려고 했다. 손전등 불빛이 바닥을 뒤덮은 깨진 유리조각을 비췄다. 분명 플라스마 TV 화면의 잔해일 것이다. 엘리베이터 통로 주위 구역에 돌무더기와 먼지와, 잔뜩 비틀린 콘크리트 보강용 강철봉과 부서진 가구들이 모여 있었다. 레오가 손전등으로 엘리베이터 통로 안을 비췄다. 저쪽 반대편 벽 틈에서 물이 새어나오면서 하수구 악취를 풍겼다. 윌이 파던 굴 안쪽으로 반짝이는 금속 그물이 들여다보였지만, 손상은 대부분 오락실 내부에 집중된 것 같았다.

"이게…… 혹시 누군가 외부에서 이 안으로 들어오기 위해 폭파시킨 걸까요?"

"아뇨. 이건 안에서 터진 겁니다."

레오가 말했다.

"폭발은 저항이 최소인 경로를 따라 진행되죠. 보시다시피 폭발은 여기 통로 내부에서부터 시작됐어요."

방의 반대편에 있는 스프링클러 두 개에서 물이 뿜어져 나오다가 동시에 피식거리더니, 그대로 죽어버렸다.

"거기 누구요?"

캠의 목소리가 뒤쪽에서 들렸다. 제임스가 돌아섰고, 캠의 손전등 불빛이 얼굴에 비치자 눈을 찡그렸다.

"도대체 무슨 일입니까? 어디에서……."

"아빠?"

캠의 뒤에서 브렛의 모습도 희미하게 나타났다.

기침 소리가 들리고, 휘청거리는 형체가 제어실의 어둠 속에서 튀어나왔다.

"윌? 당신이에요?"

제임스가 물었다. 윌이겠지. 윌이어야 했다. 아, 신이시여 감사합니다. 윌이 엘리베이터 통로 바닥에 햄버거가 되지 않게 해주셔서.

윌이 그들에게 다가왔다.

"뚫었나요?"

"네?"

"벽 말이에요. 벽을 뚫었나요? 레오, 손전등으로 통로 안쪽을 비춰보세요."

레오가 불빛을 비췄고, 윌은 입구의 가장자리를 손으로 잡고 위험할 정도로 몸을 앞으로 숙였다.

"젠장."

그는 뒤로 물러서서 주먹으로 통로 입구 옆의 벽을 내리쳤다.

"잘 안 됐어요."

제임스는 얼음 같은 손가락이 척추를 타고 훑어 내려가는 것을 느꼈다.

"무슨 말이에요, 윌? 뭐가 잘 안 돼요?"

윌은 망설였다. 그의 어깨가 끝도 없이 처졌다. 잠시 후 윌이 입을 열었다.

"저 벽을 뚫을 방법이 없어요. 루벤이 잘못 알았던 겁니다. 저 벽도 철강 망과 케블러로 강화시킨 거예요. 달리 선택이 없었어요."

"뭘 사용했습니까?"

레오가 조용히 물었다.

"C4."

제임스는 자기가 들은 게 정확한지 확신이 서지 않았다.

"네?"

"플라스틱 폭탄이오."

레오가 말했다.

이 말의 의미가 이해될 때까지 잠시 시간이 걸렸다.

"나도 그 빌어먹을 게 뭔지 알아요, 레오. C4라고? 이 빌어먹을 지하 벙커에 플라스틱 폭탄을 들여왔단 말예요?"

"원래 여기 있던 겁니다. 금고 안에요. 총을 보관하는 금고 안에. 기폭장치와 함께. 그레그가 여길 지을 때 그걸 사용해서……."

"뭐가 어째요?"

브렛이 그를 지나쳐 윌에게 달려들었다.

"이런 등신 같은 개새끼!"

그 나이의 노인에게서 볼 수 없는 잽싼 몸놀림으로 레오가 적시에 두 사람 사이에 끼어들었다.

"진정해. 다 끝난 일이야."

레오가 조용히 말했다.

"미안합니다."

월이 말했다.

"미안해요? 우리를 전부 죽일 뻔해놓고!"

브렛이 외쳤다.

"캠. 아드님 좀 여기서 데리고 나가시죠. 지금 당장."

레오가 말했다. 이번만큼은 캠도 그의 말을 따랐다. 무언가 위협적인 말을 중얼거리며, 브렛은 밖으로 끌려 나갔다.

잠시 동안 아무도 입을 열지 않았다. 제임스는 혀로 이를 핥았다. 이에는 고운 흙먼지가 덮여 있었다. 멀리서 공기 필터의 웅웅거리는 소리가 들렸다. 고맙게도 필터는 아직 작동하는 모양이다.

"얼마나 파괴됐는지 조사해야 합니다."

레오가 침묵을 깨고 말했다.

"지금 봐도 바로 보이는데요. 이 방이 완전히 망가졌잖아요."

맙소사. 담배가 필요했다. 그것도 간절히. 갑자기 담배 말고는 아무 생각도 나지 않았다. 생존용품 가방에서 담배를 꺼내 그 자리에 주저앉아 폐가 무너질 때까지 끝없이 담배를 피우고 싶었다.

"이 안에 있는 것에 대한 얘기가 아닙니다. 우리는 기계실의 손상을 확인해야 합니다."

레오가 평소에 조심스럽게 숨기던 독일어 말투가 튀어나왔다. 드디어 입을 여셨군. 제임스는 터져 나오는 웃음을 기침인 척 위장했다.

"레오 말이 맞아요."

월이 말했다. 후회로 인해 목소리가 잔뜩 가라앉아 있었다.

"전기 공급 쪽이 걱정이군요. 비상 전원을 가동시켜야 할 것 같아요."

"하지만…… 기계 장치나 그런 것들은 지하실에 있잖아요. 안 그래요?"

"맞아요. 하지만 전선과 커넥터들은 구조물의 일부로 벽 안쪽 빈 공간에 매립되어 있죠."

"제길."

수도꼭지에서 났던 불길한 소리가 기억나면서, 그 얼음 손가락이 또다시 그의 살갗을 훑는 기분이 들었다.

오락실에서는 모일 수가 없어서, 사람들은 제임스와 비키의 객실에 꾸역꾸역 모여들었다. 제임스는 비키와 스텔라 박 사이에 끼어 소파 위에 앉아 있었다. 스텔라의 튼실한 허벅지가 제임스의 다리를 밀어 붙였지만, 그녀는 그다지 신경 쓰지 않았다. 그녀에게서 희미하게 소금과 비누 냄새가 났다. 딱히 불쾌한 냄새는 아니었지만, 눈물을 연상시켰다. 유진은 이번에도 보이지 않았다. 이상하다. 이 여자가 잡아먹었나.

"괜찮아요, 스텔라?"

반응이 없었다. 어딘가 꿈나라에서 길을 잃어버린 것 같다. 옥시콘틴*이라도 먹은 건가. 그녀는 눈을 감고 고통스러운 듯 한숨을 쉬었다. 스텔라가 아프면 안 되는데. 그는 비키에게서 최대한 멀찍이 앉았다. 다른 사람들이 하나둘씩 들어와, 몇 개

* 모르핀과 유사한 진통제.

안 남은 의자에 앉거나 부엌 카운터에 기대어 섰다. 거스리 가족이 공간 대부분을 차지한 것 같았다. 이번만은 엄마 거스리도 함께 왔다. 제임스는 누군가 자신을 보고 있는 것 같아 고개를 돌렸다가 순간적으로 타이슨과 시선이 마주쳤다. 타이슨은 그의 시선을 외면하고 바닥을 내려다보았다. 타이슨의 모습은 끔찍했다. 까칠하게 수염이 돋아난 뺨은 회색빛이었고, 엷은 핑크색 셔츠는 구깃구깃해져 얼룩이 묻어 있었다.

제임스는 자신이 이야기를 시작해야 하는 건지 망설였다. 아니면 누구 다른 사람들이 먼저 윌에게 비난을 쏟아내게 둘까. 사람들의 표정에 그런 감정이 고스란히 내비쳤다. 그러나 먼저 입을 연 사람은 레오였다.

"전력망과의 연결은 끊어졌는데, 비상 발전기가 잘 작동하고 있습니다. 그리고 디젤도 충분하고요."

그는 잠시 숨을 골랐다.

"불행히도 정수 시스템과 수도관은 손상된 것 같습니다."

"하지만 고칠 수 있죠? 그렇죠?"

재이가 물었다.

"윌?"

윌은 땅이 자기를 집어삼켜주기를 바라는 얼굴이었다. 마침내 그가 입을 열었다.

"여기선 안 돼."

"그럼 비상 급수는요?"

비키가 손에 돌돌 말아 쥐고 있던 성소의 광고지를 흔들었다. 그녀는 폭발이 일어난 후부터 집착적으로 팸플릿을 읽었다. 제임스가 볼 때는 무의미한 짓이었다. 어차피 팸플릿에는 진짜 정보가 아닌 허풍으로 가득한 광고만 있을 뿐이었다.

"여기 보면 3중 비상 급수 시스템이 있다고 쓰여 있는데요."

"그레그가 간단한 방법을 썼죠."

월이 말을 이었다.

"생수병은 잔뜩 있어요. 하지만 나갈 방법을 찾을 때까지는 물을 아껴야 합니다."

캠 거스리가 고개를 저었다.

"당신 조언은 더 이상 필요 없어요, 월 부셰. 당신은 더 이상 우리의 리더가 아니오."

맙소사. 제임스는 이 모임이 어떻게 흘러갈 것인지 정확히 알 수 있었다.

"수영장에 물이 항상 있잖아요."

재이가 말했다.

"그건 염수화 처리로 소독한 물이야."

월이 중얼거렸다.

"그럼 샤워는 어떻게 해요?"

비키가 물었다.

"그게 문제가 아니에요."

스텔라가 말했다. 제임스가 미처 모르는 사이, 옆에서 두려움을 쌓아가던 모양이었다.

"물이 없으면 변기 물도 내리지 못할 텐데요."

비키가 몸서리를 쳤다.

"아, 그 생각을 못 했네."

"다행히 퇴비용 변기가 지하 8층에 있습니다. 거길 쓰면 돼요."

월이 말했다.

"화장실 하나를 스무 명이 같이 쓰자고요?"

"네. 그러나⋯⋯."

"윌, 입 다물어요." 캠이 낮게 위협했다. "당신은 발언권이 없어요. 당신이 다 망쳐놔서 이렇게 된 거 아니오."

트루디가 입을 열었다.

"윌은 그냥 도우려고 그랬던 거예요."

비키는 냉소적인 비웃음을 뱉었다.

레오가 한발 앞으로 나섰다.

"이제 우리가 할 일은 우리한테 생수병이 몇 개나 있는지 모아보고 모두에게 동등하게 분배하는 겁니다. 각자에게 배급된 건 각 객실에서 보관하고요."

"저 멕시코 놈 살인자하고 윌은 하나도 받으면 안 돼요. 두 사람은 물을 먹을 자격이 없어요."

브렛이었다.

"그렇게까지 해야 한다고는 생각지 않아요. 하지만 윌은 분명히 자기가 한 일에 책임을 져야죠."

비키가 말했다.

"어떻게 책임을 지울까요?"

트루디가 씁쓸하게 물었다.

제임스는 자기 아내를 잘 알았다. 비키를 만족시키려면 공개 태형보다 약한 형벌로는 어림도 없을 것이다.

"난 그냥 자기가 한 일에 책임을 져야 한다는 거예요."

"적어도 윌은 뭔가 하기는 했어요. 당신은 뭘 했나요? 그저 앉아서 불평만 늘어놓을 뿐이잖아요."

제임스는 움찔했다. 그는 트루디가 안쓰러웠다. 그녀는 이제부터 자신에게 무슨 일이 일어날지 전혀 모르고 있었다. 비키는 이런 식으로 호락호락 당할 여자가 아니다. 영국 왕실변호사 자격을 아슬아슬하게 놓치기까지 최고의 변호사로 일했고, 미국으로 건너와 세운 사업체를 보스턴 최고의 법률 회사 중 하나로 키우는 동안, 그녀의 혀는 치명적인 무기로 단련되어왔다.

비키는 매무새를 가다듬고, 1, 2초 정도 기다린 후 입을 열었다.

"트루디. 내가 볼 때 당신은 이럴 힘을 아껴서 그 거식증을 어떻게 하는 게 최선일 것 같아요. 정신의학적 치료가 필요한 사람의 조언을 내가 받아들일 거라 생각했다면, 당신은 확실히 실수한 거예요."

"나한테 그딴 식으로 말하지……."

"나는 어떤 식으로든 내가 원하는 대로 말할 수 있어요. 알코올중독자 잡역부와 사랑에 빠질 정도로 취향이 싸구려인 건 안 됐지만, 그건 내 문제는 아니죠. 지금 내 문제는 우리가 여기서 어떻게 해나가야 하는가예요."

"조용!"

레오가 으르렁거렸다. 그의 목소리가 방 안에 쩌렁쩌렁 울렸다. 비키조차도 입을 다물었다.

"이래 봐야 아무 소용없습니다. 우리는 물 배급을 해야 해요. 재이? 할 수 있겠니?"

브렛이 불쑥 외쳤다.

"말도 안 돼요. 그런 일을 저런 짱깨한테 시킬 순 없어요."

"너 정말 역겹다."

케이트가 쏘아붙였다. 브렛은 그녀를 향해 히죽 웃었다.

그때 거스리 부인이 나섰다.

"지금 우리가 할 일은 오직 하나뿐이에요. 기도요. 기도가 우리를 구원해줄 거예요."

"아이고 맙소사." 비키가 눈을 굴렸다. "또 시작이시네. 곧 누가 우리를 데리러 오겠죠."

"아무도 오지 않을 때를 대비해 계획을 세워야 해요." 레오가 말했다. "파손된 장비들은 내가 수리해보겠소. 그리고 물은 배급을 해야 해요. 공정하게. 몬토야 씨도 포함해서."

그의 목소리에는 권위가 있었고 비키마저도 이에 굴복하는 것 같았다.

"제임스, 타이슨과 함께 생수병의 재고 조사를 시작해보시죠. 두 분이 이 일을 하는 데 반대하시는 분 있습니까?"

제임스가 반대하고 싶었다. 타이슨도 그와 같은 생각인 것 같았다. 하지만 달리 생각해보면 지금이 그와 말을 나눌 좋은 기회일 것 같았다. 그들은 분위기를 바꿔야 했고, 모든 걸 밖으로 끄집어내 드러내야 했다.

"전 좋습니다."

아무도 반대하는 사람은 없었다.

"그럼 이 일이 끝나면, 각 가족에서 한 사람씩 저장실에서 만나 할당된 물을 가져가도록 제안합니다. 그래서 각자의 객실에 가져다 놓으세요."

레오가 말을 이었다.

"누가 아저씨한테 반장 시켰어요?"

브렛이 투덜거렸다.

레오는 브렛을 무시하고 말했다.

"제임스, 타이슨, 이제 가서 시작해도 좋겠소."

"갈까요?"

제임스는 타이슨에게 말했다. 타이슨은 제임스를 쳐다보지 않았다.

"아빠? 저 아저씨한테 화났어요?"

새리타가 물었다.

"지금은 안 돼, 새리타."

"아빠?"

"말했지. 지금은 안 돼."

아이가 엉엉 울기 시작했다. 맙소사. 마치 머릿속에서 전기톱이 울리는 것 같다. 케이트가 애를 달래려 하지만 애는 거슬리는 소리만 계속 낼 뿐이다.

"누가 저 빌어먹을 애 입 좀 닥치게 해요!"

비키가 쏘아붙였다.

"애도 어쩔 수 없어요! 겁이 난 거라고요!"

케이트는 아이를 들쳐 안고 비키를 노려보았다.

"아무튼 당신 할 일을 하고 애를 돌보라고요."

"타이슨. 갑시다."

제임스는 말다툼이 더 심해지기 전에 말했다.

"새리타를 잘 돌봐줘요!"

타이슨이 일어서서 문으로 향하며 케이트에게 매섭게 외쳤다.

제임스도 나가려는데 비키가 그에게 희미하게 냉소적인 미소를 보냈다. 그녀는 몰라. 제임스는 스스로에게 말했다. 알 리가 없어……. 제임스는 타이슨을 따라 복도로 나갔다. 타이슨은 계단을 달려 내려갔고, 제임스는 허둥지둥 그의 뒤를 따랐다.

"타이슨, 기다려요!"

제임스는 또다시 담배가 그리워졌다. 그러나 모임 이후 잠깐 동안 사라질 만한 시간은 없었다. 아까 글록 권총을 챙겨둘걸. 만일을 대비해 재킷 아래 감춰놨다면.

"내 말 들려요, 타이슨?"

대답이 없다. 6층 층계참에 도착해서야 제임스는 타이슨의 팔을 잡을 수 있었다.

"이봐요……. 저기, 나도 힘든 건 알아요. 하지만 우리는……."

타이슨이 휙 돌아섰다. 그의 눈은 분노로 활활 타오르고 있었다. 그는 제임스를 밀쳤다.

"만지지 마. 감히 어딜."

"어어, 알았어요."

제임스는 말없이 물러서서 타이슨이 7층으로 들어가는 것을 보다가, 문이 쾅 닫히자 움찔 놀랐다.

23
재이

엄마는 팔꿈치로 몸을 받치고 일어섰다. 침실에서는 땀 냄새와 지독한 악취가 났고, 엄마가 그것 때문에 기분이 언짢아한다는 것도 알고 있었다. 변기에 물을 내리려면 수영장 물을 길어오는 방법밖에 없었다. 8층에 퇴비 변소가 있지만, 엄마는 그 아래까지 내려갈 힘이 없다.

"엄마는 좀 쉬셔야 해요. 제가 루벤을 보러 갈게요."

"붕대를 갈아줘야 하는데."

"제가 할 수 있어요."

"재이…… 아빠에게 같이 가자고 해. 네가 거기 혼자 가는 건 원치 않아."

"그럴게요, 엄마."

어차피 이런 얘기는 아무 의미도 없다. 아빠는 폭발이 있던 그날 아침부터 방에서 한 발짝도 나오지 않았다.

"고맙다. 조심하렴."

엄마는 베개에 머리를 묻었다. 엄마에겐 따질 힘도 없었다. 어제부터 엄마는 아무것도 먹질 못했고, 안 그런 척해도 엄마의 복통이 점점 심해진다는 것을 알 수 있었다.

재이는 부엌 선반에서 마운틴듀 캔을 집었다. 마운틴듀는 여섯 개들이 세 팩이 있었다. 아빠 덕분이었다. 마운틴듀와 맥주와 코카콜라 라이트와 함께 물도 2주 분량으로 충분히 있었다.

1인당 하루에 3.8리터 정도로 분배된 것이었다. 계산을 마친 재이는 그래도 여기에 그렇게 오래 갇혀 있을 거란 생각은 애써 털어버렸다. 그 전에 누군가 구하러 와주겠지.

그는 캔을 따고 노트북을 켰다. 아까 끄고 나서 채 한 시간도 되지 않았지만. 기적이 일어나서 와이파이 신호가 잡히지 않을까 하는 희망을 버리지 않은 것이다. 바보같이. 레오도 위성전화기는 끈질기게 고치고 있었지만, 와이파이 라우터는 애저녁에 포기했다. 그리고 폭발로 인해 수도관과 함께 케이블 TV 신호도 잡히지 않았다. TV 신호가 끊긴 것은 그들에게 닥친 다른 문제들에 비해 크게 심각한 건 아니었지만, 그들에게 TV는 기분전환 거리였고 바깥세상과의 연결고리였다. 재이는 집에 있는 그의 방을 떠올렸다. 그가 원하는 대로 꾸며놓은 방이었다. 햄버거를 사러 밖에 나가거나, 쇼핑몰에 가거나 하는 것들은, 깊이 생각하지 않고 아무렇지도 않게 하던 일들이었다. 모두 당연하게 받아들였던 것들. 구글, 레딧, 스크러피와 수다 떨기, 물이 콸콸 쏟아지는 수도꼭지, 양동이로 물을 내릴 필요 없는 변기. 윌이 모든 것을 망쳐놓은 지 겨우 이틀밖에 되지 않았지만, 염화 처리된 수영장 물로 씻은 피부는 계속 따끔거렸다.

"재이?"

아빠가 화장실에서 나왔다. 손에는 표백제 병을 들고 있었다.

"수영장에 내려가서 물 좀 더 가져올래?"

씨발, 직접 하면 되잖아요.

"나중에 할게요."

"좋아."

좋기는 뭐가 좋아. 재이는 아빠의 심각한 사회공포증이 어디에서 시작되었는지 알고 싶었다. 유년시절의 문제일 리는 없다.

할아버지 할머니는 재이가 태어나기 전에 돌아가셨지만, 아빠가 할아버지 할머니에 대해 나쁘게 말한 적은 한 번도 없었고, 엄마도 그분들을 몇 년 동안 알고 지냈는데 두 분 다 좋은 분들이라고 하셨다. 조부모님은 아빠가 열 살 정도였을 때 캐나다에서 이민을 왔고, 알뜰살뜰 절약해서 아시아 식료품점을 개업했다. 그리고 자식 교육에 공을 들여서 아빠를 대학에 보냈고, 아빠는 대학에서 엄마를 만났다. 재이는 두 사람의 대학 시절을 떠올리곤 했었다. 아빠도 다른 친구들처럼 미소를 지으며 열심히 파티를 하곤 했겠지. 지금 아빠가 보이는 이상한 행동은 내면의 문제가 오래도록 방치되어 발현된 것인지도 모르겠다. 혹시 지난 몇 년간 엄마가 아빠의 편집증을 낮게 하려고 지나치게 노력을 하다가 이렇게 된 건 아닐까. 그래서 더 심해진 건 아닐까. 아니다. 엄마 탓을 하는 건 옳지 않다. 게다가 아빠 상태는 그렇게까지 심각한 것도 아니다. 예를 들면, 캠 거스리처럼 훨씬 더 심각할 수도 있었는데.

"아빠. 루벤에게 갈 때 엄마가 아빠랑 같이 가라고 하셨어요. 꼭 아빠랑 같이 가라고요."

"그 남자 만나러 거기 가지 마, 재이. 이 얘기는 이미 했지."

"전 그 아저씨가 위험하다고 생각지 않아요, 아빠. 엄마가 몇 번이나 거기 가셨지만 아저씨는 겨우 일어설 수 있는 정도인데요."

아빠가 대답을 하려고 입을 열었을 때, 문에서 노크 소리가 들렸다. 혹시 지나가 아닐까. 재이는 희미한 희망을 느꼈다.

"누구요?"

아빠가 문으로 다가갔다.

"트루디예요."

아빠는 망설이며 문을 열어주고는 실례한다는 인사를 남기고는 재이와 트루디만 남기고 방으로 들어갔다. 그녀는 밀폐용기를 팔에 한 아름 안고 있었다.

"그릇 돌려줘야 할 것 같아서."

재이는 그릇을 건네받아 카운터 위에 올려놓았다. 나중에 아빠가 정리하시겠지. 재이는 씁쓸한 기분이 들었다.

"캐럴라인은 어때요?"

"좀 나아지신 것 같아."

"잘됐네요. 제가 가서 책 읽어드릴까요?"

그 일을 하루 종일 미뤄놓고 있었다. 처음에는 할머니에게 책 읽어주는 걸 좀 즐겼는데, 이제는 할머니 옆에 있으면 슬픈 기분이 들었다. 책을 읽기 시작하면 캐럴라인은 거의 곧바로 잠에 빠져들었다. 재이가 보기에 캐럴라인은 전혀 나아지는 것 같지 않았다. 그보다는 오히려 포기하기로 마음을 굳힌 것 같았다.

"지금은 주무셔. 그래도 고마워. 너도 알아야 할 것 같은데, 브렛과 캠 거스리와 타이슨이 해치로 이어지는 에어록 문을 뚫으려 하고 있어."

"뭘로요? 그거 강철로 만든 거 아니에요?"

"뭐든 찾을 수 있는 걸로."

결과는 의심스러울지라도, 이곳에서 나가기 위해 사람들이 함께 일하고 있다는 건 정말로 기뻤다. 뭔가 희망이 느껴졌다. 캠과 브렛이라면 그런 지루하고 고된 일을 잘 해낼 만한 사람들이었다. 하지만 타이슨이라고?

"타이슨도 같이 있어요?"

재이는 케이트의 보스 타이슨을 떠올려보았다. 제임스 매덕스처럼 번지르르하고 도회적인 남자가, 손을 더럽히며 그런 일을 하다니. 거스리 부자와 함께 노동을 하고 있을 타이슨에 대해 케이트가 뭐라고 할지 궁금해졌다.

"응. 그런데 윌은 아무것도 하지 않아. 혹시…… 혹시 너희 엄마한테 부탁해서 윌에게 얘기를 좀 해보면 안 될까?"

"엄마요?"

"응. 윌은 너희 엄마에게 많이 의지하거든."

"엄마는 아프세요."

"아."

트루디는 눈살을 찌푸렸다. 재이는 엄마가 얼마나 많이 편찮으신지 트루디가 묻기를 기다렸지만, 그녀는 묻지 않았다.

"레오는 어때요? 레오가 윌에게 한마디 하시면 되잖아요?"

트루디는 시선을 돌렸다.

"아버지는 밤낮으로 그 전화기만 고치고 계셔. 아마 거스리 씨와 브렛이 하는 일이 옳을 거야. 방법은 오직 하나뿐이지. 그 문을 부수고 나가면 바로 해치가 나오고, 해치가 이곳을 나갈 수 있는 유일한 길이니까."

"건물 설계도는요? 어딘가에 분명 약점이 있을 텐데요."

"내가 확인했어. 윌도 전에 봤고……. 윌이 시도했던 게 바로 그 유일한 약점이었어. 결과가 어땠는지 너도 알잖아."

트루디는 인사를 남기고 나갔다. 재이는 아빠가 방에서 나오기 전에 루벤을 보러 나가기로 결심했다. 그는 빈 밀폐용기에 어젯밤 먹고 남은 파스타를 담아 들고 5층으로 향했다. 거스리 부자는 문을 부수느라 바쁠 테니 루벤의 객실 밖에서 죽치고 앉아 있지는 않을 것이다. 재이는 객실 손잡이를 돌려보았지만 잠겨 있었다. 당연히 그렇지. 밖에서 문을 열 방법은 그레그의 엄지손가락 말고는 없었다.

그는 노크를 했다. 기다렸다. 그냥 체육실에나 가야겠다고 마음먹은 순간 쉰 목소리가 들렸다. "누구요?"

"재이예요."

잠시 아무 소리도 안 들리다가, 문이 천천히 열렸다. 루벤의 표정만 봐서는 재이를 만난 게 기쁜지 어쩐지 확실히 알 수 없었다. 얼굴에는 아직도 멍이 심하게 들어 있었고, 경계하는 눈빛이 역력했다.

"밖에 있니? 그 남자들?"

한마디 할 때마다 숨이 쌕쌕거렸다.

"브렛과 캠요? 아뇨. 두 사람은 에어록 문을 뚫으려고 해요. 무슨 일이 있는지는 아시죠?"

루벤은 고개를 끄덕이고는, 뒤로 한발 물러서 재이를 안으로 들였다. 객실 안은 지난번처럼 악취가 코를 찌르지는 않았다. 루벤이 용케 청소를 한 것 같았다. 낡은 트럼프 카드 한 벌이 바닥에 펼쳐져 있는데, 솔리테어 게임을 하던 중인 것 같았다. 부엌 카운터 위에는 물 2리터가 있었다. 레오가 가져다준 거겠지. 재이는 파스타를 카운터 위에 올려놓았다.

"드실 걸 좀 가져왔어요."

"고맙다. 어머니는 괜찮으시니? 꽤 오래 어머니를 못 봤는데. 네 어머니는 나에게 정말 친절하게 대해주셔."

"편찮으세요."

"안됐구나. 지난번 봤을 때도 안 좋아 보이긴 했어."

엄마를 정말로 염려하는 건지 아니면 그냥 흥밋거리인지, 재이는 판단이 서지 않았다. 그래도 트루디보다는 훨씬 인정 많은 반응이었다.

"엄마가 새 붕대로 갈아야 한다고 하셨어요. 제가 해드릴까요?"

루벤이 고개를 저었다.

"붕대가 없는 편이 덜 아파."

"아. 그래서…….'

루벤의 몸이 갑자기 굳더니 재이의 팔을 잡았다. 재이는 팔을
비틀려고 애썼지만, 루벤은 겉보기보다 훨씬 더 힘이 셌다.

"놔요!"

"들어봐. 밖에."

"네?"

"문밖에 말이야. 들려?"

루벤은 손을 놓았고, 재이는 루벤에게서 물러났다. 루벤의 말
이 맞았다. 복도에서 말소리가 크게 들려왔다. 가까운 곳에서
나는 소리였다.

"저 사람들 말을 들어야 해."

루벤이 말했다.

재이는 고개를 끄덕이고, 현관문을 살짝 열었다. 그는 루벤처
럼 구금된 상태는 아니었지만, 지키는 사람도 없는데 루벤과 함
께 있는 모습을 캠과 브렛에게 들키고 싶지는 않았다.

"……그 총들을 꺼냅시다, 월."

캠이 말하고 있었다.

"해치를 뚫을 때 사용할 수 있을 거요."

"해치는 폭발도 견딜 수 있고 총알도 막을 수 있어요, 캠."

월의 목소리는 다른 사람들보다 낮았고, 술을 마셨는지 발음
이 뭉개졌다. 월의 말을 알아듣기 위해서는 잔뜩 집중해야 했
다.

"에어록의 안쪽 문도 마찬가지고요. 총알은 튀…… 튕겨 나
올 거요."

"그래도 시도는 해볼 만하잖아요."

타이슨이었다. 주저하는 말투였지만 권위적으로 행동하려는 티가 났다.

"어, 아뇨. 너무 위험해요."

"강제로 열게 해요, 아빠."

그 사이코 꼬마다.

"그렇게 말할 필요 없다, 브렛. 윌이 곧 제정신을 차릴 거라고 믿으니까."

캠이 말했다.

재이는 안으로 돌아와 조용히 문을 닫았다. 캠의 불길한 말투에 소름이 끼쳤다. 윌이 거스리 부자의 손이 닿지 않는 곳에 총을 보관해둔 것은 영리한 짓이었다. 그렇지만 그들의 강압을 언제까지 버틸 수 있을까? 그리고 혹시라도 거스리 부자의 생각대로 총으로 에어록을 뚫을 수 있다면?

"저기 말예요, 루벤. 총을 사용하면 여기서 나갈 수 있을까요? 맨 위층의 에어록 출구요."

"모르겠는데. 어쩌면 될지도 모르지."

재이는 또 무슨 말을 해야 할지 생각했다. 같이 카드놀이를 하자고 해야 하나? 하지만 캐럴라인에게 책을 읽어주는 걸로 착한 일은 충분하지 않나? 그는 이제 의무를 다했다.

"전 이제 갈게요. 여기 물을 더 갖다놓을 수 있는지 확인해볼게요."

"고맙다."

객실에서 나가기 전 재이는 복도에 아무도 없는지 재차 확인했다. 거스리 부자와 그들의 새로운 친구 타이슨은 에어록으로 돌아간 모양이었다. 지금 이 상황을 이용해 위험을 무릅쓰고 지나의 객실로 가서 그녀가 잘 있는지 확인해볼까? 만일 보니가 문을 열어준다면 그녀의 기도 모임에 동참하고 싶어 찾아왔다고 대답하면 되겠지. 제임스 말로는 사람들이 자물쇠를 뜯어내려고 안간힘을 쓰는 동안 그 아줌마는 녹색 문 옆에서 기도를 하고 있었다고 했다.

"예수 그리스도가 텅스텐을 뚫을 수 있을지 모르겠네."

제임스가 말했다. 무척 재미있는 농담이었다.

아니. 대신 케이트를 만나러 가자. 케이트에게 지나와 연락하는 걸 도와달라고 해야겠다.

어마어마하게 긴장된다. 첫 번째 경기에 나가는 신참 같은 기분이었다. 배 속은 꼬이고, 너무 흥분돼서 손가락이 쑤셨다. 재이는 세 번째 양치질을 하고 있다. 양치를 마치고서는 리스테린으로 입안을 헹궜다. 씻는 데만 한 시간 정도가 걸렸다. 폭발 때 생긴 먼지가 아직도 모든 것을 뒤덮고 있었다. 그의 몸의 구멍이란 구멍은 먼지가 모조리 막고 있었고, 입안에서도 서걱거리는 먼지가 느껴졌다. 그는 거울을 보며 머리 모양을 점검했다. 비듬이 생긴 게 아니라면 수영장 물의 소금 결정이겠지. 그는 손가락으로 머리카락을 훑었다. 티셔츠는 멋져 보일 것이다. 지금 빨래를 할 수 있는 상황은 아니지만, 이 티셔츠는 딱 한 번만 입은 새것이었다.

케이트가 한 시간 전에 쪽지를 전해주었다. 그녀는 결국 재이를 위해 임무를 완수해주었다. 케이트는 새리타의 저녁 식사를 준비하기 위해 저장실에 크래커를 가지러 갔다가 지나를 만났다고 했다. 그는 쪽지를 다시 읽었다. '오늘 밤 늦게 만나. x.' 그는 하나뿐인 콘돔을 주머니에 넣었다. (그 콘돔은 몇 년 전 '안

전한 섹스' 주간에 학교에서 받은 것이었다.) 뒷주머니의 콘돔
이 활활 불타오르는 것 같다. 꼭 오늘 지나와 뭘 어쩌겠다는 건
아니지만, 준비하지 않는 건 바보짓이다.

그는 가방을 어깨에 멨다. 아빠가 소파에 앉아서 허공을 바라
보고 있었다.

"아빠, 저 나가요."

대답이 없다.

"아빠?"

"미안하다, 재이. 널 여기 데려오는 게 아니었는데."

아빠는 재이에게 다가와 팔로 감싸 안고 재이의 어깨에 얼굴
을 묻었다. 부모님은 서로에게는 다정했지만, 아빠가 재이를 이
렇게 안아준 적은 지난 몇 년간 없었다. 아빠가 위안을 받으려
는 건지 주려는 건지 모르겠다. 부드럽게, 재이는 아빠를 떼어
놓았다.

"아빠……"

"진심이야. 미안해. 널 여기 데려오다니, 내가 너무 이기적이
었어."

"아빠, 괜찮아요. 정말로요."

그는 다시 어지러운 기분을 느꼈다. 엄마가 아프고 아빠가 완
전히 미쳐버리면 무슨 일이 생길까? 그러나 지금은, 지나가 기
다리고 있다.

"엄마를 잘 돌봐주세요. 오래 걸리진 않을 거예요."

"내가 더 잘 할게, 재이. 너에게 꼭 보여줄게. 우리가 여기에
서 무사하도록 내가 잘 할게."

"그러실 거라는 거 알아요, 아빠."

복도에 나와서야 재이는 아빠가 어딜 가느냐고 묻지도 않았

다는 사실을 깨달았다. 걱정을 한옆으로 밀어놓고, 그는 계단을 달려 6층으로 내려갔다. 재이는 미신을 믿진 않지만, 6A호를 지날 때는 죽음의 방을 보지 않기 위해 걸음을 재촉했다. 이곳을 지날 때마다 그는 그레그의 차갑고 생명 없는 손이, 엄지손가락이 없는 왼손이, 문틀을 쥐고 있는 모습이 연상되곤 했다.

객실에 들어서면서 재이는 아이폰의 스피커를 켜고 옛날 옛날에 엄마를 위해 다운로드받았던 아델의 노래를 검색했다. 그의 스타일은 아니었지만, 지금 가진 음악 중에서는 가장 멜로디가 로맨틱했다. 그의 아이튠스 라이브러리에는 게임 음악으로 가득 차 있었다. 지나와는 한 번도 음악적 취향에 관해 얘기한 적이 없었지만, 아마 스래시 메탈 같은 것을 좋아할 것 같다. (다시 생각해보니 아닐 것 같기도 하다. 오히려 컨트리 뮤직이나 복음성가 같은 쪽을 더 좋아하지 않을까.) 그는 저장실에서 훔쳐뒀던 양초를 가방에서 꺼내 바닥에 하트 모양으로 늘어놓았다. 그러고 나서 촛불을 켜고 뒤로 한발 물러나서 어떻게 보이는지 가늠해보았다. 너무 지나친가? 모르겠다.

준비는 끝났다. 그는 소파에 앉아서 기다렸다. 지나는 술을 마시지 않았다. 사실은 재이도 그랬다. 그러나 뭔가 긴장을 풀 만한 것이 있으면 좋겠다고 생각했다. 그래서 마운틴듀 두 개를 가져왔다. 그는 캔 하나를 따서 홀짝거렸다. 첫 번째 트랙이 끝나자마자 문이 열리며 지나가 들어왔다.

촛불을 본 지나는 놀라며 재이를 향해 수줍게 미소를 지었다.
"안녕."
"안녕."
갑자기 재이의 입속이 마르기 시작했다.
"예쁘다, 재이. 날 위해 이렇게 한 거야?"

그는 농담을 해볼까 생각했다. 아니, 하지만 리한나도 이렇게는 못 했을 거야. 이런 식으로. 그러나 썩 재밌지도 않았고 지나가 알아들을 것 같지도 않았다. 그녀는 티셔츠의 매무새를 고치고 머리카락을 부드럽게 매만지며 천천히 다가왔다. 머리카락이 젖어 있었다.

"어떻게 빠져나왔어?"

"엄마한테 닭 모이를 주러 간다고 했어. 한참 안 줬거든."

그녀는 머리카락을 귀 뒤로 넘겼다.

"보고 싶었어."

지나가 말했다. 희미한 촛불 빛으로 봐도 지나의 뺨에 혈색이 도는 것이 보였다.

"나도."

"정말?"

"정말이야. 이리 와."

그녀는 미소를 지으며 재이의 옆에 앉았다. 그는 지나의 손을 잡았다. 떨리는 게 느껴졌다. 더 두려운 마음이 들기 전에, 그는 지나에게 기대어 키스했다. 그녀는 나지막한 탄성을 내뱉고는 그에게 키스했다.

이런 기분을 느끼리라곤 전혀 예상하지 못했다. 혼자서 인터넷에 접속할 수 있게 되었을 때부터 재이는 섹스의 메커니즘에 대해서는 완전히 이해했다. 열한 살 때부터 여러 가지 독창적인 방법으로 자위도 했다. 그러나 다른 누군가의 따뜻한 손이 목덜미를 스치는 감촉, 입술 위와 입안에서 느껴지는 뜨거운 혀의 감촉과 서늘한 손가락이 셔츠 밑으로 미끄러져 올라올 때의 기분은 그동안 상상해왔던 모든 것을 한 방에 날려버렸고 정신이 아득해지게 만들었다.

그녀의 몸을 따라가는 지금, 재이의 안에는 다른 건 아무것도 없이 오직 감각만 남았다. 그는 컵 모양으로 쥔 손으로 그녀의 부드럽고 따뜻한 살을 감싸 쥐었다. 그녀의 살과, 숨결과, 침의 향기를 파악하려 하면서 머리에 과부하가 걸릴 지경이었다. 숲 같은, 비 같은, 피 같은, 생명 같은 냄새였다. 그는 그녀 안으로 끌려들어가는 것 같았고, 그녀의 손이 바지 속으로 들어온다고 생각했지만 이제는 더 이상 거기에 대해서 생각하지 않기로 했다. 그녀의 옷자락이 어디서 끝나고 그녀의 몸이 어디에서 시작하는지, 그리고 손가락 사이에서 느껴지는 거친 감촉이 무엇인지 알아내기에도 정신이 없었던 것이다.

지나의 몸이 굳었다. 재이는 무슨 일이냐고 묻기 위해 언어를 사용하는 방법을 다시 기억해내려고 하는데, 그때 무언가가 머리를 세게 후려쳐 순간 멍해졌다. 잠시 동안 이게 무슨 일인지 정신을 차릴 수 없었다. 고개를 드니 브렛이 그를 내려다보고 있는 것이 희미하게 보였다. 이런 씨발. 아무 소리도 못 들었는데 어떻게 여기 들어왔지? 곧 브렛의 주먹이 그의 얼굴을 강타했다. 얼굴이 터질 것 같았다. 고통은 어마어마했다. 재이는 지금까지 한 번도 주먹에 맞아본 적이 없었다. 왜 아무도 이게 이렇게 아프다는 걸 말해주지 않은 걸까? 그는 본능적으로 몸을 웅크렸다. 지나가 비명처럼 브렛에게 그만하라고 외치는 소리가 들렸다. 그러나 브렛은 멈추지 않고 또다시 재이의 배에 주먹을 꽂았다. 브렛이 손가락으로 재이의 머리카락을 잡아 비틀자 머리가 뒤로 홱 잡아당겨지면서 머리에 달군 바늘들이 꽂히는 느낌이 들었다. 브렛은 재이를 소파에서 밀어 떨어뜨렸다.

재이는 손과 무릎으로 기어 황급히 달아났지만 브렛이 그의 팔을 걸어챘고, 등이 바닥에 닿도록 뒤집더니 가슴 위에 올라

탔다. 브렛은 그를 노려보면서 바짝 얼굴을 들이밀었다. 브렛의 눈이 두개골에 뚫린 검은 구멍처럼 보였다. 개자식은 그의 가슴 위에 올라탔다. 재이는 빠져나오려고 발버둥 치면서 발로 걷어차고 팔을 마구 휘젓고, 브렛의 머리, 목, 팔을 거칠게 때리고 할퀴었다. 브렛은 재이의 공격을 거의 느끼지 못하는지 움찔거리지도 않았다. 브렛에게서 짐승의 냄새가 났다. 오래된 땀과 배설물 냄새, 그리고 탄 플라스틱을 연상시키는 냄새.

"앤 내 여동생이야, 이 짱깨야." 브렛이 식식거리며 재이에게 침을 튀었다. "감히 내 여동생을 건드려!"

뒤쪽에서 지나가 흐느끼며 애원하는 소리가 들렸다.

"놔줘!"

재이는 반은 애원조로, 반은 고함을 지르며 남은 힘을 다 끌어모아 브렛의 가슴을 밀었다.

브렛은 체중을 조금 옮겨 재이의 팔을 짓누르며 손으로 재이의 목을 졸랐다.

즉각적으로 밀려오는 통증에 온 정신이 아득해졌다. 목이 입안으로 꾸역꾸역 밀려드는 느낌이었다. 아 제기랄, 아 젠장. 숨을 못 쉬겠어. 아프다. 아파. 아, 씨발.

그는 온몸을 비틀며 몸부림을 쳤고, 브렛의 팔을 할퀴고, 손톱을 살에 박아 넣고, 눈을 공격하려 애썼지만, 브렛은 너무 무거워서 꼼짝도 안 했다. 재이는 힘이 점점 빠지는 것을 느낄 수 있었다. 눈앞에 검은 반점들이 떠다녔다. 와, 진짜 이런 일이 생기네. 사람들이 그냥 하는 말이 아니었어. 그러다 갑자기 목의 압력이 조금 풀렸다.

"브렛! 안 돼!"

지나가 다시 비명을 질렀다.

재이는 급히 숨을 들이마시며 기침을 했다. 목구멍이 불로 지진 것처럼 쓰라리고 너덜너덜했다. 지나가 브렛의 등 위에 올라타 떼어내려 안간힘을 쓰는 것이 보였다. 지나를 도와야 하는데, 도와야 하는데. 그러나 머릿속에는 오직 다음 숨을 들이마셔야 한다는 생각뿐이었다. 한 손으로 목을 조르며, 브렛은 상체를 비틀어 지나의 관자놀이에 팔꿈치를 날렸다. 지나가 나가떨어졌다.

다시 목을 짓누르는 압력이 가해졌다.

"넌 죽었어. 죽었어, 이 새끼야."

브렛의 눈에서 눈물이 솟아났다. 재이는 그 눈물이 분노보다 더 무서웠다.

또 다른 고통의 물결이 밀려오고, 재이는 기이한 차가운 감각이 사지에 퍼지는 것을 느꼈다. 그러니까 이런 거구나. 죽을 때 드는 느낌이 이런…….

그는 풀려났다. 꽉 잡혀 있던 목이 풀려나고, 가슴을 짓누르던 무게가 사라졌다. 그는 공기를 들이마셨지만, 처음에는 잘 되지 않았다. 그는 목을 두드려 제발 작동하라고, 산소를 들이마시라고 애원했다. 그는 몸을 웅크렸지만, 그렇게 해도 폐에 산소를 집어넣지 못할 것 같았다. 저 멀리서 브렛이 울부짖는 소리가 들렸고, 둔탁한 소리가 났다. 퍽, 퍽, 퍽. 그러더니 검은 반점들이 하나로 합쳐지면서 커다란 덩어리가 되었고, 그다음에는 아무것도 없었다.

24
트루디

책상다리 자세로 앉아 있던 트루디는 손을 쓰지 않고 발레리나처럼 일어섰다. 이렇게 오랜 시간이 흘렀는데. 그녀는 스튜디오 거울에 비친 우아한 그녀의 몸을 상상했다. 마지막으로 다섯 번 깊게 호흡하고, 명상에 잠겨 그녀를 치유해줄 고요함에 가라앉으려 했지만, 이곳 땅밑에서도 그게 잘 먹힐지 확신이 서지 않았다. 갑자기 신경이 날카로워졌다.

트루디는 엄마 방을 들여다보았다. 재이가 전자책 단말기로 엄마에게 책을 읽어주고 있었다. 재이는 얼굴을 심하게 얻어맞아 전체적으로 부어올랐고, 입술도 터져 있었다. 가끔씩 움찔거리며 목을 어루만지기도 했다. 그런데도 여기 오겠다고 고집을 부렸다. 캐럴라인은 눈을 감은 채 쉬고 있었지만, 입가의 미소가 번진 걸로 보아 책 읽는 소리를 듣고 있다는 걸 알 수 있었다.

그녀는 작은 그릇에 따뜻한 물을 따르고, 깨끗한 수건을 접어 들고 TV가 있는 방으로 가지고 왔다. 방 안에 레오가 말없이 앉아 있었다. 어젯밤 거스리 꼬마를 두들겨 패고 돌아온 이후 계속 저렇게 앉아 있다. 그의 얼굴이 죽은 TV 화면에 비친다.

"물 가져왔어요, 아버지."

대답이 없다.

"새 셔츠 꺼내드릴까요?"

322

레오는 언제나 말끔하게 옷을 입었다. 호화롭지 않게, 너무 번쩍거리지 않게, 그러나 항상 깔끔하게 다림질한 옷만 입었다. 그는 예전 우아하던 시절의 점잖은 공무원 분위기를 풍겼었다. 지금은 옷은 다 구겨지고 피도 묻어 있고, 겨드랑이에는 땀 얼룩이 졌고 누르께한 목덜미 주위로는 흰 가루가 뒤덮여 있었다. 그녀는 아빠의 모습이 영 언짢았다.

"그 망나니가 제가 뭐라도 되는 양 돌아다니게 해서는 안 돼."

아버지는 트루디를 돌아보지 않고 말했다.

"너도 그렇게 생각하지? 응?"

"네?"

트루디는 아버지가 입을 연 게 기뻤다.

마침내 그는 트루디를 돌아보았다.

"넌 날 못마땅하게 생각하지? 그렇지? 내가 그 꼬마에게 한 짓 때문에."

"난 아버지가 뭘 하셨는지도 몰라요. 그냥 대략적인 얘기만 들었고……."

아버지가 그녀에게 이런 식으로 말한 적이 없었다. 지금까지 살면서 자신이 한 일에 대해 어떤 식으로든 딸에게 이유를 설명한 적이 없었다.

"제가 아버지를 못마땅해하고 말고 할 일이……."

그녀는 또다시 말꼬리를 흐렸다.

"난 거기 있었어. 너도 알겠지만."

레오가 턱으로 TV를 가리켰다.

트루디는 화면을 힐긋 보았다. 그러나 물론 화면에는 아무것도 없었다.

"어디요?"

"프라하. 1968년 8월에. 슈타지*는 그곳에서 일어난 반란에 소련이 어떤 반응을 보이는지 관심이 있었지. 그래서 나를 보내 그들의 수법을 모니터하도록 했다."

"아버지가 프라하에 가신 적이 있다는 것도 몰랐어요."

트루디가 말했다. 아버지가 텅 빈 TV 화면에서 유령을 보고 있다는 사실을 무시하고 싶었다.

"60년대 말부터 70년대에 걸쳐 유럽 전역을 다녔지."

트루디는 여기에 뭐라고 대꾸를 해야 할지 몰랐다. 아버지의 과거에 뭔가 비밀이 있다는 걸 알고 난 이후부터, 그녀는 그 진실을 간절히 원했다. 그러나 지금 이런 말들이, 지금까지 아버지에게 들었던 것보다 더 많은 말 몇 마디가 마치 무덤을 열어젖히는 저주의 주문 같았다. 그녀는 손으로 귀를 막고 싶은 충동과 아버지에게 다가가 숨도 쉬지 않고 수천 개의 질문을 쏟아내고픈 충동 사이에 끼어 꼼짝할 수가 없었다. 무엇 때문에 아버지가 이런 분위기를 만드는지 알 수 없었지만, 이 분위기는 곧 깨질 것이었다. 그녀는 아무 말도 하지 않고 레오의 뒤에 서서 거리를 지나가는 해방자일지 아니면 압제자일지 모를 사람에게 회색 사람들이 손을 흔드는 장면을 화면 위에 그려보았다.

한참이 지나서, 레오는 트루디를 올려다보며 말했다.

"와서 앉아라, 트루디."

그녀는 소파 끝을 돌아 반대편 쿠션 위에 앉았다. 두 사람 사이의 간격은 선명했다. 그녀는 두 사람 사이에 차가운 물그릇과 수건을 장벽처럼 놓았다.

* 동독의 비밀경찰.

"네가 날 두려워하는 건 내 잘못이다, 아가."

아버지가 입을 열자 트루디는 가슴부터 새빨개져서 시선을 돌렸다. 자신의 공포를, 둘 사이에서 곪은 독을 이렇게 직설적으로 끄집어내다니. 그것은 입 밖에 내어서는 안 되는 또 다른 비밀인 것 같았다.

"네 엄마가 걱정이야."

레오가 말을 이었다.

어색하고 무거운 대화가 그녀를 꿰뚫다가, 마침내 무언가가 그녀에게서 튀어나왔다.

"지난번에 뭔가 깨달은 게 있어요, 아버지. 제가 부모님 집으로 돌아왔을 때, 저는 제가 엄마를 보호하지 않으면 아빠가 엄마를 해칠까봐 걱정이 됐었어요."

레오는 트루디를 바라보았다. 아버지의 얼굴에 떠오른 상처 입은 표정은 트루디에게 충격이었다.

"엄마를 해쳐? 어떻게 그런 생각을 할 수가 있니? 네 엄마는 나에겐 유일한 사랑이다. 네 엄마의 고향인 미국으로 오려고 베를린을 떠나기 위해 나는 목숨을 바쳤어. 어떻게 그걸 모를 수가 있어? 설령 길거리에서 생을 마감하게 된다 해도, 나는 또 그렇게 하라고 하면 할 거다. 발각되어 등에 총을 맞는다고 해도. 내 눈에 캐럴라인의 미소를 담고 눈을 감을 거야."

아버지의 표정이 어두워졌고 목소리는 불길해졌다.

"그걸 네가 전혀 몰랐다니, 정말 슬프다. 네 엄마를 사랑하는 내 마음은 말로 표현할 수조차 없다는 걸 몰랐다니."

"저 말 아직 안 끝났어요, 아버지. 제가 결국 깨달은 건 아버지가 저에게 화가 나 있었다는 거예요. 제가 집에 돌아와 아버지와 엄마 사이에 끼어든 것 때문에요. 그리고 아버지가 그동안 저에게 말씀하신 것들은 전부 그걸 확증하는 것이죠."

트루디의 눈이 불타올랐다.

"아버지가 엄마를 사랑하는 것처럼 절 한 번도 사랑한 적이 없었던 것 같아요."

레오는 고개를 저었다.

"난 나쁜 아빠였다. 준비도 되어 있지 않았고. 계속 일을 망치기만 했어. 매번 내가 화를 낼 때마다 너는 겁을 먹고, 날 더 짜증 나고 화나게 만들었다. 그러면 너는 더 겁을 먹었지. 이 악순환에서 벗어날 방법을 끝내 못 찾았어. 내가 찾은 해답은 너에게서 멀어지는 것이었다. 네가 어린 꼬마였을 때부터 우리는 서로에게 남이었지. 그리고 그 실수를 끌어안고 나는 평생을 살았다."

트루디는 이 대담한 솔직함에 흥분했다. 동시에 아버지의 솔직함은 긍정적이기도 했다. 이제 진실을 알았으니 그녀는 앞으로 나아갈 수 있었다. 이제 곧 집에 돌아가면 부모님을 떠나 다시 그녀의 인생을 시작할 수 있으리라. 그녀는 이미 한껏 들떠 있었고, 머릿속은 새 직장을 찾고 아파트를 구할 생각으로 가득 찼다. 그리고 그 아파트를 함께 공유할 사람도.

두려움은 이미 달아났다. 그녀는 몸을 숙여 아버지의 손을 잡고 생채기가 잔뜩 난 피투성이 관절을 어루만졌다. 아버지가 그녀를 바라보았다. 찌푸렸던 눈살이 서서히 펴졌다. 두 사람 사이가 이렇게 평화로웠던 건 지금까지 살면서 처음이었다.

"몇 가지 알고 싶은 게 있어요, 아버지."

트루디의 말에 레오는 고개를 끄덕였다.

"지금 아버지가 말씀하신 것들로 제가 이해 못 하던 부분들이 대부분 맞춰졌어요. 하지만 좀 더 확실히 알아야 할 게 있어요. 아빠는 스파이셨어요?"

"스파이라고 하기엔 좀 거창하고. 나는 군인이었다, 트루디. 외국에서 일하는 군인. 그 당시엔 누구나 군인이었어. 그리고 유럽에서는 모든 곳이 외국이었다. 여기 미국 같진 않았지."

"그럼 아버지는 슈타지를 위해 일했던 건가요?"

그는 어깨를 으쓱했다.

"당연하지. 달리 어디겠니? 나는 동베를린에서 살고 있었어. 슈타지가 자기 팀의 일원으로 날 고른 거지."

"그래서 기술도 배웠고요?"

"그래. 많이 배웠지. 유용한 기술이었어. 그 기술로 여기 와서 사업을 해먹고 사는 거니까."

"사람도 죽이셨어요?"

그는 캐럴라인이 있는 방을 힐긋 쳐다보고는 부드럽게 대답했다.

"그래."

이제 그녀가 내내 품고 있던 질문을 꺼낼 차례다. 그러나 어떻게 꺼내야 좋을까. 그녀는 고개를 숙여 아버지의 발을 쳐다봤다. 마침내, 진실에 대한 갈증이 그것을 아는 공포를 압도했다. 트루디는 불쑥 물었다.

"그레그 풀러도 죽이셨어요?"

레오는 눈살을 찌푸리다가 미소를 지었다.

"아니."

"우리가 여기 왔을 때 여기 사람들이 우리를 막 대해서 아버지가 그레그에게 굉장히 화가 나 있었죠. 알고 있었어요. 전 아무 말도 안 했지만요."

그러나 정말로 말을 안 했는지는 기억이 잘 나지 않았다.

레오는 트루디의 눈을 바라보았다. 그녀의 눈을 관통하듯 쏘아보는 옅은 푸른색 눈에는 무언가 강한 것이 깃들어 있었다……. 자부심일까?

"네가 그런 걸 물어보다니 내가 정말로 잘못했던 모양이구나. 이건 내 실수다. 살인은, 오래전 일로 접어두었단다."

트루디는 아버지를 믿었다. 동시에 레오가 맨발로 돌아다닌다는 게 얼마나 말도 안 되는 얘기인지를 깨달았다. 만일 한밤중에 그곳에 내려가야 했다면 아버지는 슬리퍼를 신으셨을 것이다. 아버지의 부인보다도 이 사실이, 우스울 정도로 간단하게 그녀의 의심을 해소해주었다. 레오는 결국 성소의 살인자가 아니었던 것이다.

폭발 이후 윌을 거의 만나지 못했다. 폭발이 있었던 아침의 모임에서 비키의 말이 그녀를 아프게 찔렀다. 그 여자는 잔인하고 능수능란한 기술로 트루디를 괴롭혔다. 그러나 윌에게 아버지에 관한 진실을 알리고 싶었다. 그레그의 컴퓨터에서 파일을 찾은 이후 윌은 레오를 그레그의 살인범으로 의심했고, 트루디도 그 사실을 알고 있었다. 젠장, 사실은 그녀도 아버지를 의심했었다.

윌의 객실 문밖에 서자 심장이 가슴 안에서 쿵쾅거렸다. 그녀는 부드럽게 노크를 했고, 10초 안에 대답이 없으면 그냥 돌아가자고 끊임없이 되뇌었다. 그러나 윌이 문을 열었다. 면도도 안 하고, 술 냄새를 잔뜩 풍기는 모습으로. 잠깐 동안 트루디는 다른 입주자들처럼 눈앞의 패배자를 외면하고 싶었다. 이렇게 일을 망쳐서 모두를 궁지에 몰아넣은 이 패배자를. 그러나 그녀는 계산적이지 않은 두 눈과 노동으로 단단해진 몸을 보았고,

그를 미워할 수 없었다. 깊은 상실감과, 집에 돌아가면 그녀를 기다리고 있을 자유에 대한 자극적인 느낌과, 윌로 하여금 트루디의 위대한 모험을 외면하게 만드는 저 멀리에 있는 완벽한 아내에 대한 질투로 어지러움을 느끼던 그녀는 그를 세게 밀어 방안으로 들어갔다. 둘의 몸이 격렬히 부딪치고, 두 사람 뒤에서 문이 닫혔다. 그녀는 그의 팔 위로 티셔츠를 벗기고 육체노동으로 단단해진 그의 배를 혀로 핥았다. 마침내 윌의 의식이 온전히 이 방 안으로 돌아왔다.

25
게이트

새리타는 이불 속에 파묻혀 소리를 지르고 있고, 나는 말리는 걸 포기했다. 나는 그냥 침실 벽을 마주 보며 주저앉아 아이의 비명을 들으며 진물이 흐르는 팔의 상처를 눌렀다. 브렛이 날 공격했을 때 생긴 수많은 상처와 생채기들 중 하나였는데 나는 미처 알지도 못했다. 상처는 오래되어 가장자리가 하얗게 변해 갔고, 딱지가 앉지도 말라붙지도 않았다. 손톱 밑에 검은 때가 가득 끼었지만, 나는 계속 상처를 쑤셔댔다.

하루에 물 3.8리터로는 씻는 것조차 어려웠다. 특히 나는 내게 할당된 물 대부분을 새리타를 위해 아끼고 있었다. 폭발이 일어났을 때 이렇게 상태가 안 좋아질 거라고 생각한 사람은 아무도 없었다. 그냥 순한 양처럼, 그저 뭔가 예비 계획이 있으려니 하고 막연히 생각했을 뿐이다. 그러나 그 폭발로 인해 물탱크의 주 수도관과 하수구를 한꺼번에 날려버렸고, 엘리베이터 통로 바닥에는 우리가 마실 물이 고여 아름답고 작은 똥물 호수가 생겼다. 그리고 당연히 선반 가득 채워놓은 생수병 말고는 예비 계획 같은 건 없었다. 객실마다 지급된 생수병은 순식간에 사라질 것이다. 성소의 홍보 책자에는 이곳에서 문을 잠그고도 1년은 지낼 수 있다고 호언장담했는데……. 그레그 풀러가 월의 실수를 예상하고 계획을 세울 수는 없었겠지만, 그래도 그렇지. 지진이 일어나면 어쩌려고? 핵폭발은? 진짜 비상상황이 닥치면 성소는 결코 지탱할 수 없을 것이다. 도대체 타이슨은 무슨 생각으로 이런 델 산 걸까?

옷에서 냄새가 나고 온몸이 가렵다. 폭발 후 이틀째 되던 날 새리타는 자면서 오줌을 쌌고, 나는 수영장 물 한 양동이라도 길어서 아이의 잠옷과 시트를 헹궈야겠다고 생각했다. 언제나처럼 캠과 브렛 거스리가 루벤의 객실을 감시하고 있을 테니 가는 길은 운에 맡겨야 했다. 그래도 방에서 나가 뭔가 하고 있다는 기분을 느끼고 싶었다. 그러고 나서 돌아오면 새리타를 위해 평범한 척 가면으로 위장할 수 있으리라 생각했다. 하지만 아래로 내려가자 수영장의 수위는 30센티미터까지 내려가 있었고 물 위와 수영장 벽에는 번들거리는 짙은 거품이 끼어 있었다.

"하지 마요."

뒤에서 누군가 말했다.

나는 돌아섰다. 트루디 단하우저였다. 브렛에게 그런 일을 당한 후 트루디는 친절하게 대해주었지만, 그 이후로는 별로 만나지 못했다.

"별로 좋은 생각이 아닌 것 같아요." 그녀가 말했다. "그 물로 목욕하는 거 말이에요. 아프리카 사람들이 하는 것처럼."

"하지만 이건 염화처리로 소독된 물이잖아요."

내가 말했다.

"네. 그 생각은 못 했네요."

그녀는 스커트를 걷어 허벅지 안쪽에 허물이 벗겨지는 발진을 보여주었다. 고마워요, 트루디.

"저 물에다 사람들이 뭘 헹궜는지 알고 싶지 않을걸요."

그녀는 이렇게 말하고 가버렸다. 아, 맙소사.

새리타의 비명은 자의식 강한 지친 흐느낌으로 바뀌었다. 내 반응을 이끌어내기 위해 마지막으로 시도하는 필사적인 노력이다. 새리타를 무시하려니 기분이 지독히 안 좋았지만, 나도 지쳤고 아이를 위해 해줄 것도 없었다. 새리타에게 먹을 걸 주면 기분이 좋아지겠지만, 여기에는 아이가 좋아하는 음식이 없다. 짭짤한 크래커에 스프레드를 발라주면 갈증을 느낀다. 점심을 위해 물을 아끼고 있어서 새리타가 좋아하는 이것저것 뒤섞어 만든 콩 파스타도 아직은 줄 수가 없다. 과일 통조림을 딸 수는 있겠지만 이럴 때 설탕 폭탄은 오히려 더 안 좋다. 어쩌면 새리타가 저렇게 울부짖으며 발악하는 것이 지금 이 상황에 대해 적절하게 적응하는 것인지도 모른다. 내가 왜 아이에게 그만하라고, 힘을 내라고 말해야 하는가? 나도 새리타처럼 소리 지르고 싶다. 저 땀에 절어 퀴퀴한 냄새가 나는 시트 위에 주저앉아 얼굴을 파묻고 소리를 지르고 싶다. 몸 안에서 무언가가 빠져나가 온몸이 뻣뻣해지도록. 그렇지만 나에게는 그럴 힘이 없다. 그래서 여기 이렇게 앉아 있는 것이다. 포기가 이렇게 위안이 될 수도 있다는 건 예전엔 미처 몰랐다.

그때 타이슨이 들어와 새리타의 침대 옆에 무릎을 꿇고 앉았다. 지금까지 그는 캠과 브렛 거스리와 자주 어울려 지냈고, 그것이 배신처럼 느껴지는 것은 나로서도 어쩔 수 없다. 그들은 임시변통으로 찾아낸 도구들을 가지고 해치로 이어지는 에어록 문을 부수려 한다. 그가 지금 뭘 하려는 것인지 잘 안다. 무리에서 가장 강한 사람과 동맹을 맺은 것이다. 나는 문가에 서서 타이슨의 목소리에 귀를 기울였지만, 목이 졸린 듯한 목소리로 새리타의 이름을 되뇌는 것 외에는 다른 말은 하지 않았다.

새리타는 더 크게 소리를 지르기 시작했다. 아빠를 무서워하는 것이다.

나는 내가 누구인지 왜 여기 있는 것인지 상기했다. 손을 바지에 쓱 문질러 닦고, 일어섰다. 새리타를 들쳐 안자 아이는 금세 조용해지더니 코를 훌쩍이며 내 어깨에 머리를 파묻었다. 잠깐 동안 무의식적인 자기 연민은 충분히 즐겼으니, 이제는 새리타를 돌봐줘야 한다. 이곳을 나가면 새리타의 아빠가 아이를 맡겠지만, 지금은 내가 이 아이의 보호자다.

방을 나와 문을 닫으려는데 타이슨의 목소리가 들렸다.

"애를 어디로 데려가려고?"

그가 나를 보는 시선이 마음에 들지 않는다. 너무 직설적이다. 브렛 거스리의 눈빛처럼. 새리타와 나를 사람이 아니라 자기 소유물로 생각하는 것 같다.

"밖에요. 산책하러."

나는 그를 바라보면서 새리타를 바닥에 내려놓고 아이를 내 다리 뒤에 감췄다.

"살인자가 있는 저 밖에 내 딸을 내보낼 마음은 없어요."

"말도 안 돼요, 타이슨!"

나는 최대한 단호하게 내뱉었다. 새리타가 저 말을 듣지 않도록 해야 한다. 아이는 그레그의 죽음이 단순히 사고라고 생각하고 있으니까.

"웃기는 소리 하지 말아요."

나는 눈살을 찌푸리며 새리타를 향해 고갯짓을 했다. 딸 앞에서 그런 얘기를 입 밖에 꺼내지 말라고, 이 바보야!

그러나 그는 내 힌트를 눈치채지 못했다.

"캠 말이 우리가 힘을 합쳐야 할 것 같다는군요."

"뭘 위해서요?"

"월에게 금고의 비밀번호를 달라고 할 생각이에요. 총이 있으면 우리는…….”

나는 더 이상 듣지 않고 돌아서서 새리타를 내 뒤로 잡아당기고 문을 쾅 닫았다.

“아빠가 무슨 말 하는 거예요, 엄마?”

“아무것도 아냐, 아가.”

나는 쪼그려 앉아 아이의 눈을 똑바로 바라보았다.

“그리고 난 네 엄마가 아냐. 기억해. 난 케이트야. 네 일기장에 사진이 있지. 그게 네 엄마야. 엄마를 잊어버려선 안 돼, 새리타.”

아이는 어깨를 으쓱하며 내 말을 흘려버렸다.

“여기 괴물이 있어요? 그때 막 피 안에 있던 게 괴물이었어요?”

“아냐, 새리타. 그 사람은 그레그 풀러라는 아저씨야. 그 아저씨는 사고를 당했어.”

나는 루벤 몬토야의 말을 믿는다. 그레그는 사고를 당했고 루벤은 이곳에서 몰래 숨어 지내기 위해 필요한 걸 찾아 돌아다녔던 것이라고 확신한다. 나는 그가 살인자가 아니라는 걸 안다. 단순히 그가 브렛에게서 나를 구해주었기 때문이 아니다. 여기에서는 누구도 살해당하지 않았고, 그 병든 사이코 꼬마와 맞이 간 그의 부모 말고는 괴물도 없다.

혹시 타이슨이 쫓아올까 싶어 복도에서 너무 오래 방황하고 싶지 않았다. 그러나 그가 우리를 쫓아오는 모습은 상상이 안 간다……. 우릴 쫓아와서 뭘 어쩔 것인가? 그는 누굴 쫓고 할 사람이 아니다.

그러나 콘도를 나서니 막상 갈 곳이 없다. 어디로 가야 할까? 거품이 잔뜩 낀 수영장에 갈 수도 있고, 6층에 내려가서 엘리베이터 통로 아래에 생긴 똥물 호수를 내려다볼 수도 있다. 아니면 오락실에 새로 생긴 그라운드제로를 가볼 수도 있겠다. 누군가가 먼지와 파편을 치우고 가구를 닦기도 한 것 같지만, 마지막으로 가봤을 때 금속 조각과 콘크리트 덩어리들이 여전히 사방에 흩어져 있었다. 아이가 놀기에 안전한 곳은 아니었다.

나는 이 성소를 통틀어 그나마 가장 친밀한 곳으로 가기로 결심했다. 어제 이후로 계속 피해 다니던 곳이었다.

유진이 우리를 맞이했고 재이가 소파에서 고개를 들었다. 부어오른 입술로 미소를 지으려 할 때는 얼굴을 찡그렸다. 목 주위에는 회색을 띤 불그스름한 원형 무늬가 때처럼 번져 있었다. 나는 그 아이를 차마 쳐다볼 수가 없었다. 이건 내 잘못이다. 처음엔 이게 꽤 귀여울 거라고 생각했었다. 지나와 재이가 이 소굴 같은 곳에서 소소한 즐거움을 누릴 수 있을 거라 생각했었다. 하지만 사랑의 메신저가 되는 뿌듯함만 느끼지 말고 조금만 더 생각했더라면, 무슨 일이 일어날지 미리 생각했더라면.

"아플 것 같아요."

새리타는 손을 뻗어 재이의 눈을 만지려 했다. 재이는 움찔하며 몸을 뺐고, 통증에 찡그리긴 했지만 미소를 지어 보였다.

"재이, 진통제 줄까?"

유진이 물었다.

나는 고개를 돌려 유진을 보았다. 뭔가 달라졌다. 그의 얼굴이 굳어 있었다. 화가 나 있다. 그래. 부모를 농락해서는 안 되는 법이다.

"괜찮아요, 아빠."

"잠깐 엄마와 같이 있을게."

재이는 한숨을 쉬었다.

"엄마는 아직도 무슨 일이 있었는지 몰라요."

재이가 말했다.

"아무튼 자세히는 몰라요. 엄마는…… 엄마는 많이 아파요. 하지만 아프지 않으셨어도…… 엄마가 이 사실을 알아내면 브렛을 어떻게 하실지 무서워요."

유진이 방으로 들어가자 드디어 내가 말할 수 있게 되었다.

"아, 재이. 정말 미안해."

"누나가 왜요? 누나가 흉측한 가면을 쓰고 절 이렇게 만들었나요?"

"아니. 하지만 그런 거나 마찬가지야. 내가 널 위험에 몰아넣었어."

"말도 안 돼요. 이 일로 비난을 받아야 하는 건 나에게 이런 짓을 한 사람뿐이에요. 사람이 살면서 명백하지 않은 일들도 있지만, 이건 지옥만큼이나 확실한 거예요."

재이의 표정이 갑자기 어두워졌다. 아니면 멍 때문인지도 모르겠다. 재이는 자신이 화가 나서 뱉는 말들을 새리타가 걱정스럽게 듣고 있는 걸 눈치챈 것이다.

"이리와, 새리타. 여기 앉아봐. 내가 스내피 크록을 실행시켜줄게."

"나 스내피 크록 좋아해요!"

새리타는 소파 등받이를 타고 넘어가 자리에 앉아서 재이의 노트북 컴퓨터를 받았다.

"몇 버전이에요?"

"좋은 질문인데. 나도 잘 몰라. 여기 있는지도 확실히 잘 모르겠어……."

나는 게이머 재이가 네 살배기의 기술적 질문에 쩔쩔매는 모습을 보고 웃을 수밖에 없었다.

새리타가 게임을 하는 동안 나는 재이의 옆에 놓인 안락의자에 가 앉았다. 나는 재이를 아래위로 훑어보며 그가 얼마나 다쳤는지 가늠해보았다. 그러나 얼굴과 목에 난 멍 말고는 얼마나 심하게 다쳤는지 알 수 없었다. 바보 같은 질문이지만, 직접 물어볼 수밖에 없었다.

"좀 어때, 재이?"

그는 어깨를 으쓱했다.

"아시잖아요. 육체적으로는 트럭에 치인 것 같은 기분이에요. 하지만 살아남았죠."

"다른 건?"

나는 손을 가슴에 올리고 머리를 톡톡 두드렸다.

"정신적인 건?"

"완전 빡……."

그는 새리타가 옆에 있는 걸 기억하고 목소리를 낮췄다.

"정말 화가 나요. 이런 짓을 해놓고도 그 자식을 그렇게 맘대로 돌아다니게 해선 안 돼요. 누나한테도 그렇고요."

"나도 알아."

"지나 때문에 무서워요. 그 사람들이 지나에게 무슨 짓을 했을지 모르겠어요. 지금도 무슨 짓을 하고 있는지. 지나 본 적 있어요?"

"아니. 하지만 타이슨이 거스리네 방에 꽤 자주 가 있어. 만일 정말로 안 좋은 일이 있었다면 무슨 얘기든 했을 거야……. 그럴 거라 믿어."

"타이슨 아저씨가 그 사람들이랑 아직도 어울려 다녀요?"

새리타 앞에서 너무 많은 걸 얘기하고 싶지 않았다.

"응. 기회 닿는 대로. 그들 무리에 동참한 것 같아. 상황이 나빠질 것에 대비해 그들의 환심을 사려는 것 같아. 그뿐만이 아니야. 타이슨과 다른 사람들 사이에는 뭔가 사연이 있어. 나로서는 4월에 있었던 성소 설명회에서 무슨 일이 있었던 게 아닐까 추측할 뿐이야. 그 전에는 서로 아무도 몰랐거든. 그게 뭐였는지 그리고 왜 타이슨은 여기 내려온 이후로 계속 그렇게 이상하게 굴었는지 의심스러워."

나는 새리타에게 머리를 다시 기댔다.

"하지만 증거는 없어."

"지금 내가 전혀 이해하지 못하는 게 바로 그거예요."

재이가 말했다.

"주말에 분양 설명회가 있었고 아직 짓는 중인데도 여기 사람들은 모두 이 쥐구멍 같은 곳을 샀어요. 왜 그랬는지 난 이해가 안 가요. 왜 아빠가 여길 샀는지도 이해가 안 가요."

그는 침실 문을 향해 눈을 찡긋 감았다.

"사실 아빠가 왜 샀는지는 이해할 것도 같아요. 하지만……."

그때 갑자기 타이슨이 이 콘도를 산 이유가 명확히 떠올랐다.

"이건 마치 공동소유를 통한 개발 같아. 타이슨은 마서즈 빈야드, 햄프턴, 칸쿤에 공동소유 별장을 가지고 있어. 별장을 살 때는 거기 직접 가보지도 않았어. 보통은 다 짓기 전에 별장을 사고, 완성되면 다시 파는 거지."

"하지만 여긴 확실히 달라요. 여기는 생존용이잖아요. 휴가용이 아니라."

"타이슨이 이 허무맹랑한 세상 종말 얘기를 실제로 믿었는지는 확실히 모르겠어. 내 생각에 여긴 단순히 또 다른 투자 용도였던 거야. 타이슨은 정말로 무슨 일이 일어나리라고는 전혀 예상 못 했지. 그런데 바이러스가 퍼지자 그는 성소에 연락을 한 거야."

"그리고 여긴 아직 완성이 안 됐었어요."

"그래. 완성이 안 됐지."

"그리고 주말 설명회 때 약속했던 내용과는 거리가 멀었죠."

"보통 때 같았으면 개발업체를 고소했을 거야. 타이슨은 개발자들을 고소하기 위한 법무팀을 운영하고 있거든."

"하지만 이 경우 개발자는 죽었고 뒤에 아무것도 남지 않았어요."

"맞아."

"그리고 우리는 여기 물도 없이 갇혀버렸고요."

그 말을 듣자 내가 잠시나마 우리가 곤경에 처했다는 것을 잊고 있었다는 걸 깨달았다. 친한 친구와 수다를 떠는 것 같았다. 그러나 여기 와 있는 동안 간신히 삭였던 두려움이 또다시 돌멩이처럼 내 뱃속에 떨어졌다.

재이가 내 표정을 눈치챈 것 같았다. 그는 애써 밝은 목소리로 말했다.

"누군가 우리 구조신호를 포착할 거예요. 걱정 말아요. 그리고 그동안 물을 오래도록 지속시킬 방법도 있고요."

나는 자신 없는 태도로 고개를 끄덕였다. 재이가 내게 몸을 기대어 귓속말을 했다.

"누나가 찾는 답을 얻을 방법이 있어요."

"그게 뭔데?"

그가 일어섰다.

"가요."

"걸어도 괜찮아?"

"그 녀석이랑 마주치지만 않는다면, 괜찮아요."

"안 마주칠 거야."

설령 마주친다 해도, 우리가 같이 있는 동안에는 그 개떡 같은 자식도 무슨 짓은 못 할 것이다.

맙소사. 그레그는 입주자 전원에 대해 상세한 기록을 보관하고 있었다. 이런 정보들은 도대체 어디에서 얻은 걸까? 재이는 국가안전보장국*에 연줄이 닿은 사람이 있을 거라 했지만, 국가안전보장국 같은 곳에서 우리 같은 사람들의 기록을 가지고 있을 이유가 뭔가? 한두 명 정도는 관심 대상일 수도 있겠지만, 디렉토리들을 슬쩍 봐도 여기 입주자들 전원에 관한 기록이 다 있는 것 같다. 거스리, 매덕스…… 카스턴과 굽타라는 이름의 폴더도 있었는데, 이 사람들은 아마 투자는 했지만 이번에 여기 오지 않은 것 같다.

나는 디렉토리 목록의 이름들을 훑어보았다.

"이봐, 재이. 너희 가족 폴더는 못 찾겠네. 너희 가족은 용케 벗어난 거야?"

나는 농담을 했다.

"여기 사람들 파일이 전부 다 있었어요."

재이가 내 옆의 의자에 앉았다.

"우리 것도 여기 어디 있을 거예요. 근데 이것 좀 보세요. 이 거 재밌어요."

그는 레오 단하우저의 폴더를 클릭하고 오래전 스타일의 신원증명서를 열었다. 서류의 위 오른쪽 구석에 레오의 젊은 시절

* 미국 국방부 소속 정보기관.

흑백사진이 있었다. 키가 크고 잘생기고 머리색도 짙고 깨끗하게 면도한 얼굴에 짙은색 군복 차림이었다. 사진 속의 그는 미소를 짓지 않았고, 단호한 시선에 입을 굳게 다물고 있었다.

그러나 내가 숨을 들이키게 만든 것은 서류 위에 적힌 공문서 형식의 정보였다. 나는 스파이 소설을 많이 읽어서 슈타지가 뭔지 알고 있었다.

이름: 레오폴트 하랄드 단하우저, 계급, 생년월일…….

그는 현재 일흔세 살이고 냉전이 한창이던 시절 동독에서 정보원으로 일했다.

나는 그의 파일을 마저 열었다. 미국 국무부의 기록도 있었다. 그는 1974년 미국으로 전향했고 소련의 통신 시스템에서 일했던 특별한 능력을 인정받았다. 그는 전문 기술 지식을 가지고 있었고 아마도 단테크 사를 창업할 때 미 정부의 지원을 받았을 것이다. 그래서? 나는 속으로 물었다. 미국에 오는 수백만의 이민자들이 그런 식으로 새 출발을 한다. 하지만 나는 그렇게 순진하지 않다. 레오는 바보가 아니다. 그는 전자 시스템을 다룰 줄 안다. 그리고 살인하는 법도 안다.

그러나 너무 앞서나가기 전에, 그레그 풀러가 죽던 밤 레오는 객실 안에 갇혀 있었다는 사실을 떠올렸다. 게다가 그는 거스리 가족을 싫어한다. 그것만으로도 그를 믿을 이유가 충분하다.

나는 그레그가 나에 대해서 수집해놓은 것들이 궁금해졌다. '샌퍼드'라는 이름의 폴더는 찾을 수가 없어서, 대신 '길'이라는 폴더를 찾아 피 묻고 깨진 손톱으로 클릭해서 열었다. 그때 생각이 났다. 그는 내가 아니라 라니와 여기 올 계획이었다. 무엇을 보게 될지 무서웠지만, 두려움을 애써 누르고 문서들을 훑어보았다. 이제는 망설여진다. 지난 몇 달 동안 그렇게나 진실을 알고 싶었건만, 지금 나는 여기에서 보게 될 것들이 두렵다.

　그러나 나는 파일을 열었다. 여기 그녀가 있다. 환하게 빛나는, 아름다운 여자, 새리타가 성장한 것 같은 모습의 여자가 날 보며 미소를 짓고 있다. 나는 그녀의 파일을 뒤졌다. 생년월일, 그녀가 태어난 뉴포트 산부인과의 의료기록, 사회보장번호, 주소, 부모님의 이름과 보장번호, 아버지의 생년월일(라니의 어머니는 아직도 프로비던스에서 직업 치료사로 일하고 있었다). 라니의 고용 기록까지 전부 있었다. 심지어는 열네 살 때 퍼지 팩토리라는 사탕가게에서 토요일에 일한 기록부터 시작해서 로드아일랜드 대학교의 상업 시설에서 관리자로 일했던 기록까지 모두 있었다. 그리고 고등학교와 대학교의 성적표 전부, 예전 여권 페이지를 스캔한 이미지, 해외여행 기록, 그리고 알 수 없는 표와 기호들이 적힌 페이지들이 있었다. 이런 것들은 내가 그동안 궁금해했던 의문의 답으로 이어지지 못했다. 왜 그녀는 자살을 했는가? 어떤 방법으로 자살을 했는가? 이런 기록들이 수집될 무렵에는 그녀는 분명 살아 있었다.

　드디어, 임시 폴더에 들어 있는 폴더를 찾아내어 클릭했다. 우리가 도착하던 날 밤에 다운로드된 것인데, 사망진단서였다. 라니 마리엄 길, 결혼 전 성은 차우더리, 올해 5월 7일 사망. 향년 34세 245일. 자살. 아미트리프틸린* 과다 복용.

　구역질이 올라오면서, 나는 고개를 돌려 새리타를 바라보았다. 아이는 어수선한 소파에 앉아 아직도 노트북에서 악어들과 함께 점프를 하며 아무 생각 없이 미소를 짓고 있었다.

　왜? 왜 새리타의 엄마는 저렇게 어린 딸을 저버려야 했던 것

* 우울증 및 야뇨증 치료제.

일까?

나는 재이가 옆에서 서성이는 것을 보고 내가 읽은 것을 봤다는 것을 알았다. 그러나 그는 아무 말도 하지 않았다.

"여기 프린터나 그런 거 있니?"

나는 재이에게 물었다. 라니의 미소 짓는 사진을 출력해서 새리타에게 주고 싶었다. 그러나 그는 우울한 얼굴로 고개를 저었다.

"내 계정으로 이메일을 보내도 될 텐데."

나는 그림 위의 도구창에 있는 명령어를 클릭했다.

"와이파이 신호가 없어요."

"맙소사, 그랬지 참."

하긴, 이 사진을 이메일로 내 스마트폰에 보낼 수 있다면, 엄마와 메건에게 이메일로 내가 어디 있는지 알릴 수 있겠지. 사우스패리스의 소방서에 이메일을 보내 우리를 여기서 꺼내달라고 요청할 수도 있겠지. 하지만 인터넷 신호는 없고 우리는 갇혀 있다. 엄마와 메건은 내가 어디 있는지, 살아 있기는 한지 전혀 모른다.

눈가가 시큰해진다. 그러나 눈물이 흐르게 하지는 않겠다. 내 마음이 진실을 외면하기 위해 열심히 싸우는 것처럼, 나는 이런 정상적인 상태를 계속 유지한다. 내 마음과 내 몸은 내가 여기에서 죽을 수도 있다는 명백한 사실을 받아들이고 싶어 하지 않는다.

26
윌

레이나의 꿈을 꿀 수 있다면 도움이 될 텐데. 아내 꿈을 꿀 수 있다면 그녀에게 미안하다고 말할 텐데. 레이나의 얼굴이 기억나지 않는다. 이곳에 올 때 사진을 챙길 생각도 하지 않았다.

트루디가 옆에서 몸을 뒤척인다. 그녀는 잠들어 있다. 보통은 끝나면 곧바로 떠났는데, 오늘 밤 그녀는 갈 생각을 하지 않았다. 대신 그의 어깨에 머리를 기대고 팔을 가슴에 두르고 있다. 그는 그녀의 몸을, 그녀의 친밀감을 밀어내지 않았다. 그러나 그것을 부추기지도 않았다. 그건 진짜 배신일 것이다. 그와 트루디의 광적이고 거친 교합은 사랑의 부산물이 아니다. 이것이 욕망 때문인지도 잘 모르겠다. 그들이 무엇 때문에 이렇게 움직이는지에 대해서는 지나치게 깊이 생각하고 싶지 않았다.

그녀를 깨워야 할 텐데. 가라고 말해야 하는데. 그러지 않는다.

그는 잠이 든다. 그러나 여전히 꿈을 꾸지 않는다.

눈을 뜨니 트루디는 벌거벗은 채로 침대 끝에 서서, 팔을 등 뒤로 뻗어 스트레칭을 하고 있었다. 섬세하고 창백한 피부 아래 갈비뼈가 도드라져 보인다. 피부 아래로는 푸른색 정맥이 고스란히 비쳐 보인다. 마른 근육질의 허벅지 살갗이 건조하고 붉게 성이 나 있었다. 더러운 수영장 물 때문이었다. 그는 엉망인 위생상태에 점점 익숙해졌다. 고약한 자신의 체취도 더 이상 느끼지 못했다. 손톱 밑의 때와 먼지도 더 이상 신경 쓰지 않았고, 먼지가 가득 메워진 모공도 신경 쓰지 않았다. 면도를 안 한 지도 며칠 되었다.

"이봐요."

트루디가 미소를 지었다. 그녀는 행복해 보인다. 어떻게 행복해할 수가 있지? 아마 정신을 놓았나보다. 이미 경계를 넘어선 걸까.

"잘 잤어요?"

"네. 지금 몇 시죠?"

"아직 일러요."

"당신 아버지가 간밤에 당신이 어디 있었는지 궁금해하겠군요."

"아버지가 내가 어디 있는지 모르실 것 같아요?"

레오는 안다. 물론 알고 있다. 그는 무엇 하 그냥 지나치는 법이 없었다. 가끔 윌은 하나뿐인 딸이 그들 모두에게 사형 집행영장을 발부한 남자와 자는 걸 레오가 어떻게 생각할지 궁금했다.

"어머니 걱정은 안 돼요?"

"날 보내려는 거예요?"

트루디의 미소가 흔들렸다.

"아뇨…… . 난 다만…… ."

다만 뭐? 솔직히 말하면 그는 그녀가 여기 머물기를 바라는 건지 떠나기를 바라는 건지 알 수 없었다. 그가 아는 것이라곤 그들이 집착하는 무난한 대화에서 벗어나고 싶지 않다는 것이었다. 그들은 레이나에 대해서는 절대 얘기하지 않았다. 한 번은 트루디가 레이나 얘기를 꺼내려 했지만 그가 막았다. 그는 가끔씩 트루디의 눈에서 보이는 희망을 부추기고 싶은 마음이 없었다. 그들이 이곳을 나가면, 지금 이 관계가 무엇이든 간에 어떤 방식으로든 관계를 더 쌓아서 함께 미래 같은 것을 꿈꿀 수 있을지도 모른다는 희망. 사실 웃기는 일이었다. 그런 일은 일어나지 않을 테니까. 해 질 무렵에 두 사람이 함께 이곳을 나가거나 하는 일은 없을 것이다. 그는 아마도 죽은 아내를 처리해야 할 것이고, 그녀는 자신만의 상처와 문제들을 처리해야 하겠지.

트루디가 다시 스트레칭을 한다.

"재이가 오늘 아침에 엄마에게 책을 읽어주러 오겠다고 했어요. 그리고 어젯밤 나오기 전에는 주무시고 계셨고요. 게다가, 저는 정말로 엄마가 한고비를 넘겼다고 생각해요."

"다행이네요."

"정말 그래요. 배고파요?"

"아뇨."

"수영장에서 물을 좀 떠 올래요? 씻어야 할 것 같아요."

그녀가 그런 부탁을 하는 것은 단지 그를 방에서 내보내기 위한 것이다. 그는 폭발 이후로 거의 방에서 나가지 않았다. 한 번은 술을 가지러 슬며시 객실을 빠져나와, 도망자처럼 허둥지둥 저장실로 달려 내려가 베르무트를 찾기 위해 술병들을 파헤쳤다. 심지어 옆방의 루벤도 보러 가지 않았다. 처음 며칠은 그 남자에게 화가 났고, 이 사태에 대해서 그에게 비난의 화살을 돌리고 싶었다. 엘리베이터 통로의 벽이 강화되지 않았을 거라는 그의 말이 틀렸기 때문이었다. 그러나 이건 말도 안 되는 소리다. 그 벽이 강화 처리가 되었다는 걸 알았어도 윌은 폭발을 시도했을 것이다.

"윌?"

트루디가 의아한 눈빛으로 그를 바라보고 있었다.

"물요."

"알았어요."

"내가 차를 끊여놓을게요."

그는 양동이를 들고 복도로 나가기 전에 몰래 베르무트를 한 모금 마셨다. 그가 방을 나가지 않은 데는 또 다른 이유가 있었다. 겁이 나서다. 이틀 전까지도 캠과 브렛 거스리 중 하나가 계속 복도를 지키고 서 있었고, 캠은 마치 똥이라도 되는 것처럼 윌을 노려보곤 했다. 그의 아들은 언제라도 모욕을 쏟아부을 준비가 되어 있었다. 그들은 윌에게서 금고의 비밀번호를 빼낼 기회를 노리고 있었다. 그렇게 되면 모든 계획은 백지로 돌아갈 것이다. 브렛이 자기가 데리고 있는 보모에게 무슨 짓을 했는지도 무시하고 타이슨이 거스리와 어울리는 이유가 바로 이것이었다. 타이슨은 증권 중매인이고, 분산투자로 위험을 줄이는 방법을 잘 알았다. 그는 권력자와 손을 잡는 것을 택한 것이다. 윌은 앞으로 무슨 일이 일어날지 알았다. 외부에서 도움의 손길이 2, 3일 안에 도착하지 않으면 모두를 날려버릴 것이다. 그들이 다시 협박을 시도하면 이를 견디고 비밀번호를 지킬 수 있을까? 만일 그들이 그를 고문한다면? 결국에는 그런 일이 일어나리라는 것은 뻔했다.

거스리 부자가 돌아올 때를 대비해 마음을 단단히 먹었지만, 복도는 비어 있었다. 그는 망설이다가, 천천히 루벤의 방을 향해 걸어갔다. 그는 문을 노크했다. 대답이 없었다. 잠금장치가 걸려 있지 않아, 손잡이를 돌리자 문이 열렸다.

"루벤?"

안은 어두웠고, 갈색 불빛은 어두침침했다. 눈이 어둠에 적응하자 소파에 놓인 덩어리 같은 것이 눈에 띄었다.

"루벤?"

"네."

인스턴트 식품 포장지의 잔해가 루벤 주위 바닥에 수북이 쌓여 있었고, 방 안은 코를 찌르는 음식 냄새와 소변 냄새로 가득했다.

"어이. 좀 어때?"

"좋아요."

루벤의 목소리에는 아무 감정이 없었다. 그를 돌봐주지 않아 윌에게 화가 난 걸까? 윌은 순간적인 분노를 느꼈다. 그는 루벤에게 아무것도 빚지지 않았다. 그가 아는 것이라고는 루벤이 그레그를 죽인 사람이라는 것이다. 그러나 여전히…… 그와 루벤은 과거에 동료였다. 좀 더 도와줘야 했다. 마음이 불편해진 윌은 방 안을 둘러보았다. 루벤이 하루 종일 뭘 하며 지내는지는 신만이 아실 것이다. 가만히 앉아서 누군가 음식을 가져다주기만 기다렸겠지. 루벤에게 할당된 물병이 부엌 카운터 위에 놓여 있었다. 구조대가 곧 오지 않는다면 거스리 가족이 저걸 먹어버릴 텐데. 그가 아는 거스리 가족이라면 벌써 그렇게 하고도 남았다.

"보러 오지 않아서 미안하네."

"이해해요."

"거스리가 더 이상 감시는 하지 않는다고 들었는데."

루벤은 어깨를 으쓱했다.

"먹을 건 충분해?"

맙소사. 스스로가 너무 민망해진다. 이제 와서 뒤늦게 친절한 척하기가 부끄럽다.

"네. 재이가 가끔 음식을 갖고 와요. 저한테 잘해줬어요. 이젠 방 밖에 나갈 수 있지만 여전히 여기가 감옥 같아요."

여긴 그보다 더 나쁘지. 감옥에서는 적어도 언젠가 나갈 거란 굳은 희망이라도 있잖아.

어색한 침묵이 흘렀다.

"음, 난 이만 가볼게. 또 보자고."

윌은 문을 향해 걸어갔다. 루벤은 대답하지 않았다.

윌은 땀을 흘리고 있다는 걸 깨달았다. 겨드랑이가 축축했다. 그는 루벤과 화해를 하기로 결심했다. 그것이야말로 온당한 일이었다. 그가 기폭장치를 눌러 모두를 지옥으로 보낸 이후로는 그 어느 것도 온당한 일 같은 건 없었다.

체육실을 향해 발걸음을 옮기는데 계단실 위쪽에서 날카로운 목소리가 튕겨 들려왔다. 비키 매덕스의 목소리였다. 곧 두 명의 남자 목소리가 낮게 울렸다. 윌은 또다시 망설였다. 내가 상관할 일이 아니야. 그러나 호기심이 경계심을 이겼고, 그는 최대한 조용히 계단을 살금살금 올라갔다.

"이건 합리적인 부탁입니다, 비키."

캠 거스리의 목소리다.

"합리적이요? 내 개를 죽이라는 부탁이 합리적이에요?"

"제임스는 어딨습니까? 이 일에 관해서는 그 사람이 분별력을 보여줄 것 같은데요."

"지금 자요. 그러니 당장 내 눈앞에서……."

"개에게 물을 줄 수는 없어요, 비키."

윌은 타이슨의 목소리를 알아들었다.

"사람들에게 물이 필요하잖아요. 그건 부도덕한 짓입니다."

비키의 메마른 웃음소리가 들렸다.

"부도덕? 지금 저한테 진지하게 그런 말을 하는 거예요, 타이슨? 다른 사람은 몰라도 당신은 나에게 손가락질하며 도덕성에 대해 설교할 수 없을걸요."

"이게 무슨 말이오, 타이슨?"

캠이 낮게 물었다.

"그러게요. 내 말이 무슨 뜻일까요, 타이슨? 캠에게 내가 무슨 말을 하는지 설명해보지그래요? 당신이 본업 외에 무슨 일을 하는지 캠에게 말하지 않았죠? 안 그래요? 캠처럼 고지식하고 도덕적인 사람이라면……."

"그 더러운 입 닥쳐!"

타이슨이 외쳤다.

"아, 집어치워."

비키가 쏘아붙였다.

"다 집어치우고 꺼져, 둘 다."

문이 쾅 닫히는 소리가 들렸다.

겁쟁이인 자신을 경멸하며, 월은 캠과 마주치기 전에 자리를 떴다.

체육실의 비린내가 따귀처럼 그를 덮쳤다. 냄새는 점점 심해졌고, 월 때문에 하수관 역시 망가져서 성소 내부 공간 대부분은 개방 하수구처럼 악취를 풍겼다. 그는 양동이에 썩은 물을 담기 위해 몸을 구부렸다. 그때 뒤쪽에서 딱딱한 바닥에 농구공이 튀는 소리가 들려왔다. 그는 천천히 일어섰다.

브렛이 농구 코트에 서서 비꼬는 눈빛으로 인사를 보냈다. 소년의 왼쪽 눈에 고약하게 베인 상처가 있었고, 아랫입술이 부어 있었다. 꼴좋다. 저 꼬마는 레오한테 저렇게 당해도 쌌다.

"안녕하세요, 부셰 씨."

브렛이 짐짓 유쾌한 목소리로 말했다.

"안녕, 브렛."

"좀 어떠세요?"

탕. 공이 튄다.

"좋아."

양동이를 채운 월은 문으로 향했다.

"그 금고 비밀번호 알려주실 거죠, 부셰 씨?"

월은 무시했다.

"아, 부셰 씨?"

탕. 탕.

"왜?"

"그 여자 쓸 만해요?"

"뭐?"

월은 천천히 돌아섰다.

브렛은 계산된 태평한 태도로 코트에 공을 튕겼다. 그러다가 돌아서서 곧장 골대에 슛을 날렸다.

"물어봤잖아요. 그 여자 쓸 만하냐고. 그 삐쩍 마른 여자요. 그 여자가 아저씨네 방에 몰래 들어가는 거 봤어요. 뭘 했는지도 알고요."

브렛은 능글맞게 웃었다.

"저기요……. 그 여자가 저한테도 한 번 줄까요?"

분노가 치밀어 올랐다. 월은 미끼를 거의 물 뻔했다. 물 양동이를 내던지고 브렛에게 달려들고픈 마음을 간신히 억누르고, 그는 적시에 스스로를 다잡았다. 그건 브렛이 원하는 거다. 대신 월은 문에다 분노를 쏟아부었다. 벽에 세게 부딪힌 문은 어마어마한 소리를 냈다.

그는 계단을 달려 올라갔다. 양동이의 물이 철벅거리며 바지를 적셨고, 브렛의 웃음소리가 귓가에 맴돌았다. 그의 객실이 있는 층에서 레오와 부딪칠 뻔했다. 이 늙은이가 여기서 뭘 하는 거지? 그러고 나서야 윌은 그를 자세히 살펴보았다. 레오의 얼굴이 낡은 신문처럼 구겨졌고, 눈은 붉었다.

"트루디를 데려와요."

"무슨 일입니까?"

"트루디 데려와요."

이건 명령이었다.

윌은 문을 열고 레오에게 들어오라고 손짓을 했다. 트루디는 부엌 카운터 옆에 서 있었다. 윌의 티셔츠 말고는 아무것도 입지 않고.

"아빠?"

"트루디."

레오의 턱이 떨렸다. 그러더니 그는 울음을 터뜨렸다.

"엄마가…… 네 엄마가…….

트루디는 망설이지 않고 쏜살같이 방을 뛰쳐나갔고, 윌은 부엌에 바보처럼 서 있었다. 양동이는 여전히 손에 든 채였다. 레오는 손으로 눈을 가렸다. 윌은 이 남자에게 무슨 말을 해야 할지 전혀 알 수 없었다. 그래서 대신 트루디를 쫓아가기로 했다. 계단을 뛰어올라 곧장 단하우저의 객실로 들어갔다. 배설물의 악취가 코를 찔러 몸을 움찔했다. 트루디의 목소리가 들렸다. 엄마, 엄마, 엄마. 그녀는 그 말만 계속하고 있었다.

윌은 천천히 침실 안을 들여다보았다. 침대 위에 누운 캐럴라인은 평화로워 보였다. 머리카락은 사방으로 펼쳐져 있고, 얼굴의 근육도 풀어진 것 같았다. 그러나 그 옆에서 흐느끼는 여자와

체액에서 나는 악취만 아니면, 그냥 잠든 것 같았다.

레이나도 이렇게 세상을 떠났을까?

아니다. 그녀가 이렇게 평화롭게 갔을 리 없다.

레이나는 옆에서 울어줄 사람 하나 없었을 테니까.

그의 머릿속에서 무언가가 쪼개졌다.

트루디가 그를 올려다보았다. 그녀의 얼굴은 눈물로 흠뻑 젖어 있었다.

"월?"

그는 뒷걸음질 쳤다. 더 이상 견딜 수가 없었다. 지금 당장은 다른 사람의 고통까지 견딜 수가 없었다. 여기에서 나가야 했다.

"월!"

그는 그녀가 부르는 소리를 듣지 않으려고 귀를 막고 달렸다.

27
제임스

통조림 참치와 스파게티 소스가 다 떨어져서, 저장실에 쌓여 있는 전자레인지용 인스턴트 음식으로 연명하고 있었다. 이게 뭔지 어떻게 요리하라는 건지 아무 표시도 없었다. 포일로 싼 포장에는 라벨이 한 장 붙어 있는데, '3일 4식'이라고 쓰여 있었다. 그는 대충 3분이면 되겠거니 생각했다. 일단 숙취가 사라지자 (선택의 여지가 없었다. 보드카도 다 떨어진 것이다) 맹렬한 식욕이 돌아왔다. 그는 인스턴트식품 포장이 은색 복어처럼 서서히 부푸는 걸 바라보다가, 조리가 끝나자 꺼내서 포장을 뜯고 그릇에 쏟아부었다. 그는 포크로 엉성한 갈색 덩어리를 쿡쿡 쑤셨다. 분명히 콩인 것 같은 초록색 알갱이가 있고, 회색 덩어리들은 두부일 수도, 소일렌트 그린*일 수도 있었다. 고맙지만 됐어요. 그는 그것을 쓰레기통에 버렸다. 쓰레기통은 이미 오래전부터 흘러넘쳤다. 나중에 아래층 쓰레기 압축기에 갖다 버려야지. 그런 잡일은 좀 있다 해도 된다.

"제임스?"

비키가 침실에서 불렀다.

"거기 아무 일 없어?"

"응."

---

* 동명의 영화에서 인구 과잉으로 천연식품이 사라지자 인류에게 배급되는 유일한 식료품.

"확실해? 무슨 소리가 났는데."

"괜찮아."

맙소사. 빌어먹을 타이슨과 거스리 부자가 클로뎃 때문에 떼를 지어 괴롭힌 이후 비키의 편집증은 엄청난 수준까지 치솟았다. 이제는 그와 비키 둘 중 한 사람이 항상 방을 지켜야 한다고 고집을 부렸다. 누군가 몰래 숨어들어와 그들에게 배급된 물을 훔쳐갈지도 모른다는 것이다. 방 안에는 다른 사람들 몰래 비축해둔 에비앙이 있었지만, 그것도 오래가지는 못할 것이었다. 비록 단하우저 부인이 세상을 떠나 한 명이 줄긴 했어도. 그들은 지금 떼죽음을 당할 처지에 놓였다.

클로뎃은 머리를 앞발 사이에 묻은 채 그의 발치에서 노곤하게 늘어져 있었다. 개는 어제부터 음식에 손도 대지 않았다. 딱딱한 덩어리가 놓인 접시 앞에 앉아서 안 그래도 퀴퀴한 냄새가 밴 객실 안에 고기 향까지 더하고 있었다. 어쩌면 타이슨 말이 맞을지도 모른다. 어쩌면 개를 처분해야 할지도 모른다. 비키는 며칠째 클로뎃의 배설물을 치우지 않았다. 제임스마저 손을 놓으면 똥 묻은 애견용 배변 패드가 턱까지 쌓일지도 모른다.

"물 좀 가져다줄래? 머리 감고 싶어."

"그래. 좋아."

물론 그 빌어먹을 수영장에서 썩은 물을 떠 오는 것도 그의 몫이다. 그러나 물을 떠 오는 일은 방에서 나와 혈중 니코틴 수치를 높일 수 있는 좋은 구실이 된다. 그리고 지하 저장실에 뭐 먹을 게 있는지 뒤져볼 수도 있다. 그는 이틀 동안이나 씻지도 않고 양치질조차 하지 않았다. 개인위생을 무시하는 것은 생각만큼 그렇게 끔찍하지 않았다. 외모에 대해 신경을 쓰지 않으니 뭔가 해방감 같은 것도 느껴졌다. 완벽한 정장을 고르고, 완벽한 미용사를 찾고(이발사에게 갈 만큼 비굴해지지는 않을 것이다), 매니큐어는 물론이고 마사지, 페이셜 스크럽, 면도기 등을 고르면서 너저분해지지 않기 위해 시간을 낭비해댔던 걸 생각하면 우스울 따름이다.

그는 양동이를 들고 밖으로 나갔다. 숨은 입으로만 쉬었다. 축축한 곰팡이 냄새가 복도 구석구석에 배어 있었다. 그러나 모든 층들이 특유의 악취를 품고 있었다. 악취에 있어서는 5층이 단연 최고로, 빌어먹을 공중화장실 같은 냄새가 났다. 비키는 8층의 퇴비용 변소를 이용하지 않고 객실 변기에 수영장 물을 부어내리는 방식을 택했다. 비키에게 다른 사람들이 생각해내기 전에 2층 그레그의 콘도 화장실을 사용하라고 제안했지만, 아직 거기까지 가지는 않았다. 이곳 전체가 건강에 위협을 가하고 있었다. 누군가 병이 드는 건 시간문제였다. 지난번 몰래 담배를 피우려고 클로뎃을 데리고 나왔을 때, 개가 엘리베이터 통로를 들여다보며 쉬지 않고 짖어댔다. 그 안에서 뭔가 찍찍거리는 소리가 들렸다. 쥐다. 빌어먹을 커다란 쥐새끼들이 질척한 엘리베이터 통로 바닥에서 살고 있는 것이다.

체육실의 입구를 지났다. 안에서 탕, 탕 하고 농구공 튀는 소리가 들린다. 브렛 거스리겠지. 비키의 표현대로라면 컬럼바인 꼬마. 담배를 다 피울 때까지는 저 사이코 개새끼가 가버려야 할 텐데.

그는 저장실에 들어서자마자 담배에 불을 붙였다. 담배 연기에 신경 쓰는 단계는 이미 지났다. 고소할 테면 하라지. 기계실 문 뒤 발전기에서 칙칙 소리와 으르렁 소리가 들려 안심이 되었다. 저장실에는 건조식품이 쌓여 있었다. 대부분은 렌틸 콩과 말린 볼로티 콩이다(이걸 뭐에다 쓰라고 됐는지는 신만이 아실 일이다). 그는 정체불명의 식품들을 뒤지며 라벨이 붙어 있거나 아까 요리한 개밥 같은 것 말고 뭔가 괜찮은 것을 찾기를 바랐다. 방 반대편에는 사람 키만 한 냉장고가 쿵쾅거리는 소리를 내며 부르르 떨었다. 그 안에서 캐럴라인 단하우저는 그레그와 함께 영원한 잠을 나누고 있을 것이다. 왜 그런 충동을 느꼈는지 모르겠지만, 그는 갑자기 그 안을 들여다보고 싶어졌다. 스스로를 제어하기도 전에, 그는 냉장고에 살금살금 다가가서 문을 열었다. 문을 다 열지도 않았는데 시체와 상한 고기에서 풍기는 악취가 확 그를 덮쳤다. 제기랄. 그는 문을 쾅 소리 나게 닫고, 몸을 구부려 토하지 않도록 억지로 참았다. 도대체 무슨 생각으로 이런 짓을 했담? 이 빌어먹을 쥐 소굴에 있는 다른 모든 것들과 마찬가지로 냉장고도 고장이 난 것이다. 그는 담배를 깊이 빨았다. 누군가 어깨를 툭툭 치는 바람에 그는 비명을 질렀다.

획 돌아보니, 루벤이 바로 뒤에 서 있었다.

제임스는 냉장고 문에 등을 기댈 정도로 뒤로 물러섰다. 글록 권총을 가져올걸. 이자가 그레그에게도 이렇게 했던 걸까?

"씨발, 뭐 하는 겁니까? 살금살금 돌아다니기나 하고."

"미안합니다. 기계실에 있었어요. 발전기를 확인해야 할 것 같아서요."

"정말요?"

"네, 정말이에요. 다른 사람은 없어요."

사실이었다. 윌과 레오는 무기력한 인간들 클럽의 헌신적인 일원이 되었고, 도대체 누가 연료 탱크를 채우고 있는지, 이 망할 것이 제대로 작동을 하기는 하는지 그런 건 신께서나 아실 일이다. 그런 면에서는 루벤이 존경스러웠다. 이 남자는 배짱이 있다. 만일 제임스가 루벤의 입장이었다면 이런 위험을 감수했을지 의심스러웠다. 브렛이나 캠이 없었다고 해도 마찬가지다.

"저한테도 담배 하나 주실 수 있어요?"

"네?"

"담배요."

제임스는 잠시 몸을 떨었다. 비키의 편집증은 전염성이 강했다. 루벤과 이렇게 가까이 있어본 적은 이번이 처음이었고, 이 남자가 얼마나 작은지 새삼 깨닫게 되었다. 체격이 앙증맞을 정도로 작았다. 그레그의 덩치는 거의 곰 같았다. 루벤이 힘으로 그레그를 제압할 가능성은 거의 없어 보였다. 게다가 지금 이 남자는 그를 공격할 만한 상태도 아니었다. 살은 가죽만 남았고 계속 숨을 몰아쉬고 있었다. 아니다. 오히려 제정신이 아닌 사람들을 더 경계해야 한다. 예를 들면 거스리 가족 말이다. 광신도 엄마와 컬럼바인 꼬마와 권총을 휘둘러대기 좋아하는 캠 같은 사람들.

담뱃갑을 루벤에게 내미는 손이 떨렸다.

"미안하지만 이거 멘톨이에요."

루벤이 씩 웃으니 왼쪽 앞니가 있던 자리에 구멍이 드러나 보였다(분명 브렛이 한 짓일 거다). 제임스는 긴장을 풀었다.

루벤이 담배에 불을 붙이고 한 모금 깊이 빤 후 눈을 감았다.

"아."

제임스는 할 말을 찾았다.

"그래서…… 지금은 기분이 어때요, 루벤?"

"한결 나아요."

그러나 마른기침을 하는 걸 보면 거짓말인 것 같았다. 폐가 상한 상태라면 담배를 피워서는 안 된다. 그러나 제임스는 굳이 지적하지 않기로 했다.

"그래도 기분이 안 좋아요. 여기서 일어나는 일을 생각하면."

"그거야말로 올해의 과소평가 멘트겠네요. 우리가 여기서 나갈 수 있을 거라고 생각해요?"

루벤은 어깨를 으쓱했다.

"모르겠어요. 누가 오겠죠. 밖에 누구 당신을 찾을 사람이 있어요?"

"우리가 여기 있는 걸 아는 사람은 없어요. 당신은?"

"없어요."

"가족도?"

"네."

"그럼 당신 고향에……."

그는 이 남자가 어디에서 왔는지도 몰랐다. 멕시코? 푸에르토리코? 어딘가 제3세계일 텐데.

"없어요. 부모님은 돌아가셨어요."

또다시 어깨를 으쓱한다.

"전 혼자예요."

제임스는 마지막 한 모금을 빨고 꽁초를 발로 밟아 껐다. 그리고 남은 담뱃갑을 통째로 루벤에게 건넸다.

"나중을 위해 챙겨요."

"정말요?"

"그래요."

방에 반 보루가 더 있다는 말을 하고 싶었지만 하지 않기로 마음을 바꿨다. 다시 편집증이 든 것이다. 이 남자가 그의 방 주위를 얼쩡거릴 이유를 만들고 싶지 않았다.

"고맙습니다, 선생님."

"제임스라고 부르세요."

"고마워요, 제임스."

"괜찮아요. 자, 난 이제 서둘러야겠어요."

그는 발로 양동이를 툭툭 쳤다.

"수영장 물을 떠 가야 해서요."

"제가 도와드릴까요? 누군가랑 대화를 나누니까 좋군요. 재이가 가끔 들르기는 해요. 그리고 다른 사람들은……."

다른 사람들은 당신이 살인자라고 생각하지. 솔직히 말해서, 루벤이 살인자이든 아니든 브렛 거스리와 단둘이 마주치는 것보다는 루벤과 함께 있는 편이 훨씬 나았다. 브렛이 아직도 체육실에 있다면 말이다.

"좋아요. 안 될 거 없죠."

저장실 문이 벌컥 열리고 케이트가 달려 들어오자 제임스는 또 한 번 놀라 펄쩍 뛰었다. 그녀의 머리카락은 부스스했고 숨을 몰아쉬고 있었다.

"전…… 전 새리타가 먹을 만한 괜찮은 음식을 가지러 왔어요."

"이런 곳에서 괜찮은 걸 찾겠다니 꿈도 크군요."

케이트는 제임스의 말을 못 들은 것 같았고, 루벤을 알아본 것 같지도 않았다. 그는 놀라지 않았다. 그들 모두 신경이 곤두서 있고, 여기 온 이래로 비키는 그녀에게 못되게 굴기만 했던 것이다.

두 남자는 함께 위층으로 올라갔다. 체육실에 공 튀기는 소리가 멈춘 것을 깨닫자 안도감이 느껴졌다. 아마 녀석이 지루해진 모양이지. 제임스는 체육실에서 풍길 물비린내와 젖은 카펫의 악취에 마음의 준비를 했다.

"그래서, 루벤. 어쩌다 여기에······."

루벤이 제임스의 팔을 잡았다.

"이런 맙소사."

"에?"

그 순간 그도 보았다. 수영장에 시체가 떠 있었다. 얼굴을 아래로 하고, 피가 촉수처럼 초록색 물 안에서 번져가고 있었다. 눈에 보이는 이 장면을 머리가 이해할 때까지 잠시 시간이 걸렸다. 브렛이었다. 굳이 얼굴을 볼 필요도 없었다. 뒤통수가 스펀지 덩어리 같았는데, 거기에서 피가 계속 흘러나오는 것 같았다.

루벤이 신발을 벗고 수영장으로 뛰어들더니, 물을 철벅거리며 시체에게 달려갔다.

"도와주세요!"

그러나 제임스는 움직일 수 없었다. 루벤이 소년을 뒤집고, 브렛의 입을 열고, 기도로 숨을 불어넣는 것을 제임스는 그 자리에서 지켜보았다. 두 사람으로부터 1미터 정도 떨어진 곳에 농구공이 떠 있었다. 루벤은 고개를 돌리고 피를 뱉어내더니 다시 인공호흡을 했다. 브렛의 하반신은 물에 잠겨 있었고, 신발과 청바지가 그를 잡아당기고 있었다.

"제임스! 얼른 와요!"

루벤이 외쳤다.

제임스는 가까스로 몸을 움직였다. 양동이를 떨어뜨리고 허둥지둥 물 안으로 들어갔다. 소년은 눈을 뜨고 있었고, 코 주위에는 피거품이 맺혀 있었다. 시선을 브렛의 얼굴에서 돌린 채, 제임스는 다리와 상체를 들어 브렛이 수면에 평평하게 눕도록 했다. 마지막으로 심폐소생술 실습을 한 건 몇 년 전이지만, 그때 배운 내용이 조금 기억났다.

"일단 물 밖으로 꺼내야 해요. 그래서 회복자세를 취하게 해야 해요."

"시간이 없어요."

루벤의 얼굴이 보라색으로 변했다. 그는 호흡을 고르며 쉬는 중이었다. 제임스는 자신에게 어떤 일이 다가올지 알았다.

"당신이 해야 해요. 인공호흡을 해요."

오, 맙소사.

"난 못 해요."

둘의 시선이 부딪혔다.

"해야 해요."

천식 환자처럼 씩씩거리며, 루벤은 브렛의 옆으로 휘청휘청 걸어왔다. 소년의 머리가 뒤로 떨어지고, 새로운 핏줄기가 그 주위로 피어올랐다. 물결이 부릅뜬 브렛의 눈을 쓸어 감기자, 밖으로 뛰어나가지 말아야겠다는 제임스의 의지가 꺾여버렸다. 제임스는 소년의 맥박을 더듬었다. 아무것도 없었다.

"의미가 없어요. 앤 죽었어요."

루벤이 그를 한참 쳐다보았다.

"확실해요?"

"그래요."

루벤이 성호를 긋고, 무언가 스페인어로 중얼거렸다.

"끔찍한 사고로군요. 이 아이를 꺼내야겠어요."

두 사람이 함께 브렛을 수영장 가장자리까지 조금씩 옮겼고, 제임스가 물 밖으로 나가려고 발버둥 치는 동안 루벤이 시체를 똑바로 세워 잡고 있었다. 제임스가 브렛의 팔을 잡아 들어 올렸고, 그러는 동안 피가 엉겨 붙어 엉망진창이 된 뒤통수를 보지 않으려 필사적으로 고개를 돌렸다. 루벤이 브렛의 허벅지를 잡아 올렸고, 천천히 힘을 합해 시체를 수영장 가장자리로 끌어 올렸다. 제임스는 뒤로 물러나 젖은 바지에 손을 문질러 닦았다. 소년의 살은 아직도 약간 따뜻했고…… 맙소사, 고무 같은 감촉이었다. 뒤꿈치에 뭐가 걸려 제임스는 균형을 잃고 넘어질 뻔했다. 그는 아래를 내려다보았다. 카펫 위에는 아령이 놓여 있었다.

루벤이 수영장에서 나와 등을 바닥에 대고 누워 숨을 가쁘게 몰아쉬었다.

"루벤?"

제임스가 말했다. 루벤은 팔꿈치로 몸을 일으켜 고개를 돌렸다. 가슴이 아래위로 오르락내리락했다.

"이건 사고가 아니에요."

"세상에, 세상에, 세상에."

상처를 만진 기억은 없었는데도 어쩐 일인지 브렛의 피가 그의 손톱 아래 끼어 있었다. 제임스는 손톱을 문질러 닦고 또 닦았다. 그가 쓴 클리넥스가 비키의 클라린스 메이크업 리무버 옆에 빌어먹을 눈처럼 쌓였다. 옷에서 계속 물이 떨어지면서 바닥의 흰 타일 위에 작은 더러운 도랑이 생길 정도였다.

비키가 화장실에서 급히 달려오며 그에게 수건을 건넸다.

"걔가 죽다니 아직도 믿기질 않네."

제임스가 흠뻑 젖어 반쯤 제정신이 아닌 상태로 아파트로 벌컥 뛰어 들어오자 비키는 겁에 질렸지만, 브렛의 시체가 수영장에 둥둥 떠 있었다는 말에는 그다지 놀란 것 같지 않았다.

"브렛이 물에 빠진 게 아니라는 게 확실해? 머리를 어디 부딪치거나 해서?"

"그레그처럼 말이야? 머리 부딪치는 게 무슨 전염병인가?"

"건방지게 굴지 마, 제임스."

그는 마지막 남은 메이크업 리무버 한 병을 다 쓰고, 손을 젖은 셔츠에 문질렀다. 몸에서 도살장 냄새 같은 악취가 풍겼다. 그는 티셔츠를 잡아 찢고 바지를 다리에서 걷어차 벗은 후 둘둘 말아 쓰레기통에 쑤셔 넣었다. 벌거벗은 채로 그는 수건을 허리에 둘렀다. 훨씬 낫다. 이제 브렛의 흔적은 모두 치웠다. 떨리던 몸이 서서히 안정되는 것을 느꼈다.

비키가 그의 주위에서 야단법석을 떨었다.

"그래서 누군가가 브렛을 죽인 게 확실한 거야?"

"응. 아령이 수영장 옆에 놓여 있었어. 누가 그랬는지는 모르겠지만 그걸로 꼬마의 뒤통수를 내리친 거야."

"그 멕시코 사람일까? 루벤?"

"아니. 그 사람은 나랑 같이 있었어."

"같이 있었다니 무슨 뜻이야?"

"난⋯⋯."

그는 솔직하게 고백하는 게 낫겠다고 생각했다.

"저기, 난 저장실에 몰래 담배 피우러 갔던 거야. 그게 말이지⋯⋯."

그는 비키가 쏘아붙이기를 기다렸다. 그러나 그녀는 그저 계속하라는 손짓을 했다.

"몰래 피우는 거 알고 있었어, 제임스. 난 바보가 아니야."

"엉? 언제부터⋯⋯?"

"그게 중요해?"

"아니. 아닌 것 같다. 루벤은 발전기를 확인하고 있었고, 나는⋯⋯."

냉장고를 열어본 얘기는 하지 않기로 했다.

"거기서 같이 얘기를 좀 했지. 나쁜 사람은 아니더라고. 그 사람이 물을 나르는 걸 도와주겠다고 했어."

"참 친절도 하시네. 그래서?"

그제서야 그는 비키가 검은 티셔츠와 청바지 차림에 운동화를 신고 있는 걸 봤다. 그 빌어먹을 기모노 말고 다른 걸 입은 게 며칠 만인가.

"이봐⋯⋯. 당신 옷 입었네."

그녀는 눈을 깜박이며, 얼굴을 살짝 붉혔다.

"응. 지금은 노력해야 할 때인 것 같아서."

지금 이게 거짓말인가? 비키랑 대화하는 건 결코 쉽지 않다.

"계속해."

"루벤과 내가 거기 있는 동안 그런 일이 생긴 게 틀림없어. 바로 직전에 브렛이 체육실에 있는 소리를 들었거든."

"세상에. 당신이 공격당했을 수도 있었겠네!"

미처 생각을 수습하기도 전에 그 생각이 머릿속으로 뛰어 들어왔다. '당신이 범인이었다면 안 그랬겠지.' 미쳤군. 말도 안 되는 생각이다. 아니다. 비키일 수가 없다. 그녀는 살인을 할 사람이 아니고 바보도 아니었다. 그리고 왜 비키가 브렛을 죽이고 싶었겠는가? 솔직히 여기서 컬럼바인 꼬마가 사라지는 걸 보고 싶어 하지 않는 사람은 없었다. 특히 케이트. 케이트는 그와 루벤이 브렛을 발견하기 직전에 내려왔었잖아. 안 그래? 그는 이 얘기를 비키에게 할까 하다가 그러지 않기로 했다. 지금 그녀의 기분이 그렇게 나쁘지 않은데 케이트 얘기를 꺼내면 또 매서운 공격 성향을 불러일으킬 수 있었다. 브렛은 재이를 개 패듯 팼었다. 물론 유진은 상당히 점잖은 사람이고 방 안에서 일주일에 7일 하루 24시간을 숨어 지낸다. 그러나 그 두 눈 뒤에 뭐가 도사리고 있을지 누가 알겠는가? 월은 분노 조절에 문제가 있다. 그리고 레오는 냉전 시대의 스파이다. 루벤과 비키야말로 살인과는 가장 거리가 먼 사람들이다.

"뭘 좀 마셔야겠어."

"나도."

그녀는 찬장을 뒤지더니 어깨를 으쓱하고는 1.5리터들이 샴페인 병을 따고 카운터 위에 탕 소리가 나게 내려놓았다.

"이게 지금 상황에 적절할 것 같아?"

"이거밖에 없어."

"젠장. 안 될 건 뭐야?"

그들은 슬쩍 미소를 나눴다. 물론 샴페인 잔은 없었다. 그레그가 그렇게 세심한 부분까지 신경 썼을 리가 없지. 그래서 비키는 텀블러 두 개를 들고 왔다. 코르크를 따자 공허한 뻥 소리가 터져 나왔고, 미지근한 샴페인 거품이 유리잔으로 흘러 들어갔다.

"여기서는 아무도 믿으면 안 돼, 제임스. 당신도 거스리가 어떤 사람인지 잘 알지. 브렛이 그렇게 된 걸 알면 이 안의 누구도 안전하지 못해."

생존용 가방에 있는 글록 권총에 대해 그녀에게 말할 때가 된 것 같다. 그러면 비키도 어느 정도 진정될 것이다.

"저기 있잖아, 비키. 내가……."

갑자기 문을 노크하는 소리에 두 사람은 펄쩍 뛰었다.

"엎드려!"

비키가 씩씩거렸다.

"조용히 해, 클로뎃!"

클로뎃은 건성으로 낑낑 짖었고, 비키는 발로 개를 쿡 찔렀다.

또다시 노크 소리가 들렸다.

"제임스? 비키? 안에 있어요?"

"윌이야."

제임스가 속삭였다.

"문 열지 마."

"기다려봐. 무슨 일인지 보자고."

비키는 눈살을 찌푸렸지만 문을 열러 가는 제임스를 잡지는 않았다. 그는 문을 빼꼼히 열었다. 윌이었다. 마지막으로 봤을 때는 죽을 때까지 술을 마시려 작정한 사람 같아 보였는데. 그 이후로도 계속 마셨던 모양이다.

"들어가도 될까요?"

제임스는 망설이다가 문을 열어주었다. 윌은 비키에게 고개를 끄덕여 인사하고, 용건을 꺼냈다.

"루벤이 그러는데 시체를 발견했을 때 함께 계셨다고 하더군요. 그래서 확인해보려고……."

계단실을 타고 비명이 메아리처럼 울렸다. 순수한 고통의 울부짖음이다. 제임스는 문을 닫고 말을 잘랐다.

"그들도 알았군요."

"네. 루벤이 내게 말해줘서 내가 그들에게 알려줬어요."

"당신이 말해줬다고요?"

어떤 상황이었을지 상상만 할 뿐이었다.

"난들 그러고 싶어서 그랬겠습니까? 달리 누가 하겠어요?"

"그들이 어떻게 받아들이던가요?"

바보 같은 질문이다. 그거야 지금 저 소리를 들으면 바로 알 수 있지 않은가.

"예상대로죠."

"저기요, 윌……. 그 사람들이 가지고 있던 총을 우리한테 전부 내줬을까요? 나와 비키는…… 내가 하고 싶은 말은, 행여 보복이 있지 않을까 걱정된다는 겁니다."

"전부 다 내줬어요. 혹시 아니라면 지금으로써는 우리가 알 방법이 없다고 생각하는 건가요?"

"총들은 다 금고에 넣고 잠갔고요?"

"그래요. 그레그와 내가 직접 잠갔습니다."

"그럼 당신이 금고의 비밀번호를 아는 유일한 사람이네요?"

비키가 웅얼거렸다.

"그래요."

제임스는 비키가 무슨 생각을 하고 있는지 정확히 이해했다. 윌은 믿을 수 있을까? 물이 다 떨어지기 전에 구조대가 오지 않으면, 무슨 일이 일어날지는 뻔하다. 가장 강한 사람이 살아남는 것이다. 제기랄.

"제임스. 물어볼 게 있습니다. 루벤의 말을 뒷받침해주겠습니까?"

"네?"

"만일 거스리 씨 가족이 브렛의 살인자로 루벤을 지목한다면 말입니다. 루벤 편에 서시겠습니까?"

제임스는 한숨을 쉬었다.

"저는 한발 물러서고 싶은데요."

제임스는 윌의 눈에 역겨운 기색이 스치는 걸 포착했다. 웃기시네. 당신이 그럴 자격이나 있어. 당신이 한 일이라곤 우리를 이 꼴로 만들어놓고 진탕 술이나 마신 것뿐이잖아. 그러니 내 앞에서 론 레인저 놀이는 그만하라고. 제임스는 트림을 하며 샴페인의 뒷맛을 음미했다. 월만 술 뒤에 숨은 것은 아니었다.

"뭐, 도움이 될지는 모르겠지만 그 사람 말을 지지해주기로 하죠. 그걸 왜 신경 쓰세요, 월?"

"죄책감 때문인 것 같아요."

"네?"

"그게…… 폭발 이후에 루벤을 찾아가서 돌봐주지 못했거든요. 그래서 좀 미안한 마음이 들어요."

제임스의 눈이 월의 몸을 아래위로 훑었다. 체중이 줄었다. 그럴 만도 하지. 그리고 뭔가가 있다……. 연약함과 정직함에서 풍기는 이 남자의 매력. 제임스는 이전에 한 번도 가져보지 못한 것이었다.

"알겠어요. 누군가 브렛의 뒤를 쫓은 거군요."

"네."

월의 눈이 샴페인 병으로 향했다. 그러나 제임스는 그의 표정을 읽을 수 없었다. 잠깐 정신이 나간 동안 그는 이렇게 말하는 걸 상상해보았다. 들어와서 같이 샴페인 한잔하실래요, 옛 친구여?

"그게 누구일지 짚이는 사람 있어요?"

비키가 물었다.

"아뇨. 하지만 브렛은 적이 끝도 없이 많았죠."

"그게 누군지 알아내야 해요. 당신이 나서서 뭔가 해야죠."

월의 시선이 짜증으로 떨렸다.

"내가 왜요? 난 빌어먹을 경찰이 아니오."

비키가 눈을 깜박였다.

"그런 말을 하려는 게 아닌데……."

"이제 올라가봐야겠어요."

다른 말 없이 윌은 방을 나가면서 큰 소리가 나게 문을 닫았다. 비키는 윌의 뒷모습을 멍하니 쳐다보았다.

"스트레스야."

제임스는 자기 잔으로 손을 뻗으며 말했다.

"스트레스가 우리 모두를 덮치고 있어."

"저게 뭐지?"

비키가 물었다. 부엌 카운터 위에 앉아 있던 그녀는 비틀거리며 문으로 향했다. 그러고는 몸을 굽혀 무언가를 줍다가 균형을 잃고 쓰러질 뻔했다. 그들은 윌이 나간 후 샴페인 두 병을 더 해치웠다. 제임스는 심각한 상황에도 불구하고 샴페인을 마실 때 느끼는 행복감을 만끽하고 있었다. 키득키득 웃으며, 조금은 비현실적인 기분이 드는 것을 즐기는 중이었다.

"그게 뭐야?"

"쪽지인데. 잠깐만."

그녀는 종이를 훑어보고는 말했다.

"믿을 수가 없네."

비키는 쪽지를 제임스에게 건네주었다.

메시지는 깔끔한 인쇄체 대문자로 적혀 있었다. '브렛 에프라임 캐머런 거스리를 기억하며. 예수 그리스도께서 심장으로 브렛을 받아들인 그곳에서 우리와 함께 기도해주세요. 모든 사람은 하나님의 자비로 용서받습니다.'

"거스리 가족이 우리를 브렛의 장례식에 초대한 거야?"

비키가 씩씩거리며 말했다.

"도저히 믿어지지가 않아, 정말."

"그래도 가볼 만할 거야. 아무튼 먹을 건 내올 거 아냐."

그가 말했다. 둘은 잠시 말이 없다가, 배를 잡고 크게 웃었다. 그렇게까지 재미있는 농담도 아니었건만 웃음을 멈출 수가 없었다. 이 폭발적인 웃음 때문에 배 속 깊은 곳에서부터 갈기갈기 찢기는 것 같았다. 그들은 서로를 꽉 붙잡았고, 클로넷은 요란하게 짖어대며 그들의 발치를 맴돌았다.

숨을 거의 쉴 수 없을 지경까지 되어서야 제임스는 간신히 스스로를 통제할 수 있었다. 그는 술잔을 비우고 멘톨 담배를 한 대 피울 생각을 하다가, 그러지 않기로 했다. 비키는 그가 몰래 담배를 피운다는 걸 알았고 그들은 (아이러니하게도) 지난 몇 달 동안보다 지금이 더 사이가 좋았다. 그러나 담배는 너무 지나친 것일지도 모른다. 그는 두 번째 병에 남은 술을 마저 잔에 따랐다.

비키가 눈물을 훔쳤다.

"아무튼, 가지 말자. 함정일지도 몰라."

"무슨 함정?"

"알잖아."

그녀는 손을 극단적으로 휘둘렀다.

"우리를 모두 모아놓고 브렛의 죽음에 대한 대가로 우리를 벌주려는 거지."

"총도 없을 텐데. 뭘 어떻게 벌을 줘? 죽을 때까지 설교를 들려주나?"

"지금 진지하게 거기 가는 걸 고려하는 건 아니지? 그래?"

맙소사, 그런가?

"내가 그 애를 발견했어."

"그래서?"

"그게…… 만일 구조대가 도착하지 않으면, 여기는 점점 악화될 거야. 우리가 그 사람들 편이라는 걸 보여서 나쁠 건 없겠지."

"뭐야. 그러니까 당신 말은 우리가 남은 물을 놓고 필사적으로 서로 싸우게 될 때, 캠 거스리가 다들 자는 시간에 우리 목을 따러 왔다가 우리가 자기 아들 장례식에 참석했다는 사실 때문에 생각을 고쳐먹을 거라는 건가?"

"그래. 그런 거 비슷해."

"맙소사. 그런 일은 없을 거야. 그렇지, 제임스?"

"그럼. 하지만 얼굴을 비추는 정도야 할 수 있잖아."

그녀는 이 말을 잠시 생각해보았다.

"그래. 그럼 가자."

그는 입고 있던 반바지와 스포츠셔츠를 내려다보았다.

"옷을 갈아입어야겠지?"

비키는 코웃음을 쳤다.

"아니. 웃기지 마. 그 개새끼는 그럴 자격도 없어."

그들은 아래층 체육실로 향했다. 지나가 문 앞에 서 있었다. 소녀는 검은색 드레스를 입고 있었는데 사이즈가 조금 커 보였다.

"와주셔서 감사합니다."

지나가 중얼거렸다.

"정말 안됐다, 지나."

제임스가 낮고 진지한 목소리로 말했다. 이게 정확히 뭔지는 모르겠지만, 아무튼 정상적인 장례식인 것처럼 예의를 갖춰서. 그는 비키를 힐긋 보았다. 비키는 얼굴을 찡그리고 그의 손을 잡았다. 그는 비키가 무슨 생각을 하는지 정확히 알고 있었다. 그딴 개소리 좀 하지 마. 수영장 너머 윌과 타이슨이 캠과 보니 거스리 옆에 어색하게 서 있었다. 거스리 부부는 교회 갈 때 입는 정장을 차려입고 있었다. 유진 가족과 루벤, 단하우저 가족의 모습은 보이지 않았다. 별로 놀랄 일은 아니었다. 그리고……. 오, 맙소사. 브렛의 시체가 벤치프레스 옆에 놓여 있다. 천만다행으로 비닐에 싸여 있다. 아무튼 저것도 곧 냉장고 행이 되겠지.

비키가 그를 쿡 찔렀다.

"봐." 그녀가 속삭였다. "윌슨이야."

잠시 동안 그는 비키가 무슨 말을 하는 건지 몰랐다. 그러다가 아직도 불그죽죽한 수영장 물 위에 둥둥 떠 있는 농구공을 발견했다.

아까 같은 웃음이 가슴에서부터 멈출 수 없는 화산처럼 다시 치밀어 올랐다. 그는 몸을 굽히고 기침 발작이 일어난 것처럼 위장했다. 비키는 그의 등을 두드렸다.

"괜찮으세요, 매덕스 씨?"

지나가 물었고, 그 덕에 제임스는 다시 웃음이 터져 나왔다.

"괜찮아, 지나. 그냥 마음이 아파서 이러는 거야."

비키의 말소리가 들렸다.

오 세상에, 오 세상에. 눈물이 뺨을 타고 굴렀다. 그는 눈가를 훔치며 간신히 허리를 폈다. 보니와 캠은 그를 무시했지만, 타이슨은 증오에 찬 눈빛으로 그와 비키를 노려보았다.

"다 같이 손을 잡읍시다."

보니가 말했다. 그녀의 목소리가 낭랑하고 진실되게 울렸고, 그 목소리에서 슬픔의 기색은 조금도 찾을 수 없었다. 사람들은 모두 한 발씩 앞으로 나와 대충 원형을 이루었다. 제임스가 타이슨 옆으로 가자 타이슨이 얼굴을 찡그리며 움찔 놀랐고, 제임스의 손을 잡기를 거부하는 것 같은 표정을 짓자 다시금 우스꽝스러워졌다. 반대쪽에는 비키가 그의 손바닥에 손톱을 박아 넣고 있었다.

별다른 서두 없이 보니는 회개와 영생에 관한 긴 기도문을 읊기 시작했고, 제임스는 깜박 졸았다. 알코올이 배 속에서 맹렬하게 휘몰아치고 있었다. 그제서야 방 안의 냄새가 그를 괴롭히기 시작했다. 시체 썩는 냄새가 진동하는 냉장고에서 꽤 멀찍이 떨어진 곳이었지만, 분명 이곳의 공기에도 피비린내가 배어 있었다.

아무 사전조짐도 없이, 캠이 소리를 지르며 대형을 깨고 뛰쳐나갔다.

"아빠!"

지나가 외쳤다. 캠은 문을 향해 달려 나갔다.

"이건 또 뭐지?"

비키가 입 모양으로 그에게 물었다. 제임스는 어깨를 으쓱했다.

보니는 타이슨을 바라보았다. 타이슨의 한쪽 손이 허공에 떠 있었고, 눈을 감은 채 정의와 용서와 그 밖의 무슨 개소리들을 중얼거리고 있었다. 제임스는 돌아보며, 보니가 그날 밤의 타이슨을 봤다면 무슨 생각을 할지 궁금해졌다. 그 성소 설명회가 있던 밤…… 얼간이처럼 술을 퍼마시고, 바지는 발목까지 내리고, 낄낄대고 웃으며 애걸을 하던…….

문이 홱 젖히며 열리고, 모든 사람들이 화들짝 놀랐다.

"오, 이런 씨발."

비키가 중얼거렸다.

캠이 쿵쿵 발소리를 내며 루벤의 등을 밀며 방으로 들어왔다. 한 손으로는 루벤의 머리카락을 움켜쥐고 칼을 쥔 다른 손은 그의 목을 겨누고 있었다. 루벤은 다른 사람이 자기 목을 베려 하고 있는 상황에서도 놀라우리만치 평온한 표정을 유지하고 있었다.

윌이 제일 먼저 입을 열었다.

"캠! 그 사람 놔줘요. 캠."

"사람들한테 네가 한 짓을 말해! 내 아들한테 무슨 짓을 했는지 말하라고!"

"캠. 그 사람이 한 게 아니에요. 제임스가 루벤과 같이 있었어요."

윌은 제임스를 돌아보았다.

"말해요, 제임스."

그러나 그는 말할 수 없었다. 목소리가 나오지 않았다. 이건 그의 문제가 아니다. 그는 여기 있어서는 안 된다……. 아, 신이시여 감사합니다. 캠이 루벤의 목에서 칼을 내렸다.

"안 돼!"

윌이 외쳤다. 너무 늦었다. 캠은 루벤의 옆구리에 칼을 박아넣었다.

28
트루디

망자의 영혼 때문에 공기가 더 탁해졌다는 생각이 든다. 그러나 그들이 있던 자리에는 삭막한 공허함이 남았다. 처음에는 그녀가 사랑하던 어머니가, 그리고 다음엔 그 괴물 소년이. 이제 냉장고 안에 이 모든 일을 시작한 남자와 그 역겨운 소년의 자리 옆에 루벤의 자리가 마련될 때가 머지않았다. 시체들은 쌓여만 가고, 이제는 지금 이게 진짜로 일어난 일인지 판단하는 것조차 불가능해졌다. 이것은 한 편의 발레일지도 모른다. 현대적으로 재해석한 《햄릿》이나 《타이터스 앤드러니커스》처럼, 누구도 살아남지 못하는 주지육림에서 무용수들은 몸부림치며 뛰어다니다가 결국 추락하고, 페인트가 튄 타이즈와 가는 팔다리의 집합체가 되어 흡족하게 쌓여가는. 그러나 머리가 깨진 소년에게는 어떠한 흡족함도 없고, 실수로 마지막 숨을 놓친 늙은 여자에게는 어떠한 미학적 아름다움도 없다.

트루디는 바닥에 등을 대고 누워 무릎을 끌어안았다. 지난 며칠 동안 등이 아팠고, 유연성을 위해 늘 하던 운동을 중단한 상태였다. 그러나 이 자세는 자연스럽게 나온 것이었다. 몸을 둥글게 말아 태아처럼 웅크린 자세. 덕분에 척추에 타는 듯한 통증이 느껴졌고 카펫의 잔털이 옷과 피부와 머리카락에까지 달라붙는 게 느껴졌다. 하루에 3.8리터의 물로는 몸을 씻기엔 충분하지 않았다.

사람들이 이렇게 계속 죽어나간다면, 물이 더 오래 지속되긴 할 것이다. 이 속도라면 곧 목욕도 할 수 있겠다고 그녀는 속으로 씁쓸한 농담을 중얼거렸다. 트루디는 무릎을 더 세게 감싸 안으며 더 이상 견딜 수 없을 때까지 통증을 견뎠고, 그러다 일어섰다. 재이와 케이트를 도와 루벤을 돌봐야 한다. 그러나 사실은 그곳에 가지 않을 구실을 필사적으로 찾고 싶었다. 윌을 피하기 위해…… 그에게 거부당한 당혹감과 수치심을 피하기 위해. 그러나 인도적 차원에서 그 일을 해야만 했다. 루벤이 죽기 전에 그에게 예의를 갖춰야 한다. 엄마가 돌아가실 때는 그렇게 할 기회를 놓쳤다. 이건 그녀가 마지막으로 할 수 있는 인간적인 행동이다. 도움이 필요한 건 루벤만이 아니다. 스텔라도 혹시 뭐가 필요한지 살펴야 했다. 엄마에게 친절하게 대해주었는데. 이제는 그녀가 아프다. 마지막으로 스텔라를 봤을 때 그녀의 피부는 황달로 누리끼리한 빛을 띠고 있었다.

게다가, 빌어먹을 윌……. 그녀는 그가 불쌍해서 같이 잔 것이다. 실제 세상에서라면 그런 무지렁이 같은 남자는 두 번 돌아보지도 않았을 것이다. 그러나 그녀는 스스로를 납득시킬 수가 없었다. 그녀는 그의 따스함이, 그의 부드러운 손길이 그리웠다. 그런 자신이 수치스럽고 당황스러웠다. 당연하다. 그러나 그녀는 동시에 상실감도 느끼고 있었다.

자리에서 일어선 그녀는 잠시 커피 향기에 정신이 팔렸다. 어젯밤부터 부엌 카운터에 버려두었던 에스프레소 찌꺼기의 향기다. 이제는 마침내 에스프레소를 마시게 되었다. 물 배급 때문이었다. 하루에 물 0.5리터면 에스프레소가 열 잔이 나온다. 그녀는 물 한 컵으로 양치질을 하고, 1리터 정도의 물로 몸의 구석구석 접힌 곳을 닦았다. 악취와 번식하는 미생물들을 몸 한곳에서 다른 곳으로 옮길 뿐, 큰 의미는 없는 행동이었다.

"아버지, 저 나가요."

그녀는 평온하게 말했지만, 아버지가 대답하지 않으리라는 것을 알고 있었다. 그는 여전히 침대 위에 몸을 구부린 채 누워 있었다. 그러나 적어도 눈물은 그쳤고, 이제는 혼자만의 어두운 슬픔 안에서 길을 잃고 헤매는 중이었다. 아버지가 당신 스스로를 위해 할애한 시간이 전혀 없었다는 걸 기억하자. 그러니 아버지의 부재를 그렇게 예민하게 받아들여서는 안 된다. 그녀는 엄마가 그리웠다. 그게 전부다. 그러나 그 상실감은 너무 커서 그녀를 마비시켰다.

팔다리를 움직여 어딘가에 가는 것이 의미가 있다는 걸 스스로에게 설득하기가 힘들었다. 최근에 그녀는 정신이 수시로 아득해지는 것을 깨달았다. 지금 그녀는 문가에 서서 다시 생각에 잠겼다. 비록 기억은 계속 희미해지고 뒤틀렸지만, 캐럴라인이 세상을 떠났다는 걸 알았던 순간의 기억을 더듬고 있다. 아직도 배설물과 땀과 피의 냄새를 맡을 수 있었다. 엄마가 배출한 배설물의 냄새였다. 그러다 그녀는 자기가 어디 서 있는지 기억해냈고, 가려운 피부와 등의 통증이 되살아났다.

"아버지, 제 말 들으셨어요? 저 나간다고요."

레오가 무언가 독일 말을 중얼거렸다. 그중에 엄마의 이름이 들렸다.

"엄마는 떠났어요."

그녀가 가장 필요로 할 때 월은 그녀를 저버렸고, 월이 떠난 후 그녀가 부모님의 침실로 달려가 가장 먼저 본 것은 가죽 같은 피부의 늙은 남자가 정장 차림으로 침대 옆에 무릎을 꿇은 모습이 아니었다. 포마드를 발라 빗질해 넘긴 머리카락이 얼굴

위로 드리운 모습도 아니었고, 풍만한 여자가 긴 회색머리를 어깨 위로 드리우고, 평화로운 표정으로 눈을 감은 모습도 아니었고, 벽면 거울에 비친, 수의를 걸친 해골 같은 자신의 모습도 아니었다. 방 안에는 세 명의 죽은 단하우저가 있었고, 셋 중에서 엄마가 제일 살아 있는 것처럼 보였다.

그녀는 내면의 텅 빈 구멍을 느꼈다. 굉장히 커서 그게 어떻게 그녀의 안에 들어맞는지도 모를 정도였다.

"그렇지만 엄마는 기분이 좋아진다고 했어요."

그녀는 레오에게 불평을 했다. 마치 그가 실수를 했다는 듯. 마치 아버지가 고칠 수 있는 문제라는 듯.

그러나 그는 다시는 뭔가를 고칠 수 있을 것 같아 보이지 않았다. 그는 캐럴라인의 축 늘어진 손을 바라보며 자신의 손으로 머리를 감싸 쥐었다.

"아버지."

그녀는 다시 한 번 시도해보았다. 아버지가 마지막으로 뭘 마신 게 언제였는지 모르겠다. 엄마 앞으로 배급된 물은 건드리지도 않은 상태였다.

"내가 네 엄마와 같이 있어야 했는데."

그들 둘 다 엄마와 함께 있어야 했다.

이제 그는 거의 울 것 같은 얼굴이었고 트루디는 당황했다. 그녀는 당혹감을 피하기 위해, 망설이며 아버지에게 손을 내밀었다. 그러나 아버지에게 닿기 전에 손이 멈췄다. 그녀는 그 전날 둘이 나눴던 기묘한 친밀감을 다시 불러일으키고 싶었다.

"아버지 잘못이 아니에요."

"내 잘못이 아닌 건 알아! 날 뭐라고 생각하는 거냐?"

레오의 눈가에 솟아올랐던 것은 아무튼 눈물은 아니었다. 단지 그가 슬플 거라고 상상해서 그렇게 보였을 뿐이다. 그것은 조용한 붉은 분노였고, 전에도 자주 보았던 것이었다. 그녀는 그것을 알았어야 했다.

"곧 돌아올게요."

문을 열고 복도로 나가자 윌이 벽에 기대고 서서 기다리고 있었다.

격한 분노가 타올랐다. 그는 엄마의 시체를 아래층 냉장고로 옮길 때에도 도와주지 않았다. 도와준 건 재이였다. 그 소년이 있어 얼마나 고마운지. 적어도 재이 덕분에 엄마가 마지막 순간까지 행복했다는 건 알 수 있었다.

"루벤이…… 루벤이 갔나요?"

한심하게도, 그녀는 '죽었다'는 말조차도 꺼낼 수가 없었다.

"아직은."

"그럼 여긴 왜 왔어요?"

그는 아무 말도 하지 않고 한 걸음 그녀에게 다가왔다. 그녀는 미처 멈추기도 전에 그에게 달려들어 그의 가슴에 얼굴을 묻었다.

29
지나

"가서 타이슨 길 씨에게 물 한 잔 갖다드려라."

엄마가 말했다.

"하지만, 엄마."

"어서."

엄마는 나를 돌아보지도 않으신다. 브렛이 세상을 뜬 이후로 엄마는 똑같은 표정만 짓고 계신다. 마치 기쁨과 고통 사이에서 얼어버린 인형 얼굴 같다. 그렇지만 지난 2년 동안 엄마의 눈빛을 가리던 구름은 사라졌고, 그 눈은 이제 면도날처럼 날카로워서 가면을 뚫고 빛나고 있었다.

더러운 유리컵에 따라지는 물을 보고 있으니 내 목에서도 건조한 통증이 느껴졌다. 나는 길 씨를 위해 물을 다시 채우기 전에 내가 마셔버리기로 결심했다. 아직 10시가 안 되었지만, 컵 두 개를 헹구기 위해 물을 아끼는 중이라 괜찮을지 잘 모르겠다. 아빠에게 가서 내 물을 일찍 마셔도 좋을지 허락받고 싶다. 사흘 전이었다면 아빠는 이렇게 하라든가 저렇게 하라든가 답을 주셨을 것이다.

나는 물을 길 씨 앞에 내려놓았다. 아저씨는 엄마가 성경을 큰 소리로 읽는 동안 여기만 아니라면 어디라도 좋겠다는 표정으로 앉아 있었다.

아빠 방에 가보니 아빠는 여전히 얇은 초록색 담요 아래 웅크린 채 누워 있었다. 세 시간 전 내가 본 모습 그대로다. 아침 식사로 갖다놓은 시리얼은 손도 대지 않은 채 스탠드 아래에서 퉁퉁 불어 있었다. 내 그림자가 움직이자, 살찐 바퀴벌레 세 마리가 시리얼 그릇 아래에서 튀어나와 벽으로 쏜살같이 달아났다.

발치에 앉아도 아빠는 움직이지 않았다. 아빠는 브렛이 그렇게 되고 나서 그 무엇에도 반응하지 않았다. 아니, 그레그를 죽인 그 키 작은 남자를 찌른 후부터라고 해야 맞겠다. 하지만 지금은 그 사람이 브렛을 죽이지 않았다는 걸 우리는 알고 있다. 아빠는 엄청 많이 울었고, 가끔은 비명도 질렀지만 특별히 무엇을 향해 그런 것은 아니었다. 아빠는 여기 누워서 여자처럼 울기만 할 뿐, 누가 브렛을 죽였는지 알아내지도 않고 아무것도 하지 않았다. 엄마도 쓸모없기는 마찬가지다. 엄마는 앉아서 성경을 읽거나 해치 앞에서 기도만 한다. 그렇게 해서 어떻게 브렛을 위해 정의를 실현할 수 있을까? 아무도 책임지는 사람이 없다. 아빠가 돌아와야 한다.

그래서 말했다.

"엄마가 또 설거지를 하라고 하세요."

아빠는 움직이지 않았다.

"제 말 들으셨어요, 아빠? 엄마는 그냥 길 씨에게 과시하기 위해서 브렛의 물을 낭비하라고 한다니까요."

이제, 드디어, 약간의 움직임이 있었다. 그러나 아빠는 손을 들어 올려 귀를 막고 돌아누운 것뿐이다.

"나가라, 지나."

아빠가 중얼거렸다. 만족스러운 반응은 아니지만, 그래도 해볼 만은 하다.

"아빠, 엄마가 나한테 그 아저씨에게 우리가 배급받은 물을 따라주라고 했어요. 그게 하나도 안 중요한 것처럼요."

내가 밀어붙인다. 아빠가 아무 말도 하지 않자 나는 울기 시작했다.

"그 아저씨는 여기 계속 죽치고 앉아 있어요. 그러려면 자기 물을 가지고 왔어야죠."

나는 아빠의 반응을 보고 싶었다. 그래서 또 말했다.

"그 아저씨는 그냥 우리 물을 마시려고 여기 있는 거예요. 자기 먹을 물은 가지고 와야 되잖아요."

하지만 아무 반응이 없다.

브렛과 나는 함께 뒷마당을 탐험하곤 했다. 다 자란 밭으로 들어갈 땐 브렛이 날 위해 나뭇가지를 들어주었다. 브렛은 개울에서 특별한 돌멩이를 주워 그곳에 두곤 했다. 브렛은 언제나 나와 자기를 위해 두 개를 주웠다.

"쌍둥이답게, 우리는 항상 함께 있는 거야."

브렛은 그렇게 말했었다.

브렛에게 뭔가 문제가 생겼고 아빠는 그를 구하지 못했다.

"저 아저씨가 브렛의 물을 마시게 해선 안 돼요!"

내가 소리 질렀다.

"지나, 나가라고 했지."

아빠가 다시 말했다. 그러나 나는 담요에 얼굴을 묻고 숨이 안 쉬어질 때까지 울었다.

"지나."

재이가 나를 바라본다. 여기, 내가 그의 방문 밖에 서 있는 게 영 믿기지 않는다는 표정이다. 부어오른 상처는 가라앉았지만, 희미한 불빛으로 봐도 멍이 퍼지고 알록달록 짙은 색깔로 변한 것이 보였다. 베인 상처들도 잘 아물지 않았다. 나는 손을 뻗어 그를 만질 뻔했다.

"들어올래?"

"재이, 누구냐?"

재이의 아빠가 문으로 나오다가 나를 보고 움찔 놀란다. 그는 항상 너무 조용하다. 아빠와 브렛과는 정반대다. 그렇지만 지금 은 그의 표정을 읽을 수 없다.

"네 오빠 일은 참 안됐다, 지나."

아저씨가 말했다.

"고맙습니다."

브렛이 재이에게 한 짓 때문에 아저씨는 브렛을 미워했을 것 이다. 그러나 그의 목소리는 진심인 것 같았다. 그는 재이를 힐 긋 보더니, 다시 방으로 들어가버렸다.

"들어올래?"

재이가 다시 물었다.

나는 그 안에 들어가고 싶지 않았다. 지금 당장은.

"우리 산책 나갈까, 재이?"

마치 우리가 농장에 있고 숲 속을 헤매고 다닐 수 있는 것처 럼.

"괜찮겠어?"

나는 고개를 저었다.

"아빠는 신경 안 쓰셔."

설령 내가 '지금 동양 남자애랑 침을 섞으러 나갈 거예요'라 고 말했어도 아무 상관없었을 것이다.

"잠깐만."

재이는 문을 닫았고 나는 그가 부모님께 말하는 소리가 들리는지 가만히 서서 귀를 기울였다. 곧 재이가 다시 나타났다.

"미안. 우리 부모님은 내가 객실 밖으로 나가는 걸 별로 안 좋아하셔. 그 일 이후로……. 그래도 괜찮다고 내가 설득했어."

계단을 내려가며 그의 어깨가 내 어깨에 스친다.

"아까 너네 아빠 얘기하고 있었지."

나는 어깨를 으쓱했다.

"아빠는 포기하신 것 같아. 모든 걸 다. 나도 포함해서."

재이는 고개를 숙였다.

"그리고 엄마도 더 이상 날 말리거나 하지 않아."

나는 또 울 것 같았지만 우는 건 이제 진력이 나서 울음을 입 안으로 씹어 삼켰다.

"이봐."

재이가 부드럽게 말하며 팔로 나를 감싸 안았다.

브렛의 생각이 점점 더 커질 것 같아서 손가락을 재이의 뺨에 올렸다. 희미해지는 멍의 가장자리를 따라, 긁힌 상처와 베인 자국 사이로 길을 따라갔다. 브렛 생각을 하고 싶지 않아서, 재이에게 키스했다. 그는 흥분하기 시작하면서 내 쪽으로 조금씩 다가왔다. 그가 날 원하도록 만들 수 있다니 진짜 근사하다. 그러나 그가 내 손을 잡고 나를 계단실 문으로 밀어 넣으려 하자, 나는 그를 밀쳤다.

"안 돼?"

그가 물었다.

"아직은."

이 말이 뭔가 약속 같은, 우리 둘 모두를 위한 약속처럼 느껴졌다. 나는 미래가 있는 것처럼 느꼈다. 우리가 모두 다시 할 때가 올 것처럼. 그에 대한 내 기분은 이미 바뀌었다. 그 기분은 무섭지도 변덕스럽지도 않았고, 견고했다.

"그리고 여기선 안 돼. 난 저기에는 다시 가고 싶지 않아. 아래층에 닭 보러 가자."

재이는 바지 앞자락을 다시 정리했다. 계단을 내려가면서 그가 말했다.

"루벤이 곧 죽을 것 같아. 엄마가 루벤을 보러 가셨었거든. 엄마도 제대로 서 있지도 못할 지경이면서. 엄마가 그러시는데 오래 못 갈 것 같대."

"정말 안됐다."

하지만 솔직히 말해서, 내 안은 브렛에 대한 슬픔으로 너무 꽉 차 있어서 다른 사람의 문제가 끼어들 여지가 없었다. 사람들이 늙은 단하우저 부인이나 윌의 부인이나 재이의 엄마에 대해 말하는 걸 들었을 때, 또는 케이트가 그녀의 가족 때문에 초조해하는 걸 들었을 때 나는 그냥 귀를 닫아버렸다. 그들의 슬픔까지 신경 쓰기 시작하면 나는 그냥 넘쳐버릴 것이다. 아빠처럼 슬픔 안에서 익사해버릴 것이다.

"난 케이트를 믿어. 그 아저씨가 그레그를 죽였다고는 생각지 않아."

내가 말했다. 사실은 아무것도 모르지만.

"루벤의 기분이 어땠을지 상상이 가? 여기에 이런 미치광이들하고 같이 갇혀버린 기분이?"

우리 엄마 아빠 같은 미치광이들. 재이의 말은 그런 뜻이겠지.

"제발 그만해. 우리 다른 얘기 하자."

그는 걸음을 멈추고 날 돌아보았다.

"아니, 이건 진지한 얘기야, 지나. 여기 있는 이 사람들 진짜

열나 문제 많지 않아? 이런 편집증적인 히스테리 환자들하고 같이 여기 지하에 파묻히게 되다니."

편집증적인 히스테리 환자들. 그게 무슨 뜻인지는 잘 알 것 같다. 나는 몸을 펴고 그를 돌아보았다.

"우리를 말하는 거지? 그렇지? 우리 가족 말이야."

"맙소사, 지나. 내 말은 우리 모두 다 말이야. 우리는 여기 다 갇혀 있어. 안 그래? 그러는 동안 이 세상은 우리 없이도 완벽하게 잘 굴러가고 있을 거라고."

나는 발가락을 내려다보았다. 더럽고 발톱은 갈라져 있다.

"사실, 우리 부모님 말이야." 그가 말했다. "나는 이곳을 믿지 않았어. 아무도 나한테 물어보지도 않았고. 너네 부모님도 너한테 물어보지 않으셨겠지."

"응. 아빠는 심지어 엄마 의견도 묻지 않으셨어. 아빠가 이곳을 샀다는 걸 아셨을 때, 엄마는 미친 듯이 화를 냈어. 엄마가 받은 유산을 모두 여기에 쏟아부었거든."

재이는 고개를 끄덕였다. 거스리 가족 같은 산간벽지의 시골뜨기들이 어떻게 이런 호화로운 곳에 와서 부자와 유명인들과 함께 죽어가게 된 건지 궁금했던 것이다. TV에서 재앙에 관한 프로그램을 보던 그 시절이 생각났다. 토네이도, 홍수, 폭발…… 그런 재난들은 부자를 가난하게 만들고 가난한 사람들을 영웅으로 만드는 경향이 있다. 세상의 종말은 가난한 사람들이 승자로 나설 기회가 주어질 때에만 오는 것이다. 나는 왜 아빠가 그렇게 종말 대비에 열을 올렸는지 이해할 수 있을 것 같았다. 왜 엄마가 요한묵시록에서 그렇게 위안을 찾는지도 이해할 것 같았다.

재이에게는 아무 말도 안 했지만, 재이가 내 손을 잡았다. 우리는 서로 많이 달라도, 그는 이 일 이후의 삶을 믿게 해줬다. 누군가의 농장 트레일러에서 살지 않는 삶. 나는 그의 손가락을 꼭 잡고 그의 어깨에 머리를 기댔다.

냉장고 앞을 지날 땐 재이가 내 손을 꼭 잡고 끌어주었다. 그 안에 뭐가 들었는지는 애써 기억하지 않으려 했다. 우리는 냉장고 앞을 후다닥 지나쳐 수경재배실로 들어갔다. 물이 없어 채소들이 전부 시들고 말라 죽었다. 그래서 우리는 닭장으로 갔다.

"이 상황을 극복해야 해." 재이가 말했다. "하루하루 기다릴수록 발견될 가능성은 커지는 거야. 구조대가 수색망을 좁히고 점점 가까이 다가오고 있어. 여기까지 오는 건 시간문제야."

"하지만 시간이 별로 없어. 어쩌면 엄마 말이 맞을지도 몰라. 우리는 회개를 해야 해. 우린 여기에서 죽게 될 거야."

"그렇지 않아."

재이가 말했다. 그러나 그도 속으로는 의심하고 있다는 걸 알 수 있다.

닭장에 도착하니 안에서 일진광풍이 휘몰아쳤다. 검은 물체가 빠른 속도로 쏜살같이 달아나는 것이 보였다. 말 못 하는 늙은 닭이 내는 진짜 냄새도, 진짜 소리도 없었다. 그곳에, 텅 빈 물그릇 뒤에는, 용감하게도 마지막까지 남은 뚱뚱한 쥐가 발톱으로 암탉의 깃털을 헤집으며 붉은 내장을 갉아먹고 있었다.

나는 돌아섰다. 말이 죽을 때 조용히 울부짖던 소리가 들렸다. 이제 모든 게 끝난 것이다.

방으로 돌아오니 거실에는 아무도 없었다. 길 씨는 가고 없었다. 적어도 그건 기뻤다. 아빠는 내 방 안 옷장 문 옆에 티셔츠를 들고 서 있었다. 브렛이 죽기 전날 입었던 옅은 파란색 티셔츠다.

"내가 일을 다 망쳤어."

아빠는 지금까지 대화를 하고 있었던 것처럼 내게 말했다.

그 힘없는 목소리가 영 낯설었다. 마음에 들지 않는다.

"엄마는 어디 있어요?"

"난 너희들을 도우려고 했던 거야. 너희들이 살아남게 해주려고."

아빠는 티셔츠를 떨어뜨리고 브렛의 빨간색 후드티를 집어들었다.

"내가 다 망쳤어."

아빠는 옷에 얼굴을 묻고 냄새를 들이마셨다. 더 이상은 못 보겠다. 그래서 나는 방을 나왔다.

엄마는 욕실에 있었다. 욕조에 기대선 엄마 옆에 생수병이 쌓여 있었다. 엄마가 몸을 숙이는데 머리카락에서 물방울이 뚝뚝 떨어졌고, 튄 물방울들이 벽의 타일과 욕조 벽면을 뒤덮은 회색 먼지 사이로 검은색 물줄기를 이루고 있었다. 엄마는 기도를 중얼거리며 생수병을 땄다. 나는 엄마를 말리기 위해 천천히 움직였다. 짙고 묵직한 공기를 헤치고 어떤 정의로운 힘에 대항해 싸우며 엄마에게 접근하는 것 같은 기분이다.

그 순간, 엄마가 물병을 뒤집었고 물은 콸콸 쏟아져 나왔다.

"그만해요, 엄마! 그만! 지금 뭐 하시는 거예요?"

엄마는 왼팔로 나를 밀치며 물을 계속 쏟았다. 엄마 옆에는 빈 생수병이 네 개 뒹굴고 있었고 마지막 하나 남은 따지 않은 병이 놓여 있었다.

"이건 브렛의 물이에요. 엄마 아들의 물이라고요!"

엄마가 마지막 병으로 손을 뻗었다. 마지막 남은 브렛의 물.

엄마가 뚜껑을 잡았고 나는 엄마에게 달려들었다. 나는 몸으로 엄마를 벽에 밀어붙이고 물병을 따려는 엄마의 손을 잡았다.

"엄마, 물을 이렇게 버릴 순 없어요! 이러면 안 돼요!"

나는 엄마의 손가락을 뒤로 비틀어 구부렸지만, 엄마는 물병을 놓치지 않았다. 마침내 손을 빼낸 엄마는 내 턱을 한 대 갈겼다. 나는 얼굴을 감싸 쥐고 문 쪽으로 굴렀다.

엄마가 돌아서서 물병을 비우는 것을 바라보면서 무언가 검고 뜨거운 것이 내 안에서 치밀어 오르는 것을 느꼈다.

30
제임스

더 이상은 방광의 통증을 무시할 수 없었다. 발륨과 술로 부풀어 오른 방광을 통해 현실 세계가 자꾸 비집고 들어왔다. 이번에는 얼마나 정신을 잃고 있었는지 누구도 모르겠지만, 현실 도피로는 이 방법이 제일 간편하다.

제임스는 방향감각을 되찾으려고 몸부림을 치다가, 마침내 침대에 거꾸로 누워 있다는 걸 알아차렸다. 머리는 침대 밖으로 늘어져 있고 발은 베개 위에 놓여 있었다. 그는 담요 위로 꾸물꾸물 기어가 침대 옆 테이블에 놓인 약병을 더듬었다. 두 알 남았다. 그는 한 알을 입에 물고 캔 밑바닥에 남은 밀러 라이트를 벌컥벌컥 삼켰다. 알코올기가 전부 날아가서 밍밍하다……. 저장실에는 이제 남은 게 없었다. 월이 가져간 것을 되돌려놓지 않는 이상은. 그러니 이제부터는 금단 증상이 시작될 것이다.

그는 침대에서 굴러 내려와, 출렁이는 바닥이 멈출 때까지 기다렸다가 비틀거리며 일어서서 화장실로 향했다. 손으로는 악취를 피하기 위해 입과 코를 막았다. 그는 샤워부스에 소변을 보았다. 배수구에 튀는 갈색 소변 방울을 애써 외면했다. 담배. 담배가 필요하다. 이제부터는 담배도 아껴 피워야겠지만. 브렛의 장례식에서 돌아온 이후로 그는 줄담배를 피워댔다. 그가 처음으로 객실 안에서 담배에 불을 붙였을 때도 비키는 한마디도 하지 않았다. 어차피 의미가 없었다. 현실을 직시하라고. 폐기

종은 지금 우리가 안고 있는 문제 중에서 가장 하찮은 거야.

다시 침대로 돌아가 뒹굴려는데 갑자기 너무 조용하다는 생각이 들었다. 어쩐지 방 안이 텅 빈 것 같았다. 비어도 너무 비어 있는 기분.

"비키?"

부엌으로 가는 길에 개의 빈 물그릇에 발이 걸려 넘어질 뻔했다. 그는 거실을 훑어보았다. 비키가 없다. 클로뎃도.

"비키?"

다시 한 번 불러도 대답이 없다.

이상하다. 비키가 객실 밖으로 나갔을 리가 없다. 브렛의 장례식 이후로 그녀의 편집증은 병적인 수준까지 치솟았다. '우린 살인자와 같이 갇혀 있어, 제임스.' 그녀는 계속 그 말만 중얼거렸다. 브렛 거스리의 죽음은 그녀를 온통 뒤흔들어놓았다. 다만……. 이제 생각이 나려고 한다. 성긴 기억 속에 그녀가 화장실에 가야 한다며 그를 깨우려고 안간힘을 썼었다. (더 이상은 수영장 물로 변기 물을 내릴 수가 없었다. 그다지 궁금하지 않은 이유로 인해 변기가 이미 막혀버렸기 때문이다.) 그러나 제임스는 술과 다이아제팜*으로 유도된 벼랑의 가장자리에서 부유하고 있었다. 그렇다. 이제 기억난다. 그녀는 그에게 뭐라고 잔소리를 해댔다. 가장 필요한 순간에 정신을 잃다니 어쩌고 하면서 소리를 지르면서. 그녀는 혼자 8층의 퇴비용 변소에 간 게 틀림없다. 개를 데리고.

그는 주머니를 뒤져 다 구겨진 담뱃갑을 꺼내 담배에 불을 붙였다. 담배 연기의 첫 모금이 폐를 때리자 구역질이 났다. 입안

* 진정제의 일종.

에서 지옥 같은 냄새가 났지만, 둘이 함께 있지 않으면 물을 마실 수 없었다. 제기랄. 그는 냉장고 문을 열고 마지막 남은 에비앙 병을 꺼내 한 모금 마셨다. 딱 한 모금. 비키는 절대 모를 것이다. 물이 목구멍을 타고 흘러내리자 멈출 수 없었고, 벌컥벌컥 들이킨 물이 턱을 타고 흘러내렸다. 너무 늦기 전에, 한 병을 몽땅 비우기 전에 간신히 멈췄다.

거의 반병을 마셔버렸다.

비키가 이걸 알면 나를 죽일 텐데.

그는 발륨의 약효가 퍼지기를, 죄책감이 옅어지기를 기다리며 서성였다.

가서 비키를 찾아봐야지. 그렇다. 그건 옳은 일이다. 그녀는 고마워할 것이다. 그는 나이키 운동화를 신고 밖으로 나갔다.

아래로 내려간다. 지금쯤은 숙취를 느껴야 하지만, 완전히 불쾌하지만은 않은 멍청한 감각에 휩싸였다. 술과 약물 칵테일이 선사하는 마지막 포근한 포옹이다. 발에 감각이 없었다. 발이 아니라 그냥 그를 앞으로 나가게 만드는 고깃덩어리 같은 느낌이다. 고깃덩어리 발에 고깃덩어리 머리. 그는 낄낄 웃었고, 웃음은 곧 기침 발작이 되었다. 담배가 어떻게 된 건가? 꽁초를 어디에 버린 기억이 없었다. 아마도 부엌 카운터 위에서 끝까지 타고 있겠지. 콘도 전체가 홀랑 타버릴지도 모르지. 어쩌면 연기에 질식해서 모두 다 죽을 수도 있겠다. 그럼 적어도 이 지루한 기다림은 끝날 것이다.

손으로 입을 막고 지하실 퇴비용 변소를 확인했지만 안은 비어 있었다. 어쩌면 비키는 물을 가지러 간 건지도 모르겠다. 그는 휘청거리는 걸음으로 체육실로 향했다. 비키의 흔적은 없었다. 재이가 러닝머신 옆에 거스리 소녀의 어깨에 팔을 두르고 앉아 있었다. 이만치 떨어져서 봐도 소녀는 흥분해 있는 것이 역력했고, 그는 자신이 둘을 방해했다는 것을 눈치챘다. 그의 시선이 카펫 위 브렛의 시체가 놓였던 곳으로 향했다. 그게 어제 였던가? 그저께였나? 일주일 전이었나? 전혀 모르겠다. 젠장.

"어이, 얘들아."

"네."

재이가 냉담하게 대답했다.

"둘 중에 누구 비키 본 사람 있니?"

"네. 아까 여기 왔었어요."

"아까 언제?"

재이는 어깨를 으쓱하고, 지나를 힐긋 곁눈질했다. 그녀는 소 맷자락으로 얼굴을 문지르고 있었다.

"몇 시간 전일 걸요."

"뭐?"

"세 시간인가 네 시간 전이에요."

맙소사. 시간개념을 완전히 잃고 있었구나. 그렇지만 앞뒤가 맞지 않는다. 재이는 무언가를 말하고 있었고 제임스는 몇 번이 나 반복해서 물어야 했다.

"그러니까 아줌마가 타이슨과 같이 있는 걸 봤다고요."

"엉?"

"타이슨과 같이 있었다니까요."

재이는 난청자나 알코올중독자에 익숙한 보호자처럼 말했다.

"비키가 왜 타이슨이랑 같이 있어?"

"그걸 내가 어떻게 알아요?"

"어디? 어디서 봤는데?"

"6층요. 빈 객실 밖에서요."

394

"두 사람이 무슨 말을 하는지 들었니?"

"아뇨. 근데 두 사람이 싸우는 것 같았어요."

젠장. 젠장, 젠장, 젠장, 젠장.

"비키를 보면 내가 찾고 있다고 좀 전해줄래?"

재이가 어깨를 으쓱한다.

"네."

그는 체육실을 나와서 6층으로 달려 올라갔다.

"비키?"

그는 예전에 몰래 담배를 피우던 어두운 구석에 머리를 들이밀었다.

"비키?"

설명할 수 있어, 비키. 내가 설명해줄게.

"비키? 여기 있어?"

더 깊이 들어가기가 꺼려졌다. 그녀가 이 쥐구멍 같은 곳에 숨어 있을 리도 없었다. 아무도 믿지 않는 그녀가 다른 사람의 방에 숨을 리도 없었다. 그는 혹시나 몰라 옆 객실도 확인해보았다. 그러나 문 안으로 발을 들이는 순간 안이 비었음을 느꼈다.

타이슨과 함께 그의 객실로 갔을까? 그럴 것 같지는 않지만, 이제는 공포가 물밀 듯이 그를 덮치기 시작했다. 아무튼 시도해볼 가치는 있다. 그는 3층까지 달려 올라가서 주먹으로 타이슨의 객실 문을 쾅쾅 쳤다.

"타이슨! 문 열어요!"

그는 다시 두드렸다. 이번에는 좀 더 세게.

"타이슨!"

"누구세요?"

케이트의 목소리가 안에서 들렸다.

"제임스요. 비키 안에 있어요?"

잠시 정적.

"아뇨. 비키가 여길 왜 와요?"

"타이슨과 얘기하고 싶어요."

잠금장치가 열리는 소리가 나고 케이트가 문을 열었다. 아이가 케이트의 다리를 안고 있었다. "여기 없어요."

"케이티, 왜 그래요?"

옆에서 아이가 물었다. 아이는 엄지손가락을 입안으로 밀어넣었다.

"비키 정말로 못 봤어요?"

"네."

"타이슨은 어딨어요?"

케이트는 한숨을 쉬었다.

"당연히 거스리 가족을 만나러 갔죠. 브렛의 물을 나눠줄 거라 기대하는 것 같아요. 무슨 일이에요?"

그는 대답도 하지 않고 옆문으로 달려가 주먹으로 문을 두드렸다.

보니가 문을 열었다. 그는 보니를 밀치고 안으로 뛰어들었다. 캠은 손에 머리를 파묻고 소파 위에 앉아 있었다. 타이슨은 그 옆에 있었다.

"타이슨!"

타이슨이 고개를 들었다. 그러나 캠은 여전히 고개를 숙인 채였다. 제임스는 이 구부정하게 주저앉은 남자가 도착한 첫날 그와 비키가 봤던 그 열성적인 남자와 같은 사람이라는 사실을 믿을 수가 없었다.

"비키 어딨어요, 타이슨?"

"그걸 내가 어떻게 알아요?"

"재이가 당신과 비키가 얘기하는 걸 봤다던데. 비키에게 뭐라고 했어, 타이슨? 무슨 말을 했냐고?"

"비키에게 개를 없애야 한다고 그랬어요. 물이 모자라니까."

"다른 얘기는?"

"그게 전부요."

"거짓말하지 마, 타이슨! 비키에게 뭐라고 했어?"

그가 고함을 지르자 캠도 고개를 들었다. 움푹 꺼진 캠의 눈은 더 작아진 것 같았다. 보니는 옆에서 마주 잡은 손을 비틀며 그들을 유심히 보고 있었다.

"제발."

제임스는 마지막으로 애원했다.

타이슨은 캠을 힐긋 보더니, 보니를 바라보고는 한숨을 쉬었다.

"비키가 자백하길 바랐어."

타이슨이 침을 삼켰다.

"성소 설명회가 있던 날 있었던 그 일을, 비키가 라니에게 말했다고 인정하길 바랐어. 비키가 자백하길 바랐다고."

"도대체 왜 비키가 라니에게 뭘 얘기했을 거라 생각하는 거야?"

그러지 않았을 것이다. 그건 비키의 스타일이 아니다. 그녀는 뒤로 돌아가지 않았다. 그녀는 항상 직설적이었다. 그 사실을 알아냈다면 그녀는 라니가 아닌 제임스에게 그 대가를 치르게 했을 것이다. 이 남자는 거짓말을 하고 있다.

"라니는 어떻게든 알아냈어. 그녀는 알았어, 제임스. 그리고 그 후 곧 자살한 거고."

"그래서 비키는 지금 어딨는데?"

"나도 몰라. 하지만 비키가 라니의 죽음에 책임이 있다면, 스스로 저지른 짓에 대해서 대가를 치러야 해."

"눈에는 눈."

보니 거스리가 중얼거렸다. 제임스는 그녀에게 입 닥치라고 소리 지르려는 걸 간신히 참았다.

"비키는 라니의 죽음에 책임이 없어."

제임스가 내뱉었다.

"당신 아내는 스스로 결정을 한 거야. 누가 죽인 게 아니고. 아무도……."

"당신이 뭘 알아?"

타이슨이 외쳤다. 제임스는 자기도 모르게 한발 물러섰다.

"비키는 악랄한 년이야. 여기 들어온 이후로 그년은 여기 사람들과 맹렬히 싸우고 있잖아."

"내 아들이 죽었어요."

보니 거스리가 누구에게랄 것도 없이 말하며 한숨을 쉬었다.

"비키는 아무 짓도 안 했어. 다른 사람은…… 당신 보모한테 가서 브렛이 죽기 직전에 뭘 했는지 물어보지그래. 내가 그 여잘 봤어. 브렛이 살해당하기 직전에 루벤과 내가 저장실에 있다가 그 여자가 들어오는 걸 봤다고."

"뭐라고요?"

보니 거스리의 몸이 갑자기 굳었다.

실수다. 그런 말을 해서는 안 되는 거였다. 그는 타이슨을 벌주고 싶었던 거지 케이트를 끌어들이려던 게 아니었다. 제임스는 이 치명적인 상황에서 벗어나고픈 절박한 마음에 문 쪽으로 물러섰다. 그는 멍하니 밖으로 나갔다.

'우린 살인자와 함께 갇혀 있어, 제임스.'

그녀는 괜찮을 거야. 아니, 거긴 못 가.

'우린 살인자와 함께 갇혀 있어, 제임스.'

아냐. 생각해! 그레그의 콘도. 거기다! 그녀는 화장실을 쓰려고 거기 올라간 거다. 급히 마신 물이 배 속에서 출렁거렸다. 그는 계단을 뛰어 올라갔다. 문은 지지대로 고정되어 열려 있다. 그는 문을 홱 밀고 들어갔다. 들어간 순간 객실 안이 비어 있다는 걸 느꼈지만, 혹시나 하는 마음으로 방들을 구석구석 다 살폈다.

겁먹지 마. 어쩌면 오락실에 있을지도 몰라. 그는 오락실로 들어갔고, 눈이 어둠에 익숙해질 때까지 기다렸다. 아직도 입구에 버려진 깨진 유리가 발밑에서 뿌드득 소리를 냈다.

"비키? 클로뎃?"

그리고 그때, 휙휙 하는 소리가 들렸다. 바 옆 그림자 안에서 뭔가 움직이고 있다. 제임스는 소리가 나는 곳으로 달려갔다.

"클로뎃!"

개가 몸을 떨며 낑낑거리고 있었다. 몸은 잔뜩 웅크리고, 꼬리는 다리 사이에 감추고, 털 사이에는 유리조각과 잔모래가 가득 끼어 있었다. 그는 개를 집어 들어 가슴에 안았다.

"엄마는 어딨어?"

제임스가 속삭였다. 비키는 클로뎃을 절대 혼자 내버려두지 않았을 텐데.

이제 아드레날린이 발륨의 기운을 씻어내고 있었다. 배 속에서 메스꺼움이 휘몰아쳤고, 그는 땀을 흘리기 시작했다. 진정해야지. 진정해야 한다. 그녀는 그냥 그에게 화가 났을 뿐이다. 그 뿐이다. 그리고…… 그리고 그가 비키를 찾으러 돌아다니는 동안에 그냥 우리 방으로 돌아갔을 수도 있다. 그래. 그거다. 방으로 돌아가면 비키가 그를 기다리고 있겠지. 그럼 사과를 해야지. 그건 전부 실수였다고, 그땐 취해서 그런 거라고, 거의 기억도 나지 않는다고, 아무 의미도 없는 일이라고 말해야지.

'우린 살인자와 함께 갇혀 있어, 제임스.'

아냐. 아니야.

클로뎃이 그의 가슴에 파고들었다. 그는 다시 방으로 내려갔다. 속이 점점 더 메슥거렸다. 얼굴 위로 땀이 흘러내리고 다리는 후들거렸다. 아프다. 그는 아팠다. 독감에 걸린 것처럼. 미처 문을 열기도 전에 첫 번째 발작이 찾아와 급히 몸을 숙였다. 그는 입을 막았지만 아무것도 올라오지 않았다. 숨을 쉴 수 없었고, 심장은 쿵쾅거리며 뛰었다. 그는 다시 헛구역질을 했고, 이번에는 걸쭉한 액체가 바닥에 쏟아지면서 발에 튀었다. 칼로 배를 찌르는 통증에 개를 떨어뜨리고 끝없이 구토를 했다.

마침내 통증이 가시고 나자 옆에 누군가 서 있는 것을 느꼈다. 그는 고개를 돌렸다. 트루디 단하우저가 그를 바라보며 서 있었다.

"괜찮아요, 제임스?"

씨발, 내가 괜찮아 보이냐?

"내 아내 봤어요, 트루디?"

"아뇨."

"아내를 못 찾겠어요."

"오세요. 제가 안에 들어가게 도와줄게요."

"내 말 못 들었어요? 아내를 찾아야 한다니까요."

"윌을 데려올게요. 당신은 몸이 안 좋아요. 들어오세요."

싫다고 말하고 싶었다. 비키를 계속 찾아야 한다고 고집을 부리고 싶었다. 그러나 그러지 않고 트루디가 객실 안으로 끌고 들어가도록 그냥 두었다. 텅 빈 방. 당연히 비어 있을 줄 알았다. 다른 사람에게 문제를 떠넘기는 건 쉬운 일이다. 그건 그가 평생에 걸쳐 해온 일이었으니까.

재떨이로 사용하는 커피 머그 안에 담배꽁초가 넘치도록 쌓여 있었다. 그는 꽁초를 세었다……. 아홉, 열, 열하나. 클로뎃은 무릎 위에 축 늘어져 있다. 그릇에 따라준 물도 건드리지 않는다. 마지막 남은 에비앙이었는데.

"엄마 곧 돌아올 거야."

그는 엉킨 개털을 손가락으로 쓰다듬으며 조용히 개를 달랬다.

"지금 그냥 숨바꼭질을 하는 거야. 아빠가 말썽을 부려서 벌주는 거야."

구역질은 이제 완전히 가라앉았고 잔인한 사실만이 명료하게 남았다. 그는 비키가 없는 삶을 상상해보려 했다. 이런 상상에는 익숙했다. 질투도 없고, 무슨 말을 하든 꼬투리 잡히는 일도 없고, 더 이상……. 그러나 지금 이 감정은 안도감이 아니라 추락하고 있다는 기분이었다. 평생 동안 바닥에 추락하지 않도록 지탱해주던 밧줄이 뚝 끊어진 것처럼.

노크 소리가 들리자 그는 화들짝 놀랐다.

클로뎃을 한쪽 팔로 안고, 제임스는 권총을 바지 뒤춤에 꽂은 후 티셔츠로 가렸다. 불편했지만 이제 앞으로 총 없이는 아무 데도 가지 않을 작정이었다. 그는 문을 열었다. 윌과 트루디가 복도에 서 있었다. 윌의 표정이 모든 것을 말해주었다.

"제임스. 유감입니다……."

윌이 그를 만지려는 듯 손을 내밀었다. 그러나 제임스는 몸을 획 비틀어 그의 손을 피했다.

밧줄은 끊어졌다. 잠깐 동안 그는 통제를 벗어나 계단실을 거칠게 회전하며 날고 있었다.

"아내에게 데려다줘요."

그의 목소리가 남의 목소리처럼 들렸다.

"좋은 생각은 아닌 것 같아요, 제임스. 지금은……."

트루디가 말했다.

"데려다달라고!"

입에서 비명이 터져 나왔다. 클로뎃이 낑낑거리자 그는 개를 가슴에 더 꼭 끌어안고 속삭였다.

"미안, 미안해, 클로뎃."

단하우저의 객실 문이 열리고 레오의 말소리가 들렸다.

"무슨 일이야?"

어렴풋이 들리는 레오의 목소리가 혼란스러운 것처럼 느껴졌다. 이제는 귓속에서 비명이 울려 확실히 알아듣기는 어려웠다.

뭔가 실수였을 거야. 비키가 죽었다는 말은 하지 않았어. 비키는 그냥 어디서 떨어졌을 거야. 그냥…….

그러나 그는 알았다. 그는 알았다.

"제발, 윌. 난 봐야겠어요."

윌과 트루디가 눈빛을 교환했다. 그러고는 걷기 시작했다. 그는 그들을 따라 계단을 올랐다. 한 층. 또 한 층. 오락실. 클로뎃을 발견했던 곳이다.

윌은 너덜너덜해진 벽의 구멍 앞에서 멈췄다. 엘리베이터 통로로 이어지는 구멍이다.

"제임스……."

"보여줘요."

손전등을 묶은 밧줄이 바닥에 놓여 있었다. 윌은 그것을 구멍으로 떨어뜨렸다.

"이건 안 보는 게 좋을 것 같아요, 제임스."

옆에서 트루디가 말했다.

"비켜요."

밧줄 끝을 잡고 윌이 옆으로 비켜섰고, 제임스는 휘청거리는 걸음으로 휑한 구멍을 내려다보았다. 배설물과 축축한 벽돌의 악취가 그를 덮쳤다. 손전등이 바닥의 물이 고인 부분을 비추었다. 거기에 무언가가…… 덩어리다. 아니. 덩어리가 아니다. 시체다. 더러운 물에 얼굴을 박고 있는.

비키다.

"잘 모르겠습니다. 발을 헛디뎌 떨어진 건지 아니면……."

윌의 목소리가 잦아들었다.

그러나 제임스는 안다. 그자가 비키를 죽였다. 그자가 비키를 죽였다. 혼자서 비키를 객실 밖으로 나가게 하는 게 아니었는데. 그의 잘못이다. 그녀가 몇 번이고 거듭거듭 말했었는데. '우린 살인자와 함께 갇혀 있어, 제임스.'

비키가 옳았다.

그는 클로뎃의 털에 얼굴을 묻었다. 사람들이 그에게 말을 했지만 그 말은 귀에 들어오지 않고 모두 어디론가 흘러가버렸다.

그자가 비키를 죽였어.

그자가 비키를 죽였어.

잠깐 저 구멍으로 발을 디밀어 떨어져볼까 생각했다. 저 어두컴컴한 바닥으로 떨어지는 거다. 그녀와 함께. 간단할 것이다.

그러나, 아니다. 그자는 대가를 치러야 한다.

이제 그가 해야 할 일은 명백했다. 그는 살아남아야 한다. 그들 중 한 사람은 살아야 한다. 그들은 하나씩 하나씩 선택되고 있었다. 그자는 비키를 선택했지만, 그는 선택하지 못할 것이다. 그는 가슴에 꼭 안은 클로뎃의 심장 박동을 느꼈다. 그는 월을 향해 돌아서서 글록 권총을 꺼내 겨눴다. 월과 트루디가 움찔 놀라자 그는 사나운 쾌감을 느꼈다.

"제임스…… 제발…… 그걸……."

"가자."

"어디로요?"

"물론 금고지. 당신이나 다른 사람들이 총을 갖게 할 순 없어. 알지? 안 그래? 뻔하잖아."

월은 그의 말을 이해하는 것 같았다.

"저장실로 갑시다, 월. 아니면 여기서 당신을 쏴버릴 테니까."

그의 목소리는 차분하고 떨림이 없었다. 분명 비키가 그를 자랑스러워할 거라고, 그는 확신했다.

"제임스."

트루디가 말하고 있었다.

"우리는 적이 아니에요. 우리는 당신을 도우려고 여기 있는 거예요."

트루디는 손을 올리고 천천히 그를 향해 다가왔다.

이런 상황에서는 망설이면 안 됩니다. 망설이면 당신이 죽습니다. 보스턴 종말 대비 모임에서 제일 처음에 배운 게 그거였다. 그는 사격 솜씨가 좋았다. 비키가 더 잘 쐈지만 그래도 그의 솜씨도 훌륭했다. 그는 안전장치를 풀고 방아쇠를 당겼다.

31
케이트

순간적으로 잠이 깼다. 시트를 덮은 채로 무릎을 움직여본다. 새리타가 내 옆에 누워 부드럽게 코를 골고 있었다. 습관적으로 알람시계를 확인했지만, 새리타가 며칠 전에 떨어뜨린 이후로 시계 화면은 그냥 8:88, 8:88, 8:88만 깜박거린다. 시계의 전원을 뽑으려 했는데, 새리타는 울고불고하면서 절대 시계를 끄지 말라고 나에게 다짐을 시켰다.

"고장 안 났어요, 케이티. 봐요……. 아직 켜지잖아요."

그래서 나는 이렇게 말해주었다.

"네 말이 맞아, 아가. 네 잘못이 아니야."

깜빡이는 빨간 불빛에는 이미 익숙해졌다. 나는 베개를 얼굴 위에 덮었다. 새리타가 계속 켜놔야 한다고 고집을 부리는 흐릿한 불빛에도 익숙해졌다. 아이가 최대한 온전히 이 상황을 이겨나가도록 도와줘야 했다. 지금으로써는 이것보다 더 중요한 건 없었다. 아이에게는 그동안 새로운 싸움, 새로운 죽음, 악취와 더러움들이 위대한 모험 이야기의 일부인 것처럼 여기도록 만들어주고 있었다. 언젠가 이 이야기가 모두 끝나면 우리는 집에 돌아갈 수 있을 거라고.

뭣 때문에 잠이 깼는지는 기억나지 않았다. 뭐가 떨어진 거겠지. 나는 다시 누워 잠을 더 청해볼까 어쩔까 생각했다. 그러나 잠은 완전히 깬 것 같았고 목이 말랐다. 새리타를 방해하지 않도록 조심스럽게 일어나서, 우리 침실 문이 잠긴 것을 확인하고, 옷장 문을 열고 물을 확인했다. 물은 담요 뒤 맨 위 선반에 숨겨놓았다. 2리터들이 물병 여섯 개. 그중 하나는 4분의 1 정도를 마셨다. 여기서 보내는 시간 중 대부분을 이 이야기가 해피엔딩으로 끝날 거라고 스스로를 속이며 지냈다.

나는 유리잔에 물 200밀리리터를 붓고 그 3분의 1쯤을 마셨다. 남은 물은 새리타의 빨대컵에 거의 다 따르고 나머지는 침대 옆에 있는 시리얼 그릇에 부었다. 이 그릇은 내 위생을 위한 미니 세면대로 쓰고 있었다. 나는 눈을 가늘게 뜨고 손목시계의 작은 바늘을 보았다. 2시 20분. 지금은 다시 자러 가지 않을 것이다. 여기 온 이래로 곤히 잠들 정도로 피곤했던 적이 한 번도 없었다. 신선한 공기도 없고 운동도 못 하는 이곳에서, 잠은 단순히 지루함을 달래기 위한 수단일 뿐이었다.

가장자리가 노래진 팔의 베인 상처를 솜으로 문지르는데, 총소리가 들렸다. 또? 애초에 이 소리 때문에 잠을 깼을 것이다. 나는 얼어붙었다. 소리가 난 거리를 가늠해보고, 우리가 위험에 처했는지 계산했다. 소리가 크기는 했지만 멀리서 들려서, 아마도 한 층이나 두 층 떨어진 곳에서 난 것 같았다.

"케이티?"

"가서 다시 자렴, 아가."

"지금 뭐 해요?"

"그냥, 음, 씻고 있어."

"괴물이 우리 문을 두드리는 소리가 났어요."

나는 솜을 내려놓고 새리타를 돌아보았다.

"그냥 나쁜 꿈을 꾼 거야."

"아니에요. 그게 우리에게 다가온다고 그랬어요."

아이의 눈이 커졌고, 입은 삐죽거리며 입꼬리가 내려가기 시작했다.

"누가? 누가 그런 말을 했어?"

"커다란 괴물요. 괴물은 얼굴이 없어요. 몸의 반은 피로 만들어졌어요."

아이는 울지 않으려고 했지만 턱이 뒤틀리면서 굵은 눈물이 뺨을 타고 흐르기 시작했다.

맙소사. 이 아이를 이곳에서 벌어진 사건들로부터 차단하기 위해 그렇게 애를 썼는데도, 아이는 전부 흡수하고 있었다. 나는 옆으로 다가가 새리타를 안아주었다.

"그냥 나쁜 꿈을 꾼 거야. 내 말 믿어."

그런 말을 하는 동안에도 기이하게 울부짖는 소리가 들려왔고, 어느 곳에선가 문이 쾅 하고 닫히는 소리, 남자들이 싸우는 것 같은 낮게 웅웅거리는 소리가 끊임없이 들렸다. 브렛 거스리가 여길 찾아오지 않을까 하는 본능적인 공포로 배 속이 조여들었다. 그러나 그 순간 기억해냈다. 브렛은 죽었다. 신이시여 감사합니다. 적어도 브렛은 죽었다.

"저 소린 뭐예요?"

새리타가 물었다.

"그냥 어른들이 게임을 하는 소리야."

새리타는 나를 보며 눈살을 찌푸렸다. 아이는 내가 거짓말을 하는 걸 안다.

"물 좀 마시고 다시 자."

아이는 건성으로 빨대컵의 물을 빨았다. 미지근하고 퀴퀴한 냄새와 플라스틱 맛이 나는 물을 마시고 기분이 좋지 않은 듯했다. 나도 그랬다.

나는 아이를 다시 눕혀 담요를 덮어주고, 스트로브와 심바를 베개 위에 나란히 놓은 후 말했다.

"돌고래와 무지개 꿈을 꾸렴. 해님과 꽃 위의 꿀벌 꿈을 꾸렴. 풀밭에는 토끼가 뛰놀고 신선한 맑은 바람이 불지. 그 냄새를 맡아봐. 해님의 따뜻한 기운을 느껴봐."

아이는 눈을 감았다. 나는 '엄마 꿈을 꾸렴'이라고 말할 뻔했지만 그게 도움이 될지는 확신이 없었다. 그래도 새리타는 담요 아래에서 작은 사진첩을 꼭 쥐었다.

나는 거실로 나와 서성거렸다. 젠장, 타이슨은 어딨는 거야?

우리 잠을 깨운 건 총성이었다. 확실하다. 총성이 어떤 소리인지는 잘 안다. 하지만 총은 전부 금고에 넣고 잠갔다고 했는데.

아무래도 안정이 되지 않아, 나는 텅 빈 TV 화면을 노려보았다. '우린 이 아래 갇혀 있어요. 우릴 잊지 말아요.'

문이 벌컥 열렸다. 나는 비명을 삼키고 화들짝 놀랐다. 타이슨이다.

"도대체 어디 갔었어요?"

"아빠?"

새리타가 침실에서 나오고 있었다. 한 손에 스트로브를 들고 우리에게 다가왔다. 나는 감정을 다스리고 목소리를 낮췄다.

"새리타가 아빠를 찾았어요."

"무슨 짓을 한 거요, 케이트?"

"무슨 짓? 내가 뭘 해요? 당신 지금……."

그는 눈을 크게 뜨고 나를 바라봤다. 나에게 겁을 먹은 것 같다. 그는 내 주위를 한 바퀴 크게 돌아 새리타와 나 사이를 가로막고 섰다. 어떻게 감히? 이 안에서 아이에게 위험하지 않은 사람은 오직 나뿐인데! 내 분노를 막아주던 견고한 벽이 터졌다. 나는 그에게 상처를 내고 싶었다. 그의 더러운 비밀을 끄집어내어 그를 수치스럽게 만들고 싶었다.

"무슨 얘기를 하는지 모르겠는데요, 타이슨. 하지만 사람들이 서로를 비난하느라 바쁜 와중에, 난 당신이 무슨 짓을 했는지 알아냈어요."

내 목소리는 차가웠다. 그는 끼어들려 했지만 나는 틈을 주지 않고 계속 말했다.

"알아요. 당신과 비키가 무슨 짓을 했는지. 내 말이 맞죠? 아니에요? 당신은 성소 설명회가 있던 주말 비키 매덕스와 바람을 피웠어요. 라니는 그걸 알아냈고요. 그래서 자살한 거죠. 안 그래요?"

그의 몸이 굳었다. 순간 그가 날 때릴 거라고 생각했다. 그러나 그는 얼굴이 일그러졌다.

"비키가 아니에요. 제임스 매덕스였어."

그는 내가 대답을 하기를 기다렸고, 나는 대답하지 않았다. 할 수가 없었다. 솔직히 할 말을 찾을 수가 없었다.

"지난 4월 성소 설명회가 있던 주말에. 그때가 처음이었다고 말하고 싶지만, 그렇지 않아요. 나는 비키가…… 비키가 그걸 알아내서 라니에게 고자질했다고 생각해요."

나는 새리타를 내려다보았다. 잠에 취해 비틀거리며 아빠의 말을 듣고 있지만, 고맙게도 무슨 뜻인지는 전혀 이해하지 못했다. 나는 어떻게 반응해야 할지 갈피를 잡을 수가 없었다. 너무나 충격적이었던 것이다. 불륜의 상대가 남자였다는 건 정말로 나에게는 그다지 중요하지 않았다. 하지만 어떻게 그렇게 빨리 잘못된 결론으로 도약할 수가 있었을까. 그 부분이 충격적이었다. 그러나 내 안에서 가장 뜨겁게 달구어진 문제는, 라니가 그것 때문에 자기 딸을 버리기로 선택했다는 것이다. 이제는 평온한 목소리를 유지하기 위해 정말로 온 힘을 다해야 했다.

"라니가…… 당신이 바람을 피워서요? 당신이 게이라는 걸 알아서요? 그래서 너무 당황해서 이렇게 어린 딸을 이 세상에 홀로 두고 떠나요?"

이런 부모 밑에서라면, 어린 새리타는 가망이 없었다.

타이슨은 손을 들고 고개를 저었다.

"아니, 아니에요, 케이트. 그건 내 잘못이었어요. 라니가 그래서 그런 게 아니고. 난 비키에게 책임을 돌리고 싶었어요. 하지만…… 하지만 사실은, 라니는 오랫동안 우울증에 시달렸어요. 새리타가 태어난 이후로 계속. 나는 라니가 아프다는 걸 알았지만 무시했던 거요."

그는 몸을 똑바로 세우고 섰다.

"아내는 도움이 필요했지만 내가 도와주지 않은 거요."

문에서 큰 소리가 나자 우리 둘 다 놀라 움찔했다.

"누구죠?"

"그 사람들이 알아요, 케이트. 당신이 브렛을 죽인 걸 그 사람들이 알았어요. 제임스가 말해서."

"잠깐…… 내가 뭘 어째요?"

총소리가 우리 문 바로 밖에서 울렸다. 새리타가 비명을 질렀다.

"저 사람들이 어떻게 총을 갖고 있어요? 월이 총을 다……."

타이슨은 나와 새리타를 번갈아 보았다. 무언가를 결심한 듯 그의 얼굴이 굳어졌다. 그는 새리타를 들쳐 안았고 새리타는 아빠의 목에 팔을 둘렀다.

"내가 항상 널 사랑했다는 걸 꼭 기억해라, 새리타. 나는 너와 네 엄마를 사랑했어. 나는 좋은 아빠는 아니었지만 최선을 다했고 널 사랑했다."

그는 새리타를 내 품에 안겼다.

"새리타를 데리고 화장실로 들어가요."

낮게 깔린 타이슨의 목소리가 절박했다.

"하지만……."

"어서."

"엄마!"

새리타가 날카롭게 외쳤다.

"저거 강화문이잖아요. 안 그래요?"

타이슨은 곧장 대답하지 않았다. 들리는 소리라고는 저 끔찍한 쾅쾅 소리뿐이다. 곧 나는 깨달았다. 여기 들어오기 위해 굳이 총알이 필요하지 않다는 걸. 전에 재이가 브렛이 그레그의 엄지손가락을 잘랐다는 얘기를 해줬었다. 마음만 먹는다면 그 방법을 쓸 수도 있다.

"제발, 케이트. 내 말대로 해요!"

타이슨은 우리를 화장실에 밀어 넣었다. 그러나 미처 화장실에 들어가기도 전에 큰 소리를 내며 현관문이 열렸다.

"케이티!"

새리타가 비명을 질렀다.

나는 고개를 돌렸다. 그리고 문 앞에 서 있는 그녀를 보았다. 보니 거스리는 손에 총을 들고 있었다.

32
지나

"재이! 유진! 스텔라!"

윌 부셰가 현관문 앞에 서 있었다. 입을 막은 듯 목소리가 뭉개져 들렸다.

"저 좀 들여보내주세요!"

유진은 재이를 보며 고개를 끄덕이고는, 얼굴이 보일 만큼만 문을 열었다.

윌의 얼굴이 젖어 있었다……. 울었던 걸까? 그가 몸을 움직이자 셔츠와 바지 아래에서 무언가 배어 나왔다. 피다. 피 같다.

"전부 엉망이 되었어요."

"무슨 일이에요, 윌?"

재이가 물었다. 우리는 모두 총소리와 비명 때문에 잠을 깼다. 그 이후로 말없이 거실에서 기다렸고, 지금까지 유진은 재이를 문 근처에도 가지 못하도록 잡고 있었다.

"트루디가…… 오 하느님, 트루디가……."

윌이 흐느꼈다.

"트루디가 왜요?"

"트루디가…… 죽었어요. 제임스가 쐈어요. 비키도 죽었어요. 비키는 엘리베이터 통로 바닥에서 발견됐어요. 제임스가 흥분해서, 그래서…… 트루디가 가운데를 막아섰는데 총에 맞았어요."

그는 이를 악물고 무언가를 삼키더니 다시 말을 이었다.

"트루디가 죽었어요. 지금 제임스는 자기 방에 들어가서 문을 잠가버렸어요."

누군가 대꾸하기 전에, 월이 계속 말을 이었다.

"그리고 또…… 저기…… 다른 일이 생겼어요."

월의 목소리가 갈라지고, 가늘고 시들어졌다. 아빠 목소리처럼.

"거스리가…… 그게…….."

나는 재이를 밀치고 문 앞으로 나섰다.

"무슨 일이에요, 부셰 씨? 엄마랑 아빠는 괜찮으세요?"

월은 내가 왜 여기에 있는지 궁금하다는 듯 힐긋 나를 쳐다보았다. 그러나 지금 벌어지고 있는 상황의 무게로 인해 그의 눈빛은 순식간에 초점을 잃었다. 만일 그가 나에게 여기에서 뭘 하고 있었느냐고 묻는다면 뭐라고 대답해 납득시킬 수 있을까? 우리 아빠는 껍데기만 남아버렸고 엄마는 제정신이 아니라는 걸 어떻게 설명할까? 월은 목청을 가다듬었다.

"재이? 유진? 같이 가주겠어요?"

"아내를 두고 나갈 순 없어요. 아내가 몸이 안 좋아서."

재이의 아빠가 말했다.

"정확히 무슨 일이 일어난 거예요, 월?"

재이가 물었다.

"제임스한테는 총이 있어. 그 여자가 발견했지."

"그 여자?"

"보니 거스리. 지금 타이슨의 객실에 침입했어."

"엄마가?"

치밀어 오르는 질문을 삼킬 수가 없었다.

"엄마가 왜 그런 짓을 해요?"

"케이트를 쫓아간 거야. 보니는 케이트가 브렛을 죽였다고 생각해."

케이트가 브렛을?

"아니에요!" 재이가 외쳤다. "아니에요! 케이트가 아니에요! 케이트는 그럴 수가 없었어요. 보니는 왜 그런 생각을 한대요?"

"나도 모르겠다. 제발, 유진. 혼자서는 할 수 없습니다."

"내가 상관할 일이 아니에요."

재이의 아빠가 말했다.

"아빠! 케이트를 도와야 해요."

재이가 외쳤다.

"난…… 난 못 해."

"가야 해, 유진."

스텔라였다. 그녀는 문틀에 의지한 채 간신히 서 있었다.

"거기에 아이도 있어."

다른 침실에는 루벤도 신음하고 있었다. 스텔라가 그를 돌볼 수 있도록 그들의 객실로 데려와야 한다고 고집을 부렸던 것인데, 가망은 없어 보였다. 우리 아빠가 그런 거다. 만일 루벤이 죽으면, 우리 아빠가 죽인 게 되는 거다.

유진은 스텔라를 돌아보았고 둘은 오랫동안 눈빛을 교환했다. 우리 엄마 아빠는 저렇게 서로를 바라본 적이 한 번도 없었다. 내가 기억하는 한은 그랬다. 재이의 부모님은 침묵의 언어로 대화하고 있는 것 같았다. 일부는 사랑이고, 일부는 분노고 일부는 고통이었다. 곧 유진은 고개를 끄덕이고 윌이 안으로 들어올 수 있도록 뒤로 물러섰다.

"좋아요, 윌. 재이, 지나. 너희는 여기 있어라."

재이가 고개를 저었다.

"말도 안 돼요. 아빠가 거기 혼자 가게 하진 않겠어요."

"보니 거스리가 총을 들었어."

그리고 그 순간, 나는 더 이상 들을 수가 없었다. 재이가 무슨 생각을 하는지, 다들 무슨 생각을 하는지 뼈저리게 알 수 있었다. '그 미치광이 거스리 촌놈들.' 나는 누가 말리기도 전에 밖으로 달려 나갔다.

뒤에서 재이가 날 부르는 소리가 들렸다. 하지만 나는 빠르다. 나는 계단을 내려가 순식간에 타이슨의 객실 문 앞에 섰다. 자물쇠 옆에는 동그란 검은 눈처럼 총알구멍이 뚫려 있었다. 내가 문을 밀어 여는 순간 재이와 윌, 유진이 계단 위층에 도착했다.

"엄마? 아빠?"

하지만 아빠는 없었다. 엄마랑 타이슨뿐이다. 그는 화장실 문을 등으로 막고, 손을 벌리고 엄마를 막고 있었다. 차마 엄마를 볼 수가 없다. 엄마를 보는 게 아파서였다. 엄마는 스스로의 환상 속에 살고 있었다. 엄마의 눈은 뭔지는 몰라도 지금 엄마가 보고 있는 것에 가로막혀 있었다. 내 몸의 살갗 전부가 부끄러움으로 불타올랐다. 땀이 등으로 또르르 구르는 게 느껴졌다.

"비켜요, 타이슨. 당신과는 싸울 일이 없어요."

엄마가 말했다. 나는 엄마에게 다가갔다.

"엄마. 엄마, 제발 이러지 말아요."

엄마가 고개를 돌렸다. 엄마의 눈빛에 담긴 증오에 나는 몸이 얼어붙었다.

"엄마, 아빠는 어딨어요?"

재이와 다른 사람들이 들어오는 소리가 들렸다. 엄마는 움직

이지 않았다. 아빠가 엄마를 제대로 훈련시키신 것이다. 아빠는
우리 모두를 제대로 훈련시켰다. 전투 상황에서 우리는 절대 당
황하지 않는다.

"내 말 들어요…… . 보니."

타이슨이 말했다.

"케이트가 아니에요. 내가 그랬어요. 내가 브렛을 죽였어요."

"거짓말."

"보니, 내 말 들어요. 케이트가 아니에요. 나예요."

그가 말하는 동안 끽—끽—끽 하는 소리가 들렸다. 누군가
발을 움직이거나 헐거워진 의자를 흔드는 것 같았다. 끽끽끽.
방을 둘러보았지만 어디에서 나는 소리인지 찾을 수가 없었다.
그냥 소리가 멈추기만 바랄 뿐이었다.

끽끽끽.

다시 그 끽—끽—끽 소리가 들렸고, 이번엔 바닥 위로 달음
질쳐 돌아다니는 쥐 두 마리를 발견했다. 사람들은 아무도 움직
이지 않았다. 우리는 이렇게나 멀리 와버린 것이다.

33
윌

윌은 보니가 그 총을 자신에게 겨눠주기를 바라고 있었다. 맙
소사, 그는 정말로 피곤했다. 아니, 이미 피곤한 단계를 넘어섰
다. 그는 무너졌다. 그의 손은 지난 이틀간 계속 떨렸고 배 속
의 경련은 계속 일었다. 그에게 필요한 건 물이 아니라 무의식
상태로 만들어줄 무언가였다. 어깨와 등 근육은 트루디의 시체
를 저장실로 옮기느라 쑤셨다. 그녀는 말랐고 기껏해야 48킬로
그램 정도밖에 안 나갔지만, 정말 어마어마하게 무거웠다. 그
는 혼자서 시체를 날랐다. 제때 개입하지 않은 데 대한 속죄였
다. 레오는 계단을 오를 때 계속 휘청거리며 그의 앞을 막아섰
다. 얼굴에는 아무 표정도 없었고, 아무 말도 하지 않았지만 간
혹 트루디의 얼굴을 가린 수건이 미끄러져 떨어질 때만 신음을
내뱉었다. 트루디의 얼굴은 산산이 부서져 있었다. 피 묻은 뼈
와 드러난 상앗빛 치아. 윌은 레오를 그곳, 냉장고 앞에 홀로 남
겨두고 올라왔다.

레이나는 분명히 죽었을 것이다. 트루디는 죽었다. 그는 아
내가 죽어가는 동안 트루디와 잤다. 뭐 이런 사람이 다 있을까?
그는 제임스가 떨어뜨린 총을 확인도 않고 그 자리에 그냥 두고
왔다. 무책임하다. 비난받아 마땅하다.

어린 소녀가 겁에 질려 흐느끼는 소리가 화장실 문을 뚫고 새
어나왔다. 그에게는 써먹을 수 있는 카드가 오직 한 장뿐이다.

"만일 타이슨을 보내주면……." 그는 보니에게 말했다. "당신과 캠에게 총을 넣어둔 금고의 비밀번호를 알려주겠습니다. 그걸 원한 거였잖아요. 안 그래요? 총으로 해치를 뚫어보고 싶은 거잖아요. 해봅시다."

"이 남자는 우리 아들에게 한 짓에 대해 대가를 치러야 해요!"

"그럼 여기에서 나가서 경찰에게 맡겨요."

"눈에는 눈." 보니는 싸늘한 목소리로 말했다. "이자가 내 아들을 죽였어요."

"캠은 루벤이 브렛을 죽였다고 믿었습니다. 하지만 틀렸잖아요. 그는 죄 없는 사람을 죽였습니다. 아니, 거의 죽인 거나 마찬가지예요. 당신도 그런 실수를 하고 싶어요?"

"타이슨은 자백했어요. 들었잖아요."

"그럼 타이슨을 여기 가둬놓읍시다. 보니…… 잘 생각해봐요……. 나는 타이슨이 브렛을 죽였단 것도 믿어지지가 않아요. 말이 안 된다고요."

"이자가 자백했다니까!"

"그만해요!"

유진이 앞으로 나섰다. 보니마저도 고개를 돌려 그를 보았다. 우스꽝스러운 장면이었다.

"아들은 잃었지만, 부인에겐 아직 딸이 있어요."

보니는 팔로 이마를 훔쳤다. 총구는 여전히 타이슨을 향한 채였다.

"내 딸은 더럽혀졌어요."

지나는 헉 숨을 들이마시고 재이의 어깨에 얼굴을 묻었다.

"어떻게 이런 짓을 할 수가 있습니까? 이 남자에겐 아이가 있어요. 당신이 지나를 어떻게 생각하는지는 신경 쓰지 말고, 저 안의 어린 여자아이를 생각해보면 어때요?"

때맞춰 새리타가 문 너머에서 울부짖었다.

"아빠!"

"이건 누가 봐도 타이슨이 거짓 자백을 한 거라고요. 케이트 와 자기 딸을 보호하기 위해."

"엄마?"

지나가 다시 입을 열었다.

"제발, 엄마."

"보니. 이러시면 안 돼요."

"누가 누굴 보호해?"

보니가 중얼거렸다. 그녀의 뺨을 타고 눈물이 흘러내렸다.

"누가? 여기에 가족 같은 건 없어."

기가 꺾인 그녀는 총구를 내렸다.

유진이 조심스럽게 그녀에게 다가가 손을 내밀었다.

"총 주세요."

보니는 힘없이 유진에게 총을 건넸다. 유진은 역겨운 표정으 로 총을 보더니 곧장 윌에게 건넸다. 타이슨은 무릎이 꺾여 문 에 등을 기대고 주르륵 미끄러져 앉았다.

지나가 엄마에게 달려갔다. 그러나 보니는 지나를 밀어냈다. 잔인하게, 고통과 증오에 찬 손짓으로.

"엄마."

"저리 가. 넌 선택을 했어. 넌 내 딸이 아니야."

그레그, 브렛, 캐럴라인, 트루디가 잠들어 있는 냉장고가 구 역질 나는 소리를 내며 덜컹거렸다. 그는 여기 혼자 와 있다. 금고를 열려고 와보니 레오는 이미 떠나고 없었다. 금고의 표면이 조금 움푹 패여 있다. 브렛과 캠이 부수려고 시도하다가 생긴 자국이었다. 그러나 비밀번호를 입력하자 문은 부드럽게 열렸다.

　그는 거스리의 가방을 어깨에 걸고 그레그의 산탄총과 최대한 들고 갈 수 있는 만큼의 탄환을 골랐다. 어차피 소용없다는 건 알았지만, 그의 아주 작은 일부, 마지막 결연한 희망의 조각이 팔락거리며 죽기를 거부하고 있었다. 계단을 오를 때마다 무거운 가방이 어깨를 파고들었다. 그러나 그런 불편함은 기꺼이 감내했다. 계단 꼭대기에 이르자 그는 가방을 열고 시간을 들여 무기를 선택했다. 서두를 이유가 없었다. 그는 반자동 권총을 꺼내 살펴보았다. 브렛의 총일 것이다. 그런 꼬마가 딱 좋아할 만한 무기였다. 권총은 다시 집어넣고 그레그의 산탄총을 꺼냈다. 그에게 더 익숙한 무기다. 귀마개나 보안경 같은 것은 군이 착용하지 않았다. 그는 계단 중간쯤에 무릎을 꿇었다. 콘크리트가 무릎의 살을 파고들었다. 탄환 두 상자는 바닥에 내려놓았다. 손은 떨리지 않았다. 그는 장전을 하고 입으로 숨을 내쉰 뒤 겨냥을 하고 초록색 문을 향해 방아쇠를 당겼다. 밀폐된 공간 안에서의 소음은 어마어마했고, 고막을 마비시켰지만 그는 신경 쓰지 않았다. 총을 쏘고 또 쏘고, 침착하게 다시 장전하고, 산탄총이 어깨에 가하는 충격을 느끼고, 살갗에 박히는 금속 조각을 맞았다. 그는 자신이 비명을 지르고 있다는 것도 거의 느끼지 못했다. 발사를 멈추자 팔에 감각이 없었다.

　뒤에 누군가 서 있는 것이 느껴졌다. 돌아보니 재이와 지나였다. 아무 말 없이, 지나가 가방에서 반자동 권총을 집더니 클립을 확인하고 그의 옆에 바짝 붙어 앉았다.

"시작해요."

지나가 말했다. 아니, 그렇게 말한 것 같았다. 그의 귀는 높은 주파수의 윙윙거리는 소리 말고는 아무것도 들을 수 없었다. 그들은 함께 작업을 시작했다.

그들은 지나의 클립이 빌 때까지 멈추지 않고 총을 쏘았다. 탄피가 그들 주위에 수북이 쌓였다. 회색 바탕에 수놓인 밝은 황동색 점들. 두 사람을 지나 에어록 문으로 다가간 것은 재이였다. 문은 어거스타의 수렵 지역 근처에 있는 표지판을 연상시켰다. 총알로 팬 자국과 움푹 들어간 자국투성이가 된 문. 지나는 손잡이 주위와 잠금장치 쪽에 집중적으로 총을 쏘았고, 윌은 그녀의 겨냥이 정확하다는 것에 별로 놀라지 않았다. 재이는 크게 심호흡을 하고 발로 문을 걷어찼다. 문이 열렸다.

누구도 승리의 환호성을 지르지 않았다. 지나는 조용히 가방을 뒤져 클립을 찾았다.

이제 해치다.

34
재이

재이는 눈을 비볐다. 머릿속으로 마지막 메시지를 구상했지만, 생각의 사슬을 계속 놓치고 있었다. 이를테면 이런 글이었다. '어이, 미래의 구조대원님들. 너무 늦게 오셨어요. 근데 냉장고 문 열 때 놀라지 마세요.' 사실 그보다는 이 지경까지 이르게 된, 거의 재앙에 가까운 사건들을 정리해야 했지만, 도저히 직면할 수가 없었다. 씨발, 집어치워. 누가 됐든 결국 그들을 발견할 사람들이 스토리를 짜 맞추겠지. 그 사람들이 원하는 대로 생각하게 두자. 그는 보호복을 입은 CSI 요원들이 사람들의 시체를, 자신의 시체를 들여다보는 장면을 상상했다.

맙소사.

이제 곧 일어날 일이었다. 정말로 그랬다. 그리고 이상하게도 갈증이 사라진 것 같았다. 지난 몇 시간 동안 바싹 마른 목보다는 욱신거리는 머리가 그를 더 괴롭히고 있었다.

옆에서 지나가 뒤척였다. 지나는 몇 시간 동안이나 소파 위에 반듯이 누워 있었다. 거의 숨도 쉬지 않는 것 같다. 눈은 움푹 꺼져 있고 입술에는 핏기가 전혀 없었다. 두 사람이 마지막으로 뭘 마신 건 어제였다. ……아니면 그저께였나. 기억이 안 난다. 복숭아 통조림의 시럽을 나눠 먹은 게 전부다. 그들은 구강청결제도 마셨다. 그와 아빠가 수영장 물을 정화해보려고 했을 때는 약간의 희망이 있었다. 물을 끓여 염화물을 침전시키고 정수용

알약을 넣어보려 했는데, 잘 되지 않았다. 물을 마시고 모두 배탈이 났다. 재이의 배 속은 아직도 경련과 헛구역질이 일며 아팠고, 입안은 끈끈하고 악취가 났다.

그는 잠잠한 노트북을 바라보며 며칠 만에 처음으로 전원을 켜서 스크러피에게 마지막 작별 메시지를 쓸까 고민했다. 그리고 누구든 그들의 시체를 발견할 사람에게 스크러피에게 메시지를 전해달라는 쪽지도 써볼까 고민했다. 여기 내려와서 그리워했던 친구는 스크러피뿐이었다. 그렇지만 뭐라고 쓰지? 게다가, 아무튼, 배터리 잔량도 얼마 안 남았고 콘도의 전기 공급은 절전 단계여서 충전을 할 수 있는 전류도 충분하지 않았다. 노트북의 전원을 다시 켜면, 그게 마지막이 될 것이었다.

방 안에서 또 새리타가 우는 소리가 들렸다. 잠시 후, 문가에 케이트가 나타났다. 케이트와 타이슨은 몇 시간 전 이곳에 왔다. 새리타는 아기 원숭이처럼 아빠에게 매달려 있었다. 루벤이 남은 침실의 침대를 차지하고 있어서, 그들은 재이의 방으로 들어갔다. 케이트의 머리카락은 마른 피처럼 어깨 위에 드리워져 있었다. 희미한 불빛 때문에 눈 아래 다크서클이 더 도드라져 보였다.

"유진은 어딨어?"

그녀는 쉰 목소리로 말하면서 목을 어루만졌다. 그 뒤로 타이슨이 새리타에게 뭐라고 부드럽게 중얼거리는 소리가 들렸다.

"루벤을 돌보고 계세요."

재이가 말했다.

"새리타가 또 구역질을 하는데, 이젠 토할 것도 없는지 아무것도 안 나와. 타이슨이 혹시 새리타에게 줄 분유 가루가 남았는지 물어보라고 해서."

423

"없어요. 미안해요."

"나도 미안해."

케이트는 그에게 희미하게 슬픈 미소를 지어 보이고는 다시 방으로 들어가 문을 닫았다.

재이는 뒤로 기대어 눈을 감았다. 누군가 그의 어깨를 건드려서야 그가 졸았다는 사실을 깨달았다. 고개를 들자 아빠가 눈앞에 서 있는 것이 보였다. 마침내, 그 순간이 왔고 아빠는 행동을 개시한 것이다.

"때가 됐나요?"

"거의. 엄마가 널 보고 싶어 하신다."

재이는 천천히 일어나 아빠를 따라 침실로 들어갔다. 방 안에서는 오줌 냄새와 땀 냄새가 진동했다. 그는 천천히 침대로 다가갔다.

"엄마?"

엄마는 모로 누워, 동그랗게 구부린 손으로 얼굴을 가리고 있었다. 엄마는 평화로워 보였다. 호흡은 얕았고, 재이가 이마에 키스를 하려 몸을 숙이자 뜨거운 열기가 느껴졌다.

엄마의 눈꺼풀이 떨렸다.

"재이? 넌 착한 아이야, 재이."

그는 움찔했다. 캐럴라인에게 처음 책을 읽어줬을 때 그녀가 했던 말이다. 그는 눈물이 날 때까지 기다렸다. 그러나 눈물은 나지 않았다. 영원히 나오지 않을 것이다.

"엄마도 훌륭한 엄마였어요."

엄마는 대답하지 않았다.

"안녕, 엄마."

그는 아빠와 함께 거실로 돌아왔다. 또 뭘 해야 할지 모른 채,

다른 무엇보다도 익숙한 것에서 얻을 수 있는 위로를 갈망하며, 재이는 지나의 옆에 앉아 노트북을 집어 들고 전원 버튼을 눌렀다. 노트북은 항상 그의 탈출구였다. 배터리는 53분간 지속될 것이다. 어차피 그에게 남은 시간과 대충 비슷했다.

그들은 아무것도 느끼지 못할 것이다. 이제부터는 아빠가 처리할 것이다. 엄마와 새리타는 마지막 남은 수면제와 진통제를 먹게 될 것이다. 남은 사람들에게는 총알을 하나씩 나눠줄 것이다. 지칠 때까지 총알 대부분을 해치에 쏟아부은 후, 월은 사람들에게 남겨둘 양을 확인했다. 총알은 해치 표면에 긁힌 자국도 내지 못했다. 월은 결국 테이블과 의자로 방패막이를 세웠고, 튕겨 나온 총알에 죽은 사람이 없어 운이 좋았다고 지나는 말했다. 포기한 이후에도 재이의 귀에서는 몇 시간 동안이나 이명이 울렸다. 정말로 나갈 방법이 없다는 고통스러운 깨달음이었다.

성소 깊은 곳에서 무언가 큰 소리가 희미하게 울렸다. 재이는 깜짝 놀라 일어섰다. 총소리인가? 어제, 월은 제임스, 레오, 거스리 가족을 포함해서 남은 모두에게 무기를 하나씩 지급했다.

아빠가 부엌 카운터로 가더니 알약들을 잘게 부쉈고, 바로 이 목적을 위해 남겨둔 마지막 마운틴듀 캔에 섞기 시작했다.

재이는 침을 삼키려 했지만 침은 이미 말라버렸다.

"그게 잘 들을까요, 아빠? 만일 엄마랑 새리타가 잠에서 깨서 우리를 본다면……."

"그런 일은 없어."

아빠가 마지막이 될 것이다. 아마도 세상에서 가장 외로운 기분이 들겠지. 엄마가 제일 먼저, 그다음은 새리타, 그다음은 루벤, 그다음은 지나, 다음은 케이트, 그다음은 타이슨, 그다음은…….

지나가 몸을 뒤척이더니 눈을 뜨고 그를 올려다보았다.

"안녕."

재이는 지나의 머리카락을 쓰다듬었다.

"때가 됐어?"

"거의."

"재이…… . 내가 벌을 받을 것 같아?"

"뭣 때문에?"

"엄마…… 엄마한테 대든 것 때문에. 우리가 한 짓 때문에."

"아니. 당연히 아니지. 넌 잘못한 게 하나도 없어."

보니가 무너진 이후로 지나가 부모님에 대해 말한 건 처음이었다. 지금 이런 얘길 하는 건 무의미했다. 비난하기엔 너무 늦었다. 그는 모든 걸 바로잡으려고 그렇게 열심히 노력했지만, 결국 실패했다.

"넌 내가 지옥에 갈 것 같아, 재이?"

"아니."

"정말로 천국이 있다고 생각해?"

아니.

"아마도. 그러니까, 아마 있을 거야."

"하지만…… ."

"쉿."

이 얘기는 지금은 할 수 없었다. 그냥 할 수 없었다.

아빠가 약을 탄 음료수를 커다란 주사기에 넣었다. 엄마와 새 리타는 혼자서 마실 수가 없기 때문이었다. 재이는 전투의 클라이맥스에 접어들 때처럼 노트북 화면을 집중해서 노려보았다. 그래야 아빠가 침실에 들어가는 걸 보지 않아도 되니까. 그는 문서 창을 열고 파일 이름을 '게임 종료 메시지'라고 지었다. 그리고 메시지를 타이핑하기 시작했다.

10월 19일 18시 35분

이 글을 보시는 분께

제 이름은 재이 박입니다. 저는 지금 죽음을 준비하고 있습니다. 우리가 가진 물이 이제 바닥났거든요.

그레그 풀러가 이곳을 지은 사람인데, 그레그 풀러의 컴퓨터를 보시면 여기 있는 사람들의 이름과 상세한 사항들을 찾을 수 있을 겁니다. 우리 중 일부는 이미 세상을 떠났습니다. 다른 사람들은 저장실에 있어요. 그러니 냉장고 문을 열 때 놀라지…….

의미 없는 짓이다. 젠장. 아무튼 힘도 없었다. 컴퓨터를 막 끄려는데 화면 구석에 뜻밖의 아이콘 하나가 그의 시선을 사로잡았다. 그는 눈을 깜박이고, 눈을 비비고, 아이콘을 클릭해보았다. 그리고 메시지를 읽었다. '무선 네트워크를 사용할 수 있습니다.'

말도 안 돼. 그는 아이콘을 클릭했다. 성소의 네트워크가 아니었다. 정말 불가능한 일이었지만, 처음 보는 네트워크 이름이었다. Zen-net7986.

왔다. 정말로 왔다.

처음에는 말이 나오지 않았다. 그러나 얼른 소리를 내야 했다. 말을 해야 했다.

"아빠! 아빠! 잠깐만요!"

그리고 나서 그는 비명을 질렀다.

35
재이

10월 31일

밖에 나온 지 거의 2주가 되었다. 업데이트를 할 시간이다.

아빠는 나와 지나를 트라우마 상담사이자 치료사인 레빈 박사를 만나도록 했다. 괜찮은 선생님이다. 대부분은 그냥 듣기만 하고, '아. 그래서 기분이 어땠니?'라는 말을 아주 많이 한다. 나는 선생님에게 일기를 쓰지 않았다고 말했고 선생님은 일기를 쓰면 그곳에서 있었던 일을 다시 떠올리게 돼서 안 쓰는 거냐고 물었다. 선생님은 내가 '편안하다고 느낄' 때에만 일기를 써야 하고, 있었던 일을 전부 쓰면 장기적으로는 도움이 될 거라고 했다. 그렇게 하는 게 내 '뇌가 모든 것을 처리하는 방식'이기 때문이라나. (나불나불, 어쩌구저쩌구.)

내가 일기를 쓰지 않은 이유는 그간의 일을 스크러피와 얘기하고 병원에 입원한 엄마를 문병하고 지나가 진짜 세상에서 살아나가는 걸 도와주느라 너무 바빴기 때문이다. 지나는 아직도 차를 끓이거나 냉장고에서 스낵을 집어먹을 때 그래도 되느냐고 매번 물어본다. 그리고 화장실에 갈 때도 우리가 옆에서 점수를 매기기라도 하는 것처럼 항상 허락을 받는다. 그 애네 집에서의 생활이 정말로 엿 같았던 게 틀림없다. 우리가 처음으로 집에 왔을 때 아빠는 지나에게 우리를 위해 요리나 설거지를 할 필요가 없다고 누누이 말했고, 넷플릭스에서 원하는 대로 다운로드해도 된다고 몇 번이나 말해야 했다. 레빈 선생님은 지나에게 SSRI*를 처방했다. 도움이 되는 것 같기는 한데 그 약만 먹으면 지나는 하루에 14시간씩 잔다. 보니가 포틀랜드에 있는 정신병원에 갇혀 있고 캠이 루벤을 찌른 혐의로 구류되어 있는 동안 지나가 우리와 함께 지내기로 한 건 암묵적인 합의였다. 지나의 건강은 괜찮았지만 그녀가 내내 뒤로 물러서고 거리를 두는 탓에 우리의 관계는 냉각기를 보냈다. 아빠는 나더러 지나가 인터넷을 하거나 뉴스를 보는 걸 말려야 한다고 말씀하신다. 거기엔 그곳에서 있었던 일들에 대해 개똥같은 얘기가 너무 많이 넘쳐난다고 했다.

그렇다. 그곳에서는 많은 일이 있었다.

레빈 선생님의 허풍 감지 능력이 형편없는 건 나에게는 행운이다. 내가 먼 곳을 바라보거나 입술을 조금 떨거나 하면, 선생님은 내가 잘 해나가고 있다고 말한다. 지금 선생님의 주요 관심사는 유명인이 된 지나와 내가 이 상황을 어떻게 극복하느냐 하는 것이다. 내가 방금 확인했는데, 구조대원들이 해치를 폭파하는 장면이 유튜브에서 이미 조회 수 8백만을 찍었다. 모두들 유혈이 낭자한 세세한 이야기를 알고 싶어 했고 우리는 그 얘기를 들려줄 수 있는 유일한 정상인이었다. 거스리 가족은 맛이 갔고, 케이트는 남아프리카로 돌아갔고, 타이슨은 언론과의 인터뷰를 고사했고 새리타의 사진은 단 한 장도 찍지 못하게 막았다. 레오는 회사 벽 안으로 사라져버렸고 윌은 완전히 알코올중독자가 되었다. 그러니 그들이 쫓아다닐 수 있는 건 우리밖에 없는 것이다. 스크러피는 우리가 에이전시를 고용해서 이번 사건이 지닌 가치를 우려먹을 대로 다 우려먹어야 한다고 말했다. 책이나 영화나, 그 얘기를 다룰 수 있는 건 다 시도해보라고. 스크러피 말로는 영국 타블로이드 지들도 이 이야기에 완전 집착해서 '편집증 종말론자들의 낙원이 망가지다' 뭐 어쩌구 하는 제목으로 기사를 싣는다고 했다. 아빠는 우리에게 정식 심리가 있을 때까지는 기자들에게 아무 말도 하지 말라고 했다. 그렇게 하면 우리가 냉정해 보일 거라고 했다. 우리가 처음 집에 왔을 때 기자들이

---

* 우울증 치료제.

도처에 있었고 아빠는 이사를 가야 할지도 모른다고 말했다. 그러나 지금은 어느 정도 익숙해졌다. 아파트를 나설 때 기자들이 달라붙으면 우리는 그냥 '할 말 없습니다'라고 말한다.

또 뭐가 있지? 아, 그렇다. 심리는 전문가들이 증거를 조사하고 DNA 테스트를 마칠 때까지 기다려야 해서 또 연기되었다. 지나는 캠이 그곳에 계속 있어야 할까봐 걱정한다. 거기서 나온 후 지나가 아빠를 만날 수 있는 건 심리 때가 처음이 될 것이다.

공식 보고서는 아직 안 나왔다. 그렇지만 지금까지 밝혀진 내용은 이렇다.

그레그 풀러: 사고사 또는 미지의 인물에 의해 사망.

캐럴라인 단하우저: 미결.

루벤 몬토야: 캠 거스리에 의한 자상으로 인해 사망.

브렛 거스리: 미지의 인물 또는 인물들에 의해 사망.

빅토리아 매덕스: 사고사 / 미지의 인물 또는 인물들에 의해 사망.

트루디 단하우저: 제임스 매덕스의 총에 맞아 사망.

제임스 매덕스: 자살. (제임스는 마지막 남은 물을 비키의 개에게 먹였다. 비키의 개는 살아남았다.)

그건 그렇고, 경찰과 FBI는 솔직히 영화에서 보던 것과는 영 딴판이다. 영화에선 되게 멋있었는데. 그 사람들이 우리를 꽤 괴롭힐 거라 생각했었는데, 우리의 얘기가 전부 앞뒤가 들어맞자 무척 동정적으로 대해주었다. 지금까지 봐서는 경찰이 루벤을 연쇄 살인의 주요 용의자로 생각하고 있는 것 같다. 그렇지만 루벤이 어떻게 비키를 엘리베이터 통로로 밀어 넣어 살해하고 자기는 떨어지지 않았는지를 설명하지 못했다.

그리고 이상한 것이 또 있다. WoW 새 확장판이 나왔는데도 하고 싶지가 않다. 밖으로 나오면 제일 먼저 그거부터 할 줄 알았는데.

11월 1일

엄마를 만나고 병원에서 막 오는 길이다. 엄마는 담낭 제거 수술을 받았는데 지금은 훨씬 좋아 보인다. 우리는 아빠에 대해 오래 이야기를 나누었다. 엄마는 아빠가 전문가를 만나서 아빠의 문제를 해결해보기로 약속했다고 말씀하셨다(레빈 선생님은 아니었으면 좋겠다). 그리고 지금부터 엄마도 자기 건강을 무시하지 않겠다고 하셨다. 그러고 나서 엄마는 나와 지나를 앉혀놓고 피임에 관한 얘기를 하려고 했는데 정말 당황스러웠다.

잠깐이지만 스크러피에게 지나 얘기를 하고 어떻게 그 애에게 다가갈 수 있을지 조언을 청해볼까 하는 생각을 했었다. 그러나 그건 스크러피에게 잘못하는 것 같은 기분이 든다. 지나는 나와 스크러피가 다시 연락해서 채팅을 자주 하는 것에 대해 지금까지는 쿨하게 대응하고 있다. 심지어 둘이서 한두 번인가 메시지를 주고받은 적도 있다. 아마 심리가 끝나면 영국에 가서 스크러피를 만날지도 모르겠다. 지나도 같이 갈 수 있겠지.

11월 2일

지루한 날이다. 비가 오는 탓에 지나와 내가 레빈 선생님을 만나러 밖에 나갔는데도 우리를 귀찮게 구는 기자들이 없었다. 또 어쩌구저쩌구 기분이 어떠니 타령. 선생님은 자세한 얘기를 좋아한다. 그래서 나는 마운틴듀 맛이 이제 구역질 난다고 말해주었다(사실은 아니다. 그렇지만 아무 얘기라도 해야 했다). 선생님은 이 얘기를 붙들고 근본적인 이유를 찾고 싶어 했다.

업데이트: 엄마를 보고 온 아빠가 잔뜩 스트레스를 받으신 얼굴이다. 기자들이 병원 밖에서 기다리고 있었고, 아빠 말로는 〈인사이드 스토리〉라는 프로그램에서 성소 같은 곳을 신봉하는 사람들은 전부 광적인 편집증 환자라는 내용으로 장편 다큐멘터리를 만들 계획이라고 한다. 우리가 겪은 일 때문에 모두가 우리를 비난하는 것 같다. 자업자득이라는 것처럼. 다 끝난 일이 되어서 그렇지, 바이러스가 퍼졌을 때 자기들은 얼마나 겁을 먹고 공

포에 떨었는지 싹 잊어버린 것 같다. 아시아 지역을 휩쓴 바리케이드와 시체들과 그딴 것들을 말이다. 그 사람들은 뇌를 박박 문질러 닦았나보다. 우리가 그곳에 갔던 건 다만 그곳이 우리를 안전하게 지켜줄 것이라 여겼기 때문이었다. 일이 꼬인 건 우리 잘못이 아니다.

아무튼 내가 아빠랑 성소에 대해 얘기하는 걸 엿듣고 지나가 진짜 화가났다. 나는 지나의 방으로 따라갔고 지나는 자기를 안을 수 있게 해줬다. 그러고 나서 우리는 그냥 침대에 같이 누웠고 지나는 잠이 들었다.

11월 3일

이건 좀 멋지다. 엄마가 퇴원하는 날이라 데리러 갔는데 엄마는 조금 힘이 없고 몸무게가 꽤 많이 줄었지만 거의 정상으로 돌아왔다. 아빠는 다시옛날로 돌아가지 않을까 생각했지만, 엄마가 집에 돌아온 이후로 아주 멋진 모습을 보여줬다. 장도 보러 가고 전화도 아빠가 다 처리하고 있다. 그간의 시간이 아빠를 회복시킨 것 같다. 엄마 아빠는 예전처럼 애정이 깊진 않아도 분명 희망이 있다. 지나는 오전 내내 엄마와 함께 시간을 보내면서 차도 끓이고 엄마 주위에서 호들갑이다. 지나는 오늘 치료를 마치고 계속 집에 있어도 되느냐고 물었고, 엄마는 그래도 된다고 하셨다. 그런데 지금 치료를 받으러 나가야 한다. 곧 다시 쓰겠다.

레빈 선생님은 '자신의 죽음을 직면했을 때' 어떤 기분이 들었는지 얘기해보고 싶다고 했다. 나는 창문의 블라인드를 바라보고 한숨을 쉬면서 한참을 있었다. 아무튼 괜찮게 해낸 것 같다. 나는 선생님에게 내가 말하는 건전부 다 극비인지 물었고 선생님은 그렇다고 대답하시면서 '뭔가 말하고 싶은 것이 있느냐'고 물었다. 전부 다 털어놓고 싶은 유혹에 넘어갈 뻔했지만, 웃기지 말라고 해.

집에 오자 엄마는 일어나서 지나와 함께 부엌에서 차를 마시고 있었다. 둘 다 울고 있었던 것 같다. 지나는 내가 들어오자 나에게 미소를 지었다.

발전이 있다. 굉장히 멋진 일이다. 엄마 파이팅. 단둘이 있고 싶어 하는 것 같아서 나는 내 방으로 와 이 글을 쓰고 있다. 그리고 내가 다시 게임을 할 수 있을지도 고민 중이다. 스크러피는 새 길드에 있었고 길드 멤버들이 내가 들어와도 좋다고 했다며 메시지를 보냈다. 그래도 영 내키지 않는다. 게임은 내 예전 인생의 일부인 것 같은 기분이 든다. 성소에 들어가기 전의 인생. 뭘 다운로드받고 싶은 기분도 아니다. 책을 읽어야 할까. 잘 모르겠다.

업데이트: 케이트에게 이메일을 받았다. 케이트는 지금 상황에 대해 낙관적인 것 같다. 새리타와는 매일 스카이프로 통화를 하고, 꼬마와 타이슨도 잘 지내는 것 같다고 했다. 새리타와 타이슨이 비키의 개를 입양한 건 잘된 일인 것 같다. 케이트 말로는 새리타가 어디를 가든 개가 졸졸 쫓아다닌다고 했다. 새리타와 타이슨은 지금은 새리타의 할머니와 함께 지낸다고 했다. 내가 보기에 타이슨은 아빠 노릇을 잘 했고 결국은 해냈다고 생각한다. 케이트가 그러는데, 보니가 완전히 돌아서 발광할 때 타이슨이 브렛을 죽였다고 고백했던 이유는 새리타가 또 다른 엄마를 잃는 걸 견딜 수가 없어서라고 했다. 남아프리카 언론은 케이트를 영웅처럼 떠받들고 대형 출판사에서도 책을 내자는 제의가 왔다고 했다. 심리 때문에 미국에 와야 하지만, 케이트의 변호사가 지방검사 사무실에 연락해 원격으로 진술을 받아 진행할 수 있게 노력하고 있다고 했다. 우리가 탈출할 수 있었던 것이 모두 케이트의 엄마 덕분이라니, 생각만 해도 소름 끼친다. 정확한 지점을 찾도록 우리나라 경찰을 움직인 게 남아프리카에 사는 사람이었다니. 케이트의 엄마는 경찰을 끈질기게 괴롭혔고, 타이슨이 케이트를 납치한 게 틀림없다며 FBI까지 끌어들였다. 경찰은 타이슨의 사무실 컴퓨터를 해킹해 성소의 위치를 찾았는데, 다른 팀이 독립적으로 단테크 사를 수사하다가 찾은 성소의 좌표와 일치해 결국 찾은 것이었다. FBI는 좌표가 확인되자마자 메인 주로 출동했다.

하지만 내 공도 있다. 내가 만일 마지막 메시지를 남기지 않았다면, 그래서 구조대가 베이스캠프와의 교신용으로 설치한 공유기의 와이파이 신호를 확인하지 못했다면, 우리는 통구이가 됐을 것이다. 네트워크에 연결되자마자 나는 스카이프를 이용해 911에 전화를 걸었다. 그들은 나를 구조대와 연결시켜주었고, 구조대는 우리에게 해치를 폭파시킬 동안 지하실에 내려가 있으라고 했다. 가끔 나는 우리가 이틀 일찍, 구조대가 도착했던 그때 바로 연락이 되었다면 상황이 어떻게 달라졌을까 궁금해진다. 그러나 다시 생각해보면 해치를 열기 위해 특수 군사 장비를 동원해야 했기 때문에 더 일찍 빠져나올 수는 없었다. 특수 장비는 내가 막 그들과 연락이 닿았을 때 도착했다. 그건 내 잘못이 아니다.

그 마지막 몇 시간을 떠올릴 때마다 영화의 사운드트랙이 뒤에서 들리는 것 같다. 그때는 엄마도 자리에서 일어서려고 애를 썼다. 엄마는 몸이 너무 쇠약했지만, 고맙게도 아빠가 차마 엄마에게 약을 먹이지 못해서 경악할 만한 결과를 피할 수 있었다. 나와 아빠는 다른 사람들에게 소식을 알리러 갔다. 제임스의 객실에서는 답이 없었지만 윌, 새리타, 타이슨, 케이트, 레오, 거스리 부부는 결국 우리와 같이 있었다. 보니가 우리한테 계속 같이 기도하자고 해서 꽤 어색했고, 지나는 엄마 아빠를 쳐다보지도 않았다. 나중에 루벤이 포틀랜드 종합병원으로 이송되는 도중 숨졌다는 사실을 알게 되었다. 치료가 시급했던 루벤, 새리타, 엄마는 헬기로 이송됐는데, 루벤은 결국 살아남지 못했다.

하루가 지나고 나서야 제임스가 총으로 자살을 했다는 걸 알게 되었다.

11월 4일

뭔가 실험을 더 해야 한다며 심리가 또 연기되었다. 그러나 그레그의 부검 보고서는 공개되었다. 아, 이런 거지같은. 루벤의 말은 전부 사실이었던 것 같다. 그레그는 뇌동맥류 때문에 사망했고 쓰러지면서 머리를 부딪친 것 같다고 했다. 캐럴라인 단하우저의 사망은 여전히 '미결'이다. 하지만 달리 뭐라고 말할 수 있겠는가? 단하우저 부인은 나이도 많고 성소에 들어오기 전부터도 환자였는데.

아빠가 이 사실을 얘기하자 지나는 떨기 시작했다. 이제 경찰은 제임스가 성소의 살인자라는 쪽으로 기울고 있는 것 같다. 그는 결혼생활도 썩 원만하지 않았고, 브렛의 시체는 루벤과 함께 발견하긴 했지만, 경찰 말로는 살인자가 희생자와 '우연히 마주치는' 게 특이한 경우는 아니라고 한다. 그들은 그렇게 결론을 내리는 중이다. 뭐, 모두들 결말을 원하잖아. 그러니 죽은 사람에게 뒤집어씌운들 뭐 어떻겠는가?

업데이트: 윌이 전화했다. 엄마와 얘기하고 싶다고 했는데 엄마는 아빠와 함께 아빠의 상담 치료사를 만나러 나가서 바꿔줄 수 없었다. 윌은 술에 취해서 말이 꼬이는 데다가 울고 있어서 완전 엉망진창이었다. 나는 부인의 장례식에 못 가서 미안하다고 말했지만 내 말을 들었는지도 잘 모르겠다. 윌의 부인은 성소에 인터넷이 끊긴 날 심장마비인지 다른 무슨 이유로 사망했다. 성소에 있는 내내 부인이 혼자 집에서 죽어갈 걸 생각하며 전전긍긍했으니 윌도 그 사실을 알고 한결 기분이 나아졌을 것이다. 경찰은 윌을 찾으려고 노력했지만, 그 당시에는 바이러스 때문에 할 일이 너무 많아 잠시 제쳐두었던 것이다. 윌은 살인 혐의가 제임스나 루벤에게 가고 있는데 나에게 어떻게 생각하느냐고 물었다.

나는 가능할 것 같지 않느냐고 말했다.

그는 정말로 화가 났다. 루벤이 그레그를 죽이지 않은 건 이미 입증되었고, 또 비키를 발견했을 때 제임스의 얼굴도 직접 봤다고 했다. 어떤 식으로든 제임스가 비키를 죽였을 리 없다는 것이다.

나는 전화를 끊었다.

씨발.

진정해야겠다.

11월 5일

씨발씨발씨발씨발씨발씨발씨발.

구글 알림을 받았다. 윌이 뉴욕타임스 기자들과 인터뷰를 했다. 차마 기사를 전부 읽을 수는 없었지만 대충 요점은 파악했다. 윌은 제임스나 루벤은 브렛과 비키를 죽일 수 없었으며 다른 누군가가 범인이라고 주장했다.

이 얘기를 아빠에게 하려고 했으나, 아빠는 지금 잘 해나가고 있어서 아빠를 낙담시키고 싶지 않았다.

11월 6일

개떡 같은 하루.

아직 캐럴라인 단하우저의 부검 결과가 확실치 않지만, 심리는 다음 주에 열린다.

레빈 선생님과 평소처럼 헛소리 세션을 가졌고 집에 와서는 지나와 소파에 앉아 빈스 본이 나오는 멍청한 영화를 봤다.

업데이트: 새벽 3시가 지났다. 잠이 안 온다. 혹시 누가 공습하기 위해 접속 있는지 보러 가야겠다.

업데이트: 제길. 바보, 바보, 바보. 아빠가 엄마에게 줄 모닝커피를 만들러 올 때까지 깨어 있었다. 잠을 못 자 제대로 생각을 못 해서였겠지만, 아빠가 나에게 괜찮냐고 물었을 때 '괜찮아요'라고 대답하는 대신 FBI나 경찰이나 그런 사람들이 윌이 말한 것 때문에 우리에게 거짓말탐지기를 쓰려고 들지 않을지 물었다.

어떻게 그렇게 바보 같을 수가??????

아빠는 한참 동안 아무 말도 하지 않으셨다. 그렇지만 곧 나에게 걱정하지 말라고 말씀하셨다.

11월 7일

기묘하게 단절된 날. 레빈 선생님이 진료를 취소해서 지나와 나는 집에 있었다. 지나를 위해 〈왕좌의 게임〉 1회를 다운로드했다. 지나는 전에 이걸 한 번도 못 봤다는데 그건 용들이 전부 악마고 악으로부터 나온 것이기 때문이라고 했다. 지나와 함께 앉아 섹스 장면들을 보고 있자니 좀 우스웠다. 그러나 지나는 좋아하면서 나와 소파에 바짝 붙어 앉아 전부 끝까지 다 봤다. 지나는 나에게 스크러피와 항상 무슨 얘기를 하느냐고 물었고 일기장에 뭘 쓰는지도 물었다. 지나가 여전히 나와 내 생활에 관심이 있다는 뜻이라 기분이 좋았다.

아빠는 하루 종일 나와 무슨 얘기를 하고 싶어 하는 것 같았다. 나는 아빠를 계속 피했고 내 방문을 노크할 때는 자는 척했다. 아빠 얼굴을 마주 볼 수가 없었다. 스크러피와도 메시지를 주고받을 수 없었다.

11월 8일

윌의 주장은 점점 확산되어갔다. 누가 성소의 진짜 연쇄살인범인가? 얘기는 도처에서 계속 튀어나왔다. 지금까지는 레오가 1번 용의자인데 그 이유는 그의 과거가 의심스러워서다. 케이트도 상위에 올라 있는데 브렛이 그를 강간하려 했기 때문이다.

나는 3번이다.

스크러피는 이걸 멋지다고 여기고 계속 농담을 했다. 살인자와 같은 길드 안에 있어본 적이 없었다는 것이다.

경찰은 우리를 다시 심문하겠다는 말은 하지는 않았다. 그러나 이런 식으로 계속 나가면 언젠가는 심문할 것이다.

11월 9일

좋다.

씨발.

아빠가 오늘 아침 몰래 집을 빠져나가 NPR*에 출연해서는 레오가 성소의 연쇄살인범이라고 백 퍼센트 확신한다고 말했다. 우리에겐 라디오 방송에 나간다고 한마디도 하지 않았다. 심지어 엄마에게도. 이런 짓을 하는 건 아빠답지 않다. 엄마는 기묘한 일이 일어났다고 생각하는 것 같았다. 나는 그 사실을 알게 되자마자 파일을 다운로드받았다. 아빠는 직설적으로 말하지는 않았다. 윌이 환각상태에 빠져 있었고 알코올중독자라는 말을 하지는 않았지만, 그런 암시를 풍겼다.

11월 10일

검시청에서 온 남자가 우리를 방문해 심리에서 무엇을 해야 하는지 얘기해주었다. 그는 대단히 냉정했고 지방검사가 윌의 헛소리를 진지하게 받아들이지 않는다고 넌지시 귀띔을 해주었다. 그리고 아마도 영원히 브렛과 비키를 죽인 범인을 알지 못할 거라고 했다. 지나는 긴장했고 남자는 지나가 원하지 않으면 캠이나 보니를 만나지 않아도 된다고 약속했다. 엄마는 남자가 돌아간 후에 지나와 얘기하려고 했지만, 지나는 방에 들어가 문을 걸어 잠그고 몇 시간 동안이나 나오지 않으면서 레빈 선생님을 만나러 가는 것도 거부했다.

그리고 나는 레빈 선생님이 겉보기처럼 그렇게 멍청하지는 않다는 생각이 들기 시작했다. 오늘 선생님은 내가 안절부절못하는 걸 알아차리고 계속 왜 그러냐고 나에게 물었다. 나는 심리와 지나 때문에 걱정이 된다며 말을 돌렸지만, 선생님이 그 말을 믿지 않는다는 걸 알 수 있었다. 선생님은 나에게 '성격검사'를 해보라고 하셨지만 나는 그런 거 안 믿는다고 했다.

앞으로는 더 경계를 늦추지 말아야 한다.

* 미국 라디오 공영방송.

심리까지 3일 남았다.

11월 11일

내 방에서 하루 종일 WoW를 했다. 계속 집중을 못 해서 공습을 망쳤다. 이제 영원히 WoW를 접어야겠다. 다른 MMO로 옮겨 탈까.

11월 12일

밤새 한숨도 안 잤다. 지금은 새벽 5시다.

계속 생각해봤는데, 딱 하나 후회가 되는 건 캐럴라인이다. 어차피 할머니는 곧 죽을 거라고 생각했기 때문에 후회하는 건 말도 안 되지만.

그걸 해야겠다는 생각이 든 건 캐럴라인에게 책을 읽어줄 때였다. 충동이었다. 나는 나가는 척했고, 트루디가 윌과 함께 있으려고 몰래 빠져나간 뒤 다시 들어가 캐럴라인의 방으로 갔고, 했다. 캐럴라인의 얼굴을 베개로 누를 때 어떤 기분이었는지 계속 기억을 떠올려보는 중이다. 하지만 기억이 잘 나지 않는다. 언제라도 트루디나 레오가 들어올 수 있기에 무척 겁에 질려 있었을 텐데도.

생각했던 것보다 오래 걸렸다.

브렛은 간단했다. 나는 지하실에 계속 죽치고 앉아 있었고 그때 브렛이 체육실로 들어왔다. 농구공이 탕탕 튀는 소리를 듣자마자 브렛이라는 걸 알았다. 나는 브렛이 나갈 때까지 숨어 있기로 계획을 세웠는데, 그때 녀석이 공을 수영장에 빠뜨렸다. 그 순간 그 일이 정당한 것처럼 생각되었다. 나는 브렛이 공을 잡으려고 시도할 때 뒤로 몰래 다가갔다. 다시 말하지만, 그건 계획했던 일이 아니었다. 그냥 한 거다. 아령을 하나 집어 들어서 쾅. 처음 내리친 걸로는 브렛이 그냥 멍청해지기만 해서 의식을 잃게 하기 위해 두 번을 내리쳐야 했다. 두 번째 타격에 뒤통수가 깨졌다. 피를 뒤집어쓰지 않은 건 순전히 운이 좋아서였다. 브렛을 굴려 수영장에 빠뜨리는 건 쉽지 않

439

있다. 그 녀석이 나보다 훨씬 더 무거웠기 때문이다. 아무튼 엄청 무거웠다.

브렛은 제정신이 아니었다. 그건 눈을 보면 안다. 나는 이 세상에 좋은 일을 한 것이다. 루벤과 윌의 말이 맞았다. 만일 캠과 브렛이 총을 가지고 있었다면, 만일 그들이 윌에게 비밀번호를 털어놓게 만들었다면, 그들은 무슨 짓이든 할 수 있었을 것이다. 그들은 엄마나 아빠나 다른 누구나 못살게 굴었을 것이다. 그리고 브렛이 없어지면 적어도 지나에게는 물이 더 많이 돌아갈 것이라고 생각했다. 하지만 역효과가 생겼다. 보니가 정신줄을 놓아버렸기 때문이다.

여전히 아무도 우리를 구조하러 오지 않았고 여전히 우리는 나가는 길을 찾을 수 없었다. 나는 엄마와 지나와 케이트와 새리타를 생각해야 했다. 그들이 내 최우선순위였다.

솔직히 말해 다음이 누가 될지는 계획하지 않았다. 캠이 1번이 되었을 테지만 루벤이 죽어가고 있었으므로 루벤이 될 수도 있었다. 아니면 윌. 그는 누가 봐도 죽고 싶어 하는 게 눈에 보였다. 비키가 다음 차례가 된 건 전부 개 때문이었다. 비키는 화장실을 쓰러 그레그의 객실에 들어갔고 나는 엄마에게 갖다 주려고 오락실 바 뒤에 남아 있을 마지막 소다를 찾고 있었다. 그때 개가 달려 들어와 엘리베이터 구멍을 보며 짖기 시작했다. 쥐 때문이었을 것이다. 그래서 비키가 따라 들어왔고 그다음엔 브렛과 비슷했다. 비키가 개를 잡아끌려고 애쓰는 동안 나는 뒤로 몰래 다가가 비키를 밀었다. 그녀는 엄마와 케이트와 새리타에게 잔인하게 굴었고 아마도 이 세상의 다른 모든 이들에게는 훨씬 더했을 것이다. 나는 그녀를 그리워할 사람이 없을 거라고 내 행동을 합리화했던 것 같다.

그녀는 비명을 지르지 않았다. 그것도 나에겐 행운이었던 것 같다.

비키 이후로 다른 사람들을 제거하는 건 큰 의미가 없었다. 그때는 아무도 우리를 구하러 오지 않는다는 사실에 체념했던 것 같다.

레빈 선생님 말이 맞다. 기록을 하면 하나의 관점에서 사건을 보게 된다.

나는 연쇄살인범이나 그딴 것이 아니다. 나는 빌어먹을 한니발 렉터도 아니고 덱스터나 연쇄살인범 제프리 다머도 아니다. 나는 재미로 그런 게 아니다. 죽은 사람들은 누구도 괴롭히지 않았다. 나는 엄마와 아빠와 지나를 살리기 위해 할 일을 했다. 게이머들이 폭력적이라느니 어쩌구 하는 헛소리들은 많다. 그리고 만일 이 일이 밝혀지게 된다면 사람들은 모든 책임을 WoW에 묻겠지. 예전에 섬에서 애들에게 총을 쏜 노르웨이의 그 미친놈이 게임에 빠져 지냈다는 게 밝혀졌을 때 그랬던 것처럼. 하지만 이건 폭력이 아니었다. 내가 브렛의 여동생과 어울린다고 브렛이 날 걷어찬 데 대한 복수도 아니다. 이건 생존이었다. 캐럴라인은 늙은 뇌졸중 환자였고, 아무튼 죽었을 것이다. 캐럴라인에게 남은 물을 주는 게 무슨 의미가 있는가? 그리고 내가 옳았다. 그렇지 않은가? 만일 내가 그렇게 하지 않았다면 우리는 살아남지 못했을 것이다. 그들은 부수적인 피해였을 뿐이다.

사람들은 항상 이런 짓을 한다. 전쟁 말이다. 사람들은 살아남기 위해서 해야 할 일을 한다.

36
지나

　나는 재이의 일기를 한 번 더 읽고 조용히 노트북을 덮는다. 많은 일이 있었고, 내 안의 많은 것이 변했다. 그렇지만 어떤 것들은 항상 똑같이 남아 있다. 재이는 내 뒤에서 끙끙거리며 꾸르륵 소리를 내고 있다.

　도시의 반짝이는 불빛과 우리 맞은편에 있는 아파트의 창문이 마치 크리스털로 만든 궁전처럼 보인다. 그리고 나는 거리를 잘 걸어 다니지 못한다. 어디에나 사람들이 넘쳐나고, 상자를 실은 수레와 옷걸이를 밀고 다니고, 걷고, 담배를 피우고, 신문을 읽고, 웃고, 소리 지르고, 밀친다. 나는 이렇게…… 뭔가가 가득 찬 곳에서 살아본 적이 한 번도 없다. 그리고 흘러가는 공기의 냄새, 하늘에서 내려오는 진짜 빛은 이제 다시 없으면 못 살 것 같다. 그 빛이 회색이든 파란색이든 상관없다. 어쩌면 나는 평생 동안 갇혀 있었던 것 같다. 오늘은 일요일이고 나는 그동안 교회에 나가지 않았다. 다시는 나가지 않을 것 같다. 그들이 내 안에 들어 있는 악마를 볼까봐 무섭다. 내가 악마와 평화롭게 지내며 내 안에 살게 둔 것을 발견할까봐. 나는 여기 창가에 앉아 진짜 세상이 흘러가는 걸 바라보겠다. 사람들은 모두 신이나 천국이나 지옥을 생각하지 않고 자기 인생을 산다.

　따뜻하고 끈적끈적한 액체가 바닥을 흘러 내가 앉아 있는 의자까지 이어져, 이제는 내 발가락 사이로 흘러든다. 나는 발을 들어 의자에 올린다. 이건 조금 있다가 치워야지.

재이는 나 같은 시골뜨기 여자애가 자기 컴퓨터를 열고 들어갈 수 있을 거라고는 생각도 못 했을 것이다. 그렇지만 암호는 너무 뻔했다. 트윙키⋯⋯. 그 바보 같은 게임에서 그가 키우는 요정 나부랭이의 이름이다.

지금 재이가 소파에서 나를 부른 건가? 도움을 청하려고? 내가 뭘 해줄 거라고 기대하는 거지?

나는 뒤에 숨겨뒀던 권총을 집는다. 브렛의 M1911. 아빠가 브렛의 열다섯 번째 생일선물로 준 것이었다. 손잡이가 벌집무늬로 된 총이다. 나는 탄약을 다지고 광을 내고, 기름을 조금 치고, 장치들이 부드럽게 움직이는지 확인하고, 깨끗이 닦는다. 아빠는 총을 사용하면 그렇게 해야 한다고 우릴 가르치셨다. 나는 총을 얼굴 가까이 가져와 매혹적인 탄내와 기름의 향을 들이마신다. 재이가 그런 짓을 했으리라고는, 브렛의 머리를 아령으로 내리쳤으리라고는 생각도 못 했다. 그래서 내 기분이 어떠냐고? 요즘 사람들은 언제나 내 기분을 물어본다.

재이가 다시 뒤에서 끙끙거린다. 나는 돌아본다. 그가 앉은 자리 아래에 고인 웅덩이를 무심하게 바라본다. 웅덩이는 나무 마루 위에서 뱀처럼 기어 번져간다. 닦아야 할 텐데, 지금은 그럴 기분이 아니다.

아빠는 나에게 의무감을 서서히 주입시켰다. 내가 쓸모 있는 사람이 되도록, 부모를 공경하도록, 모든 걸 질서정연하게 정리하도록 가르치셨다. 엄마도 많은 걸 가르쳐주셨다. 엄마와 아빠에게 배운 대로 어느 날 나는 훌륭한 아내가 되어 있을 것이다.

나는 총의 손잡이의 무늬를 손가락으로 따라가다가 총을 들고 일어서서 재이가 있는 곳으로 간다. 아빠는 항상 시작한 일은 끝장을 보라고 가르치셨다.

재이가 나를 올려다본다. 나는 그와 창문 사이에 서 있고 그의 눈은 초점을 맞추느라 잠시 시간이 걸린다. 나는 마음속에서 사실들을 정리하려고 노력한다. 익숙해져야 할 사실들을 너무 많이 읽었다. 이 남자는, 여기 있는 이 남자는, 내 오빠를 죽였다. 이 남자는 자기 가족을 구하기 위해 그랬다고 했다……. 그리고 날 구하기 위해. 하지만 이 남자는 늙은 여자도 죽였고, 비키도 죽였다. 나머지 것들에 대해서도 이 남자가 사실을 말하고 있는지는 신만이 아실 일이다.

그는 다시 화면으로 고개를 돌리고 끙끙거린다. 그가 조종하는 해병이 살아 있는 시체에게 두들겨 맞고 있다.

"또 커피를 쏟았네."

내가 말한다.

"응, 미안."

그는 TV 화면의 전투 안에 직접 들어가 있는 것처럼 몸을 이리저리 뒤튼다.

안전장치를 확인하고 권총을 허리띠 안에 밀어 넣은 후, 나는 그의 옆에 앉아 뺨에 키스를 한다. 내 시야 한쪽 구석에 무언가가 갑작스럽게 움직인다.

"뒤에 또 있어! 머리통을 쪼개버려!"

"젠장!"

재이의 군인이 다른 좀비에게 맞아 죽었다. 게임 오버.

"미안. 내가 말을 걸어서 그만."

"괜찮아."

재이가 말한다.

"생명이 또 하나 더 있으니까."

치명적인 바이러스가 세상을 덮친 가운데, 핵폭탄도 견딜 수 있는 지하 벙커 '성소'로 사람들이 몰려온다. 눈앞의 위기를 일단 넘기기 위해 성소로 대피한 사람들은 저마다의 사연을 가지고 있다. 그들 간에는 알 수 없는 미묘한 긴장감이 깔리고, 서걱거리는 관계 속에 불안감은 고조되어간다. 그러던 중 성소의 관리자가 원인을 알 수 없는 죽음을 당하면서 그들은 안에 갇히게 되고, 뜻하지 않은 사고가 계속 이어지면서 생존이 위협받는 가운데 사람들은 차례로 하나씩 죽어간다.

S. L. 그레이라는, 우리에게 다소 낯선 이름의 작가가 선보이는 《언더 그라운드》는 클로즈드 서클 미스터리 형식을 차용한 스릴러물이자 잘 쓴 오락소설이다. 그러나 단순한 오락소설로 읽기에는 찜찜함이 마음 한구석에 남는다. 소설 속 이야기가 너무도 현실적인 탓이다. 인간 군상을 대표하는 듯한, 선하지도 악하지도 않은 등장인물들은 위기와 마주하자 생존을 향한 본능을 적나라하게 드러낸다. 서로 도우며 위기에 대처하는 태도는 그야말로 '소설 속에나' 나오는 이야기다. 미스터리물이라면 으레 등장하는, 모든 것을 해결해줄 초인적인 탐정도 그들에게는 없다. 그들이 마주한 현실은 퍽퍽하기 그지없다. 시체는 어디론가 산뜻하게 사라지는 것이 아니라 냉장고 안에서 서서히 부패되어간다. 총을 맞은 사람은 악취를 풍기며 시름시름 앓다

죽어간다. 식량과 물이 고갈되어가는 상황에서 그들은 서서히 미쳐가며 서로에게 총을 겨눈다. 세상의 종말을 피해 선택한 도피처 안에서 또 다른 '세상의 종말'이 펼쳐진 셈이다.

어찌 보면 결국 세상의 종말이라는 것은 신뢰가 무너진 인간들의 세상을 의미하는 것이 아닐까. 이 소설이 예사로이 읽히지 않았던 것이 어쩌면 우리에게도 이와 비슷한 경험이 있었기 때문인지도 모르겠다. 이 책을 번역하는 동안 어쩔 수 없이 지난 메르스 사태가 생각났다. 바로 얼마 전 우리도 소설 속 주인공들처럼 바이러스의 습격을 받은 적이 있었다. 유리창 너머로는 화창한 봄날이었지만, 문을 꼭꼭 닫고 집에 틀어박혀 뉴스 속보로 뜨는 사망자 소식을 지켜보며 우울해하던 기억이 아직도 생생하다. 시간이 흘러 사태는 매듭지어졌지만, 우리 마음속에는 한동안 지워지지 않을 커다란 생채기가 남았다. 정말로 무서운 것은 바이러스도 핵폭탄도 아닌 이기적인 인간들이라는 사실을 배웠기 때문일 것이다.

소설 속 모든 상황이 마무리 지어진 결말에서도 빌미는 여전히 남아 있다. 범인이 밝혀졌어도 문제가 해결되었다는 느낌은 전혀 들지 않는다. 이 이야기가 해피엔딩인지 아니면 비극적 결말인지 독자는 알지 못한다. 현실과 묘하게 닮은 이야기를 읽으며, 어쩌면 지금 이 세상도 어떤 의미에서는 또 하나의 커다란 '성소'가 아닐까 하는 쏩쓸함이 느껴진다. 말초적 자극이 아닌 진정한 공포의 의미를 되새기는, 그래서 한층 더 무서워지는 소설이다.

2016년 4월 배지은

옮긴이 배지은

서강대학교 물리학과와 동대학원을 졸업하고, 휴대전화를 만드는 엔지니어로 일했다. 그 후 이화여자대학교 통역번역대학원을 졸업하고, 장르문학과 과학기술서적을 번역하는 프리랜서 번역가로 일하고 있다. 번역한 책으로《샴쌍둥이 미스터리》《밤의 새가 말하다 1, 2》《Make: 아두이노 DIY 프로젝트》《열흘간의 불가사의》《전자부품 백과사전 1, 2》《무니의 희귀본과 중고책 서점》《최후의 일격》《퀸 수사국》《맹인탐정 맥스 캐러도스》가 있다.

언더 그라운드

2016년 5월 18일 초판 1쇄 발행
2018년 5월 30일 초판 2쇄 발행

지은이 | S. L 그레이
옮긴이 | 배지은
발행인 | 이원주

책임편집 | 박윤희
책임마케팅 | 조아라

발행처 | (주)시공사
출판등록 | 1989년 5월 10일(제3-248호)
브랜드 | 검은숲

주소 | 서울특별시 서초구 사임당로 82(우편번호 06641)
전화 | 편집 (02)2046-2852· 마케팅 (02)2046-2800
팩스 | 편집· 마케팅 (02)585-1755
홈페이지 | www.sigongsa.com

ISBN 978-89-527-7622-8 04840
ISBN 978-89-527-7621-1(set)